Eoin Colfer

Artemis Fowl

Der Geheimcode

Eoin Colfer

Artemis Fowl

Der Geheimcode

Roman

Aus dem Englischen
von Claudia Feldmann

List

Die Originalausgabe erschien im Jahr 2003 unter dem Titel
Artemis Fowl – The Eternity Code im Verlag Viking,
Penguin Group, England.

Wir danken Nikolaus Heidelbach für die
Gestaltung von Vor- und Nachsatz.

Die Übersetzerin dankt der Irish Translators' Association
und dem Tyrone Guthrie Centre, Annaghmakerrig,
für ihre großzügige Unterstützung und herzliche Gastfreundschaft.

List Verlag
List ist ein Verlag des Verlagshauses
Ullstein Heyne List GmbH & Co. KG

2. Auflage 2003

ISBN 3-471-77270-7

Satz: Leingärtner, Nabburg
Druck und Bindung: GGP Media, Pößneck

Für die Familie Power,
deren Name Programm ist.

Prolog

Ausschnitt aus dem Tagebuch von Artemis Fowl
Diskette 2, verschlüsselt

Im Lauf der vergangenen zwei Jahre konnten meine Geschäfte völlig unbeeinflusst von meinen Eltern neue Blüten treiben. In dieser Zeit habe ich die ägyptischen Pyramiden an einen Geschäftsmann aus dem Westen verkauft, die verlorenen Tagebücher Leonardo da Vincis gefälscht und meistbietend versteigert und die Unterirdischen um einen beträchtlichen Teil ihres Feengolds gebracht. Doch die Zeit der Freiheit neigt sich ihrem Ende zu. Während ich dies schreibe, liegt mein Vater in einem Krankenhaus in Helsinki und erholt sich von seiner zweijährigen Gefangenschaft bei der russischen Mafija. Er ist noch immer bewusstlos von der dramatischen Rettungsaktion, aber er wird bald zu sich kommen und wieder die Kontrolle über die Fowl'schen Finanzen übernehmen.

Mit beiden Eltern zu Hause in Fowl Manor wird es mir unmöglich sein, meine diversen illegalen Unternehmungen unbemerkt weiterzuführen. Früher wäre das kein Problem gewesen, da mein Vater ein noch größerer Verbrecher war als ich, doch Mutter hat be-

schlossen, die Fowls auf den Pfad der Tugend zurückzuführen.

Nun, noch ist Zeit genug für einen letzten Coup. Den meine Mutter nicht gutheißen würde. Und der den Unterirdischen sicher auch nicht gefallen würde. Also werde ich ihnen nichts davon verraten.

Teil 1

Angriff

Kapitel 1

Der Würfel

Knightsbridge, London

Artemis Fowl war beinahe zufrieden. Sein Vater sollte bald aus dem Universitätskrankenhaus in Helsinki entlassen werden. Er selbst freute sich auf ein leckeres – wenn auch recht spätes – Mittagessen im En Fin, einem Londoner Fischrestaurant, und der Geschäftsmann, mit dem er verabredet war, musste jeden Moment eintreffen. Alles lief nach Plan.

Butler, sein Leibwächter, war nicht ganz so entspannt. Aber das war er eigentlich nie. Man wurde nicht zu einem der tödlichsten Männer der Welt, indem man in seiner Wachsamkeit nachließ.

Der riesige Eurasier glitt zwischen den Tischen des Lokals umher, versteckte die übliche Sicherheitsausstattung und räumte Fluchtwege frei.

»Haben Sie die Ohrstöpsel eingesetzt?«, fragte er seinen Arbeitgeber.

Artemis stieß einen tiefen Seufzer aus. »Ja, Butler, obwohl ich kaum glaube, dass wir hier in Gefahr sind.

Schließlich wird das ein vollkommen legales Geschäftsessen am helllichten Tag, Himmel noch mal.«

Bei den Ohrstöpseln handelte es sich genau genommen um Schallfilterschwämme, die aus einem Helm der Zentralen Untergrund-Polizei ausgebaut worden waren. Butler hatte die Helme samt einem ganzen Schatz weiterer Elfentechnologie vor über einem Jahr erbeutet, als einer von Artemis' verbrecherischen Plänen ihn mit einer Bergungseinheit der Unterirdischen konfrontiert hatte. Die Schwämme wurden in den Laboren der ZUP gezüchtet und besaßen hauchdünne, poröse Membranen, die sich automatisch verschlossen, wenn die Dezibelstärke über den verträglichen Bereich hinausging.

»Schon möglich, Artemis, aber Killer schlagen nun mal gerne dann zu, wenn man nicht damit rechnet.«

»Mag sein«, erwiderte Artemis und betrachtete eingehend den Vorspeisenteil der Karte, »aber wer sollte ein Motiv haben, uns umzubringen?«

Butler warf einer Frau an einem der wenigen besetzten Tische einen drohenden Blick zu, nur für den Fall, dass sie etwas im Schilde führte. Die Frau musste mindestens achtzig sein. »Vielleicht sind sie gar nicht hinter uns her. Vergessen Sie nicht, Jon Spiro ist ein mächtiger Mann. Er hat eine Menge Firmen in den Ruin getrieben. Wir könnten zwischen die Fronten geraten.«

Artemis nickte. Wie immer hatte Butler Recht – und nur aus diesem Grund waren sie beide noch am Leben. Jon Spiro, der Amerikaner, den er erwartete, war genau die Sorte Mann, die die Kugeln von Killern auf sich zog. Ein erfolgreicher Milliardär aus der IT-Branche mit dunkler Vergangenheit und angeblichen Verbindungen zur Mafia. Gerüchten zufolge verdankte seine Firma Fission Chips

ihren Erfolg allein gestohlenen Forschungsunterlagen. Natürlich konnte das nie nachgewiesen werden, obwohl die Chicagoer Staatsanwaltschaft es fleißig versucht hatte, und zwar mehr als einmal.

Eine Kellnerin kam herüber und lächelte Artemis strahlend an. »Hallo, junger Mann. Soll ich dir die Kinderkarte bringen?«

An Artemis' Schläfe begann eine Ader zu pochen. »Nein, Mademoiselle, Sie brauchen mir nicht die *Kinderkarte* zu bringen, da die *Kinderkarte* selbst zweifelsohne besser schmeckt als das, was sich dort verzeichnet findet. Ich möchte à la carte speisen. Oder servieren Sie Minderjährigen keinen Fisch?«

Das Lächeln der Kellnerin wurde sichtlich kühler. Diese Wirkung hatte Artemis' Ausdrucksweise auf die meisten Menschen.

Butler verdrehte die Augen. Und Artemis fragte sich, wer einen Grund hätte, ihn umzubringen? Nun, die meisten Kellner und Schneider Europas zum Beispiel.

»Sehr wohl, Sir«, stammelte die bedauernswerte Kellnerin. »Was immer Sie wünschen.«

»Was ich wünsche, ist eine Kombination von Hai und Schwertfisch, in der Pfanne sautiert, auf einem Bett aus Gemüse und neuen Kartoffeln.«

»Und zu trinken?«

»Quellwasser. Irisches, wenn Sie haben. Und bitte ohne Eis, da Ihr Eis, wie ich annehme, aus einfachem Leitungswasser gemacht ist, was der Absicht, Quellwasser zu trinken, wohl in sich widerspricht.«

Die Kellnerin hastete in die Küche, froh, dem bleichen Jungen von Tisch sechs zu entkommen. Sie hatte mal einen Vampirfilm gesehen, und das untote Wesen hatte

genau denselben hypnotischen Blick gehabt. Vielleicht drückte der Kleine sich deshalb so erwachsen aus, weil er in Wirklichkeit fünfhundert Jahre alt war.

Artemis lächelte in Vorfreude auf sein Essen, ohne die Bestürzung zu bemerken, die er hervorgerufen hatte.

»Bei den Schulbällen werden Sie ein echter Hit sein«, bemerkte Butler.

»Wie bitte?«

»Sie haben das arme Mädchen fast zum Weinen gebracht. Es würde Ihnen nicht wehtun, gelegentlich ein wenig freundlicher zu sein.«

»Ich glaube kaum, dass ich zu irgendwelchen Schulbällen gehen werde, Butler.«

»Das Tanzen ist nicht der Punkt. Es geht um die Kommunikation.«

»Kommunikation?«, spottete der junge Master Fowl. »Ich glaube kaum, dass es einen Teenager gibt, dessen Vokabular mit meinem mithalten kann.«

Gerade als Butler ihm den Unterschied zwischen Sprechen und Kommunizieren erklären wollte, öffnete sich die Tür des Restaurants. Ein kleiner, braun gebrannter Mann trat ein, flankiert von einem regelrechten Riesen. Jon Spiro und sein Leibwächter.

Butler beugte sich zu seinem Schützling hinunter. »Seien Sie vorsichtig, Artemis«, flüsterte er. »Ich habe schon so einiges über den Großen gehört.«

Spiro schlängelte sich mit ausgestreckten Armen zwischen den Tischen hindurch. Er war ein Amerikaner mittleren Alters, dünn wie ein Speer und kaum größer als Artemis. In den Achtzigern hatte er auf Frachtschiffe gesetzt, in den Neunzigern war er mit Aktien steinreich geworden. Jetzt war Kommunikationstechnologie an der

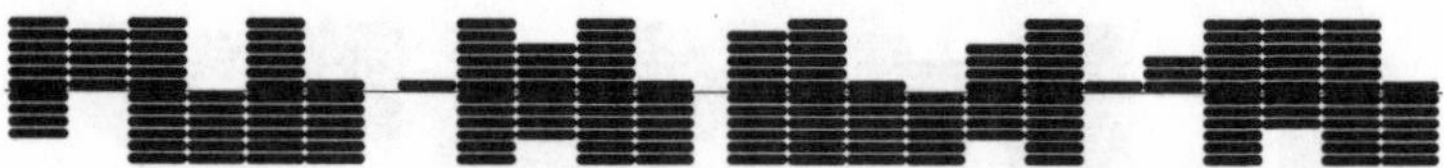

Reihe. Er trug einen weißen Leinenanzug, sein Markenzeichen, und an den Fingern und Handgelenken hing genug Schmuck, um das Taj Mahal zu vergolden.

Artemis erhob sich, um seinen Geschäftspartner zu begrüßen. »Willkommen, Mr Spiro.«

»He, kleiner Artemis Fowl, wie geht's, wie steht's?«

Artemis schüttelte die dargebotene Hand. Der Schmuck rasselte wie der Schwanz einer Klapperschlange. »Danke, bestens. Freut mich, dass Sie kommen konnten.«

Spiro zog sich einen Stuhl heran. »Wenn Artemis Fowl mir ein Angebot machen will, würde ich sogar über Glasscherben gehen, um mich mit ihm zu treffen.«

Die beiden Leibwächter musterten sich unverhohlen. Abgesehen von der Körpermasse waren sie so verschieden, wie man nur sein konnte. Butler war der Inbegriff zurückhaltender Effizienz. Schwarzer Anzug, kahl geschorener Kopf, so unauffällig, wie es bei einer Größe von fast zwei Metern möglich war. Der Neuankömmling hatte wasserstoffblondes Haar, ein T-Shirt mit abgeschnittenen Ärmeln und silberne Piratenringe in beiden Ohren. Dies war kein Mann, der vergessen oder übersehen werden wollte.

»Arno Blunt«, sagte Butler. »Ich habe von Ihnen gehört.«

Blunt baute sich neben Jon Spiro auf. »Butler. Einer von *den* Butlers«, betonte er mit neuseeländischem Akzent. »Es heißt, ihr wärt die Besten. Sagt man jedenfalls. Hoffen wir, dass wir den Ruf nicht auf die Probe stellen müssen.«

Spiro lachte. Es klang wie eine Schachtel voller Grillen. »Arno, bitte. Wir sind hier unter Freunden. Heute ist kein Tag für Drohungen.«

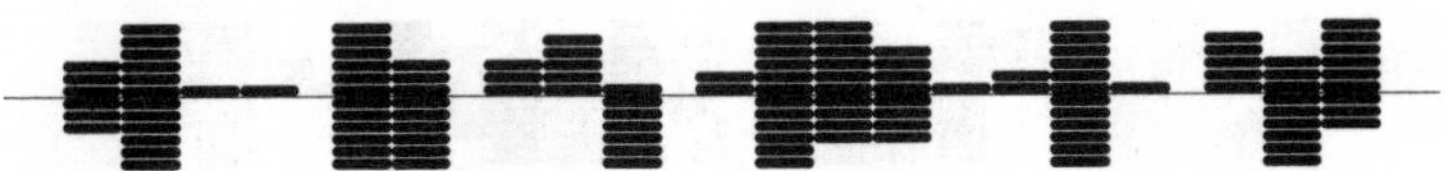

Butler war sich da nicht so sicher. Der Soldatensinn unter seiner Schädeldecke summte wie ein Hornissennest. Gefahr lag in der Luft.

»Nun, mein Freund, kommen wir zum Geschäft«, sagte Spiro und fixierte Artemis aus eng zusammenstehenden dunklen Augen. »Mir ist während des gesamten Flugs das Wasser im Munde zusammengelaufen. Was hast du für mich?«

Artemis runzelte die Stirn. Er hatte gehofft, die Arbeit könnte bis nach dem Essen warten. »Möchten Sie nicht zuerst die Speisekarte sehen?«

»Nein. Ich nehme kaum noch etwas zu mir. Außer Tabletten und Flüssigkeiten. Magenprobleme.«

»Gut«, sagte Artemis und legte einen Aktenkoffer aus Aluminium auf den Tisch, »dann also zum Geschäftlichen.«

Er öffnete den Deckel. In dem Koffer lag, schützend eingehüllt in blauen Schaumstoff, ein roter Würfel von der Größe eines Minidisk-Players.

Spiro polierte sich die Brillengläser mit der Spitze seiner Krawatte. »Was soll das sein, mein Junge?«

Artemis stellte den schimmernden Würfel auf den Tisch. »Die Zukunft, Mr Spiro. Ihrer Zeit voraus.«

Jon Spiro beugte sich vor, um das Ding genauer zu betrachten. »Sieht aus wie ein Briefbeschwerer.«

Arno Blunt feixte spöttisch und warf Butler einen herausfordernden Blick zu.

»Nun gut, eine kleine Vorführung.« Artemis griff nach dem Metallkasten. Er drückte auf einen Knopf, und das Gerät begann leise zu summen. Eine Blende glitt zur Seite, und ein Bildschirm und ein Paar Lautsprecher kamen zum Vorschein.

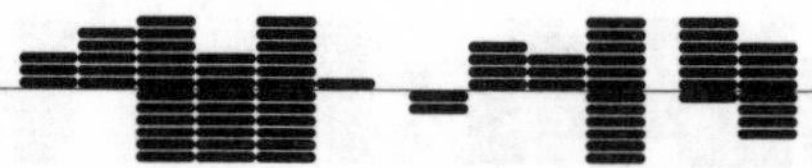

»Niedlich«, grummelte Spiro. »Ich bin sechstausend Kilometer geflogen wegen eines Minifernsehers?«

Artemis nickte. »Ein Minifernseher. Richtig. Aber auch ein sprachgesteuerter Computer, ein Handy und ein Multifunktionsscanner. Dieser kleine Kasten kann jede Art von Information auf absolut jeder Plattform lesen, ob elektronisch oder organisch. Er kann Videos, Laserdisks und DVDs abspielen, im Internet surfen, E-Mails abrufen und sich in jeden Computer einloggen. Er kann sogar Ihre Brust durchleuchten und Ihren Puls messen. Seine Batterie hat eine Lebensdauer von zwei Jahren, und natürlich funktioniert er vollkommen kabellos.«

Artemis hielt inne, um das Gesagte sacken zu lassen.

Spiros Augen hinter den Brillengläsern wirkten riesig. »Willst du damit sagen, dieser Kasten …«

»Wird jede andere Technologie überflüssig machen. Ihre Computerfirmen werden wertlos sein.«

Der Amerikaner atmete ein paarmal tief durch. »Aber wie … wie?«

Artemis drehte den Würfel um. An der Unterseite blinkte dezent ein Infrarotsensor. »Das hier ist das Geheimnis. Ein Omnisensor. Er kann alles lesen, was Sie ihm befehlen. Und wenn man die Quelle eingibt, kann er jeden beliebigen Satelliten anzapfen.«

Spiro schwenkte warnend den Zeigefinger. »Aber, aber. Das ist doch verboten, oder?«

»Nein, nein«, erwiderte Artemis lächelnd. »Es gibt keine Gesetze gegen dieses Gerät, und das wird auch noch mindestens zwei Jahre nach Erscheinen so bleiben. Sie wissen doch, wie lange es gedauert hat, um Napster stillzulegen.«

Der Amerikaner ließ den Kopf in die Hände sinken. Es war zu viel.

»Ich begreife das nicht. Das Ding ist allem, was auf dem Markt ist, Jahre, ach was, *Jahrzehnte* voraus. Und du bist bloß ein dreizehnjähriger Junge. Wie hast du das angestellt?«

Artemis überlegte einen Moment. Was sollte er darauf sagen? Dass Butler sechzehn Monate zuvor eine ZUP-Bergungseinheit schachmatt gesetzt und den Elfen ihre Spezialausrüstung abgenommen hatte? Und dass er dann aus deren Komponenten diesen Zauberwürfel zusammengebastelt hatte? Wohl kaum.

»Sagen wir einfach, ich bin ein sehr cleverer Junge, Mr Spiro.«

Spiros Augen verengten sich zu Schlitzen. »Vielleicht nicht ganz so clever, wie du denkst. Zeig mir, was das Ding kann.«

»Aber gerne«, sagte Artemis. »Haben Sie ein Handy dabei?«

»Selbstverständlich.« Spiro legte sein Exemplar auf den Tisch. Es war das neueste Modell von Fission Chips.

»Abgesichert, nehme ich an?«

Spiro nickte arrogant. »Fünfhundert-Bit-Verschlüsselung. Das Beste in seiner Preisklasse. Ohne den Zugangscode kommst du nicht in das Fission 400 rein.«

»Wir werden sehen.«

Artemis richtete den Sensor auf das Handy. Sofort erschien auf dem Display eine Röntgenaufnahme vom Innenleben des Geräts.

»Download?«, fragte eine metallische Stimme aus dem Lautsprecher.

»Bestätigt.«

In weniger als einer Sekunde war die Sache erledigt.

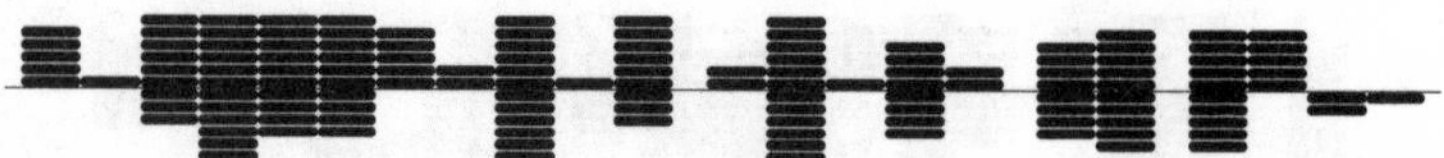

»Download abgeschlossen«, sagte der Kasten mit einem Anflug von Selbstgefälligkeit.

Spiro war fassungslos. »Das darf doch nicht wahr sein! Dieses System hat mich zwanzig Millionen Dollar gekostet.«

»Wertlos«, entgegnete Artemis und zeigte ihm den Bildschirm. »Möchten Sie zu Hause anrufen? Oder vielleicht ein bisschen Geld transferieren? Sie sollten Ihre Bankverbindungen wirklich nicht auf einer SIM-Card speichern.«

Der Amerikaner versank ins Grübeln.

»Das ist ein Trick«, erklärte er schließlich. »Du musst alles über mein Handy gewusst haben. Irgendwie – wenn ich auch nicht weiß, wie – bist du vorher drangekommen.«

»Verständliche Annahme«, räumte Artemis ein. »Würde ich auch denken. Sagen Sie mir, was Sie testen wollen.«

Spiro ließ den Blick durch das Restaurant schweifen, seine Finger trommelten hektisch auf die Tischplatte. »Da drüben«, sagte er dann und wies auf ein Videoregal über der Bar. »Spiel mir eine von den Kassetten ab.«

»Ist das alles?«

»Das reicht für den Anfang.«

Mit großem Getue ging Arno Blunt die Kassetten durch und wählte schließlich eine ohne Etikett. Er knallte sie auf den Tisch, dass das gravierte Silberbesteck einen Zentimeter in die Luft hüpfte.

Artemis widerstand dem Drang, die Augen zu verdrehen, und stellte den roten Kasten direkt auf die Oberfläche der Kassette.

Auf dem winzigen Plasmabildschirm erschien ein Röntgenbild von den Innereien der Videokassette.

»Download?«, fragte die Stimme erneut.

Artemis nickte. »Download, kompatibilisieren und abspielen.«

Wiederum war der Vorgang in weniger als einer Sekunde abgeschlossen. Der Bildschirm zeigte die alte Episode einer englischen Seifenoper.

»DVD-Qualität«, kommentierte Artemis. »Unabhängig vom Input. Der C Cube kompatibilisiert alles.«

»Der was?«

»C Cube«, wiederholte Artemis. »So habe ich meinen kleinen Kasten genannt. C für Control, weil er seinem Besitzer die Kontrolle über alles verleiht.«

Spiro schnappte sich die Videokassette. »Sehen Sie nach, ob's stimmt«, befahl er und warf sie Arno Blunt zu.

Der blondierte Leibwächter schaltete den Fernseher über der Bar ein und schob die Kassette in den Schlitz. *Coronation Street* flimmerte über den Bildschirm. Dieselbe Folge, aber nicht annähernd dieselbe Qualität.

»Überzeugt?«, fragte Artemis.

Der Amerikaner klimperte mit einem seiner zahlreichen Armbänder. »Fast. Noch ein letzter Test. Ich habe das Gefühl, dass die Regierung mich überwacht. Kannst du das herausfinden?«

Artemis überlegte einen Moment, dann sprach er das Gerät an: »Cube, registrierst du irgendwelche Überwachungsstrahlen, die auf dieses Gebäude gerichtet sind?«

Der Apparat surrte kurz. »Der stärkste Ionenstrahl befindet sich derzeit achtzig Kilometer westlich von hier. Gesendet von einem US-Satelliten, Codeziffer ST1132P. Registriert auf die Central Intelligence Agency. Geschätzte Ankunftszeit acht Minuten. Außerdem sind da mehrere ZUP-Sonden, verbunden mit –«

Hastig schaltete Artemis den Ton ab, bevor der Würfel fortfahren konnte. Offensichtlich reagierten die Elfenkomponenten des Computers noch auf ZUP-Technologie. Das würde er abstellen müssen. Wenn diese Informationen in die falschen Hände gerieten, hätte es katastrophale Auswirkungen auf die Sicherheit der Unterirdischen.

»Was soll das, Junge? Der Kasten war noch nicht fertig. Wer ist die ZUP?«

Artemis zuckte die Achseln. »Ohne Geld läuft nichts. Ein Test ist genug. Die CIA – nicht übel.«

»Schau, schau«, sagte Spiro. »Die sind hinter mir her, weil sie glauben, dass ich Militärgeheimnisse verschachere. Sie haben einen ihrer Vögel extra aus seiner Umlaufbahn geholt, nur um mich zu beobachten.«

»Oder vielleicht auch mich«, bemerkte Artemis.

»Ja, vielleicht«, spottete Spiro. »So gefährlich, wie du aussiehst.«

Arno Blunt lachte herablassend. Butler ignorierte das. Einer von ihnen musste sich schließlich professionell verhalten.

Spiro ließ die Fingerknöchel knacken, eine Angewohnheit, die Artemis nicht ausstehen konnte.

»Wir haben noch acht Minuten, also lass uns zur Sache kommen, Kleiner. Wie viel willst du für den Kasten?«

Artemis hörte nicht zu. In Gedanken war er noch mit der Information über die ZUP beschäftigt, die der Würfel beinahe preisgegeben hätte. Durch seine Unaufmerksamkeit hatte er seine unterirdischen Freunde um ein Haar an einen jener Männer verraten, die sie garantiert ausbeuten würden.

»Entschuldigung, was haben Sie gesagt?«

»Ich fragte, wie viel du für den Kasten willst?«

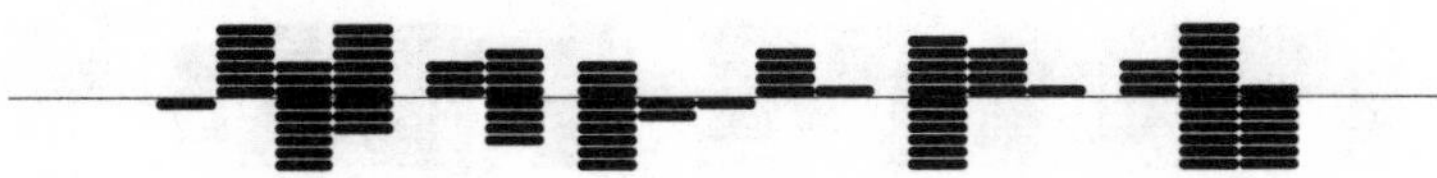

»Erstens ist es ein Würfel«, verbesserte ihn Artemis. »Und zweitens steht er nicht zum Verkauf.«

Jon Spiro schnaubte. »Nicht zum Verkauf? Du hast mich über den Atlantik geholt, nur um mir etwas zu zeigen, das du gar nicht verkaufen willst? Was soll das?«

Butlers Finger schlossen sich um den Griff der Pistole, die in seinem Hosenbund steckte. Arno Blunts Hand verschwand hinter dem Rücken. Die Luft vibrierte vor Spannung.

Artemis legte die Fingerspitzen aneinander. »Mr Spiro. Jon. Ich bin kein Trottel. Mir ist klar, wie wertvoll mein Würfel ist. Auf der ganzen Welt gibt es nicht genug Geld, um dieses Wunderwerk zu bezahlen. Egal, wie viel Sie mir geben, innerhalb einer Woche wäre er tausendmal so viel wert.«

»Worum geht's dann, Fowl?«, fragte Spiro grimmig. »Wie sieht dein Angebot aus?«

»Ich biete Ihnen zwölf Monate. Gegen eine entsprechende Summe bin ich bereit, meinen Würfel noch ein Jahr vom Markt zu halten.«

Spiro spielte mit seinem ID-Armband. Er hatte es sich selbst zum Geburtstag geschenkt.

»Du willst die Technologie ein Jahr zurückhalten?«

»Genau. Das dürfte Ihnen Zeit genug lassen, Ihre Aktien zu verkaufen, bevor sie abstürzen, und den Gewinn in Fowl Industries zu investieren.«

»Fowl Industries? Gibt's doch gar nicht.«

Artemis lächelte spöttisch. »Noch nicht, aber bald.«

Butler drückte die Schulter seines Schützlings. Es war keine gute Idee, einen Mann wie Jon Spiro zu reizen.

Doch Spiro hatte den Seitenhieb gar nicht bemerkt. Er war zu sehr mit Rechnen beschäftigt, wobei er sein Arm-

band wie eine Gebetsschnur durch die Finger gleiten ließ. »Und der Preis?«, fragte er schließlich.

»Gold. Eine metrische Tonne«, erwiderte der junge Fowl-Erbe.

»Das ist eine Menge.«

Artemis zuckte die Achseln. »Ich mag Gold. Es ist wertbeständig. Außerdem ist es ein Witz im Vergleich zu dem, was Ihnen dieser Deal ersparen wird.«

Spiro dachte darüber nach. Arno Blunt fixierte Butler mit starrem Blick. Der Fowl'sche Leibwächter blinzelte ungehemmt. Falls es zu einer Auseinandersetzung kam, würden trockene Augen ihn nur behindern. Wettstarren war etwas für Amateure.

»Nehmen wir mal an, mir gefallen deine Bedingungen nicht«, sagte Jon Spiro. »Nehmen wir an, ich ziehe es vor, dein kleines Spielzeug einfach mitzunehmen.«

Arno Blunt plusterte seine Brust um einen weiteren Zentimeter auf.

»Selbst wenn es Ihnen gelingen sollte, den Würfel an sich zu bringen«, erwiderte Artemis gelassen, »würde er Ihnen wenig nützen. Die Technologie ist allem voraus, was Ihre Ingenieure je zu Gesicht bekommen haben.«

Spiro lächelte schmallippig. »Oh, ich bin sicher, sie kommen schon damit zurecht. Und selbst wenn es ein paar Jahre dauern sollte, wird dich das nicht kümmern. Nicht dort, wo du hingehst.«

»Egal, wo ich hingehe, die Geheimnisse des C Cube gehen mit mir. Sämtliche Funktionen sind durch einen Code an meine Stimmmodulation gebunden. Und es ist ein ziemlich cleverer Code.«

Butler ging leicht in die Knie, zum Sprung bereit.

»Ich wette, den können wir knacken. Ich habe ein verdammt gutes Team bei Fission Chips.«

»Verzeihen Sie, wenn mich Ihr verdammt gutes Team nicht sonderlich beeindruckt«, gab Artemis zurück. »Schließlich hinken Sie immer noch hinter Phonetix her, und das schon seit Jahren.«

Spiro sprang auf. Das Wort mit dem P konnte er nicht ausstehen. Phonetix war die einzige Firma im Bereich Kommunikationstechnologie, deren Aktien höher notiert wurden als die von Fission Chips. »Okay, Kleiner, du hast deinen Spaß gehabt. Jetzt bin ich dran. Ich muss verschwinden, bevor der Satellitenstrahl uns hier erreicht. Aber ich lasse Mr Blunt hier.« Er klopfte seinem Leibwächter auf die Schulter. »Sie wissen ja, was Sie zu tun haben.«

Blunt nickte. Und ob er das wusste. Er freute sich schon darauf.

Zum ersten Mal seit dem Beginn des Gesprächs vergaß Artemis sein Mittagessen und konzentrierte sich ganz auf die Situation. Es lief nicht wie geplant. »Mr Spiro, das kann doch nicht Ihr Ernst sein. Wir befinden uns in einem öffentlichen Restaurant, umgeben von Gästen. Ihr Mr Blunt hat gegen Butler nicht die geringste Chance. Falls Sie mit diesen lächerlichen Drohungen fortfahren, sehe ich mich gezwungen, mein Angebot zurückzuziehen und den C Cube sofort auf den Markt zu bringen.«

Spiro stützte sich mit den Händen auf den Tisch. »Hör zu, mein Junge«, flüsterte er. »Ich mag dich. Noch ein paar Jahre und du wärst genauso wie ich. Aber hast du schon mal jemandem eine Pistole an den Kopf gehalten und abgedrückt?«

Artemis antwortete nicht.

»Nein?«, knurrte Spiro. »Dachte ich mir. Manchmal ist das das Einzige, was zählt – Mumm. Und der fehlt dir.«

Artemis war sprachlos. Und das war seit seinem fünften Geburtstag erst zwei Mal vorgekommen.

Butler sprang ein, bevor die Stille zu lastend wurde. Unverhüllte Drohungen fielen ohnehin eher in sein Ressort. »Versuchen Sie nicht zu bluffen. Ihr Blunt ist zwar nicht ohne, aber ich kann ihn zerquetschen wie eine Banane. Und dann steht niemand mehr zwischen Ihnen und mir. Glauben Sie mir, das wird Ihnen nicht gefallen.«

Spiro lächelte und entblößte dabei nikotinverfärbte Zähne. »Oh, ich würde nicht sagen, dass zwischen uns niemand steht.«

Butlers Gefühl schlug Alarm. Den Alarm, in den ihn höchstens ein Dutzend auf seine Brust gerichtete Laserpointer versetzen konnten. Eine Falle. Sie waren in eine Falle getappt. Irgendwie war es Spiro gelungen, Artemis zu überlisten.

»He, Fowl«, sagte der Amerikaner. »Wie kommt es eigentlich, dass dein Essen so lange braucht?«

Da wusste Artemis, dass sie in der Tinte saßen.

Alles ging unglaublich schnell. Auf ein Fingerschnippen von Spiro zogen sämtliche Gäste im En Fin eine Waffe aus dem Mantel hervor. Mit einem Revolver in der knochigen Hand sah die achtzigjährige Dame gleich um einiges gefährlicher aus. Aus der Küche kamen zwei Kellner, Maschinengewehre im Anschlag. Butler hatte nicht einmal Zeit, Luft zu holen.

Spiro kippte das Salzfass um. »Schach und matt. Ich habe gewonnen, Kleiner.«

Artemis versuchte sich zu konzentrieren. Es musste

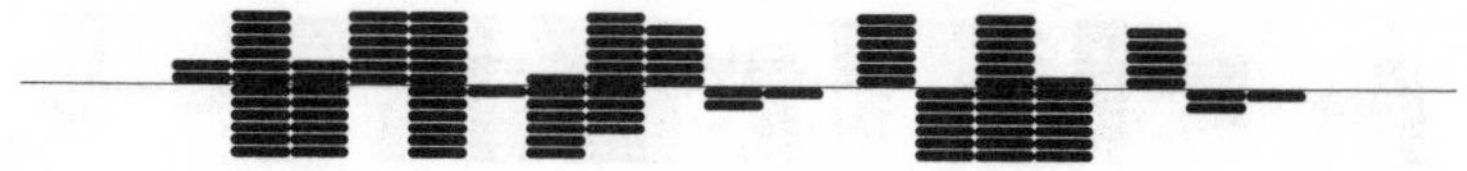

einen Ausweg geben. Es gab immer einen Ausweg. Doch ihm fiel nichts ein. Er war hereingelegt worden. Vielleicht endgültig. Es war noch keinem Menschen gelungen, Artemis Fowl zu überlisten. Nun, einmal reichte ja auch.

»Ich verschwinde jetzt«, sagte Spiro und steckte den C Cube ein. »Bevor mich der CIA-Satellit erwischt, und dieser andere – ZUP, oder wie war das? Kenne ich nicht, aber sobald ich dieses Spielzeug zum Laufen gebracht habe, werden die Typen sich wünschen, sie hätten noch nie von mir gehört. War nett, mit dir Geschäfte zu machen.«

Auf dem Weg zur Tür zwinkerte Spiro seinem Leibwächter zu. »Sie haben sechs Minuten, Arno. Traumhaft, was? Sie werden derjenige sein, der den berühmten Butler erledigt.« Dann wandte er sich noch einmal Artemis zu, unfähig, sich eine letzte Stichelei zu verkneifen. »Ach, übrigens – ist Artemis nicht ein Mädchenname?«

Dann verschwand er in dem multikulturellen Touristengewimmel auf der Straße. Die alte Dame schloss hinter ihm die Tür ab. Das Klicken hallte durch das Restaurant.

Artemis beschloss, die Initiative zu ergreifen. »Nun, meine Damen und Herren«, sagte er, bemüht, nicht in die schwarzen Löcher der Waffenläufe zu starren, »ich bin sicher, wir können uns einig werden.«

»Still, Artemis!«

Artemis' Gehirn brauchte eine Weile, um die Tatsache zu verarbeiten, dass Butler ihm *befohlen* hatte zu schweigen. Und das obendrein auf höchst impertinente Weise.

»Wie war das …?«

Butler hielt seinem Arbeitgeber den Mund zu. »Still, Artemis. Diese Leute sind Profis. Und mit denen verhandelt man nicht.« Butler ließ den Kopf kreisen, dass die Sehnen in seinem Nacken krachten.

»Gut erkannt, Butler. Wir sind hier, um euch zu töten. Sofort nachdem Mr Spiro den Anruf bekam, haben wir Leute hergeschickt. Ich kann's nicht fassen, dass du darauf reingefallen bist, Mann. Wirst wohl langsam alt.«

Butler konnte es selbst nicht fassen. Früher hätte er jeden Treffpunkt erst einmal eine Woche lang observiert, bevor er sein Okay gegeben hätte. Vielleicht wurde er tatsächlich alt. Und die Chancen standen gut, dass er keinen Tag älter werden würde.

»Also gut, Blunt«, sagte er und streckte die leeren Hände von sich. »Sie und ich. Einer gegen einen.«

»Sehr edel«, spottete Blunt. »Das gehört wohl zu deinem asiatischen Ehrenkodex, was? So was habe ich nicht. Wenn du meinst, ich würde das Risiko eingehen, dass du hier irgendwie rauskommst, dann hast du dich geschnitten. Die Sache ist ganz einfach. Ich schieße, und du stirbst. Keine Kraftprobe, kein Duell.«

In aller Ruhe griff Blunt in seinen Hosenbund. Wozu sich beeilen? Eine Bewegung von Butler, und ein Dutzend Kugeln würde ihn durchlöchern.

Artemis' Gehirn schien abgeschaltet zu haben. Der gewohnte Ideenstrom war versiegt. Ich werde sterben, dachte er. Ich glaub's einfach nicht.

Butler sagte etwas. Artemis entschied, dass es nicht schaden konnte zuzuhören.

»Was hat sechs Farben und weist den Weg zum Gold?«, fragte der Leibwächter laut und deutlich.

Blunt schraubte einen Schalldämpfer auf den Lauf seiner Keramikpistole. »Was ist los? Was soll der Quatsch? Dreht der große Butler jetzt durch? Na, wenn ich das weitererzähle ...«

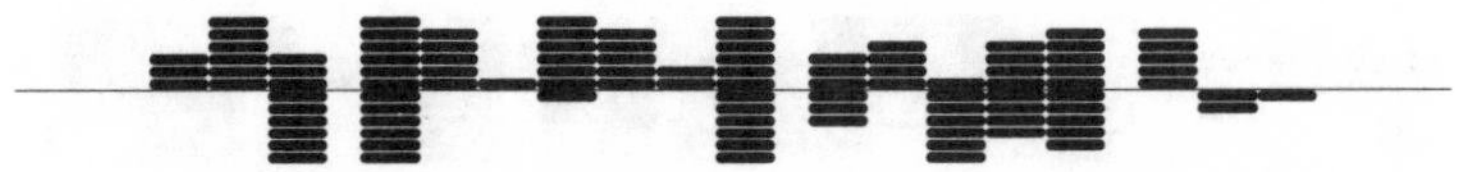

Doch die alte Dame sah nachdenklich aus. »Sechs Farben? Hm ... Das kenne ich.«

Artemis kannte es auch. Das Lösungswort war der Detonationscode für die Schallgranate der ZUP, die mithilfe eines Magneten an der Unterseite des Tisches angebracht war. Eine von Butlers kleinen Sicherheitsvorkehrungen. Sobald jemand das Wort sagte, würde die Granate explodieren und eine massive Schallladung durch das Gebäude jagen, die jedes Fenster und Trommelfell in Stücke riss. Kein Rauch, keine Flammen, aber jedem im Umkreis von zehn Metern, der keine Ohrstöpsel trug, blieben genau fünf Sekunden, bevor heftiger Schmerz einsetzte.

Die alte Dame kratzte sich mit dem Revolverlauf am Kopf. »Sechs Farben, und weist den Weg zum Gold? Ach ja, jetzt fällt's mir wieder ein! Das hatten wir früher mal in der Schule. Die Lösung lautet: Regenbogen.«

Regenbogen. Das entscheidende Wort. Gerade noch rechtzeitig dachte Artemis daran, den Kiefer zu lockern. Wenn er die Zähne zusammenbiss, würden die Schallwellen sie zertrümmern wie Zuckerglas.

Die Granate explodierte in einer Druckwelle komprimierten Schalls und schleuderte elf Leute durch den Raum, bis eine Wand sie bremste. Wer Glück hatte, traf auf eine Trennwand und segelte direkt hindurch. Wer Pech hatte, knallte gegen eine massive Steinwand. Dabei ging einiges kaputt. Und das waren nicht die Steine.

Artemis fand sich geschützt in Butlers Umarmung wieder. Der Leibwächter hatte sich an einem soliden Türrahmen abgestützt und den fliegenden Jungen in den Armen aufgefangen. Doch sie hatten noch einige andere Vorteile gegenüber Spiros Killern: Ihre Zähne waren heil, sie hat-

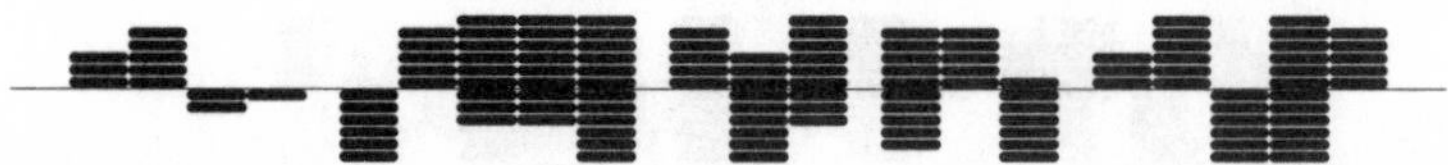

ten keine Splitterbrüche, und die Membranen der Schallfilterschwämme hatten sich verschlossen und so ihre Trommelfelle vor dem Platzen bewahrt.

Butler sah sich im Raum um. Spiros Leute lagen allesamt am Boden und pressten sich die Hände auf die Ohren. Es würde noch Tage dauern, bevor ihre Augen aufhörten zu schielen.

Der Diener zog seine SIG Sauer aus dem Schulterhalfter. »Bleiben Sie hier«, befahl er. »Ich überprüfe die Küche.«

Artemis setzte sich wieder auf seinen Stuhl und holte zitternd Luft. Um ihn herum herrschte ein Chaos aus Staub und Gestöhne. Doch Butler hatte sie wieder einmal gerettet. Es war noch nicht alles verloren. Vielleicht schafften sie es sogar, Spiro zu schnappen, bevor er das Land verließ. Butler hatte einen Kontaktmann bei der Flughafen-Security in Heathrow, Sid Commons, einen ehemaligen Green Beret, mit dem er in Monte Carlo als Leibwächter gedient hatte.

Eine massige Gestalt schob sich vor das Sonnenlicht. Es war Butler, zurück von seiner Aufklärungstour.

Artemis atmete tief durch, während ungewohnte Gefühle ihn übermannten. »Butler«, begann er, »wir müssen wirklich mal über Ihr Gehalt sprechen ...«

Doch es war nicht Butler. Es war Arno Blunt. Er hielt etwas in den Händen. In der Linken zwei kleine Kegel aus gelbem Schaumstoff. »Ohrschdöpschel«, nuschelte er durch die Stümpfe seiner zerborstenen Zähne. »Hab ich immer dabei, wenn'sch ernschd wird. Prakdisch, wasch?«

In der Rechten hatte Blunt seine Pistole mit Schalldämpfer. »Du dschuerschd«, sagte er. »Dann der Affe.«

Arno Blunt legte an, zielte kurz und drückte ab.

Kapitel 2

Abschottung

Haven City, Erdland

Obwohl Artemis es nicht beabsichtigt hatte, sollte der Strahlencheck des Würfels weit reichende Folgen haben. Die Suchparameter waren so allgemein gehalten, dass der Würfel seinen Scanner bis hinaus ins All und natürlich auch in die Tiefen der Erde schickte.

In Erdland war die Zentrale Untergrund Polizei nach der erst vor kurzem niedergeschlagenen Verschwörung der Kobolde bis an die Grenzen ihrer Einsatzfähigkeit gefordert. Drei Monate nach dem Umsturzversuch saßen die meisten der Anführer zwar hinter Gittern. Doch noch immer schlichen versprengte Einheiten der B'wa-Kell-Koboldbande mit illegalen Softnose-Lasergewehren in den Tunneln von Haven City herum.

Sämtliche verfügbaren ZUP-Officer waren dazu abgestellt, bei der Operation Großputz zu helfen, die beendet sein sollte, bevor die Reisesaison begann. Der Rat wollte um jeden Preis vermeiden, dass die Touristen ihr Urlaubsgold in Atlantis ausgaben, weil die Hauptfuß-

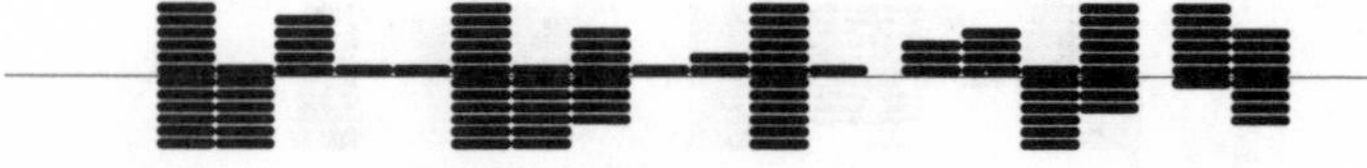

gängerzone von Haven nicht sicher genug war. Immerhin brachte der Tourismus der Hauptstadt achtzehn Prozent ihrer Einkünfte.

Auch Captain Holly Short von der Aufklärungseinheit war vorübergehend abberufen worden. Normalerweise bestand ihre Aufgabe darin, Unterirdische aufzuspüren, die sich ohne Visum an die Erdoberfläche begeben hatten. Schließlich wäre es ein für alle Mal mit der Ungestörtheit von Erdland vorbei, falls auch nur ein entflohenes Erdwesen von den Oberirdischen entdeckt wurde. Solange aber nicht sämtliche Mitglieder der Koboldbande in den Zellen von Howler's Peak hinter Schloss und Riegel saßen, hatte Holly denselben Auftrag wie jeder andere ZUP-Officer: schneller Einsatz bei jedem B'wa-Kell-Alarm.

An diesem Tag eskortierte sie vier randalierende Koboldgangster zum Verhör ins Polizeipräsidium. Man hatte sie schlafend in einem Insektenfeinkostgeschäft gefunden, die Bäuche nach einer langen Nacht der Schlemmerei bis zum Platzen gefüllt. Sie konnten noch froh sein, dass Holly rechtzeitig gekommen war, denn der Zwerg, dem der Laden gehörte, war bereits drauf und dran gewesen, die vier schuppigen Nichtsnutze in der Fritteuse zu versenken.

Hollys Partner bei der Operation Großputz war Corporal Grub Kelp, der kleine Bruder des berühmten Captain Trouble Kelp, einer der meistdekorierten Officer der ZUP. Grub besaß jedoch nicht den stoischen Charakter seines Bruders.

»Ich hab mir einen Nagel eingerissen, als ich den letzten Kobold festgenommen habe«, jammerte der junge Officer und nagte an seinem Daumen.

»Wie unangenehm«, erwiderte Holly mit kaum verhülltem Desinteresse.

Sie fuhren über einen Magmastreifen zum Polizeipräsidium, die Übeltäter in Handschellen im Fond ihres Dienstwagens. Der war allerdings kein ZUP-Fahrzeug. Die B'wa Kell hatte es während der kurzen Zeit ihrer Machtübernahme fertig gebracht, so viele Polizeiwagen in Brand zu setzen, dass die ZUP sich gezwungen gesehen hatte, jedes Fahrzeug zu beschlagnahmen, das einen Motor und Platz genug für ein paar Gefangene hatte. Die Karre, die Holly steuerte, war in Wirklichkeit der Lieferwagen einer mobilen Curryküche, auf dessen Seiten das Eichelsymbol der ZUP aufgesprüht worden war. Die Gnome von der Fahrzeugabteilung hatten einfach die aufklappbare Seitenwand verriegelt und die Kochstelle ausgebaut. Schade nur, dass sie nicht auch den Geruch entfernt hatten.

Grub betrachtete seinen verletzten Finger. »Diese Handschellen haben ganz schön scharfe Kanten. Ich sollte eine Beschwerde einreichen.«

Holly konzentrierte sich aufs Fahren, obwohl der Magmastreifen ihr das Lenken abnahm. Beschwerden einzureichen war offenbar Grubs Lieblingsbeschäftigung. Troubles kleiner Bruder fand an allem etwas auszusetzen, nur nicht an sich selbst. Und in diesem Fall lag er mal wieder völlig daneben. Die Vakuumhandschellen aus Plexiglas hatten keine scharfen Kanten. Denn wenn sie welche hätten, könnte ein Kobold womöglich auf die Idee kommen, mit der einen Handschelle ein Loch in die andere zu bohren, so dass Sauerstoff an die Hand kam. Und niemand war versessen darauf, dass Kobolde im Wagen mit Feuerbällen um sich warfen.

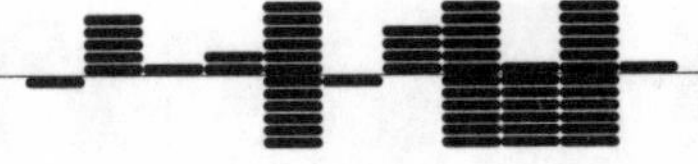

»Ich weiß, es klingt pingelig, wegen eines eingerissenen Nagels eine Beschwerde einzureichen, aber *mir* kann nun wirklich niemand vorwerfen, ich sei pingelig.«

»Natürlich nicht. Was für eine Idee!«

Grub warf sich in die Brust. »Immerhin bin ich der Einzige aus der ZUP-Bergungseinheit, der es mit dem Oberirdischen, diesem Butler, aufgenommen hat.«

Holly stöhnte vernehmlich. Sie hoffte inständig, es würde Grub davon abhalten, zum x-ten Mal seine Artemis-Fowl-Kriegsstory zu erzählen. Mit jedem Mal wurde sie länger und fantasievoller. In Wirklichkeit hatte Butler ihn nicht mehr beachtet als ein Fischer eine kleine Elritze.

Doch Grub ignorierte den Wink. »Ich erinnere mich noch genau«, begann er in dramatischem Tonfall. »Es war eine dunkle Nacht ...«

Und als hätten seine Worte ungeheure Zauberkraft, erloschen schlagartig sämtliche Lichter der Stadt. Nicht nur das, auch der Magmastreifen erstarrte und ließ ihr Fahrzeug mitten auf der Schnellstraße liegen.

»Das war doch nicht ich, oder?«, flüsterte Grub entgeistert.

Holly antwortete nicht, sie war bereits halb zur Tür hinaus. Die Sonnenstreifen an der Decke, die das Tageslicht imitierten, verloren ihre Kraft und verloschen. Im letzten Dämmerlicht spähte Holly hinüber zum Nordtunnel, und tatsächlich glitt das Schott herunter, am unteren Rand von blinkenden Warnlampen beleuchtet. Siebzig Meter massiver Stahl, die Haven von der Außenwelt abschnitten. Genau dasselbe geschah an allen weiteren strategisch wichtigen Punkten der Stadt. Abschottung. Es gab nur drei Gründe, die den Rat dazu veranlassen konnten, die stadt-

weite Abschottung auszulösen: Überflutung, eine Epidemie oder die Entdeckung durch Oberirdische.

Holly blickte sich um. Niemand ertrank, niemand war krank. Also waren die Menschenwesen im Anmarsch. Der schlimmste Albtraum aller Unterirdischen.

Flackernd glomm die Notbeleuchtung auf. Das weiche, weiße Licht der Sonnenstreifen wurde durch ein geisterhaftes Orange ersetzt. Reguläre Dienstfahrzeuge bekamen einen Energieschub vom Magmastreifen, der ausreichte, um sie ins nächste Depot zu bringen. Normale Bürger hatten nicht so viel Glück, sie mussten zu Fuß gehen. Hunderte stiegen mit weichen Knien aus ihren Wagen, zu verängstigt, um zu protestieren. Das würde später kommen.

»Captain Short! Holly!«

Es war Grub. Zweifellos hatte er wieder etwas gefunden, worüber er sich beschweren konnte.

»Corporal«, sagte sie und drehte sich zu ihrem Fahrzeug um, »jetzt ist wohl kaum der richtige Moment für eine Panikattacke. Wir müssen den anderen ein Vorbild …«

Der Rest des Vortrags blieb ihr im Hals stecken, als sie erkannte, was mit dem Wagen passierte. Sämtliche ZUP-Fahrzeuge wurden durch einen Energieschub vom Magmastreifen so lange versorgt, dass sie samt ihrer Ladung in Sicherheit gebracht werden konnten. Ein Energieschub, der normalerweise auch die Plexiglashandschellen unter Vakuum hielt. Doch sie fuhren keinen offiziellen ZUP-Dienstwagen und bekamen daher auch keine Notstromversorgung – was die Kobolde offensichtlich erkannt hatten, denn sie versuchten gerade, sich einen Weg mit Feuerbällen freizuschmelzen.

Mit rußgeschwärztem Helm stolperte Grub aus der Fahrerkabine. »Sie haben die Handschellen aufgeschmolzen und versuchen jetzt, sich durch die Tür zu brennen«, keuchte er und flüchtete sich in sichere Entfernung.

Kobolde – ein kleiner Scherz der Evolution. Man nehme die dümmsten Kreaturen des ganzen Planeten und gebe ihnen die Fähigkeit, Feuer zu erzeugen. Hörten die Kobolde nicht bald auf, die Stahlwände des Lieferwagens mit Flammen zu attackieren, würde das schmelzende Metall sie einschließen. Keine angenehme Art zu sterben, selbst wenn man feuerfest ist.

Holly aktivierte den Lautsprecher in ihrem Helm. »He, ihr da im Wagen. Stellt das Feuer ein. Die Kiste bricht sonst über euch zusammen, und dann sitzt ihr in der Falle.«

Weitere Rauchwolken stiegen aus den Lüftungsklappen, dann hörte das Fahrzeug nach ein paar Sekunden auf zu schaukeln. Ein Gesicht erschien am Gitter, und eine gespaltene Zunge zuckte zwischen den Stäben hindurch. »Hältst du uns etwa für blöd, Elfentussi? Den Schrotthaufen haben wir in null Komma nichts durchgeglüht.«

Holly trat näher heran und stellte den Lautsprecher auf volle Kraft.

»Hör zu, Kobold. Ihr seid blöd, das ist nun mal eine Tatsache. Wenn ihr weiter mit Feuerbällen um euch werft, wird das Dach des Wagens schmelzen und euch durchlöchern wie Geschosse aus einer Waffe der Oberirdischen. Ihr seid zwar feuerfest, aber seid ihr auch kugelsicher?«

Der Kobold leckte sich über die lidlosen Augen und überlegte einen Moment. »Du lügst, Elfe! Erst brennen wir ein Loch in diese Kiste, und dann kommst du dran.«

Die Seitenwände des Lieferwagens begannen erneut zu beben und Blasen zu werfen, als die Kobolde wieder loslegten.

»Keine Sorge«, sagte Grub aus sicherer Entfernung. »Die Feuerlöscher machen sie fertig.«

»Normalerweise schon«, erwiderte Holly. »Nur dass die Feuerlöscher am Hauptnetz hängen, und das ist im Moment abgeschaltet.«

Eine mobile Imbissküche wie diese musste den strengsten Brandschutzbestimmungen entsprechen, bevor sie auch nur ein Rad auf den Magmastreifen setzen durfte. In diesem Fall bedeutete das mehrere Spezialfeuerlöscher, die den gesamten Innenraum des Wagens innerhalb von Sekunden mit brandhemmendem Schaum ausfüllen konnten. Das Schöne an diesem Löschschaum war, dass er beim Kontakt mit Luft sofort hart wurde; das weniger Schöne daran war, dass der Auslöseschalter an den Magmastreifen angeschlossen war. Ohne Strom kein Schaum.

Holly zog ihre Neutrino 2000 aus dem Halfter. »Dann werde ich den Schalter wohl selbst betätigen müssen.«

Sie klappte das Visier ihres Helms herunter und kletterte in die Fahrerkabine des Wagens, bemüht, möglichst kein Metall zu berühren, denn ihr ZUP-Overall war zwar mit Hitze ableitenden Mikrofasern ausgestattet, doch diese taten nicht immer, was sie versprachen.

Die Kobolde lagen auf dem Rücken und pumpten einen Feuerball nach dem anderen gegen die Wagendecke.

»Schluss jetzt!«, befahl sie und legte die Mündung ihrer Laserwaffe an das trennende Gitter.

Drei der Kobolde ignorierten sie. Der vierte, vermutlich ihr Anführer, wandte ihr sein schuppiges Gesicht zu. Holly sah, dass seine Augen tätowiert waren. Eine

unglaubliche Dummheit, die ihm wahrscheinlich eine Beförderung innerhalb der Bande verschafft hätte, wäre die B'wa Kell nicht erfolgreich niedergeschlagen worden.

»Du erwischst uns nie alle auf einmal, Elfe«, feixte er. Rauch drang aus seinem Mund und den schlitzförmigen Nasenlöchern. »Also wird einer von uns dich erwischen.«

Der Kobold hatte Recht, auch wenn er nicht wusste, warum. Holly fiel nämlich schlagartig ein, dass sie während einer Abschottung nicht schießen durfte. Es gab strikten Befehl, keine ungeschützte Energiequelle zu benutzen, da Haven City möglicherweise sondiert wurde.

Ihr Zögern reichte dem Kobold als Beweis. »Wusste ich's doch!«, rief er triumphierend und warf lässig einen Feuerball gegen das Gitter. Es glühte rot auf, und Funken sprühten auf Hollys Visier. Das Wagendach über den Köpfen der Kobolde hing bereits gefährlich durch. Noch ein paar Sekunden, und es würde zusammenbrechen.

Holly löste einen Enterhaken von ihrem Gürtel und schraubte ihn in die Abschussvorrichtung oberhalb des Laufs der Neutrino. Diese Vorrichtung funktionierte wie eine altmodische Harpune über eine Druckfeder und würde keine Wärmestrahlung abgeben. Nichts, was irgendwelche Sensoren registrieren konnten.

Der Kobold amüsierte sich königlich, wie die meisten Kobolde unmittelbar vor ihrer Verhaftung – was erklärt, warum so viele hinter Gittern saßen.

»Ein Haken? Willst du uns etwa zu Tode piksen, kleine Elfe?«

Holly zielte auf die Sicherungskappe an der Düse des Feuerlöschers, der an der Rückwand des Wagens befestigt war.

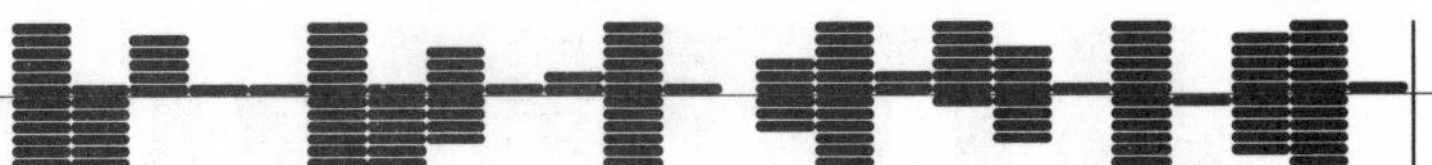

»Würdest du bitte die Klappe halten«, befahl sie und schoss den Haken ab. Er flog über den Kopf des Kobolds hinweg und bohrte sich genau in die Mitte der Kappe, so dass das Seil quer durch den Wagen gespannt war.

»Daneben«, spottete der Kobold und streckte seine gespaltene Zunge heraus. Es war ein weiterer Beweis für die Dämlichkeit des Kobolds, dass er während der Abschottung in einem halb geschmolzenen Lieferwagen hockte, die Waffe eines ZUP-Officers auf sich gerichtet, und trotzdem noch glaubte, er hätte die Oberhand.

»Ich hab gesagt, du sollst die Klappe halten!«, gab Holly zurück und zog an dem Seil, so dass die Sicherungskappe abriss.

Achthundert Kilogramm Löschschaum schossen mit einer Geschwindigkeit von rund dreihundert Stundenkilometern aus der Düse. Natürlich erstickten sofort alle Feuerbälle. Die Kobolde wurden von dem schnell härtenden Schaum eingeschlossen, und ihr Anführer wurde mit solcher Wucht gegen das Gitter gedrückt, dass die Tätowierungen in seinen Augen gut zu lesen waren. In dem einen stand Mama, in dem anderen Popa. Ein Schreibfehler, aber das war ihm vermutlich noch gar nicht aufgefallen.

»Aua«, entfuhr es ihm, eher vor Überraschung denn aus Schmerz. Mehr brachte er nicht heraus, da er den Mund voll hatte mit erstarrendem Schaum.

»Keine Angst«, sagte Holly. »Der Schaum ist porös, so dass ihr weiter Luft bekommt, aber er ist auch absolut feuerfest, also viel Spaß bei dem Versuch, euch freizubrennen.«

Grub untersuchte noch immer seinen eingerissenen Nagel, als Holly aus dem Wagen stieg. Sie nahm den

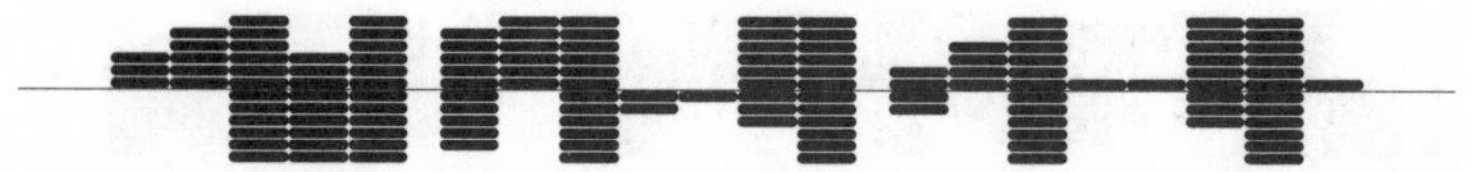

Helm ab und wischte mit dem Ärmel ihres Overalls den Ruß fort. Das Visier war eigentlich antihaftbeschichtet; vielleicht sollte sie ihm mal eine neue Versiegelung gönnen.

»Alles in Ordnung?«, fragte Grub.

»Ja, Corporal, alles in Ordnung. Wenn auch nicht unbedingt dank Ihrer Hilfe.«

Grub hatte die Frechheit, eine beleidigte Miene aufzusetzen. »Ich habe die Umgebung abgesichert, Captain. Wir können schließlich nicht alle Actionhelden sein.«

Typisch Grub, immer eine Ausrede parat. Um ihn würde sie sich später kümmern. Jetzt war erst mal das Wichtigste, zum Polizeipräsidium zu kommen und herauszufinden, warum der Rat die Stadt abgeschottet hatte.

»Ich glaube, wir sollten zur Zentrale zurückkehren«, ließ sich Grub vernehmen. »Die Jungs vom Geheimdienst werden sicher meinen Rat brauchen, wenn die Oberirdischen uns überfallen.«

»Ich glaube, *ich* sollte zur Zentrale zurückkehren«, entgegnete Holly. »Sie bleiben hier und behalten die Gefangenen im Auge, bis wir wieder Strom haben. Meinen Sie, dass Sie dazu in der Lage sind? Oder behindert Ihr eingerissener Nagel Sie zu sehr?«

Hollys kastanienbraunes Haar stand in verschwitzten Stacheln vom Kopf ab, und ihre runden, haselnussbraunen Augen fixierten Grub drohend.

»Nein, Holly ... Captain. Überlassen Sie das ruhig mir. Ich habe alles unter Kontrolle.«

Wer's glaubt, wird selig, dachte Holly und spurtete Richtung Polizeipräsidium davon.

Die Stadt war ein einziges Chaos. Sämtliche Bewohner standen auf der Straße und starrten fassungslos auf ihre lahm gelegten Geräte. Einige der jüngeren Unterirdischen konnten offenbar den Verlust ihres Handys nicht verwinden. Leise schluchzend lagen sie am Boden.

Im Polizeipräsidium wimmelte es von Neugierigen, die herbeischwirrten wie Motten zum Licht. Zu einem der wenigen verbliebenen Lichter der Stadt. Krankenhäuser und Rettungswagen hatten natürlich weiterhin Strom, aber davon abgesehen war die Zentrale der ZUP das einzige Regierungsgebäude, in dem die Energieversorgung noch funktionierte.

Holly schob sich durch die Menge zum Empfang. Die Schlangen an den öffentlichen Schaltern reichten bis hinaus auf die Straße. Heute stellten alle dieselbe Frage: Was ist mit dem Strom?

Genau diese Frage lag auch Holly auf den Lippen, als sie ins Besprechungszimmer stürmte, doch sie behielt sie für sich. Der Raum war brechend voll mit dem gesamten Aufgebot an Captains, drei regionalen Commandern und allen sieben Mitgliedern des Rates.

»Aaah«, sagte Präsident Cahartez. »Unser letzter Captain.«

»Ich hatte keinen Notstrom«, erklärte Holly. »Beschlagnahmtes Privatfahrzeug.«

Cahartez rückte seinen kegelförmigen Amtshut zurecht. »Für Entschuldigungen haben wir jetzt keine Zeit, Captain. Mr Foaly hat mit seinem Lagebericht extra auf Sie gewartet.«

Holly nahm am Tisch der Captains Platz, neben Trouble Kelp.

»Alles klar mit Grub?«, flüsterte er.

»Er hat sich einen Nagel eingerissen.«

Trouble verdrehte die Augen. »Dann wird er bestimmt wieder eine Beschwerde einreichen.«

Foaly, der Zentaur, kam hereingetrottet, Stapel von Disketten in den Händen. Foaly war das technische Genie der ZUP, und seine Erfindungen im Bereich Sicherheit waren der Hauptgrund dafür, dass die Menschenwesen das Versteck der Unterirdischen noch nicht entdeckt hatten. Doch wie es aussah, würde sich das vielleicht bald ändern.

Mit geübten Bewegungen lud der Zentaur den Inhalt der Disketten auf einen riesigen Plasmabildschirm an der Wand. Verschiedene kompliziert aussehende Algorithmen und Kurvendiagramme erschienen.

Er räusperte sich geräuschvoll. »Wegen dieser Aufzeichnungen habe ich Präsident Cahartez geraten, die Abschottung zu veranlassen.«

Commander Root, Chef der Aufklärungseinheit, saugte an einer kalten Pilzzigarre. »Ich denke, ich spreche für alle Anwesenden, Foaly, wenn ich sage, dass ich nichts weiter sehe als Zahlen und Kringel. Ich zweifle nicht daran, dass das Ganze für kluge Ponys wie Sie einen Sinn ergibt, aber uns Normalsterblichen ist schlichtes Gnomisch lieber.«

Foaly seufzte. »Gut. Ich werde mir Mühe geben. Wir sind geortet worden. Ist das schlicht genug?«

War es. Fassungsloses Schweigen erfüllte den Raum. Es wusste jemand, dass das Erdvolk hier unten war.

Root fand als Erster seine Stimme wieder. »Geortet? Von wem?«

Foaly zuckte die Achseln. »Keine Ahnung. Die Sondierung dauerte nur ein paar Sekunden. Es gab keine erkennbare Signatur, und es war nicht zurückzuverfolgen.«

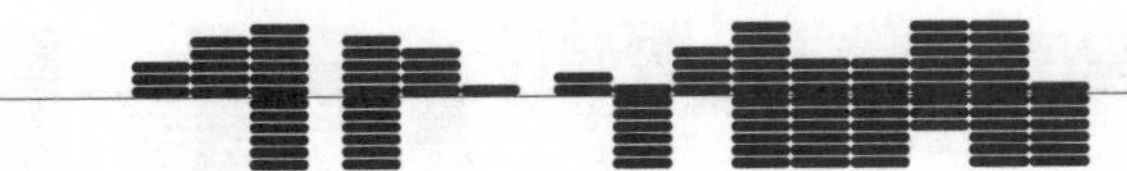

»Wie viel haben sie entdeckt?«

»Eine ganze Menge. Alles in Nordeuropa. Sucher, Sentinel, sämtliche Überwachungskameras. Sie haben Informationen über jedes einzelne Gerät heruntergeladen.«

Das waren katastrophale Neuigkeiten. Irgendjemand oder irgendetwas hatte innerhalb weniger Sekunden das gesamte Sicherheitssystem der Unterirdischen in Nordeuropa ausspioniert.

»Waren es Oberirdische?«, fragte Holly. »Oder Außerirdische?«

Foaly wies auf eine digitale Abbildung des Sucherstrahls. »Das kann ich nicht mit Sicherheit sagen. Wenn es Oberirdische waren, haben sie etwas Brandneues entwickelt. Das hier kam völlig aus dem Nichts. Soweit ich weiß, hat niemand an so einer Technologie gearbeitet. Was es auch sein mag, es hat in uns gelesen wie in einem offenen Buch. Meine Verschlüsselungssequenzen wurden ausgeschaltet, als hätten sie nie existiert.«

Cahartez nahm seinen Amtshut ab. Formalitäten waren jetzt unwichtig. »Was bedeutet das für das Erdvolk?«

»Schwer zu sagen. Es gibt einen besten und einen schlimmsten Fall. Unser geheimnisvoller Spion könnte alles über uns herausfinden, wann immer ihm danach ist, und mit unserer Zivilisation anstellen, was er will.«

»Und wie sähe der beste Fall aus?«, fragte Trouble.

Foaly holte tief Luft. »Das *war* der beste Fall.«

Commander Root rief Holly in sein Büro. Der Raum stank nach Zigarrenrauch trotz des Luftreinigers, der in den Schreibtisch eingebaut war. Foaly war bereits da und hackte wie ein Besessener auf die Tastatur des Computers ein.

»Das Signal kam von einem Punkt irgendwo in London«, erklärte der Zentaur. »Das wissen wir nur deshalb, weil ich zufällig just in dem Moment auf den Bildschirm geschaut habe.« Er lehnte sich mit einem Kopfschütteln zurück. »Das ist unglaublich. Es ist eine Art Mischtechnologie. Fast wie unser Ionensystem, nur um eine Haaresbreite davon entfernt.«

»Das Wie ist jetzt nicht wichtig«, sagte Root. »Mich beschäftigt eher das Wer.«

»Was kann ich tun, Sir?«, fragte Holly.

Root erhob sich und ging zu dem Plasmabildschirm, auf dem ein Stadtplan von London abgebildet war. »Ich möchte, dass Sie sich eine Überwachungsausrüstung schnappen, an die Oberfläche gehen und sich bereit halten. Wenn wir noch mal sondiert werden, will ich jemanden an Ort und Stelle haben. Wir können dieses Ding zwar nicht zurückverfolgen, aber das Signal wird auf jeden Fall optisch festgehalten. Sobald es auf dem Bildschirm auftaucht, schicken wir Ihnen die Koordinaten rauf, und Sie können sich auf die Suche machen.«

Holly nickte. »Wann wird die nächste Glutwelle erwartet?«

Glutwelle war ZUP-Jargon für die Magmawogen, von denen die Officer der Aufklärung sich in Titankapseln zur Erdoberfläche schießen ließen. Kapselpiloten bezeichneten diese Form der Beförderung, die viel Fingerspitzengefühl verlangte, als Glutwellen-Surfen.

»Schlechte Nachricht«, antwortete Foaly. »Für die nächsten zwei Tage ist Schicht im Schacht. Du wirst ein Shuttle nehmen müssen.«

»Was ist mit der Abschottung?

»Ich habe Stonehenge und unser Satellitensystem wieder an die Energieversorgung angeschlossen. Wir müssen das Risiko eingehen. Du musst an die Oberfläche, und wir brauchen Funkkontakt. Die Zukunft unserer Zivilisation könnte davon abhängen.«

Holly spürte, wie das Gewicht der Verantwortung sich auf ihre Schultern senkte. Das mit der *Zukunft unserer Zivilisation* hörte sie in letzter Zeit immer öfter.

Kapitel 3

Auf Eis gelegt

En Fin, Knightsbridge, London

Die Schallwelle von Butlers Granate war durch die Küchentür gedonnert und hatte die Edelstahlgeräte weggefegt wie Herbstlaub. Das Aquarium war zerborsten, und die überschwemmten Fliesen waren übersät mit Glassplittern und verdutzten Hummern. Mit erhobenen Scheren krabbelten sie zwischen den Trümmern umher.

Die Restaurantbelegschaft lag auf dem Boden, gefesselt und durchnässt, aber am Leben. Butler befreite sie nicht. Hysterie konnte er jetzt nicht gebrauchen. Sie würden warten müssen, bis er sämtliche Gefahren ausgeschaltet hatte.

Die alte Dame, die in einer der Trennwände festhing, bewegte sich. Der Diener überprüfte ihre Augen. Sie schielte, und ihr Blick war glasig. Von ihr drohte keine Gefahr. Dennoch steckte Butler ihre Waffe ein. Man konnte gar nicht vorsichtig genug sein – eine Tatsache, die sich gerade wieder einmal bewahrheitet hatte. Hätte Madame Ko seinen heutigen Einsatz mitbekommen,

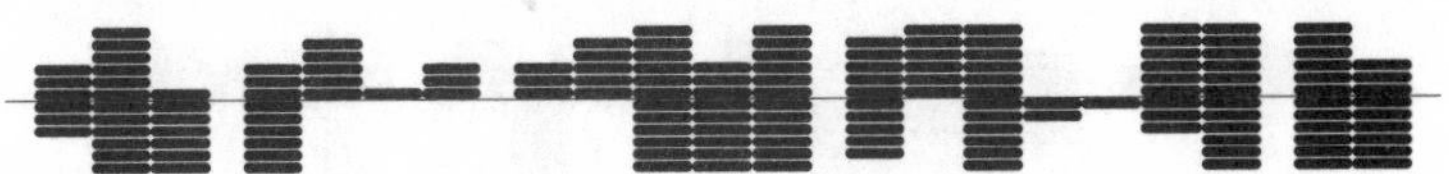

sie hätte garantiert seine Diplomtätowierung entfernen lassen.

Der Raum war sauber, und trotzdem irritierte den Leibwächter etwas. Sein Soldatensinn kribbelte wie ein Ameisenhaufen. Wieder dachte Butler an Madame Ko, seine Sensei von der Akademie. *Die wichtigste Aufgabe eines Leibwächters besteht darin, seinen Prinzipal zu beschützen. Der Prinzipal kann nicht erschossen werden, wenn Sie vor ihm stehen.* Madame Ko bezeichnete den Arbeitgeber stets als Prinzipal. Mit Prinzipalen ging man keine persönliche Bindung ein.

Butler fragte sich, warum ihm von den Hunderten von Maximen, die Madame Ko ihm eingehämmert hatte, ausgerechnet diese durch den Kopf gegangen war. Na, eigentlich war es klar. Er hatte gegen die wichtigste Regel des Personenschutzes verstoßen, indem er seinen Prinzipal unbewacht gelassen hatte. Und die zweite Regel – *Entwickeln Sie keine emotionale Bindung zum Prinzipal* – hatte er auch längst in den Wind geschrieben. Artemis war Butler so sehr ans Herz gewachsen, dass es mittlerweile anscheinend seine Urteilskraft beeinträchtigte.

Er sah Madame Ko förmlich vor sich, unauffällig in ihrem khakifarbenen Anzug. Für jeden ahnungslosen Betrachter eine ganz normale japanische Hausfrau. Aber wie viele Hausfrauen, egal welcher Nationalität, konnten so schnell zuschlagen, dass die Luft sirrte? *Sie sind eine Schande, Butler. Und Sie machen Ihrem Namen Schande. Wenn ich mir Ihre Fähigkeiten genauer betrachte, hätten Sie lieber Schuhmacher werden sollen. Ihr Prinzipal ist bereits ausgeschaltet worden.*

Butler bewegte sich wie in einem Traum. Die Luft selbst schien ihn zurückzuhalten, als er auf die Küchentür

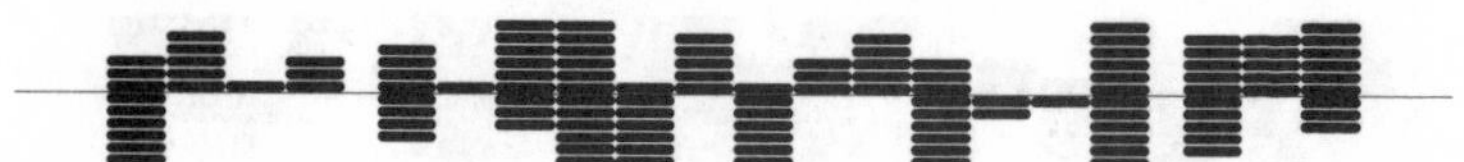

zurannte. Ihm war klar, was passiert sein musste. Arno Blunt war ein Profi. Zwar eitel – eine Sünde unter Leibwächtern –, aber dennoch ein Profi. Und Profis trugen stets Ohrstöpsel, wenn die Gefahr einer Schießerei bestand.

Die Fliesen unter seinen Füßen waren glitschig, doch Butler kompensierte dies, indem er sich vorbeugte und die Zehen durch die gummibesohlten Schuhe in den Boden rammte. Seine unversehrten Trommelfelle nahmen ungleichmäßige Vibrationen aus dem Speisesaal wahr. Stimmen. Artemis sprach mit jemandem. Vermutlich mit Arno Blunt. Es war bereits zu spät.

Butler sprintete mit einem Tempo durch die Schwingtür, die einen Olympialäufer hätte erblassen lassen. Sein Gehirn begann die Situation zu analysieren, sobald seine Netzhäute die Bilder lieferten: Blunt hatte den Finger bereits am Abzug. Daran war jetzt nichts mehr zu ändern. Es gab nur eine Möglichkeit. Ohne zu zögern, nutzte Butler sie.

In der rechten Hand hielt Blunt seine Pistole mit Schalldämpfer. »Du dschuerschd«, sagte er. »Dann der Affe.«

Arno Blunt legte an, zielte kurz und drückte ab.

Butler tauchte aus dem Nichts auf; er schien den ganzen Raum auszufüllen, als er sich in die Schussbahn der Kugel warf. Aus größerer Entfernung hätte das Kevlar in seiner schusssicheren Weste vielleicht gehalten, doch die unmittelbare Nähe sorgte dafür, dass sich die teflonbeschichtete Kugel durch die Weste bohrte wie ein glühender Schürhaken durch Schnee. Sie traf Butlers Brust einen Zentimeter unterhalb des Herzens. Die Verletzung war tödlich. Und diesmal war Captain Short nicht in der Nähe, um ihn mit ihrer Magie zu retten.

Der Schwung seines Körpers und die Wucht der Kugel schleuderten Butler gegen Artemis, der auf dem Dessertwagen landete und unter seinem Leibwächter begraben wurde. Von dem Jungen war nur noch ein Armani-Slipper zu sehen.

Butlers Atem ging flach, und seine Augen waren blind, aber er war noch nicht tot. Obwohl die Energiezufuhr in seinem Gehirn immer schwächer wurde, klammerte er sich an einen einzigen Gedanken: Beschütze den Prinzipal.

Arno Blunt holte überrascht Luft, und Butler feuerte sechs Schuss in die Richtung, aus der das Geräusch kam. Er wäre enttäuscht von dem Ergebnis gewesen, denn nur eine Kugel fand ihr Ziel und streifte Blunt an der Schläfe. Der blonde Riese war sofort bewusstlos. Arno Blunt gesellte sich zu seinen Kumpanen auf den Boden.

Butler ignorierte den Schmerz, der seinen Oberkörper wie eine gewaltige Faust zusammenpresste, und lauschte auf Geräusche. Im direkten Umkreis war nichts zu hören, außer dem Scharren von Hummerscheren auf den Fliesen. Und falls einer der Hummer beschließen sollte, einen Angriff zu starten, musste Artemis allein damit fertig werden.

Er konnte nichts mehr tun. Entweder war Artemis sicher, oder er war es nicht. Falls nicht, so war Butler nicht in der Lage, seine dienstlichen Pflichten zu erfüllen. Diese Erkenntnis schenkte ihm eine unglaubliche Ruhe. Keine Verantwortung mehr. Nur sein eigenes Leben leben, zumindest für ein paar Sekunden. Und außerdem war Artemis nicht einfach nur ein Prinzipal. Er war ein Teil seines Lebens. Sein einziger richtiger Freund. Madame Ko mochte diese Einstellung missbilligen, aber sie konnte nicht mehr viel dagegen tun. Überhaupt konnte niemand mehr viel tun.

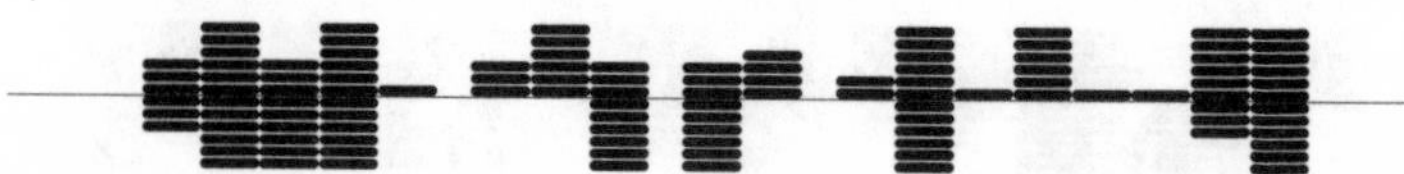

Artemis hatte Desserts noch nie gemocht. Und jetzt lag er in einer Mischung aus Eclairs, Käsekuchen und Pawlowa. Sein Anzug war ruiniert. Natürlich spuckte Artemis' Gehirn diese Fakten nur aus, damit er nicht über das nachdenken musste, was geschehen war. Aber eine Last von zweihundert Pfund ist nicht leicht zu ignorieren.

Zum Glück für Artemis hatte die Wucht von Butlers Aufprall ihn direkt in die untere Etage des Dessertwagens befördert, während der Leibwächter auf der oberen Platte mit der Eiscreme hängen geblieben war. Soweit Artemis es einschätzen konnte, hatte die Schwarzwälder Kirschtorte seinen Sturz so weit aufgefangen, dass er keine schweren inneren Verletzungen befürchten musste. Dennoch war ein Besuch beim Chiropraktiker zweifelsohne angebracht. Wahrscheinlich auch für Butler, obwohl der Kerl die Konstitution eines Trolls besaß.

Artemis wand sich unter seinem Diener hervor. Bei jeder Bewegung explodierten Cremehörnchen unter ihm. »Also wirklich, Butler«, grummelte er. »Ich glaube, ich sollte meine Geschäftspartner in Zukunft etwas sorgfältiger auswählen. Es vergeht ja kaum ein Tag, an dem wir nicht in einen Hinterhalt geraten.«

Erleichtert sah Artemis, dass Arno Blunt bewusstlos auf dem Boden des Restaurants lag.

»Wieder ein Übeltäter ausgeschaltet. Guter Schuss, Butler, wie immer. Oh, und noch was: Ich habe beschlossen, von jetzt an bei allen geschäftlichen Terminen eine schusssichere Weste zu tragen. Das dürfte Ihre Arbeit ein wenig erleichtern, was?«

In diesem Moment bemerkte er Butlers Hemd. Der Anblick traf ihn wie eine Faust in den Magen. Nicht das Loch im Stoff, sondern das Blut, das herauslief.

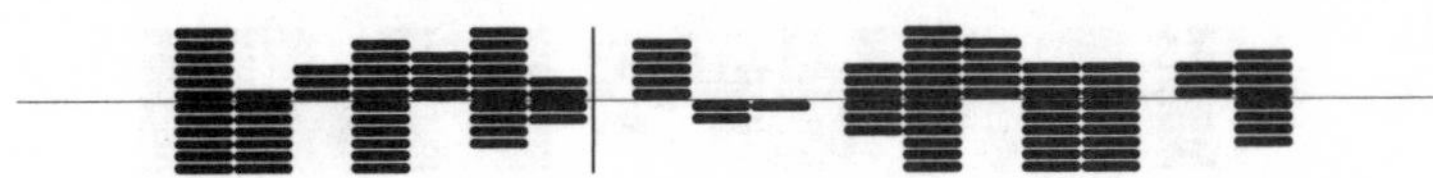

»Butler, Sie sind verletzt! Eine Schusswunde. Aber was ist mit der Weste?«

Der Leibwächter antwortete nicht, aber das war auch nicht nötig. Artemis kannte sich mit den Naturwissenschaften besser aus als die meisten Atomphysiker. Genau genommen stellte er unter dem Pseudonym Emmsey Squire des Öfteren Vorträge zu diesem Thema ins Internet. Offensichtlich war die Triebkraft der Kugel zu groß gewesen, als dass die Weste ihr hätte standhalten können. Wahrscheinlich war das Geschoss zur Erhöhung der Durchschlagskraft mit Teflon verstärkt gewesen.

Am liebsten hätte Artemis den Körper des Leibwächters in die Arme genommen und um ihn geweint wie um einen Bruder. Doch er unterdrückte diesen Impuls. Jetzt war schnelles Denken angesagt.

Butler unterbrach seine Überlegungen. »Artemis... Sind Sie das?«, fragte er keuchend.

»Ja, ich bin's«, antwortete Artemis mit zittriger Stimme.

»Keine Sorge. Juliet wird Sie beschützen. Ihnen wird nichts passieren.«

»Nicht sprechen, Butler. Liegen Sie still. Die Wunde ist nicht gefährlich.«

Butler röchelte statt eines Lachens.

»Also gut, sie ist gefährlich. Aber mir fällt schon was ein. Bleiben Sie einfach still liegen.«

Mit allerletzter Kraft hob Butler die eine Hand. »Adieu, Artemis«, sagte er. »Mein Freund.«

Artemis ergriff die Hand. Jetzt liefen ihm die Tränen übers Gesicht. Ungehindert.

»Adieu, Butler.«

Die blicklosen Augen des Eurasiers waren ruhig. »Artemis, nennen Sie mich Domovoi.«

Dieser Name verriet Artemis zwei Dinge. Zum einen war sein lebenslanger Begleiter nach einem slawischen Schutzgeist benannt worden. Zum anderen bekamen Abgänger der Schule von Madame Ko die Anweisung, ihrem Prinzipal unter keinen Umständen den eigenen Vornamen zu verraten. Das half, die Dinge auf einer unpersönlichen Ebene zu halten. Butler hätte diese Regel niemals missachtet... es sei denn, sie war nicht mehr wichtig.

»Adieu, Domovoi«, schluchzte der Junge. »Adieu, mein Freund.«

Die Hand glitt herunter. Butler war tot.

»Nein!«, schrie Artemis und wich stolpernd zurück.

Das war nicht richtig. So durfte die Geschichte nicht ausgehen. Aus irgendeinem Grund hatte er sich immer vorgestellt, dass sie zusammen sterben würden. Vielleicht in einer ausweglosen Situation an einem exotischen Ort. Vielleicht bei einem Ausbruch des Vesuv oder an den Ufern des mächtigen Ganges. Aber zusammen, als Freunde. Nach allem, was sie durchgemacht hatten, konnte Butler doch nicht einfach durch die Kugel eines großmäuligen, zweitklassigen Muskelprotzes sterben.

Butler war schon einmal fast gestorben. Vor mehr als einem Jahr hatte ihn ein Troll aus den tiefen Tunneln unterhalb von Haven City in die Klauen bekommen. Damals hatte Holly Short ihn gerettet. Doch diesmal war keine Elfe in der Nähe, um seinen Leibwächter zu retten.

Wenn er die Zeit dazu hätte, könnte er sich eine Taktik überlegen, um die ZUP zu kontaktieren. Wenn er Zeit hätte, könnte er Holly überreden, ihre Magie einzuset-

zen. Doch er hatte keine Zeit. Butler blieben vielleicht noch vier Minuten, bis sein Gehirn für immer abschaltete. Das reichte nicht, nicht einmal für einen Intellekt wie seinen. Artemis musste sich irgendwie Zeit erkaufen. Oder stehlen.

Denk nach, Junge, denk nach. Überleg dir, was die Situation hergibt. Artemis brachte den Tränenfluss zum Stillstand. Er war in einem Restaurant, einem Fischrestaurant. Nutzlos! Wertlos! In einer medizinischen Einrichtung könnte er vielleicht etwas für Butler tun, aber hier? Was gab es schon? Einen Ofen, Spülbecken, Küchengeräte. Selbst wenn er die nötigen Instrumente hätte, würde es ihm nichts nützen, weil er das Medizinstudium noch nicht abgeschlossen hatte. Und für konventionelle Chirurgie war es ohnehin zu spät, es sei denn, es gab eine Methode der Herztransplantation, die weniger als vier Minuten in Anspruch nahm.

Die Sekunden tickten vorüber. Artemis wurde immer wütender auf sich. Die Zeit war gegen sie. Die Zeit war ihr Feind. Die Zeit musste angehalten werden. Eine Idee zuckte als Neuronenblitz durch sein Gehirn. Er konnte zwar die Zeit selbst nicht anhalten, aber Butlers Reise durch die Zeit. Der Versuch war riskant, aber eine andere Chance gab es nicht.

Mit dem Fuß löste Artemis die Bremse des Dessertwagens und begann, das Gefährt Richtung Küche zu manövrieren. Er musste mehrmals innehalten, um stöhnende Killer aus dem Weg zu räumen. Draußen näherten sich Rettungswagen mit heulenden Sirenen. Natürlich war die Explosion der Schallgranate nicht unbemerkt geblieben. Er hatte nur noch wenige Minuten, um sich eine plausible Geschichte für die Polizei auszudenken.

Am besten, er machte sich aus dem Staub. Die Fingerabdrücke würden kein Problem darstellen, da sicher Dutzende von Gästen in dem Restaurant gewesen waren. Er musste nur zusehen, dass er verschwand, bevor Scotland Yard auftauchte.

Die Küche war komplett aus Edelstahl gefertigt. Kochfelder, Abdeckungen und Arbeitsflächen waren mit Explosionstrümmern übersät. Fische lagen zappelnd in der Spüle, Krebse krabbelten über die Fliesen, und von der Decke kleckste Kaviar.

Da! An der Rückwand stand eine Reihe Gefrierschränke, unentbehrlich in einem Fischrestaurant. Artemis stemmte die Schulter gegen den Dessertwagen und rollte ihn darauf zu.

Der größte Schrank war eins der maßgefertigten Exemplare mit ausziehbarer Schublade, wie es sie oft in großen Restaurants gab. Artemis öffnete sie und fischte eilig die Lachse, Seebarsche und Hechte heraus, die in den Eissplittern vergraben lagen.

Kryogenie. Das war die einzige Chance. Die Wissenschaft vom fachmännischen Gefrieren eines Körpers, bis die Medizin sich weit genug fortentwickelt hatte, um ihn wieder zu beleben. Von der Ärzteschaft im Allgemeinen als Scharlatanerie abgetan, verdienten entsprechende Institutionen für künstlichen Kälteschlaf jedes Jahr Millionen aus dem Nachlass reicher Exzentriker, die mehr als ein Leben brauchten, um ihr Geld auszugeben. Kryogentanks wurden normalerweise nach ganz exakten Vorgaben gefertigt, doch in diesem Fall reichte die Zeit nicht, um Artemis' gewohnte Ansprüche zu befriedigen. Der Gefrierschrank würde als Übergangslösung reichen müssen. Das Wichtigste war, dass Butlers Kopf gekühlt

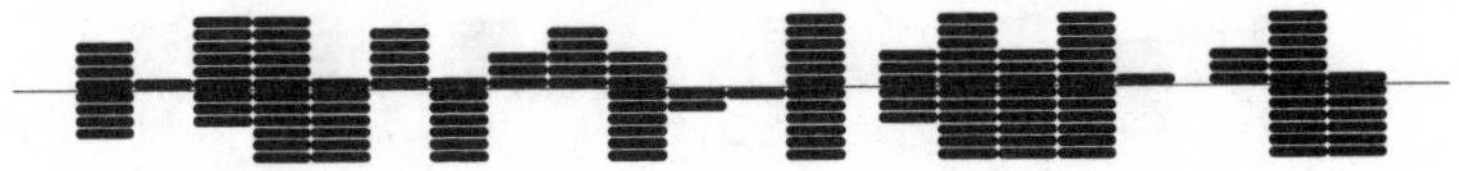

wurde, um die Gehirnzellen zu erhalten. Solange seine Hirnfunktionen intakt waren, konnte er theoretisch wieder belebt werden, selbst wenn das Herz nicht mehr schlug.

Artemis rückte den Wagen hin und her, bis er genau parallel zu dem offenen Schrank stand, dann wälzte er Butlers Körper mithilfe eines Silbertabletts in das rauchende Eis. Es war knapp, doch mit leicht angewinkelten Beinen passte der Leibwächter hinein. Artemis häufte loses Eis auf seinen gefallenen Kameraden und stellte dann den Thermostat auf vier Grad minus, um eine Schädigung des Gewebes zu vermeiden. Butlers blicklose Augen starrten ihn durch eine Eisschicht hindurch an.

»Ich bin bald zurück«, sagte der Junge. »Schlafen Sie gut.«

Die Sirenen waren jetzt ganz nah. Reifen quietschten.

»Halten Sie durch, Domovoi«, flüsterte Artemis und schloss den Gefrierschrank zu.

Artemis verschwand durch die Hintertür und mischte sich unter das Gewimmel auf der Straße. Da die Polizei vermutlich die Schaulustigen fotografierte, blieb er nicht an der Absperrung stehen und blickte nicht einmal zum Restaurant zurück, sondern ging zu Harrods und suchte sich einen Tisch im Café auf der Empore.

Nachdem er der Kellnerin glaubhaft versichert hatte, dass er nicht nach seiner Mami suchte und genügend Bargeld dabei hatte, um seine Kanne Earl-Grey-Tee zu bezahlen, nahm er sein Handy heraus und drückte auf eine Kurzwahltaste.

Beim zweiten Klingeln antwortete eine männliche Stimme.

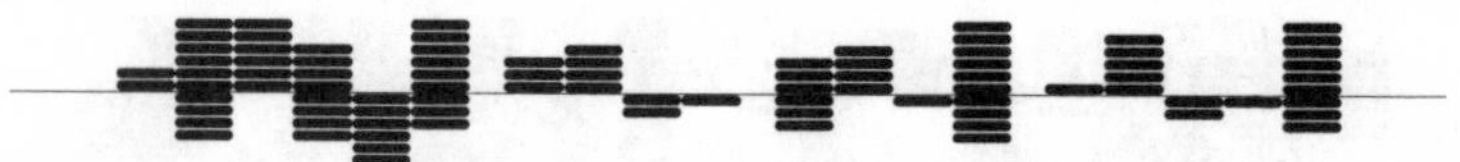

»Ja, bitte? Wer immer Sie sind, machen Sie's kurz. Ich bin im Moment sehr beschäftigt.«

Die Stimme gehörte Detective Inspector Justin Barre von Scotland Yard. Ihren rauen Klang verdankte der Detective einem Jagdmesser, das er in den Neunzigern bei einer Kneipenschlägerei in die Kehle bekommen hatte. Wäre Butler nicht vor Ort gewesen, um die Blutung zu stoppen, Justin Barre wäre nie über den Rang eines Sergeant hinausgekommen. Es war an der Zeit, diese Schuld einzufordern.

»Detective Barre, hier ist Artemis Fowl.«

»Artemis, wie geht es dir? Und wie geht es meinem alten Kumpel Butler?«

Artemis massierte sich die Stirn. »Leider gar nicht gut. Er braucht Ihre Hilfe.«

»Jederzeit. Was kann ich tun?«

»Haben Sie etwas von einem Zwischenfall in Knightsbridge gehört?«

Kurzes Schweigen. Artemis hörte, wie ein Fax von der Rolle gerissen wurde.

»Ja, ist gerade hereingekommen. In einem Restaurant sind ein paar Scheiben zu Bruch gegangen. Nichts Dramatisches. Einige Touristen haben einen leichten Schock erlitten. Ersten Nachforschungen zufolge soll es sich um ein örtlich begrenztes Erdbeben handeln, so unglaublich es klingt. Wir haben im Moment zwei Wagen vor Ort. Willst du mir etwa erzählen, dass Butler dahintersteckt?«

Artemis holte tief Luft. »Ich möchte, dass Sie Ihre Männer von den Gefrierschränken fern halten.«

»Das ist aber eine merkwürdige Bitte, Artemis. Was ist denn in den Gefrierschränken, das ich nicht sehen soll?«

»Nichts Illegales«, versprach Artemis. »Sie müssen mir glauben, für Butler geht es hierbei um Leben oder Tod.«

Barre zögerte nicht. »Das Ganze liegt zwar eigentlich außerhalb meines Entscheidungsbereichs, aber betrachte die Sache als geregelt. Musst du das, was ich nicht sehen soll, heimlich aus den Gefrierschränken herausholen?«

Der Detective hatte seine Gedanken gelesen. »Ja, und zwar so schnell wie möglich. Zwei Minuten, mehr brauche ich nicht.«

Barre überlegte. »Okay, gehen wir mal den Zeitplan durch. Die Spurensicherung wird noch eine Weile zugange sein, daran kann ich nichts ändern. Aber in genau zwei Stunden ist der Laden leer, das verspreche ich dir. Du hast fünf Minuten.«

»Das reicht auf jeden Fall.«

»Gut. Und sag dem Riesen, dass wir damit quitt sind.«

Artemis bemühte sich, seine Stimme neutral zu halten. »Ja, Detective Barre, das werde ich tun.«

Falls ich noch die Gelegenheit dazu habe, dachte er.

Kryogenisches Institut für Kälteschlaf *Eiszeit*, Harley Street, London

Genau genommen lag das kryogenische Institut *Eiszeit* nicht an Londons Harley Street, sondern in der Dickens Lane, einer Seitenstraße am südlichen Ende des berühmten Ärzte-Boulevards. Doch das hielt die medizinische Leiterin des Instituts, Dr. Constance Lane, offensichtlich nicht davon ab, Harley Street auf das Briefpapier drucken zu lassen. Renommee war in dieser Branche alles, und wenn die Reichen diese beiden Zauberworte auf einer

Visitenkarte sahen, konnten sie es kaum noch erwarten, ihre sterbliche Hülle dort einfrieren zu lassen.

Artemis Fowl war nicht so leicht zu beeindrucken. Doch er hatte kaum eine andere Wahl, denn es gab in der ganzen Stadt nur drei Institute für Kälteschlaf, und *Eiszeit* war das Einzige, das noch Kapazitäten frei hatte. Die Neonwerbung fand Artemis allerdings etwas geschmacklos: »Freie Tanks zu vermieten.« Also wirklich.

Auch das Gebäude drehte ihm fast den Magen um. Die Fassade war mit gebürstetem Aluminium verkleidet, offensichtlich in dem Bestreben, dem Ganzen das Aussehen eines Raumschiffs zu verleihen, und der Eingang mit seinen zischenden Gleittüren schien direkt aus *Star Trek* zu stammen. Wo war die Kultur? Wo war die Kunst? Wie hatte eine solche Monstrosität im historischen Teil von London eine Baugenehmigung bekommen?

An der Rezeption saß eine Krankenschwester in weißer Uniform und dreigezacktem Käppi. Die Zigarette und die unechten Nägel weckten in Artemis jedoch Zweifel, ob sie wirklich eine echte Krankenschwester war.

»Verzeihung, Miss?«

Die Schwester blickte kaum von ihrem Klatschblatt auf. »Ja? Suchst du jemanden?«

Hinter seinem Rücken ballte Artemis die Fäuste. »Ja, ich möchte mit Dr. Lane sprechen. Sie ist doch die Leiterin hier, oder?«

Die Krankenschwester drückte ihre Zigarette in einem überquellenden Aschenbecher aus. »Das ist hoffentlich nicht wieder für ein Schulprojekt, oder? Dr. Lane hat gesagt, sie macht keine Schulprojekte mehr.«

»Nein. Kein Schulprojekt.«

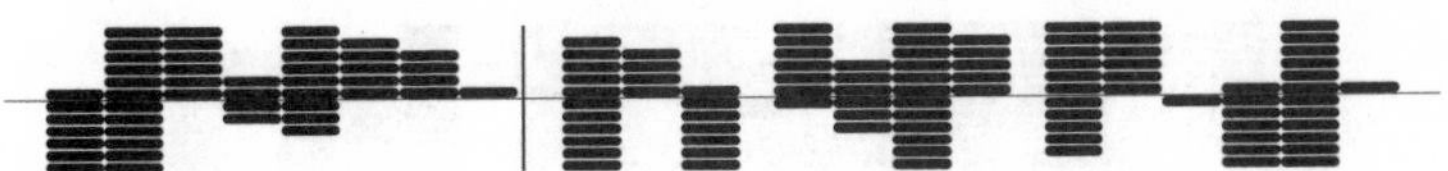

»Bist du etwa Anwalt?«, fragte sie misstrauisch. »Eines dieser Genies, die ihr Diplom machen, bevor sie laufen können?«

Artemis seufzte. »Ein Genie, ja. Allerdings kaum ein Anwalt. Ich bin ein Kunde, Mademoiselle.«

Plötzlich war die Krankenschwester ganz personifizierte Zuvorkommenheit. »Oh, ein Kunde! Warum haben Sie das nicht gleich gesagt? Sie werden sofort empfangen. Möchte der Herr vielleicht einen Tee, einen Kaffee oder etwas Stärkeres?«

»Ich bin dreizehn Jahre alt, Mademoiselle.«

»Einen Saft?«

»Tee wäre gut. Earl Grey, wenn Sie haben. Und natürlich ohne Zucker, sonst werde ich womöglich hyperaktiv.«

Die Schwester war offenbar bei einem zahlenden Kunden bereit, sarkastische Bemerkungen zu tolerieren, und führte Artemis zu einer Lounge, die ebenfalls im Raumschiffstil gestaltet war. Jede Menge schimmernder Velours und Endlosspiegel. Als er die Hälfte der Flüssigkeit, die ganz eindeutig kein Earl Grey war, getrunken hatte, glitt die Tür zu Dr. Lanes Büro auf.

»Kommen Sie doch herein«, sagte eine hoch gewachsene Frau ausdruckslos.

»Soll ich gehen?«, fragte Artemis. »Oder beamen Sie mich rüber?«

Die Wände des Büros waren mit Rahmen bedeckt. An der einen Seite hingen die Urkunden und Zertifikate der Ärztin. Artemis vermutete, dass man die meisten von ihnen an nur einem Wochenende erwerben konnte. An der anderen waren mehrere Porträtfotos aufgehängt. Darüber hing der Slogan *Halten Sie Ihre Liebe(n) frisch.*

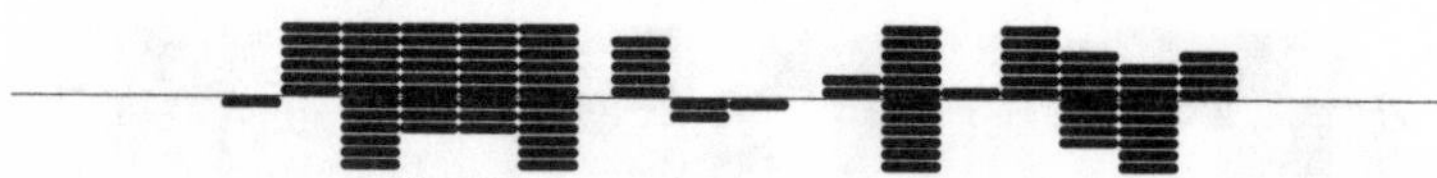

Artemis hätte am liebsten auf dem Absatz kehrtgemacht, aber er hatte keine Wahl.

Dr. Lane ließ sich hinter ihren Schreibtisch nieder. Sie war eine glamouröse Erscheinung mit üppigem, rotem Haar und den schmalen Händen einer Künstlerin. Sogar ihr Kittel war von Dior. Und ihr Lächeln war vollkommen. Zu vollkommen. Artemis sah genauer hin und bemerkte, dass das gesamte Gesicht das Werk eines plastischen Chirurgen war. Anscheinend drehte sich das ganze Leben dieser Frau darum, die Zeit aufzuhalten. Er war an der richtigen Adresse.

»Nun, junger Mann, Tracy sagt, Sie möchten Kunde bei uns werden?« Die Ärztin versuchte zu lächeln, doch die Dehnung verzerrte ihr Gesicht zu einem prall gespannten Ballon.

»Nicht ich persönlich«, erwiderte Artemis. »Aber ich würde gerne einen Ihrer Tanks mieten. Kurzfristig.«

Constance Lane zog einen Prospekt des Instituts aus einer Schublade und umkreiste ein paar Zahlen mit einem Rotstift.

»So etwas ist nicht billig.«

Artemis warf nicht einmal einen Blick auf die Zahlen. »Geld ist kein Problem. Wir können sofort eine telegrafische Überweisung von meinem Schweizer Konto anfordern. In fünf Minuten haben Sie hunderttausend Pfund auf Ihrem Privatkonto. Ich brauche nichts weiter als einen Tank für eine Nacht.«

Die Zahl war beeindruckend. Constance dachte an all die Liftings und Gesichtskorrekturen, die sie sich davon leisten konnte. Dennoch zögerte sie. »Normalerweise ist es Minderjährigen nicht gestattet, Verwandte in unseren Tanks zu lagern. So schreibt es das Gesetz vor.«

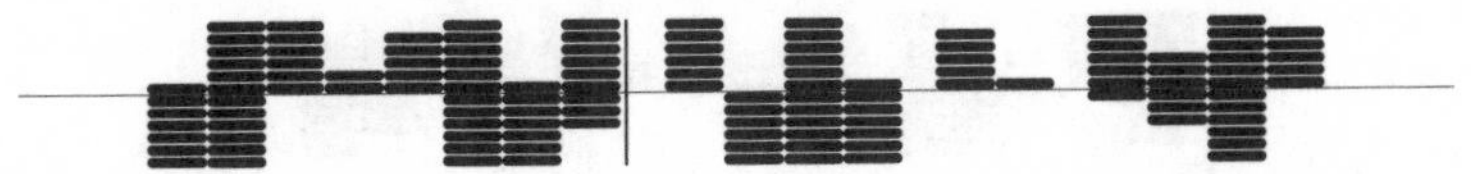

Artemis beugte sich vor. »Dr. Lane. Constance. Gut, was ich hier tue, ist nicht ganz legal, aber es tut doch niemandem weh. Eine Nacht, und Sie sind eine reiche Frau. Morgen um diese Zeit ist es, als wäre ich nie hier gewesen. Keine Leiche, keine Scherereien.«

Die Ärztin fasste sich ans Kinn. »Nur eine Nacht?«

»Ganz recht. Sie werden gar nicht merken, dass wir hier sind.«

Constance nahm einen Taschenspiegel aus der Schreibtischschublade und betrachtete ausgiebig ihr Gesicht. »Rufen Sie Ihre Bank an«, sagte sie.

Stonehenge, England

Zwei Schächte der Unterirdischen führten nach Südengland. Der eine nach London, doch er war inzwischen für die Öffentlichkeit geschlossen, weil der Chelsea Football Club sein Stadion direkt oberhalb des Shuttlehafens gebaut hatte.

Der andere Ausgang lag in Wiltshire, neben dem, was die Oberirdischen als Stonehenge bezeichneten. Die Menschenwesen hatten verschiedene Theorien über den ursprünglichen Zweck der Anlage entwickelt. Manche meinten, es handele sich um einen Landeplatz für außerirdische Raumschiffe, andere hielten es für eine heidnische Kultstätte. Die Wahrheit war jedoch weit weniger glanzvoll. Stonehenge war nämlich nichts anderes gewesen als eine Filiale für den Verkauf von Mahlzeiten auf flachen Brotfladen. Oder, um es in der Menschensprache auszudrücken, ein Pizza-Drive-in.

Einem Gnom namens Bog war aufgefallen, dass viele

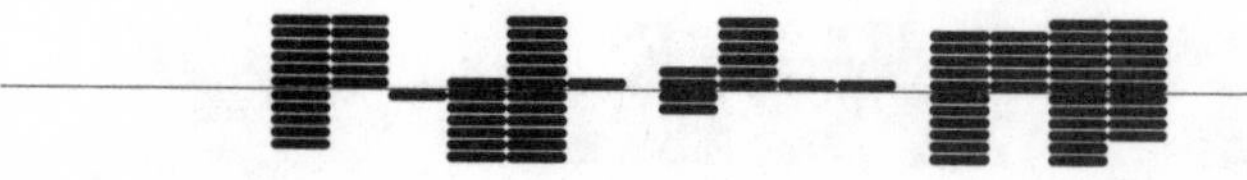

Touristen bei ihren Ausflügen an die Erdoberfläche vergaßen, Proviant mitzunehmen, und so hatte er direkt neben dem Terminal einen Laden aufgemacht. Das funktionierte reibungslos. Man fuhr an einen der Schalter heran, sagte, welchen Belag man haben wollte, und zehn Minuten später konnte man sich voll stopfen. Natürlich hatte Bog sein Unternehmen unter die Erde verlegen müssen, als die Menschenwesen begannen, in ganzen Sätzen zu reden. Aber der Boden war von dem vielen Käse sowieso ganz aufgeweicht. Ein paar von den Schaltern waren sogar eingesackt.

Wegen des ständigen Rummels an der Oberfläche war es für Zivilisten gar nicht so leicht, ein Visum für einen Besuch in Stonehenge zu bekommen. Nun ja, irgendwelche Hippies erzählten jeden Tag, dass sie Elfen gesehen hätten, nur kam nie etwas darüber in die Zeitung. Holly hatte als ZUP-Officer jedenfalls kein Problem mit einem Visum für Stonehenge. Sie brauchte nur einmal ihre Dienstmarke von der Aufklärung vorzuzeigen, und schon stand ihr der Weg nach oben offen.

Ihr Status als Officer der Aufklärung nützte ihr jedoch wenig, wenn es keine Magmaausbrüche gab. Und der Stonehenge-Schacht war seit dreihundert Jahren kalt. Nicht ein einziger Funke. Mangels einer Glutwelle, auf der sie surfen konnte, musste Holly also mit einem kommerziellen Shuttle vorlieb nehmen.

Das erste Shuttle auf dem Fahrplan war komplett ausgebucht, doch glücklicherweise wurde im letzten Moment noch eine Buchung storniert, so dass Holly keinen der Passagiere vor die Tür setzen musste.

Das Shuttle, ein Luxuscruiser mit fünfzig Sitzplätzen, war vollständig von der Bog-Bruderschaft gechartert, um

den ehemaligen Firmensitz ihres Patrons zu besuchen. Die Mitglieder dieses Fanclubs – größtenteils Gnome – hatten ihr Leben ganz der Pizza gewidmet, und alljährlich charterten sie am Jahrestag der Eröffnung von Bogs Pizza-Drive-in ein Shuttle, um an der Erdoberfläche ein Jubiläums-Picknick abzuhalten, bestehend aus Pizza, Knollenbier und Eiscreme mit Pizza-Geschmack. Und natürlich behielten sie den ganzen Tag ihre Pizzamützen aus Gummi auf dem Kopf.

So saß Holly siebenundsechzig Minuten lang eingequetscht zwischen zwei Bier saufenden Gnomen, die das Pizza-Lied sangen:

Pizza, Pizza,
Iss, was du kannst,
Je dicker der Boden,
Desto voller der Wanst!

Das Lied hatte einhundertvierzehn Strophen, und keine besser als die vorherige. Noch nie war Holly so froh gewesen, die Landebeleuchtung von Stonehenge zu sehen.

Der eigentliche Shuttlehafen war recht gut ausgestattet, mit drei Ankunftsschaltern, großem Unterhaltungsbereich und eigenem Duty-free-Shop. Der aktuelle Souvenir-Hit war eine Menschenwesenpuppe im Hippiestil, die »Ey, Peace, Mann!« sagte, wenn man ihr den Bauch drückte.

Holly schob sich mit erhobener Dienstmarke durch die Schlange an der Zollabfertigung und nahm einen Sicherheitsaufzug an die Oberfläche. In letzter Zeit war es einfacher geworden, bei Stonehenge aufzutauchen, da die Oberirdischen Zäune aufgestellt hatten, um ihr vermeintliches Kulturerbe zu beschützen. Sonderbar, dass die Menschenwesen sich mehr Gedanken um die Vergangenheit machten als um die Gegenwart.

Holly schnallte sich die Flügel an, und sobald sie die Startfreigabe vom Kontrollzentrum hatte, verließ sie die Luftschleuse und stieg auf eine Höhe von zweieinhalbtausend Metern. Obwohl die Wolken genug Schutz boten, aktivierte sie ihren Sichtschild. So konnte niemand sie entdecken; sie war unsichtbar für menschliche wie mechanische Augen. Nur Ratten und zwei Affenarten waren in der Lage, den Sichtschild einer Elfe zu durchschauen.

Holly schaltete den Bordnavigator ein und überließ ihm die Steuerung der Flügel. Es war schön, mal wieder an der Oberfläche zu sein, und noch dazu bei Sonnenuntergang – ihre liebste Tageszeit. Langsam breitete sich ein Lächeln auf ihrem Gesicht aus. Trotz der Gefahrenlage war sie glücklich. Dies war ihr Element. Die Aufklärung. Mit dem Wind in den Haaren und einer Herausforderung vor Augen.

Knightsbridge, London

Fast zwei Stunden, seit Butler erschossen worden war. Normalerweise beträgt die Gnadenfrist zwischen Herzstillstand und Hirnschädigung etwa vier Minuten, doch dieser Zeitraum kann verlängert werden, wenn die Körpertemperatur des Patienten ausreichend abgesenkt wird. Ertrunkene können so zum Beispiel noch bis zu einer Stunde nach ihrem vermeintlichen Tod wiederbelebt werden. Artemis blieb nichts anderes übrig als zu beten, dass sein improvisierter Kryogentank Butler in einem stabilen Zustand hielt, bis er in einen Tank bei *Eiszeit* überführt werden konnte.

Die Fachleute von *Eiszeit* besaßen einen Spezialtransporter, um Kunden sicher von den Privatkliniken, in denen sie das Zeitliche gesegnet hatten, in das Institut zu überführen. Das Fahrzeug war mit einem Generator und einem kompletten OP ausgestattet. Auch wenn die Zeitreise im Kälteschlaf von vielen Ärzten als Humbug betrachtet wurde, genügte der Transportwagen, was Ausstattung und Hygiene betraf, den striktesten Vorschriften.

»Diese Transporter kosten jeweils fast eine Million Pfund«, erklärte Dr. Constance Lane stolz Artemis, als sie in dem blendend weißen, fahrenden OP saßen. Auf der Transportliege zwischen ihnen war ein zylindrischer Kryogentank festgeschnallt. »Die Wagen werden in München maßgefertigt und mit speziellem Panzerstahl verstärkt. Man kann damit über eine Landmine fahren, ohne den geringsten Kratzer abzubekommen.«

Ausnahmsweise einmal hatte Artemis kein Interesse an Informationen. »Das ist ja sehr nett, Dr. Lane, aber kann man auch schneller damit fahren? Meinem Partner bleibt nicht mehr viel Zeit. Es sind bereits einhundertsiebenundzwanzig Minuten verstrichen.«

Constance Lane versuchte, die Stirn zu runzeln, aber die Haut war zu straff gespannt.

»Über zwei Stunden. Nach so langer Zeit ist noch nie jemand wieder belebt worden. Andererseits ist überhaupt noch nie jemand aus einem Kühltank wieder belebt worden.«

Der Verkehr in Knightsbridge war, wie immer, chaotisch. Harrods veranstaltete einen eintägigen Sonderverkauf, und der ganze Block war verstopft mit erschöpften Kunden, die nach Hause wollten.

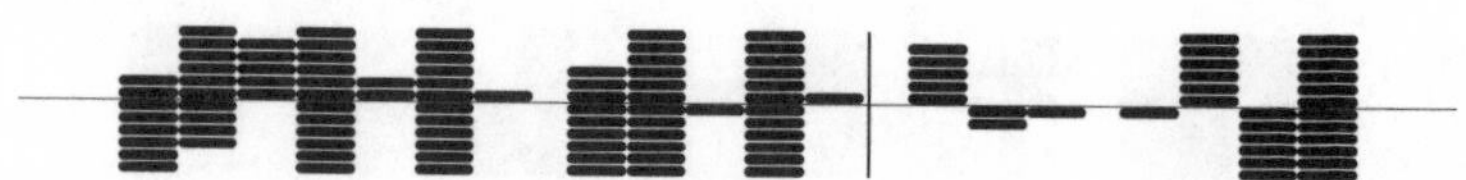

Weitere siebzehn Minuten verstrichen, bis sie schließlich am Lieferanteneingang des En Fin ankamen, und wie versprochen waren keine Polizisten dort, außer einem. Detective Inspector Justin Barre höchstpersönlich stand an der Hintertür Wache. Der Mann war riesig, Butler zufolge ein Abkömmling vom Stamm der Zulu. Es war nicht schwer, ihn sich in einem fernen Land an Butlers Seite vorzustellen.

Unglaublicherweise fanden sie einen Parkplatz, und Artemis stieg aus dem Transporter.

»Kälteschlaf«, las Barre die Beschriftung des Wagens. »Du meinst, du kannst noch etwas für ihn tun?«

»Sie haben also in die Gefriertruhe geschaut?«, fragte Artemis zurück.

Der Inspector nickte. »Wie hätte ich der Versuchung widerstehen können? Neugier ist mein Beruf. Aber jetzt tut es mir Leid, dass ich nachgesehen habe. Er war ein guter Mann.«

»*Ist* ein guter Mann«, betonte Artemis. »Ich bin noch nicht bereit, ihn aufzugeben.«

Barre trat zur Seite, um die beiden uniformierten Sanitäter von *Eiszeit* vorbeizulassen.

»Nach den Angaben meiner Männer hat eine Gruppe bewaffneter Banditen versucht, das Restaurant auszurauben, wurde jedoch von einem Erdbeben überrascht. Ich fresse meine Dienstmarke, wenn das stimmt. Du kannst nicht zufällig Licht in die Angelegenheit bringen?«

»Einer meiner Konkurrenten hatte etwas gegen eine Geschäftsstrategie von mir. Ziemlich viel sogar.«

»Wer hat abgedrückt?«

»Arno Blunt. Ein Neuseeländer. Blondiertes Haar, Tätowierungen an Armen und Hals, ramponiertes Gebiss.«

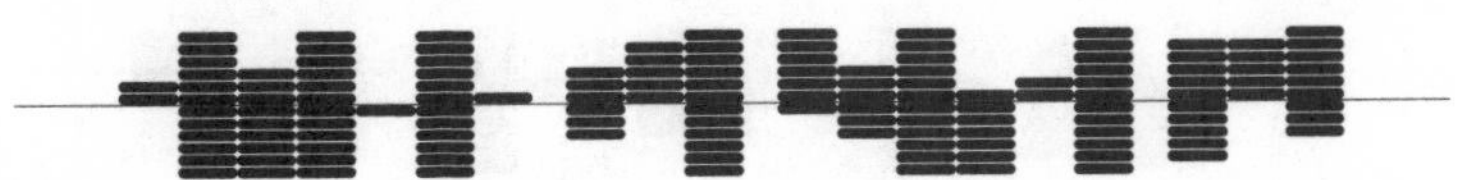

Barre machte sich Notizen. »Ich werde die Beschreibung an die Flughäfen durchgeben. Man weiß ja nie, vielleicht kriegen wir ihn.«

Artemis rieb sich die Augen. »Butler hat mir das Leben gerettet. Die Kugel war für mich bestimmt.«

»Das passt zu ihm«, sagte Barre mit einem Nicken. »Falls ich irgendwas tun kann ...«

»Dann sage ich sofort Bescheid. Haben Ihre Officer am Tatort jemanden gefunden?«

Barre blickte in sein Notizbuch. »Ein paar Kunden und Angestellte. Wir haben alle überprüft und wieder gehen lassen. Die Diebe sind abgehauen, bevor wir kamen.«

»Macht nichts. Es ist ohnehin besser, wenn ich mich selbst um die Schuldigen kümmere.«

»Artemis, kannst du garantieren, dass mir die Sache keinen Ärger einbringt? Technisch gesehen handelt es sich immerhin um einen Mord.«

Obwohl es ihn Mühe kostete, sah Artemis dem Inspector direkt in die Augen. »Inspector Barre, ohne Leiche kein Fall. Und ich verspreche Ihnen, dass Butler morgen wieder putzmunter ist. Ich werde ihn bitten, Sie anzurufen, wenn Sie das beruhigt.«

»Das täte es allerdings.«

Die Sanitäter rollten Butler auf der Transportliege an ihnen vorbei. Sein Gesicht war von einer Eisschicht überzogen, und die Finger waren blau, erste Anzeichen von Gewebeschäden.

»Der Chirurg, der ihn wieder auf die Beine bringt, müsste schon magische Fähigkeiten besitzen.«

Artemis schaute betreten zu Boden. »Das müsste er allerdings, Inspector. Oder vielmehr sie.«

Dr. Lane verabreichte Butler im Transportwagen sofort Glukoseinjektionen. »Die sind nötig, damit die Zellen nicht zerstört werden«, erklärte sie Artemis und massierte die Brust des Leibwächters, um das Medikament zu verteilen. »Sonst friert das Wasser in seinem Blut zu gezackten Kristallen, die die Zellwände durchbohren.«

Butler lag in dem offenen Kryogentank, der mit eigenen Kreiselstabilisatoren ausgestattet war. Man hatte ihm einen speziellen silberfarbenen Gefrieranzug übergezogen und Kühlelemente auf seinen Körper gehäuft wie Zuckertüten in einer Schale.

Constance Lane war es nicht gewohnt, dass ihr jemand tatsächlich zuhörte, wenn sie die Vorgehensweise erklärte, doch dieser bleiche Junge sog das Wissen schneller auf, als sie es präsentieren konnte.

»Gefriert das Wasser nicht trotzdem? Das kann Glukose doch nicht verhindern.«

Dr. Lane war beeindruckt. »Ja, in der Tat, es gefriert. Aber in kleinen Stücken, so dass es gefahrlos durch die Zellen treiben kann.«

Artemis notierte sich etwas auf dem Palmtop. »Kleine Stücke, verstehe.«

»Die Glukose ist nur eine Übergangslösung«, fuhr die Ärztin fort. »Sobald wir im Institut sind, müssen wir seine Adern vollständig auswaschen und das Blut durch ein Frostschutzmittel ersetzen. Dann können wir die Körpertemperatur des Patienten auf minus dreißig Grad absenken.«

Artemis schaltete seinen Computer ab. »Das ist nicht nötig. Sein Zustand muss nur für ein paar Stunden stabil gehalten werden.«

»Ich glaube, Sie verstehen nicht, junger Mann«, sagte Dr. Lane. »Die Medizin ist zurzeit noch nicht weit genug

entwickelt, um eine solche Verletzung zu heilen. Wenn ich das Blut nicht umgehend ersetze, werden schwere Gewebeschäden eintreten.«

Der Wagen holperte über eines von Londons zahlreichen Schlaglöchern. Butlers Arm zuckte hoch, und für einen kurzen Moment konnte Artemis sich einbilden, er sei noch am Leben.

»Machen Sie sich darum keine Sorgen, Doktor.«

»Aber –«

»Hunderttausend Pfund, Constance. Denken Sie einfach immer nur an diese Summe. Parken Sie den Transporter draußen auf dem Hof und vergessen Sie uns. Morgen früh werden wir verschwunden sein. Alle beide.«

Dr. Lane war überrascht.

»Auf dem Hof? Wollen Sie nicht einmal hereinkommen?«

»Nein, Butler muss draußen bleiben«, erklärte Artemis bestimmt. »Mein ... äh ... Chirurg hat Schwierigkeiten mit Gebäuden. Aber ich würde gerne kurz hereinkommen, um zu telefonieren. Ich muss einen etwas ungewöhnlichen Anruf tätigen.«

Luftraum über London

Unter Holly breiteten sich die Lichter Londons aus wie die Sterne einer turbulenten Galaxie. Normalerweise hatten Officer der Aufklärung wegen des dichten Flugverkehrs über der britischen Hauptstadt Flugverbot. Seit Captain Trouble Kelp fünf Jahre zuvor beinahe von einem Heathrow-JFK-Airbus aufgespießt worden war, mussten alle Einsatzrouten, die Städte mit Flughäfen

betrafen, von Foaly höchstpersönlich abgesegnet werden.

Holly sprach in ihr Helmmikro. »He, Foaly. Irgendwelche Flieger im Anmarsch, von denen ich wissen sollte?«

»Warte, ich fahre mal eben den Radar hoch. Hm, an deiner Stelle würde ich auf hundertfünfzig Meter runtergehen. In ein paar Minuten kommt eine 747 aus Málaga. Sie wird dich nicht treffen, aber dein Helmcomputer könnte ihr Navigationssystem durcheinander bringen.«

Holly schaltete auf Sinkflug, bis sie die genannte Flughöhe erreicht hatte. Über ihr dröhnte ein gewaltiger Jet durch den Himmel. Ohne die Schallfilterschwämme wären Holly beide Trommelfelle geplatzt.

»Okay. Bin dem Jet voller Touristen erfolgreich ausgewichen. Und jetzt?«

»Jetzt warten wir. Ich melde mich, wenn es etwas Wichtiges gibt.«

Sie brauchten nicht lange zu warten. Nicht einmal fünf Minuten später unterbrach Foaly die Funkstille.

»Holly, wir haben etwas.«

»Wieder eine Sondierung?«

»Nein, eine Nachricht von Sentinel. Warte, ich sende sie dir in den Helm.«

Auf Hollys Seitenbildschirm erschien die grafische Darstellung einer Audiodatei. Die Linie sah aus wie die Kurve eines Seismographen.

»Was ist das? Ein Gesprächsmitschnitt?«

»Nicht ganz«, sagte Foaly. »Das ist eine der Millionen Ausschussdateien, die Sentinel uns jeden Tag übermittelt.«

Sentinel war ein System von Überwachungseinheiten, die Foaly an ausrangierte amerikanische und russische

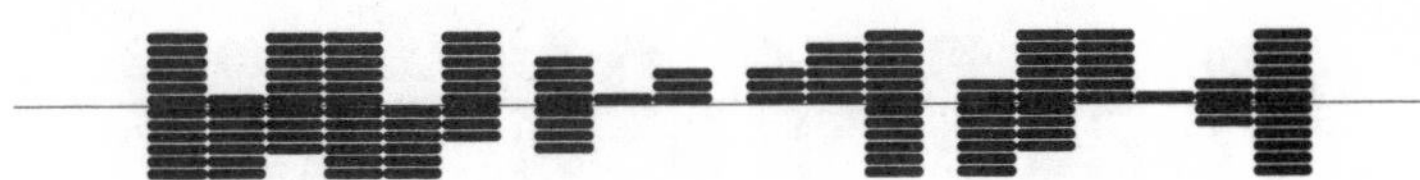

Satelliten angeschlossen hatte. Sentinels Aufgabe bestand darin, die gesamte Telekommunikation der Oberirdischen zu überwachen. Da es natürlich unmöglich war, jeden einzelnen Anruf aufzuzeichnen, war der Computer darauf programmiert, nur auf bestimmte Schlüsselwörter zu reagieren. Kamen etwa die Wörter *Elfe*, *Magie* und *unterirdisch* in einem Gespräch vor, zeichnete der Computer es auf.

»Dieser Anruf wurde vor ein paar Minuten in London aufgefangen. Er wimmelt nur so von Schlüsselwörtern. So was habe ich noch nie gehört.«

»Wiedergabe«, befahl Holly ihrem sprachgesteuerten Helmcomputer. Eine vertikale Cursorlinie begann, an der Klangwelle entlangzugleiten.

»Erdvolk«, tönte eine verzerrte Stimme. »ZUP, Magie, Haven, Shuttlehafen, Feenmänner, B'wa Kell, Trolle, Zeitstopp, Aufklärung, Atlantis.«

»Das ist alles?«

»Reicht dir das nicht? Wer immer diesen Anruf getätigt hat, könnte ein Buch über uns schreiben.«

»Aber es ist doch bloß eine Aufzählung von Wörtern. Es ergibt keinen Sinn.«

»He, mit mir zu streiten ist zwecklos,« sagte der Zentaur. »Ich sammle bloß die Informationen. Aber die Sache hängt garantiert mit der Ortung zusammen. Zwei solche Vorfälle passieren nicht zufällig an einem Tag.«

»Okay. Haben wir eine Lokalisierung?«

»Der Anruf kam aus einem Institut für Kryogenie in London. Die Qualität von Sentinel reicht leider nicht aus, um eine Stimmerkennung durchzuführen. Wir wissen nur, dass der Anruf aus dem Innern des Gebäudes kam.«

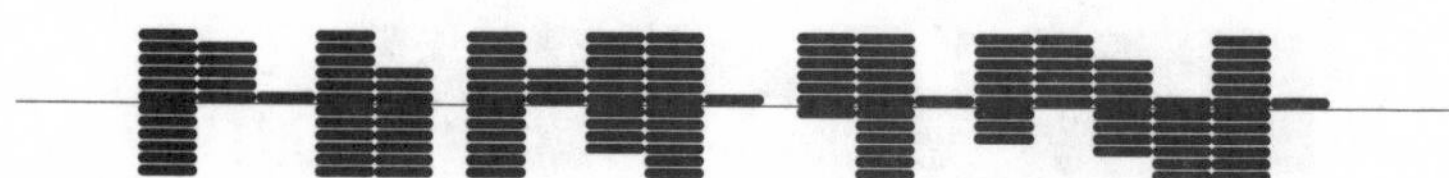

»Wen hat unser geheimnisvoller Oberirdischer denn angerufen?«

»Das ist genauso seltsam. Die Hotline vom Kreuzworträtsel der *Times*.«

»Vielleicht waren diese Wörter die Lösung der heutigen Ausgabe«, sagte Holly hoffnungsvoll.

»Nein, ich habe die korrekte Lösung schon überprüft. Nicht ein einziges Wort, das irgendwie mit uns zu tun hat.«

Holly schaltete ihre Flügel auf manuelle Steuerung. »Na gut, dann sehen wir mal nach, was unser Anrufer im Schilde führt. Schick mir die Koordinaten des Instituts.«

Wahrscheinlich war es nur ein falscher Alarm. Jedes Jahr kamen Hunderte solcher Anrufe herein. Foaly war dermaßen paranoid, dass er jedes Mal eine Invasion der Oberirdischen befürchtete, wenn jemand am Telefon das Wort *Magie* benutzte. Und da die Menschenwesen seit kurzem ganz verrückt nach Fantasyfilmen und -videospielen waren, kamen Worte aus diesem Bereich ganz schön häufig vor. Tausende von ZUP-Dienststunden wurden darauf verschwendet, die Bewohner der Gebäude zu überwachen, in denen diese Anrufe getätigt worden waren, und meistens stellte sich heraus, dass es nur ein Kind gewesen war, das an seinem Computer spielte.

Auch dieser merkwürdige Anruf war vermutlich nichts anderes als das Ergebnis einer Leitungsüberschneidung oder die abgehackte Drehbuchschilderung eines Hollywood-Schreiberlings oder der Versuch eines Undercover-Agenten der ZUP, sich zu Hause zu melden. Trotzdem, an einem Tag wie diesem musste alles überprüft werden.

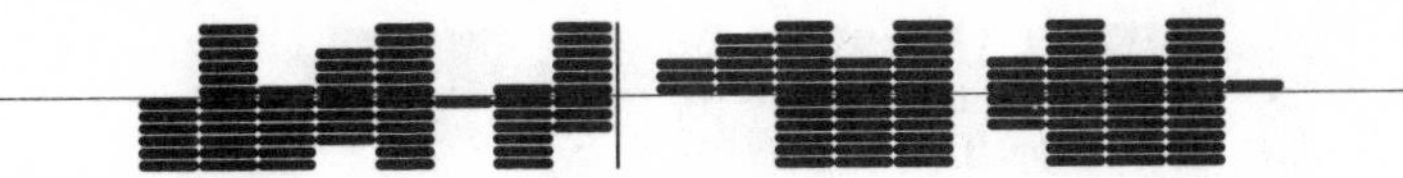

Holly zog die Beine an und schoss in steilem Sturzflug tiefer. Sturzflüge verstießen gegen die Vorschriften der Aufklärung. Sämtliche Annäherungen mussten vorsichtig und kontrolliert durchgeführt werden. Doch was machte das Fliegen für einen Sinn, wenn man nicht fühlen konnte, wie einem der Fahrtwind an den Zehen zerrte?

Institut für Kälteschlaf *Eiszeit*, London

Artemis lehnte sich gegen die hintere Stoßstange des *Eiszeit*-Transporters. Erstaunlich, wie schnell die Prioritäten eines Menschen sich verändern konnten. Am Morgen hatte er sich noch mit der Frage herumgeschlagen, welche Slipper am besten zu seinem Anzug passten, und nun hing das Leben seines besten Freundes am seidenen Faden. Und der Faden wurde immer dünner.

Er wischte die Eisschicht von der Brille, die er aus der Jackentasche seines Leibwächters genommen hatte. Es war keine gewöhnliche Brille; Butlers Sehfähigkeit betrug hundert Prozent. Dieses Exemplar war eine Spezialanfertigung, die statt Gläsern die Filter aus einem ZUP-Helm enthielt. Anti-Sichtschild-Filter. Butler trug sie bei sich, seit Holly Short ihn einmal fast in Fowl Manor überlistet hatte. Man kann nie wissen, hatte er gesagt. Für die ZUP sind wir eine Bedrohung, und es könnte sein, dass Commander Root eines Tages einen Nachfolger bekommt, der uns nicht ganz so freundlich gesinnt ist.

Artemis war davon nicht überzeugt. Die Unterirdischen waren insgesamt ein friedliebendes Volk. Er konnte sich nicht vorstellen, dass sie jemandem wegen vergangener

Verbrechen etwas antaten, nicht einmal einem Menschenwesen. Außerdem waren sie als Freunde auseinander gegangen. Oder zumindest nicht als Feinde.

Das Wichtigste war jetzt erst einmal, dass sein Anruf auch funktionierte. Aber es gab keinen Grund, daran zu zweifeln. Zahlreiche staatliche Geheimdienste benutzten Telefonabhörsysteme, die mit der Schlüsselwortmethode arbeiteten, um Gespräche aufzuzeichnen, die möglicherweise die nationale Sicherheit bedrohten. Und wenn die Menschen dies taten, konnte man darauf wetten, dass Foaly ihnen um zwei Schritte voraus war.

Artemis setzte die Brille auf und kletterte in die Fahrerkabine des Transporters. Es war jetzt zehn Minuten her, dass er den Anruf abgesetzt hatte. Vorausgesetzt, Foaly verfolgte die Spur direkt zurück, würde es noch mindestens zwei Stunden dauern, bis ein Einsatzkommando der ZUP an die Oberfläche gelangte. Noch zwei Stunden. Dann wären seit Butlers Herzstillstand fast fünf Stunden vergangen. Der Rekord für eine Wiederbelebung lag bei zwei Stunden und fünfzig Minuten – ein Skifahrer, der von einer Lawine begraben worden war. Eine Wiederbelebung nach fünf Stunden hatte es noch nie gegeben. Vielleicht sollte es auch nicht sein.

Artemis betrachtete das Tablett mit Essen, das Dr. Lane ihm hatte bringen lassen. An einem anderen Tag hätte er sich über so ziemlich alles auf dem Teller beschwert, doch jetzt war die Mahlzeit einfach eine Stärkung, die half, die Zeit zu überbrücken, bis die Kavallerie eintraf. Artemis nahm einen ausgiebigen Schluck aus dem Styroporbecher. Der Tee gluckerte hörbar in seinem leeren Magen. Hinter ihm im OP des Transporters summte Butlers Kryogentank wie ein ganz gewöhnlicher

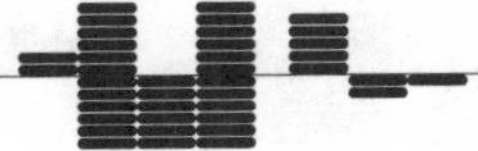

Kühlschrank. Gelegentlich gab der Computer Piep- und Surrtöne von sich, während er seine Systemdiagnose durchlaufen ließ. Artemis musste an die Wochen in Helsinki denken, als er darauf gewartet hatte, dass sein Vater das Bewusstsein wiedererlangte, voll unruhiger Neugier, was die Elfenmagie wohl bewirkt hatte.

Ausschnitt aus dem Tagebuch von Artemis Fowl Diskette 2, verschlüsselt

Heute hat mein Vater mit mir gesprochen. Zum ersten Mal seit über zwei Jahren habe ich seine Stimme gehört, und sie klingt genauso, wie ich sie in Erinnerung hatte. Doch es war nicht alles wie früher.

Es waren schon fast zwei Monate vergangen, seit Holly Short ihre Heilkraft bei seinem übel zugerichteten Körper angewendet hatte, und noch immer lag er im Krankenhausbett in Helsinki. Reglos, ohne jede Reaktion.

Die Ärzte verstanden es nicht. »Er hätte längst zu sich kommen müssen«, sagten sie mir. »Seine Gehirnwellen sind stark, sogar außergewöhnlich stark, und sein Herz schlägt so kraftvoll wie das eines Pferdes. Es ist unglaublich, dieser Mann müsste eigentlich an der Schwelle des Todes stehen, und dennoch hat er den Muskeltonus eines Zwanzigjährigen.«

Für mich ist das natürlich kein Rätsel. Hollys Magie hat meinen Vater generalüberholt, mit Ausnahme des linken Beins, das er beim Untergang seines Schiffes vor der Küste von Murmansk verloren hat. Er hat eine Lebensinfusion bekommen, für den Körper wie für den Geist.

Wegen der Wirkung der Magie auf seinen Körper

mache ich mir keine Sorgen, aber ich frage mich, welche Folgen diese positive Energie für den Geist meines Vaters haben wird. Ein so grundlegender Wechsel könnte sich als traumatisch erweisen. Er ist schließlich das Familienoberhaupt der Fowls, und sein Leben dreht sich allein ums Geldverdienen.

Sechzehn Tage lang saßen wir am Krankenbett meines Vaters und warteten auf ein Lebenszeichen. Im Lauf dieser Zeit habe ich gelernt, die Anzeigen der Instrumente zu lesen, so dass mir heute Morgen sofort auffiel, dass die Gehirnwellen meines Vaters heftig ausschlugen. Meine Diagnose war, dass er bald zu sich kommen würde, und so rief ich die Krankenschwester.

Wir wurden aus dem Raum geschickt, um einem umfangreichen Ärzteteam Platz zu machen: zwei Herzspezialisten, ein Anästhesist, ein Gehirnchirurg, ein Psychologe und mehrere Krankenschwestern.

Tatsächlich jedoch brauchte mein Vater keinerlei medizinische Betreuung. Er setzte sich einfach auf, rieb sich die Augen und sagte ein Wort: Angeline.

Mutter wurde hineingelassen. Butler, Juliet und ich mussten noch einige quälende Minuten länger warten, bis sie wieder im Türrahmen auftauchte.

»Kommt alle herein«, sagte sie. »Er möchte euch sehen.«

Und plötzlich hatte ich Angst. Mein Vater, dessen Platz ich zwei Jahre lang, so gut es ging, eingenommen hatte, war wach. Würde er noch meinen Erwartungen gerecht werden? Und ich seinen?

Zögernd trat ich ein. Artemis Fowl senior wurde von mehreren Kissen gestützt. Das Erste, was mir auffiel, war sein Gesicht. Nicht die Narben, die bereits fast vollstän-

dig verheilt waren, sondern der Ausdruck. Die Stirn meines Vaters, für gewöhnlich von düsteren Grübelfalten gefurcht, war glatt und sorgenfrei.

Nach dieser langen Trennung wusste ich nicht, was ich sagen sollte. Mein Vater hatte diesbezüglich keine Zweifel.

»Arty«, rief er und streckte die Arme nach mir aus. »Du bist ja ein richtiger junger Mann geworden.«

Ich lief zu ihm, und als er mich an sich drückte, waren alle Pläne und Coups vergessen. Ich hatte wieder einen Vater.

Institut für Kälteschlaf *Eiszeit*, London

Eine verstohlene Bewegung an der Wand über ihm unterbrach Artemis in seinen Erinnerungen. Er blickte auf und beobachtete die Stelle durch seine Filterbrille. Auf einer Fensterbank im zweiten Stock hockte eine Elfe. Ein Officer der Aufklärung samt Helm und Flügeln. Nach nur fünfzehn Minuten? Seine List hatte funktioniert. Foaly hatte den Anruf mitbekommen und jemanden zur Überprüfung hergeschickt. Jetzt blieb nur zu hoffen, dass diese Elfe bis zu den Ohrspitzen voller Magie war und bereit zu helfen.

Er musste die Sache mit Feingefühl angehen. Auf keinen Fall durfte er den ZUP-Officer verschrecken. Eine falsche Bewegung, und er würde sechs Stunden später aufwachen und sich an absolut gar nichts erinnern. Und das wäre fatal für Butler.

Artemis öffnete langsam die Wagentür und trat hinaus in den Hof. Die Elfe neigte den Kopf und verfolgte seine Bewegungen. Dann sah er zu seinem Entsetzen, dass sie eine Platinpistole zog.

»Nicht schießen«, rief er und hob die Hände. »Ich bin unbewaffnet. Und ich brauche Ihre Hilfe.«

Die Elfe aktivierte ihre Flügel und glitt langsam herab, bis ihr Visier auf Augenhöhe des Jungen war.

»Haben Sie keine Angst«, fuhr Artemis fort. »Ich bin ein Freund des Erdvolks. Ich habe geholfen, die B'wa Kell zu besiegen. Ich heiße –«

Die Elfe schaltete ihren Sichtschild ab und öffnete das verspiegelte Visier.

»Ich weiß, wie du heißt, Artemis«, sagte Captain Holly Short.

»Holly«, rief Artemis und packte sie bei den Schultern, »Sie sind's!«

Holly schüttelte die Menschenhände ab. »Ich weiß, dass ich es bin. Was ist hier los? Ich nehme an, du warst das mit dem Anruf?«

»Ja. Aber dafür ist jetzt keine Zeit. Das erkläre ich Ihnen später.«

Holly gab ihren Flügeln Auftrieb und stieg wieder auf vier Meter Höhe. »Nein, Artemis. Ich will sofort eine Erklärung. Wenn du Hilfe brauchst, warum hast du dann nicht von deinem eigenen Apparat aus gerufen?«

Artemis zwang sich, die Frage zu beantworten. »Sie hatten mir gesagt, dass Foaly meine Kommunikation überwacht, und ich war mir nicht sicher, ob Sie kommen würden, wenn Sie wüssten, wer der Anrufer ist.«

Holly überlegte einen Moment. »Gut. Wäre ich vielleicht wirklich nicht.« Dann fiel ihr etwas auf. »Wo ist Butler? Beobachtet wie immer jede unserer Bewegungen, nehme ich an.«

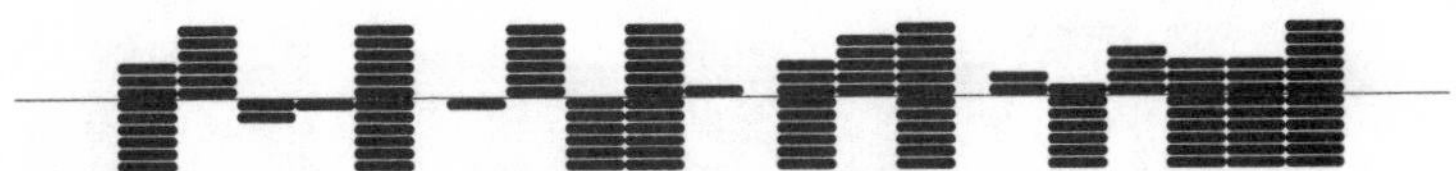

Artemis antwortete nicht, aber sein Gesichtsausdruck verriet Holly sofort, weshalb der Menschenjunge sie herbeigerufen hatte.

Artemis drückte auf einen Knopf, und eine Druckluftpumpe öffnete den Deckel des Kryogentanks, in dem Butler, umschlossen von einer Eisschicht, lag.

»Oh nein«, seufzte Holly. »Was ist passiert?«

»Er hat eine Kugel abgefangen, die für mich bestimmt war«, erwiderte Artemis.

»Wann wirst du endlich klug, Menschenjunge?«, fuhr die Elfe ihn an. »Deine kleinen Gaunereien haben eine gewisse Tendenz, andere in Gefahr zu bringen. Meistens ausgerechnet die, die dich gern haben.«

Artemis sagte nichts. Wo sie Recht hatte, hatte sie Recht.

Holly entfernte ein Kühlelement von der Brust des Leibwächters. »Wie lange ist es her?«

Artemis sah auf die Zeitanzeige seines Handys. »Drei Stunden. Plusminus drei Minuten.«

Captain Short schob das Eis beiseite und legte die flache Hand auf Butlers Brust. »Drei Stunden! Ich weiß nicht, Artemis. Hier regt sich gar nichts. Nicht der kleinste Funke.«

Artemis sah sie über den Tank hinweg an. »Können Sie es tun, Holly? Können Sie ihn heilen?«

Holly wich zurück. »Ich? Auf keinen Fall. Allein für den Versuch bräuchten wir einen professionellen Sanitätsmagier, und selbst dann ...«

»Aber Sie haben doch meinen Vater geheilt.«

»Das war etwas anderes. Dein Vater war nicht tot. Er war nicht einmal ernsthaft in Lebensgefahr. Es tut mir

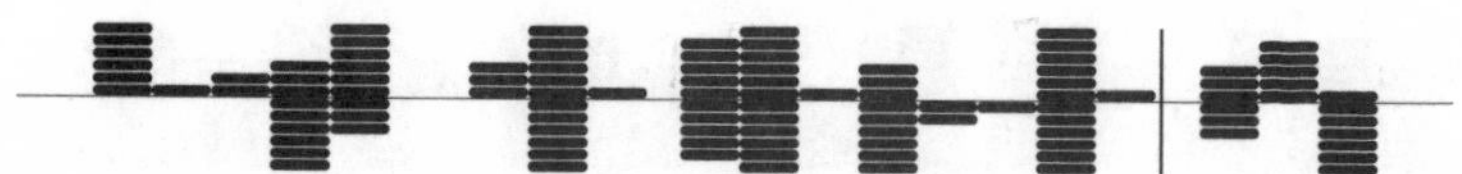

Leid, das zu sagen, aber für Butler ist es zu spät. Viel zu spät.«

Artemis zog einen goldenen Anhänger hervor, der an einem Lederband um seinen Hals hing. Es war eine kleine runde Münze mit einem Loch. Genau in der Mitte. »Erinnern Sie sich daran? Das haben Sie mir gegeben, weil ich dafür gesorgt habe, dass Ihr Abzugsfinger wieder angeheilt werden konnte. Sie sagten, es würde mich an den Funken Anstand erinnern, der in mir steckt. Ich versuche jetzt, etwas Anständiges zu tun, Captain.«

»Das ist keine Frage des Anstands. Es ist einfach unmöglich.«

Artemis trommelte mit den Fingern auf die Trage. Er dachte nach. »Ich möchte mit Foaly sprechen«, sagte er schließlich.

»Ich spreche für das Erdvolk, Fowl«, entgegnete Holly gereizt. »Von Menschenwesen nehmen wir keine Befehle an.«

»Bitte, Holly. Ich kann ihn nicht einfach aufgeben. Es ist Butler.«

Gegen ihren Willen war Holly gerührt. Schließlich hatte Butler sie alle mehr als einmal gerettet. »Also gut«, sagte sie und angelte eine zweite Sprechanlage von ihrem Gürtel. »Aber er wird dir auch nichts anderes sagen können.«

Artemis legte den Lautsprecher über ein Ohr und stellte das Mikro so ein, dass es vor seinem Mund schwebte. »Foaly? Hören Sie mich?«

»Dumme Frage«, kam die Antwort. »Ihr seid besser als jede Seifenoper der Oberirdischen.«

Artemis konzentrierte sich. Er musste überzeugend sein, sonst war Butlers letzte Chance dahin. »Alles, was ich will, ist eine Heilung. Mir ist klar, dass es vielleicht nicht klappt, aber was spricht gegen einen Versuch?«

»So einfach ist das nicht, Menschenjunge«, sagte der Zentaur. »Eine Heilung ist kein Kinderspiel. Sie erfordert Talent und Konzentration. Holly ist verdammt gut, das gebe ich zu, aber für so etwas bräuchten wir ein Spezialistenteam von Sanitätsmagiern.«

»Dafür ist keine Zeit«, entgegnete Artemis. »Butler ist schon zu lange ... tot. Es muss jetzt passieren, bevor die Glukose in seinen Blutkreislauf gelangt. Das Gewebe an seinen Fingern ist bereits beschädigt.«

»Vielleicht auch sein Gehirn?«, fragte Foaly.

»Nein, ich habe die Temperatur innerhalb weniger Minuten abgesenkt. Der Schädel ist eisgekühlt seit unmittelbar nach dem Zwischenfall.«

»Sind Sie da sicher? Wir wollen schließlich nicht nur Butlers Körper zurückholen, ohne seinen Verstand.«

»Ja, ich bin sicher. Das Gehirn ist unbeschädigt.«

Foaly schwieg eine Weile. »Artemis, falls wir uns darauf einigen, es zu versuchen, kann ich absolut nicht sagen, was dabei herauskommt. Die Wirkung auf Butlers Körper könnte katastrophal sein, von seinem Verstand ganz zu schweigen. Ein solcher Heilungsversuch ist noch nie an einem Menschenwesen unternommen worden.«

»Ich verstehe.«

»Tun Sie das wirklich, Artemis? Sind Sie bereit, die Konsequenzen dieser Heilung zu tragen? Es könnten sich jede Menge unvorhergesehene Probleme ergeben. Für das, was aus diesem Tank herauskommt, werden Sie die Verantwortung haben. Sind Sie bereit, das zu akzeptieren?«

»Ja, das bin ich«, sagte Artemis ohne jedes Zögern.

»Also gut, dann liegt die Entscheidung bei Holly. Niemand kann sie zwingen, ihre Magie einzusetzen.«

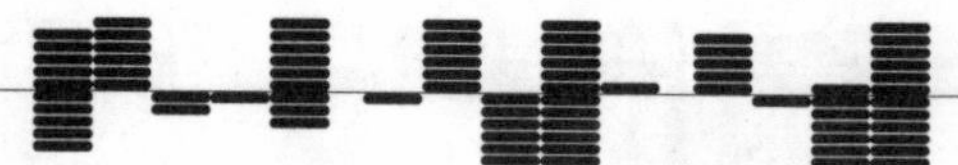

Artemis senkte den Blick. Er brachte es nicht fertig, der ZUP-Elfe in die Augen zu schauen. »Nun, Holly, werden Sie es tun? Werden Sie es versuchen?«

Holly wischte das Eis von Butlers Stirn. Er war dem Erdvolk ein guter Freund gewesen. »Ja, ich versuche es«, sagte sie. »Ich garantiere für nichts, aber ich werde tun, was ich kann.«

Vor Erleichterung wären Artemis fast die Knie weggesackt, doch dann riss er sich zusammen. Für weiche Knie war später noch Zeit genug. »Danke, Captain. Mir ist klar, dass das keine einfache Entscheidung war. Was kann ich tun?«

Holly deutete auf die Tür an der Rückseite. »Am besten rausgehen. Ich brauche eine sterile Umgebung. Ich hole dich, wenn es vorbei ist. Und egal, was passiert oder was du hörst, komm nicht rein, bis ich dich rufe.«

Holly löste ihre Kamera aus dem Helm und hängte sie an den Deckel des Kryogentanks, damit Foaly den Patienten besser sehen konnte. »Ist das okay so?«

»Perfekt«, erwiderte Foaly. »Ich habe den gesamten Oberkörper im Blick. Kryogenie – dieser Fowl ist genial, jedenfalls für einen Oberirdischen. Ist dir klar, dass er weniger als eine Minute hatte, um diesen Plan zu entwickeln? Dieser Menschenjunge ist wirklich verdammt clever.«

Holly wusch sich gründlich die Hände am Spülbecken. »Aber nicht clever genug, um sich Ärger vom Hals zu halten. Ich kann kaum glauben, dass ich mich darauf eingelassen habe. Eine Drei-Stunden-Heilung. Das muss eine Premiere sein.«

»Technisch gesehen ist es nur eine Zwei-Minuten-Hei-

lung, wenn er das Gehirn sofort unter den Gefrierpunkt gebracht hat. Aber ...«

»Aber was?«, fragte Holly und griff nach einem Handtuch.

»Aber das Gefrieren stört den Biorhythmus und die Magnetfelder des Körpers, Dinge, die selbst das Erdvolk nicht völlig versteht. Hier geht es um mehr als Haut und Knochen. Wir haben keine Ahnung, was ein solches Trauma bei Butler anrichten könnte.«

Holly beugte sich zur Kamera. »Bist du sicher, dass das eine gute Idee ist, Foaly?«

»Ich wünschte, wir hätten Zeit, darüber zu diskutieren, Holly, aber jede Sekunde kostet unseren alten Freund ein paar Gehirnzellen. Ich führe dich durch die Heilung. Als Erstes müssen wir uns die Wunde ansehen.«

Holly entfernte mehrere Kühlelemente und öffnete den Reißverschluss des Gefrieranzugs. Die Schusswunde war klein und schwarz, inmitten einer Blutlache verborgen wie eine Blütenknospe.

»Er hatte keine Chance. Direkt unterm Herzen getroffen. Ich zoome mal ran.«

Holly klappte ihr Visier herunter und benutzte ihren Helmzoom, um Butlers Wunde zu vergrößern. »Da sind Fasern eingeschlossen. Sieht aus wie Kevlar.«

Foaly stöhnte über die Lautsprecher. »Das hat uns gerade noch gefehlt – Komplikationen.«

»Wieso, was ist mit den Fasern? Und verschon mich mit deinem Fachjargon, sag's in ganz normalem Gnomisch.«

»Also gut, Chirurgie für Deppen. Wenn du deinen Finger in die Wunde steckst, wird die Magie Butlers Zellen reproduzieren, und zwar zusammen mit den Kevlar-Fasern. Er wird tot sein, aber dafür absolut kugelsicher.«

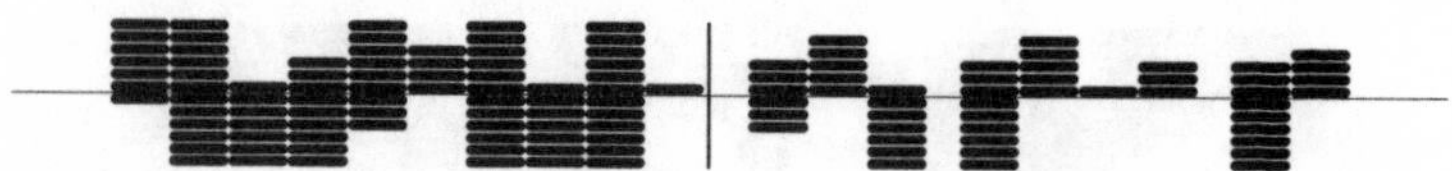

Holly spürte, wie sie sich zunehmend verspannte. »Was bedeutet das für mich?«

»Das bedeutet, dass du eine neue Wunde machen und die Magie von dort aus einsetzen musst.«

Na toll, dachte Holly. Eine neue Wunde. Schlitz mal eben deinen alten Freund auf. »Aber er ist steinhart.«

»Nun, dann musst du ihn eben ein bisschen antauen. Nimm deine Neutrino, niedrigste Stufe, aber nur ganz kurz. Wenn sein Gehirn aufwacht, bevor wir es wollen, ist die Sache gelaufen.«

Holly zog ihre Neutrino und stellte die Strahlenstärke auf eins. »Wo soll ich ihn am besten antauen?«

»Auf der anderen Seite der Brust. Halt dich bereit für die Heilung, die Hitze wird sich schnell ausbreiten. Butler muss geheilt sein, bevor Sauerstoff bis in sein Gehirn gerät.«

Holly zielte mit der Laserpistole auf die Brust des Leibwächters. »Gut, ich bin startklar.«

»Etwas näher ran. Ungefähr fünfzehn Zentimeter. Ein Zwei-Sekunden-Strahl.«

Holly schob ihr Visier hoch und holte ein paarmal tief Luft. Eine Neutrino 2000 als medizinisches Instrument. Wer hätte das gedacht?

Sie drückte den Abzug bis zum ersten Klicken. Das zweite Klicken würde den Laser aktivieren.

»Zwei Sekunden.«

»Okay. Los.«

Klick. Aus der Mündung der Neutrino schoss ein orangeroter Strahl aus konzentrierter Hitze hinunter auf Butlers Brust. Wäre der Leibwächter wach gewesen, der Laser hätte ihn bewusstlos gemacht. Ein sauberer Kreis aus Eis verdampfte und kondensierte an der Decke des OP.

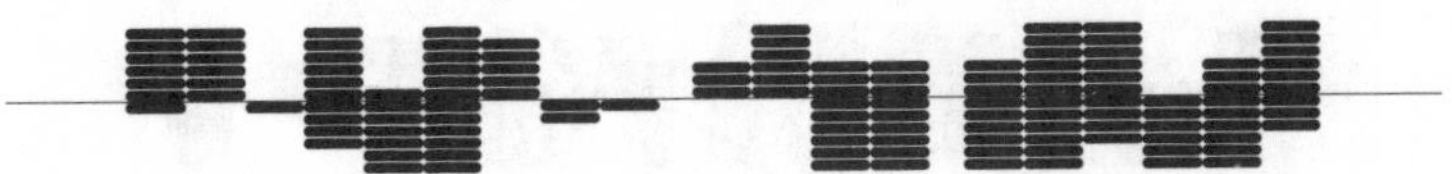

»Jetzt«, sagte Foaly mit vor Anspannung kieksender Stimme. »Verenge den Strahl und fokussiere ihn.«

Geschickt veränderte Holly mit dem Daumen die Einstellung an der Waffe. Den Strahl zu verengen würde seine Kraft verstärken, aber der Laser musste auf einen bestimmten Radius fokussiert werden, damit er nicht direkt durch Butlers Körper schnitt.

»Ich stelle ihn auf fünfzehn Zentimeter.«

»Gut, aber beeil dich, die Hitze breitet sich aus.«

Butlers Brust bekam wieder Farbe, und überall an seinem Körper begann das Eis zu schmelzen. Holly drückte erneut auf den Abzug. Diesmal schnitt sie eine halbmondförmige Öffnung in Butlers Fleisch. Ein einzelner Tropfen Blut trat aus der Wunde.

»Kein Blutfluss«, lobte Foaly. »Das ist gut.«

Holly schob ihre Waffe zurück ins Halfter. »Was jetzt?«

»Jetzt steck deine Hand rein, so tief wie möglich, und gib ihm jeden Tropfen Magie, den du hast. Aber lass sie nicht einfach nur fließen, sondern drück sie richtig rein.«

Holly zog eine Grimasse. Diesen Teil hatte sie schon immer gehasst. Egal, wie viele Heilungen sie durchführte, sie konnte sich einfach nicht daran gewöhnen, ihre Finger in die Innereien anderer Leute zu stecken. Sie legte ihre Daumen aneinander, Rücken an Rücken, und schob sie in die Öffnung.

»Heile«, sagte sie leise, und die Magie sprudelte in ihre Finger. Blaue Funken schwebten über der Wunde und verschwanden dann in ihr wie Sternschnuppen am Horizont.

»Mehr, Holly«, drängte Foaly. »Noch einen Schuss.«

Holly presste erneut, diesmal stärker. Anfangs kam ein üppiger Strom, eine wirbelnde Flut blauer Strahlen, doch

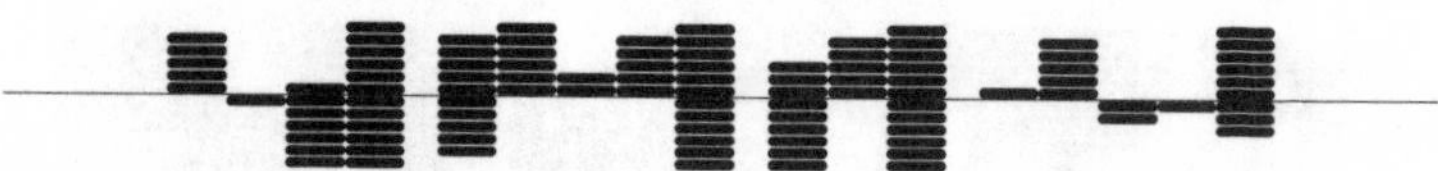

nach einer Weile waren ihre Vorräte erschöpft, und die Magie versiegte zu einem Tröpfeln.

»Das war's«, keuchte sie. »Ich habe kaum noch genug übrig, um auf dem Heimweg den Sichtschild zu aktivieren.«

»Gut«, sagte Foaly. »Dann geh auf Abstand, bis ich dir Bescheid sage, denn gleich dürfte hier die Hölle los sein.«

Holly wich bis an die Rückwand des Transporters zurück. Einen Moment lang passierte gar nichts. Dann krümmte sich Butlers Wirbelsäule, dass sich der Brustkorb hochwölbte. Holly hörte, wie ein paar Wirbel krachten.

»Das Herz schlägt wieder«, kommentierte Foaly. »Das war der harmlose Teil.«

Butler fiel zurück in den Tank. Nun rann Blut aus seiner zweiten Wunde. Die Magiefunken verbanden sich über der Brust des Leibwächters zu einem vibrierenden Gitter. Butler hüpfte auf der Trage herum wie eine Kugel in einer Rassel, während die Magie seine Atome neu zusammenfügte. Aus seinen Poren stieg Dampf auf, Gifte, die aus seinem System entfernt wurden.

Schlagartig löste sich die Eisschicht auf, was erst zu Wolken und dann, als die Wasserpartikel an der Decke kondensierten, zu Regen führte. Kühlelemente explodierten wie Ballons, so dass die Kristalle durch den OP flogen. Es war, als stünde man im Zentrum eines regenbogenfarbenen Sturms.

»Jetzt geh zu ihm!«, sagte Foaly in Hollys Ohr.

»Was?«

»Geh zu ihm. Die Magie wandert seine Wirbelsäule hinauf. Du musst seinen Kopf während der Heilung festhalten, sonst werden eventuell beschädigte Zellen vervielfältigt. Und wenn etwas erst mal geheilt ist, können wir es nicht mehr rückgängig machen.«

Super, dachte Holly. Butler festhalten. Nichts leichter als das. Sie kämpfte sich durch das Chaos; Kristalle aus den Kühlelementen prallten gegen ihr Visier. Der Körper des Menschenwesens zappelte weiter in dem Kryogentank herum, eingehüllt in eine Dampfwolke.

Holly presste ihre Hände rechts und links an Butlers Kopf. Die Vibrationen wanderten an ihren Armen hinauf und durch den ganzen Körper.

»Halt ihn fest, Holly. Halt ihn!«

Holly beugte sich über den Tank und fixierte den Kopf des Leibwächters mit ihrem ganzen Gewicht. In dem Durcheinander konnte sie nicht feststellen, ob ihre Anstrengungen überhaupt eine Wirkung hatten.

»Jetzt kommt's«, sagte Foaly. »Pass auf!«

Das Gitter aus Magie breitete sich über Butlers Hals und Gesicht aus. Blaue Funken schossen in die Augen und wanderten über den Sehnerv ins Gehirn. Butlers Augen sprangen auf und rollten in ihren Höhlen. Auch sein Mund wurde reaktiviert und spuckte lange Wortreihen in verschiedenen Sprachen aus. Nichts davon ergab einen Sinn.

»Sein Gehirn macht einen Systemcheck«, erklärte Foaly. »Um zu prüfen, ob alles funktioniert.«

Jeder Muskel und jedes Gelenk wurde bis an seine Grenze getestet, gespannt, gedehnt und gedreht. Die Haare wuchsen wie im Zeitraffer und bedeckten Butlers normalerweise rasierten Schädel mit einem dichten Wust. Nägel schossen aus seinen Fingern wie Tigerkrallen, und von seinem Kinn schlängelte sich ein zauseliger Bart.

Holly konnte sich nur festklammern. So ähnlich musste sich ein Rodeo-Cowboy fühlen, wenn er auf einem besonders übel gelaunten Bullen saß.

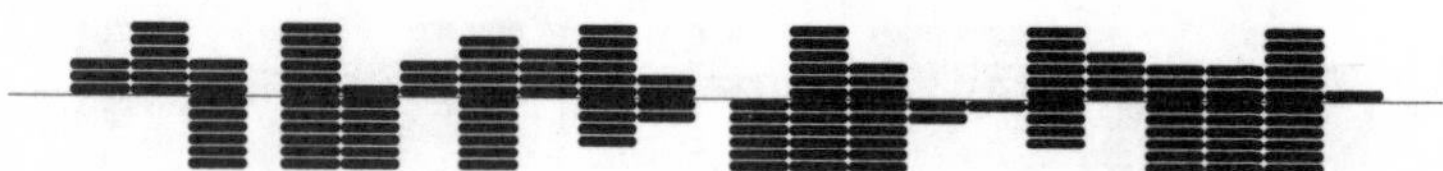

Nach einer Weile verschwanden die Funken, tanzten kreiselnd durch die Luft wie Glutreste in einem Windhauch und verloschen. Butler beruhigte sich und sank zurück in ein fünfzehn Zentimeter hohes Gemisch aus Wasser und Kühlflüssigkeit. Er atmete langsam und tief.

»Wir haben's geschafft«, seufzte Holly und ließ sich auf die Knie sinken. »Er lebt.«

»Zum Feiern ist es noch zu früh«, sagte Foaly. »Er hat noch einiges vor sich. Es wird ein paar Tage dauern, bis er zu sich kommt, und wer weiß, in welchem Zustand sein Verstand dann ist. Ganz abgesehen von dem offensichtlichen Problem.«

Holly klappte ihr Visier hoch. »Was für ein Problem?«

»Sieh ihn dir doch an.«

Fast fürchtete sich Captain Short vor dem, was sie erwartete. Groteske Bilder schossen ihr durch den Kopf. Was für ein missgebildetes Mutantenwesen hatten sie erschaffen? Das Erste, was ihr auffiel, war Butlers Brust. Das Einschussloch war vollständig verschwunden, aber die Haut war dunkler, fast schwarz, mit einer roten Linie darin. Es sah aus wie ein großes I.

»Kevlar«, erklärte Foaly. »Anscheinend ist ein Teil davon vervielfältigt worden. Zum Glück nicht genug, um ihn zu töten, aber es reicht, um seine Atmung zu behindern. Mit diesen Fasern zwischen den Rippen wird Butler keine Marathons mehr laufen.«

»Was ist das für eine rote Linie?«

»Ich vermute mal, das ist Farbe. Auf seiner schusssicheren Weste muss eine Beschriftung gewesen sein.«

Holly sah sich im OP um. Butlers Weste lag in einer Ecke am Boden. Auf der Brust waren in roter Farbe die

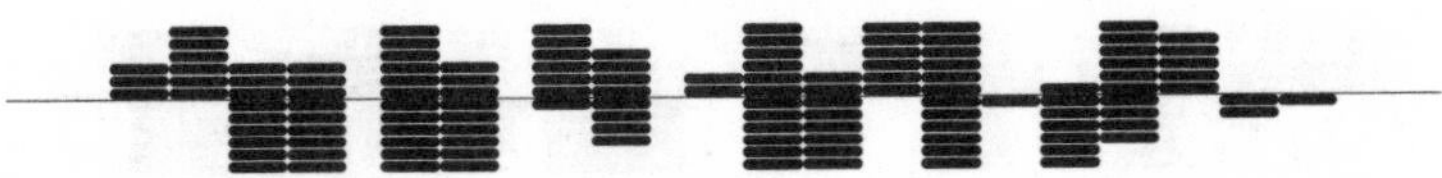

Buchstaben FBI aufgedruckt. In der Mitte des I war ein kleines Loch.

»Nun ja«, sagte der Zentaur. »Das ist ein geringer Preis für sein Leben. Er kann ja so tun, als sei es eine Tätowierung. Die sind bei den Oberirdischen zurzeit schwer in Mode.«

Holly hatte gehofft, die mit Kevlar verstärkte Haut sei das »offensichtliche Problem«, von dem Foaly gesprochen hatte. Doch da war noch etwas anderes, etwas Unübersehbares, als ihr Blick auf das Gesicht des Leibwächters fiel. Oder genauer gesagt auf die Barthaare, die aus seinem Kinn sprossen.

»Heilige Götter«, stieß sie aus. »Das wird Artemis gar nicht gefallen.«

Artemis wanderte unruhig im Hof auf und ab, während sein Leibwächter der magischen Heilung unterzogen wurde. Nun, da sein Plan in die Tat umgesetzt wurde, begannen Zweifel an ihm zu nagen wie Schnecken an einem Blatt. Hatte er das Richtige getan? Was, wenn Butler nicht mehr er selbst wäre? Schließlich war auch sein Vater unleugbar anders gewesen, als er endlich wieder ganz bei ihnen war. Er würde nie ihr erstes Gespräch vergessen …

Auszug aus dem Tagebuch von Artemis Fowl
Diskette 2, verschlüsselt

Die Ärzte in Helsinki waren entschlossen, meinen Vater mit Vitaminen voll zu pumpen. Ebenso entschlossen wie mein Vater, dies nicht zu akzeptieren. Und ein Fowl setzt seinen Willen meistens durch.

»Mir geht es wunderbar«, beharrte er. »Bitte lassen Sie mir etwas Zeit, mich wieder mit meiner Familie vertraut zu machen.«

Die Ärzte zogen sich zurück, entwaffnet von seiner Ausstrahlung. Ich war erstaunt über sein Verhalten. Charme hatte nie zu den Waffen meines Vaters gehört. Bisher hatte er seine Ziele durchgesetzt, indem er jeden niedergemäht hatte wie ein Bulldozer, der dumm genug war, sich ihm in den Weg zu stellen.

Vater saß in dem einzigen Sessel des Krankenzimmers, das verkrüppelte Bein auf einen Stuhl gestützt. Meine Mutter hockte auf der Armlehne, prachtvoll anzusehen in ihrem weißen Kunstpelz.

Vater bemerkte, wie ich sein Bein anstarrte.

»Keine Sorge, Arty«, sagte er. »Morgen werde ich für eine Prothese vermessen. Dr. Hermann Gruber aus Dortmund wird eingeflogen.«

Ich hatte von Gruber gehört. Er arbeitete für das deutsche Paralympics-Team. Er war der Beste.

»Ich werde ihn um ein sportliches Modell bitten, vielleicht mit drei Streifen an der Seite.«

Ein Scherz. Das war vollkommen untypisch für meinen Vater.

Meine Mutter strich ihm durchs Haar. »Hör auf, ihn zu necken, Liebling. Das ist nicht einfach für Arty, weißt du. Er war noch ein Baby, als du verschwunden bist.«

»Nicht gerade ein Baby, Mutter«, wandte ich ein. »Ich war immerhin elf.«

Mein Vater lächelte mir voller Wärme zu. Vielleicht war jetzt der richtige Zeitpunkt, um mit ihm zu reden, bevor seine gute Laune verschwand und er wieder so mürrisch wurde wie früher.

»Vater, seit deinem Verschwinden hat sich einiges verändert. Ich *habe mich verändert.«*

Vater nickte ernst. »Ja, du hast Recht. Wir müssen über das Geschäft reden.«

Ah ja. Zurück zum Geschäft. Das war der Vater, den ich kannte.

»Ich glaube, du wirst feststellen, dass die Bankkonten der Familie in einem erfreulichen Zustand sind, und ich hoffe, du wirst auch mit dem Aktienportefeuille einverstanden sein. Es hat im vergangenen Geschäftsjahr eine achtzehnprozentige Dividende eingebracht, und achtzehn Prozent sind bei der augenblicklichen Marktlage recht beachtlich. Ich denke, ich habe alles richtig gemacht.«

»Aber ich habe nicht alles richtig gemacht, mein Sohn«, sagte Artemis senior, »wenn du glaubst, Bankkonten und Aktien seien das Einzige, was zählt. Das musst du wohl von mir haben.«

Er zog mich zu sich heran.

»Ich bin dir kein guter Vater gewesen, Arty, weiß Gott nicht. Alles hat sich nur ums Geschäft gedreht. Ich wurde in dem Glauben erzogen, es sei meine Pflicht, das Imperium der Fowls auszubauen. Ein verbrecherisches Imperium, wie wir beide wissen. Wenn diese Entführung etwas Gutes hatte, dann die Erkenntnis, dass ich andere Prioritäten setzen muss. Ich will, dass wir alle ein neues Leben anfangen.«

Ich traute meinen Ohren nicht. Ich erinnerte mich lebhaft daran, dass mein Vater häufig das Familienmotto zu zitieren pflegte: Aurum potestas est. *Gold ist Macht. Und jetzt kehrte er diesem Prinzip den Rücken. Was hatte die Magie mit ihm angestellt?*

»Gold ist nicht wichtig, Arty«, fuhr er fort. »Und Macht ebenso wenig. Alles, was wir brauchen, haben wir hier: uns drei.«

Es war unglaublich. Aber nicht unangenehm.

»Aber, Vater, du hast doch immer gesagt ... Du bist ganz anders als früher. Wie ein neuer Mensch.«

Nun meldete sich Mutter zu Wort. »Nein, Arty, kein neuer Mensch. Der alte. Der, in den ich mich verliebt und den ich geheiratet habe, bevor das Fowl-Imperium im Zentrum stand. Jetzt habe ich ihn zurückbekommen, und wir sind wieder eine Familie.«

Ich betrachtete meine Eltern, wie glücklich sie miteinander waren. Eine Familie? Konnten die Fowls womöglich eine ganz normale Familie sein?

Ein Rumpeln aus dem Innern des *Eiszeit*-Transporters riss Artemis aus seinen Erinnerungen. Der Wagen begann heftig zu schwanken, und unter der Türritze funkelte ein blaues Licht hindurch.

Artemis blieb ruhig. Er hatte schon eine Heilung miterlebt. Im vergangenen Jahr, als Hollys abgetrennter Zeigefinger wieder mit dem Körper verbunden wurde, hatte die Kraft der Magie eine halbe Tonne Eis zersplittert. Und das für nur einen Finger. Man konnte sich ausmalen, was für einen Schaden erst Butlers Körper bei der Heilung einer tödlichen Verletzung anrichten musste.

Das Getöse und Geschaukel dauerte mehrere Minuten an, brachte zwei Reifen zum Platzen und ruinierte sämtliche Stoßdämpfer. Zum Glück hatte das Institut bereits Feierabend, sonst hätte Dr. Lane die Kosten für die Reparatur sicher auf ihre Rechnung aufgeschlagen.

Nach einer Weile ließ der magische Sturm nach, und das Fahrzeug kam zur Ruhe wie ein Autoscooter am Ende der Runde. Holly öffnete die hintere Tür und lehnte sich erschöpft an den Rahmen. Sie war am Ende ihrer Kraft. Ihre karamellbraune Haut zeigte eine ungesunde Blässe.

»Und?«, fragte Artemis. »Lebt er?«

Holly antwortete nicht. Eine anstrengende Heilung rief oft Übelkeit und Erschöpfung hervor. Sie holte ein paarmal tief Luft und setzte sich auf die Stoßstange.

»Lebt er?«, fragte der Junge erneut.

Holly nickte. »Ja, er lebt. Aber ...«

»Aber was, Holly? Sagen Sie es mir!«

Holly zog ihren Helm vom Kopf. Er glitt ihr aus der Hand und rollte über den Hof.

»Tut mir Leid, Artemis. Ich habe getan, was ich konnte.«

Etwas Schlimmeres hätte sie kaum sagen können.

Artemis stieg in den Transportwagen. Der Boden war nass und übersät mit bunten Kristallen. Aus dem geborstenen Gitter der Klimaanlage drang Rauch, und die Neonleuchte an der Decke flackerte wie ein gefangener Blitz.

Der Kryogentank war aus der Halterung gerutscht, und aus seinen Kreiselstabilisatoren leckte eine Flüssigkeit. Einer von Butlers Armen lugte heraus und warf einen geisterhaften Schatten an die Wand.

Die Instrumente funktionierten jedoch noch, und voller Erleichterung sah Artemis, dass das Symbol für den Herzschlag gleichmäßig blinkte. Butler lebte. Holly hatte es wieder einmal geschafft. Doch etwas hatte sie beunruhigt. Irgendetwas war nicht in Ordnung.

Sobald Artemis in den Tank blickte, wusste er, was nicht in Ordnung war. Das frisch gesprossene Haar war von grauen Strähnen durchzogen. Butler war vierzig gewesen, als man ihn in den Kryogentank gelegt hatte. Der Mann, den er jetzt vor sich hatte, war mindestens fünfzig. Wenn nicht sogar älter. Innerhalb von drei Stunden war Butler alt geworden.

Holly tauchte an Artemis' Seite auf.

»Zumindest lebt er«, sagte sie.

Artemis nickte. »Wann wird er zu sich kommen?«

»In ein paar Tagen. Vielleicht.«

»Wie ist das passiert?«, fragte der Junge und strich Butler eine Locke aus der Stirn.

Holly zuckte die Achseln. »Keine Ahnung. Das ist Foalys Gebiet.«

Artemis nahm die Sprechanlage aus der Tasche und befestigte sie an seinem Ohr. »Irgendwelche Theorien, Foaly?«

»Ich bin mir nicht ganz sicher«, antwortete der Zentaur, »aber ich vermute, Hollys Magie hat nicht ausgereicht. Ein Teil von Butlers eigener Lebenskraft war nötig, um die Heilung zu vollziehen. Ungefähr fünfzehn Jahre, so wie's aussieht.«

»Kann man da irgendwas tun?«

»Nein, leider nicht. Eine Heilung kann nicht rückgängig gemacht werden. Vermutlich wird er länger leben, als es normalerweise der Fall gewesen wäre, wenn Sie das tröstet. Aber seine Jugend können wir nicht zurückholen, und vor allem wissen wir nicht, wie es um seinen Verstand steht. Die Heilung könnte sein Gehirn so leer geräumt haben wie eine frisch formatierte Festplatte.«

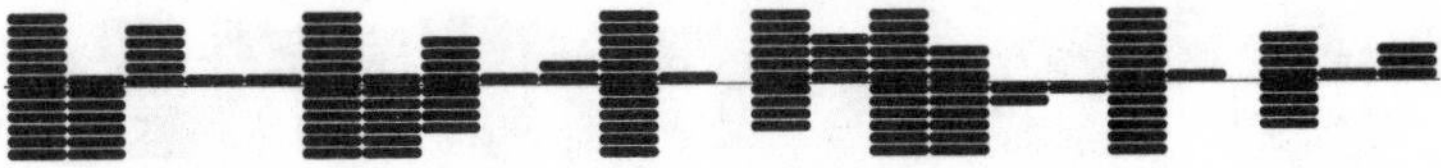

Artemis stieß einen tiefen Seufzer aus. »Was habe ich dir nur angetan, alter Freund?«

»Heb dir das für später auf«, unterbrach Holly ihn. »Ihr beide solltet zusehen, dass ihr von hier verschwindet. Das Getöse ist bestimmt nicht unbemerkt geblieben. Habt ihr ein Transportmittel?«

»Nein. Wir sind mit einem Linienflug herübergekommen und haben dann ein Taxi genommen.«

Holly zuckte die Achseln. »Ich würde dir gerne helfen, Artemis, aber ich habe hier schon genug Zeit verloren. Ich habe einen Auftrag zu erledigen. Einen überaus wichtigen Auftrag, und um den muss ich mich jetzt kümmern.«

Artemis wandte sich von dem Tank ab. »Holly, was Ihren Auftrag betrifft ...«

Langsam drehte Captain Short sich um. »Artemis ...«

»Jemand hat Sie aufgespürt, nicht? Jemand, der Foalys Sicherungssystem überlisten konnte.«

Holly zog ein großes Stück Tarnfolie aus ihrem Rucksack. »Ich glaube wir müssen uns dringend unterhalten. Irgendwo, wo uns niemand stört.«

An die nächsten fünfundvierzig Minuten erinnerte sich Artemis später nur verschwommen. Holly wickelte die beiden Oberirdischen in die Tarnfolie und hakte sie an ihren Moonbelt, einen Spezialgürtel, der ihr Gewicht auf ein Fünftel der Erdnorm verringerte.

Dennoch hatten ihre mechanischen Flügel Mühe, sie zu dritt in den abendlichen Himmel zu tragen. Holly musste das Gas voll aufdrehen, um auch nur eine Höhe von hundertfünfzig Metern über Normalnull zu erreichen.

»Ich werde jetzt den Sichtschild aktivieren«, sagte sie in ihr Helmmikro. »Versuch, nicht zu viel herumzuzap-

peln. Ich will nicht die Verbindung zu einem von euch kappen müssen.«

Dann verschwand sie, und an ihrer Stelle erschien ein leicht schimmernder, hollyförmiger Fleck Sternenhimmel. Das Seil des Moonbelt leitete die Vibration weiter und brachte Artemis' Zähne zum Klappern.

Er fühlte sich wie ein Käfer in einem Kokon, bis zum Hals in die Folie gehüllt, so dass nur sein Kopf herausschaute. Anfangs genoss er es beinahe, über die Stadt hinwegzufliegen und zuzusehen, wie klein die Autos auf den Straßen waren. Doch dann überließ Holly sich einem westlichen Wind und setzte sie den Luftströmungen über dem Ärmelkanal aus.

Plötzlich bestand Artemis' Universum nur noch aus einem Mahlstrom eiskalter Winde, hin und her geworfener Passagiere und verdutzter Vögel. Butler hing schlaff neben ihm, in eine improvisierte Trage aus Folie gewickelt. Die Tarnfolie absorbierte die umgebenden Farben und reflektierte sie. Dabei kam eine nur sehr oberflächliche Kopie der Umgebung heraus, aber für einen abendlichen Flug über das Meer nach Irland reichte es allemal.

»Ist diese Folie eigentlich auch unsichtbar für Radar?«, fragte Artemis über die Sprechanlage. »Ich möchte nicht, dass uns irgendein übereifriger Jagdflieger für ein UFO hält.«

Holly überlegte einen Moment. »Du hast Recht. Vielleicht sollte ich ein bisschen tiefer gehen, nur zur Sicherheit.«

Zwei Sekunden später bereute Artemis seine Bemerkung zutiefst. Holly stellte ihre Flügel auf Sturzflug und schoss mit ihnen senkrecht auf die dunklen Wellen zu.

Erst im allerletzten Augenblick, als Artemis das Gefühl hatte, ihm würde die Haut vom Gesicht gerissen, zog sie wieder hoch.

»Ist dir das tief genug?«, fragte Holly mit leisem Spott in der Stimme.

Sie flogen so dicht über den Wellenkämmen dahin, dass die Gischt gegen die Tarnfolie spritzte. Das Meer war an diesem Abend rau, und Holly folgte den Bewegungen des Wassers, hob und senkte sich mit den Wellen.

Ein Schwarm Buckelwale spürte Hollys Gegenwart. Sie brachen durch die stürmische Oberfläche und sprangen volle dreißig Meter über ein Wellental, bevor sie wieder verschwanden. Delfine waren nicht zu sehen. Die kleinen Meeressäuger hatten in den Buchten entlang der irischen Küste vor dem Sturm Schutz gesucht.

Holly umkurvte den Rumpf einer Fähre, dicht genug, dass Artemis das Dröhnen der Maschinen förmlich spüren konnte. An Deck standen scharenweise Passagiere und kotzten über die Reling, wobei sie die unsichtbaren Reisenden unter sich nur knapp verfehlten.

»Reizend«, grummelte Artemis.

»Keine Sorge«, vernahm er Hollys muntere Stimme, »wir sind gleich da.«

Sie kamen am Fähranleger von Rosslare vorbei und folgten der Küstenlinie nordwärts, über die Wicklow Mountains hinweg. Obwohl er kaum wusste, wo oben und unten war, staunte Artemis über ihr Tempo. Diese Flügel waren eine fantastische Erfindung. Was man mit so einem Patent für ein Geld machen könnte! Doch halt. Sein Versuch, Elfentechnologie zu verkaufen, hatte Butler überhaupt erst in diese lebensbedrohliche Situation gebracht.

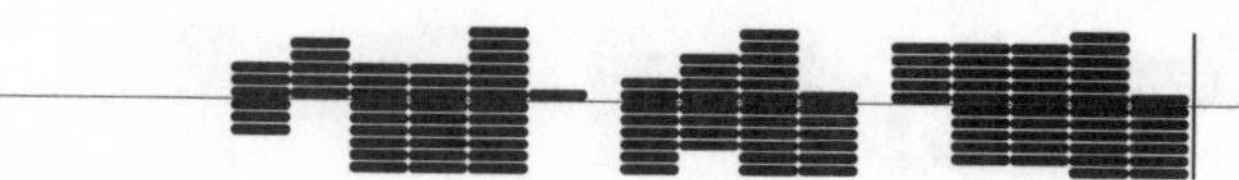

Sie wurden langsamer, so dass Artemis sich besser orientieren konnte. Im Osten lag Dublin, umgeben von einer Aura aus Autoscheinwerfern, die über die Schnellstraßen glitten. Holly umflog die Stadt und steuerte auf den weniger dicht besiedelten Norden zu. Inmitten eines großen, dunklen Flecks stand ein einzelnes Gebäude, hell angestrahlt von Außenscheinwerfern. Der Sitz von Artemis' Vorfahren – Fowl Manor.

Fowl Manor, Irland

»So, dann mal raus mit der Sprache«, sagte Holly, nachdem sie Butler sorgsam zu Bett gebracht hatten.

Sie saß auf der untersten Stufe der großen Treppe. Generationen von Fowls starrten von Ölgemälden auf sie herab. Dann sprach sie in ihr Helmmikro und schaltete auf Lautsprecherfunktion. »Foaly, sei so gut und nimm das auf, ja? Ich habe so eine Ahnung, dass wir uns das noch mal anhören wollen.«

»Die ganze Geschichte fing heute Mittag mit einer geschäftlichen Besprechung an«, begann Artemis.

»Nur weiter.«

»Ich habe mich mit Jon Spiro getroffen, einem amerikanischen Industriemagnaten.«

Holly hörte das Klappern von Tasten an ihrem Ohr. Zweifellos prüfte Foaly nach, was der Computer über diesen Spiro wusste.

»Jon Spiro«, ertönte prompt die Stimme des Zentauren. »Ein dubioser Typ, selbst nach den Maßstäben der Oberirdischen. Die Geheimdienste der Menschenwesen versuchen seit dreißig Jahren, ihn zu überführen. Seine

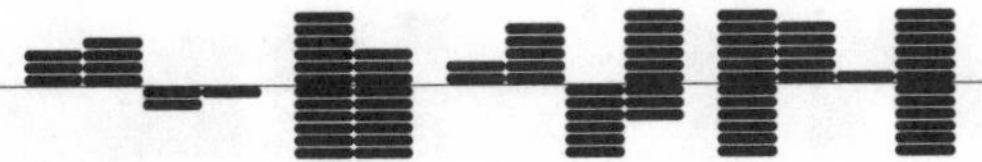

Unternehmungen sind ökologische Katastrophen. Und das ist nur die Spitze des Eisbergs: Industriespionage, Umweltverschmutzung, Entführung, Erpressung, Verbindungen zur Mafia – er hat alles probiert und ist nie verknackt worden.«

»Genau, das ist er«, sagte Artemis. »Ich hatte Mr Spiro eingeladen, sich mit mir zu treffen.«

»Und was wollten Sie ihm verkaufen?«, unterbrach Foaly erneut. »Ein Mann wie Spiro überquert nicht den Atlantik, um einen gemütlichen Kaffeeklatsch abzuhalten.«

Artemis runzelte die Stirn. »Genau genommen wollte ich ihm nichts verkaufen, sondern ich habe ihm angeboten, eine revolutionäre Technologie zurückzuhalten, natürlich gegen eine entsprechende Summe.«

»Was für eine revolutionäre Technologie?« Foalys Stimme klang kühl.

Artemis zögerte eine Sekunde. »Erinnern Sie sich an die Helme, die Butler damals der Bergungseinheit abgenommen hat?«

Holly stöhnte. »Oh nein.«

»Ich habe den Selbstzerstörungsmechanismus der Helme deaktiviert und aus den Sensoren und Chips einen Würfel gebaut. Den C Cube, einen Minicomputer. Es war nicht weiter schwierig, einen Glasfaserblocker einzubauen, damit der Würfel von niemandem vom Erdvolk mehr bedient werden konnte, sollten sie ihn entdecken.«

»Sie haben einem Mann wie Jon Spiro Elfentechnologie gegeben?«

»Natürlich habe ich sie ihm nicht gegeben«, erwiderte Artemis gereizt. »Er hat sie sich genommen.«

Hollys ausgestreckter Zeigefinger richtete sich auf ihn. »Jetzt spiel hier nicht das arme Opfer, Artemis. Das passt nicht zu dir. Hast du wirklich gedacht, dass Spiro sich eine Technologie entgehen lässt, die ihn zum reichsten Mann der Welt machen kann?«

»Also war es Ihr Computer, Fowl, der uns geortet hat?«, fragte Foaly.

»Ja«, gab Artemis zu. »Aber unabsichtlich. Spiro wollte, dass ich ihm den Überwachungsscan vorführe, und die Elfenelemente des Würfels haben die Satellitenstrahlen der ZUP gescannt.«

»Können wir zukünftige Ortungen nicht abblocken?«, fragte Holly.

»Havens Deflektoren können gegen unsere eigene Technologie nichts ausrichten. Früher oder später wird Spiro das Erdvolk entdecken. Und ich glaube kaum, dass ein Mann wie er uns in Frieden weiterleben lassen wird.«

Holly funkelte Artemis wütend an. »Von der Sorte kenne ich noch einen.«

»Ich bin doch nicht wie Jon Spiro«, widersprach der Junge. »Er ist ein kaltblütiger Killer!«

»Warte noch ein paar Jahre«, sagte Holly. »Du schaffst das schon.«

Foaly seufzte. Kaum befanden sich Artemis Fowl und Holly Short im gleichen Raum, gab es Streit. »Lass gut sein, Holly«, sagte er. »Versuchen wir, uns wie Profis zu benehmen. Als Erstes muss die Abschottung aufgehoben werden. Und dann sollten wir zusehen, dass wir uns den Würfel zurückholen, bevor Spiro seine Geheimnisse entdeckt.«

»Ein bisschen Zeit haben wir noch«, sagte Artemis. »Der Würfel ist verschlüsselt.«

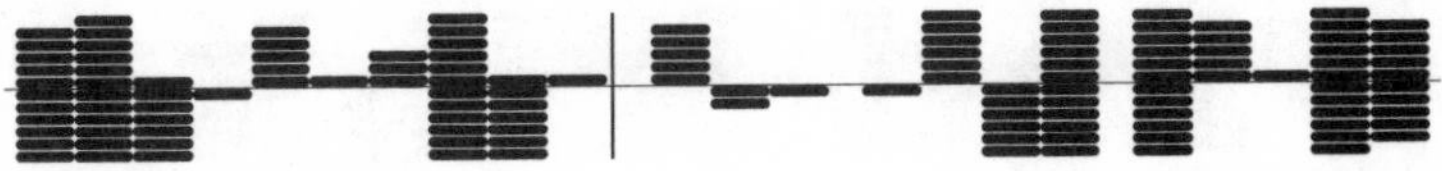

»Auf welche Weise?«

»Ich habe einen Geheimcode in die Festplatte eingebaut. Einen Ewigkeitscode.«

»Einen Ewigkeitscode?«, fragte Foaly. »Hut ab.«

»So schwierig war das nicht. Ich habe dafür eine völlig neue Sprache entwickelt, so dass Spiro keinerlei Bezugsrahmen hat.«

Holly fühlte sich ein wenig ausgeschlossen. »Und wie lange dauert es, diesen Ewigkeitscode zu knacken?«

Artemis konnte es sich nicht verkneifen, eine Augenbraue hochzuziehen. »Eine Ewigkeit«, erwiderte er. »Theoretisch zumindest. Aber mit Spiros Möglichkeiten bestimmt einiges weniger.«

Holly ignorierte seinen süffisanten Ton. »Na, dann kann uns ja nichts passieren. Wozu sollen wir Spiro hinterherjagen, wenn der Würfel für ihn bloß ein Kasten mit nutzlosem Technikkram ist?«

»Der ›Technikkram‹ ist alles andere als nutzlos«, entgegnete Artemis. »Allein der Aufbau der Chips dürfte seine Forschungsabteilung in eine interessante Richtung lenken. Aber in einem Punkt haben Sie Recht, Holly: Wir brauchen Spiro nicht hinterherzujagen. Sobald er mitkriegt, dass ich noch lebe, wird er mich suchen. Schließlich bin ich der Einzige, der den C Cube dazu bringen kann, seine Möglichkeiten voll zu entfalten.«

Holly vergrub das Gesicht in den Händen. »Das heißt also, hier könnte jeden Moment ein Killerkommando reingestürmt kommen, um den Schlüssel für diesen Ewigkeitscode aus dir herauszuprügeln. Und ausgerechnet in einem solchen Moment ist Butler nicht einsatzbereit.«

Artemis nahm den Hörer des Haustelefons ab. »Es gibt nicht nur einen Butler in der Familie.«

Kapitel 4

In den Fußstapfen des Bruders

Sfax, Tunesien, Nordafrika

Zu ihrem achtzehnten Geburtstag hatte Juliet Butler sich eine wattierte Judo-Kampfjacke, zwei schwere Wurfmesser und ein Video vom World Wrestling Grudge Match gewünscht – Dinge, die man auf dem Wunschzettel eines normalen jungen Mädchens nicht unbedingt erwarten würde. Aber Juliet Butler war eben kein normales junges Mädchen. Juliet war in vielerlei Hinsicht außergewöhnlich. Zum Beispiel traf sie ein bewegliches Ziel mit jeder beliebigen Waffe, die man ihr in die Hand gab, und sie konnte die meisten Leute ein gutes Stück weiter werfen, als sie ihnen traute.

Natürlich hatte sie diese Dinge nicht gelernt, indem sie sich Ringkampfvideos ansah. Ihre Ausbildung hatte bereits im Alter von vier Jahren begonnen. Jeden Tag nach dem Kindergarten hatte Domovoi Butler seine kleine Schwester zum Fowl'schen Dojo gebracht und sie dort in den verschiedenen Kampfkünsten unterrichtet. Mit acht Jahren hatte Juliet in sieben Disziplinen den

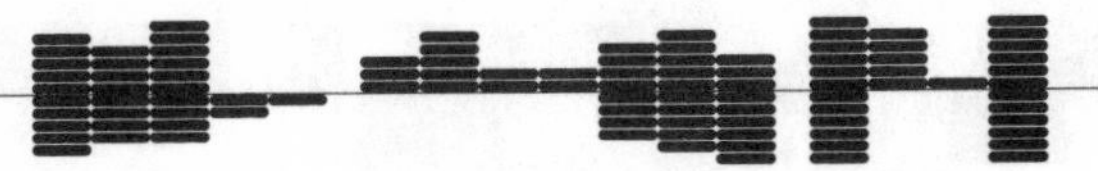

schwarzen Gürtel erreicht. Mit elf war sie über alle Gürtel hinausgewachsen.

Traditionsgemäß traten alle männlichen Mitglieder der Familie Butler an ihrem zehnten Geburtstag in Madame Kos Personenschutz-Akademie ein, wo sie sechs Monate im Jahr das Handwerk eines Leibwächters erlernten. Die übrigen sechs Monate bewachten sie einen Prinzipal niedriger Gefährdungsstufe. Die weiblichen Butlers suchten sich für gewöhnlich bei diversen wohlhabenden Familien überall auf der Welt ihre Dienstherren. Juliet jedenfalls hatte sich dafür entschieden, die eine Hälfte des Jahres bei Angeline Fowl zu bleiben und die andere im Ausbildungscamp von Madame Ko, um ihre Kampftechniken zu vervollkommnen. Genau genommen war sie das erste weibliche Mitglied der Familie Butler, das die Akademie besuchte – und das fünfte Mädchen überhaupt, das die körperlichen Anforderungen der Aufnahmeprüfungen erfüllt hatte. Der Ausbildungsort wechselte alle fünf Jahre. Butler hatte seine Ausbildung in der Schweiz und in Israel absolviert, während seine jüngere Schwester bislang im japanischen Utsukushigahara-Hochland unterwiesen worden war.

Zwischen dem Schlafsaal bei Madame Ko und ihrem luxuriösen Zimmer in Fowl Manor lagen buchstäblich Welten. In Japan schlief Juliet auf einer Strohmatte, besaß nichts außer zwei derben Baumwollanzügen und ernährte sich ausschließlich von Reis, Fisch und Proteinshakes.

Der Tag begann morgens um halb sechs mit einem Sechs-Kilometer-Lauf zum nächsten Fluss, wo Juliet und die anderen Zöglinge mit bloßen Händen Fische fingen. Nachdem sie den Fisch zubereitet und ihrer Sensei zum

Frühstück gereicht hatten, schnallten sie sich leere Hundert-Liter-Fässer auf den Rücken und kletterten bis zur Schneegrenze. Die mit Schnee gefüllten Fässer rollten die Zöglinge dann zurück zum Basislager, wo sie den Schnee mit bloßen Füßen traten, bis er geschmolzen war und von ihrer Sensei zum Baden benutzt werden konnte. Danach begann das Tagestraining.

Zu den Unterrichtsfächern gehörte unter anderem Cos Ta'pa, eine Kampfkunst, die Madame Ko speziell für Leibwächter entwickelt hatte und deren Schwerpunkt nicht in der Selbstverteidigung lag, sondern in der Verteidigung des Prinzipals. Außerdem studierten die Zöglinge Waffenkunde, Informationstechnologie, Fahrzeugwartung und Verhandlungstechniken, auch für den Fall einer Geiselnahme.

Mit achtzehn konnte Juliet neunzig Prozent der auf der Welt verbreiteten Schusswaffen mit verbundenen Augen auseinander nehmen und wieder zusammensetzen, sich jedes beliebigen Transportmittels bedienen, sich in weniger als vier Minuten schminken und trotz ihrer sensationellen asiatisch-europäischen Genmischung unauffällig in jeder Menschenmenge untertauchen. Ihr großer Bruder war sehr stolz auf sie.

Der letzte Teil ihrer Ausbildung bestand in einer Feldübung, die in fremder Umgebung abgehalten wurde. Bestand Juliet diesen Test, würde Madame Ko ihr einen blauen Diamanten auf die Schulter tätowieren. Eine Tätowierung – dieselbe, die auch Butlers Schulter zierte –, die nicht nur für die Härte des Absolventen stand, sondern auch seine facettenreiche Ausbildung symbolisierte. In eingeweihten Kreisen brauchte ein Leibwächter, der den blauen Diamanten trug, keine weitere Empfehlung.

Madame Ko hatte für diese letzte Prüfung die Stadt Sfax in Tunesien ausgewählt. Juliets Aufgabe war es, ihren Prinzipal quer durch den turbulenten Basar im Zentrum, die so genannte Medina, zu führen. Normalerweise würde ein Leibwächter seinem Prinzipal davon abraten, sich in eine so stark bevölkerte Gegend zu begeben. Doch Madame Ko hob hervor, dass Prinzipale nur selten auf Ratschläge hörten und man auf jede Gelegenheit vorbereitet sein müsse. Und als stünde Juliet nicht schon genug unter Druck, hatte Madame Ko beschlossen, höchstpersönlich die Rolle des Prinzipals zu übernehmen.

Es war außergewöhnlich heiß in Nordafrika. Julie blinzelte durch ihre Gletscherbrille, vollkommen darauf konzentriert, der zierlichen Gestalt zu folgen, die sich vor ihr durch die Menge schlängelte.

»Beeil dich«, fuhr Madame Ko sie an. »Sonst verlierst du mich.«

»Nie im Leben, Madame«, erwiderte Juliet gelassen. Madame Ko versuchte nur, sie mit dem Gespräch abzulenken. Dabei gab es genug Ablenkung in der unmittelbaren Umgebung. An einem Dutzend Stände funkelten üppige Goldketten, und überall hingen tunesische Teppiche an hölzernen Rahmen – ideale Verstecke für jeden Mörder. Einheimische drängten sich unangenehm dicht an sie heran, begierig, einen Blick auf die hübsche junge Frau zu erhaschen, und das Gelände war tückisch; eine falsche Bewegung konnte zu einem verstauchten Fußgelenk und damit zum Scheitern ihrer Prüfung führen.

Juliet registrierte all diese Informationen automatisch und stellte sich mit jeder Bewegung darauf ein. Sie schob einen Teenager, der sie breit angrinste, entschlossen bei-

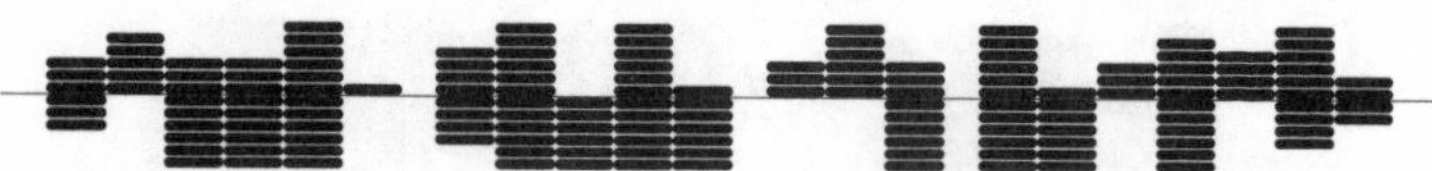

seite, sprang über eine ölige, in allen Farben des Regenbogens schillernde Pfütze hinweg und folgte Madame Ko in eine weitere Gasse des endlosen Labyrinths der Medina.

Plötzlich stand ein Mann vor ihr. Einer der Händler. »Ich gute Teppiche haben«, sagte er in gebrochenem Französisch. »Du kommen, ich dir zeigen!«

Madame Ko eilte weiter. Juliet versuchte ihr zu folgen, doch der Mann verstellte ihr den Weg.

»Nein, danke, kein Interesse. Ich lebe unter freiem Himmel.«

»Sehr komisch, Mademoiselle. Sie machen gute Witz. Jetzt kommen und Ahmeds Teppiche schauen.«

Die Menge begann, aufmerksam zu werden, drängte sich näher heran wie die Tentakeln eines riesigen Organismus. Und Madame Ko entfernte sich immer weiter. Juliet war dabei, ihren Prinzipal zu verlieren.

»Ich sagte nein. Und jetzt lassen Sie mich durch, großer Teppichmeister, bevor ich mir an Ihnen noch einen Fingernagel abbreche.«

Der Tunesier war es nicht gewohnt, Befehle von einer Frau erteilt zu bekommen, und außerdem sahen mittlerweile seine Freunde zu. »Ich machen Sonderpreis«, beharrte er und wies auf seinen Stand. »Beste Teppiche in Sfax.«

Juliet versuchte, an ihm vorbeizuschlüpfen, doch die Menge versperrte ihr den Weg.

Da verging Juliet das letzte bisschen Sympathie, das sie vielleicht einmal für Ahmed empfunden hatte. Bisher war er nur ein harmloser Einheimischer gewesen, der zum falschen Zeitpunkt am falschen Ort aufgetaucht war, aber jetzt …

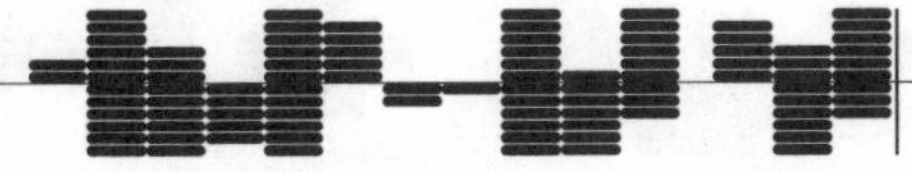

»Du mitkommen«, sagte der Tunesier und schlang seinen Arm um die Taille des blonden Mädchens. Eindeutig nicht die beste Idee.

»Jetzt reicht's, Teppichmann!«

Bevor Ahmed mit der Wimper zucken konnte, fand er sich zusammengerollt in einem Teppich wieder, und Juliet war verschwunden. Keiner der Umstehenden begriff, was passiert war, bis sie sich das Ganze auf dem Bildschirm der Videokamera von Kamal, dem Hühnermann, noch einmal ansahen. In Zeitlupe verfolgten die Händler, wie das eurasische Mädchen Ahmed an Kragen und Gürtel packte und mit einer schwungvollen Bewegung in einen Teppichstand schleuderte. In Fachkreisen wurde dieser Wurf Slingshot genannt, wie einer der Goldverkäufer wusste – eine Technik, die durch den amerikanischen Ringer Papa Hog berühmt geworden war. Die Händler lachten so sehr, dass einige von ihnen schließlich völlig dehydriert zu Boden sanken. Es war der komischste Zwischenfall des Jahres, und die Aufzeichnung sollte sogar einen Preis bei der tunesischen Ausgabe von *Versteckte Kamera* gewinnen. Keine drei Wochen später zog Ahmed nach Ägypten.

Doch zurück zu Juliet. Die angehende Leibwächterin sprintete an den Häuserzeilen entlang, schlug Haken um verdutzte Händler und bog in einer scharfen Kurve nach rechts ab. Madame Ko konnte nicht weit gekommen sein, sagte sich Juliet. Sie war immer noch in der Lage, ihre Aufgabe zu meistern. Sie war wütend auf sich. Das war genau die Art von Trick, vor der ihr Bruder sie gewarnt hatte. Nimm dich vor Madame Ko in Acht, hatte Butler ihr geraten. Man kann nie wissen, was sie sich für eine Feldübung so alles ausdenkt. Angeblich hat sie in

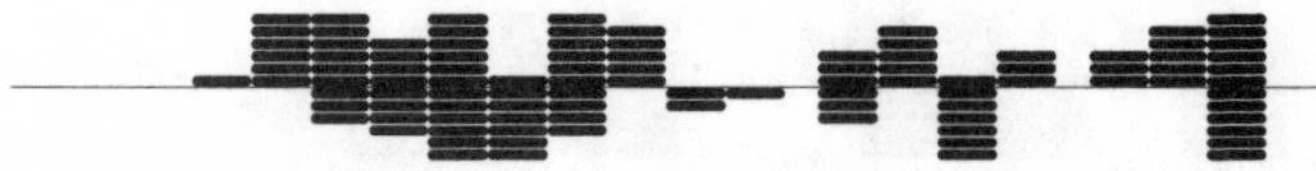

Kalkutta einmal eine Elefantenherde in Panik versetzt, nur um einen ihrer Zöglinge zu verwirren.

Das Dumme dabei war, dass man sich nie sicher sein konnte. Vielleicht war der Teppichhändler von Madame Ko bezahlt worden, vielleicht war er aber auch nur ein harmloser Mitbürger, der sich dummerweise die falsche Passantin geschnappt hatte.

Die Gasse verengte sich, so dass der Menschenstrom auf ein schmales Rinnsal zusammenschrumpfte. Auf Kopfhöhe zogen sich Wäscheleinen über die Straße, an denen feucht dampfende *gutras* und *abayas* hingen. Juliet duckte sich unter der Kleidung hindurch und schlängelte sich an trödelnden Käufern vorbei. Truthähne hüpften erschrocken beiseite, so weit die Stricke um ihren Hals es zuließen.

Plötzlich öffnete sich vor ihr ein schattiger Platz, umgeben von dreistöckigen Gebäuden. Auf den Balkons lagen Männer und zogen an aromatisierten Wasserpfeifen. Der Boden war mit einem kostbaren, lückenhaften Mosaik ausgelegt, das eine römische Badeszene zeigte. Und in der Mitte des Platzes lag Madame Ko, die Knie an die Brust gezogen. Sie wurde von drei Männern angegriffen. Dies waren keine einheimischen Händler. Alle drei trugen die schwarze Uniform einer Spezialeinheit und schlugen mit der Sicherheit und Gezieltheit ausgebildeter Profis zu. Das war kein Test. Diese Männer versuchten tatsächlich, ihre Sensei zu töten.

Juliet war unbewaffnet, wie es die Regel vorschrieb. Waffen in ein afrikanisches Land zu schmuggeln hätte zudem automatisch eine lebenslängliche Gefängnisstrafe bedeutet. Zum Glück sah es so aus, als hätten auch ihre Gegner keine Waffen, obwohl sie wussten, wie sie ihre Hände und Füße einsetzen mussten.

Hier half nur noch Improvisation. Ein direkter Angriff wäre vollkommen sinnlos. Wenn die drei es geschafft hatten, Madame Ko auszuschalten, würde auch Juliet in einem normalen Kampf keine Chance gegen sie haben. Es war an der Zeit, etwas Unorthodoxes auszuprobieren.

Noch im Laufen sprang Juliet hoch und schnappte sich eine der Wäscheleinen. Der Befestigungsring widerstand einen Moment, sprang dann jedoch aus dem trockenen Putz. Sie lief nach links, so weit, wie die Leine mitsamt ihrer Ladung aus Teppichen und Kopftüchern es zuließ, und schoss dann auf die Männer zu. »He, Jungs!«, rief sie, nicht aus Übermut, sondern weil das, was sie vorhatte, frontal am besten funktionieren würde.

Genau in dem Moment, als die Männer aufsahen, klatschte ihnen eine Ladung nasses Kamelhaar ins Gesicht. Die schweren Teppiche und Kleidungsstücke schlangen sich um ihre zappelnden, rudernden Glieder, und die Kunststoffleine drückte ihnen die Luft ab. In weniger als einer Sekunde lagen alle drei am Boden. Und damit sie auch unten blieben, drückte Juliet ihnen mit gezielten Schlägen die Nervenstränge am Halsansatz ab.

»Madame Ko«, rief sie und suchte inmitten des Stoffbergs nach ihrer Sensei. Die alte Frau lag zitternd da, in ihrem olivgrünen Kleid, ein schlichtes Kopftuch über dem Gesicht.

Juliet half ihr auf. »Haben Sie das gesehen, Madame? Wie ich diese Schwachköpfe buchstäblich aus den Schuhen gehauen habe? Ich wette, so was haben die noch nie erlebt. Improvisation – hilft immer, sagt Butler. Wissen Sie, ich glaube, mein Lidschatten hat sie abgelenkt. Glimmergrün. Hat noch nie versagt…«

Juliets Wortschwall brach ab, weil sie ein Messer an ihrer Kehle spürte. Das Messer lag in der Hand von Madame Ko, die in Wirklichkeit gar nicht Madame Ko war, sondern eine andere zierliche Asiatin. Ein Lockvogel.

»Du bist tot«, sagte die Frau.

»Ja«, bestätigte Madame Ko und trat aus dem Schatten hervor. »Und wenn du tot bist, ist auch dein Prinzipal tot. Du hast versagt.«

Juliet legte die Handflächen aneinander und verneigte sich tief. »Das war ein hinterhältiger Trick, Madame«, sagte sie, bemüht, respektvoll zu klingen.

Ihre Sensei lachte. »Natürlich. So ist nun mal das Leben. Was hattest du erwartet?«

»Aber ich habe die Killer doch komplett umgeniet... äh, vollständig außer Gefecht gesetzt.«

Madame Ko tat ihren Einwand mit einer Handbewegung ab. »Purer Zufall. Zum Glück für dich waren das keine echten Killer, sondern Absolventen der Akademie. Was sollte der Unsinn mit der Leine?«

»Das ist ein Trick vom Wrestling«, erklärte Juliet. »Man nennt ihn ›Clothesline‹.«

»Unzuverlässig«, sagte die Japanerin. »Du hast nur gesiegt, weil das Glück auf deiner Seite war. Und Glück allein reicht in unserem Geschäft nicht.«

»Es war nicht meine Schuld«, protestierte Juliet. »Da war dieser Kerl auf dem Markt, direkt vor meiner Nase. Ich musste ihn erst aus dem Weg räumen.«

Madame Ko tippte ihr an die Nasenwurzel. »Still, Mädchen. Denk nach. Was hättest du tun müssen?«

Juliet verneigte sich noch tiefer. »Ich hätte den Teppichhändler sofort ausschalten müssen.«

»Genau. Sein Leben bedeutet nichts. Vollkommen unwichtig verglichen mit der Sicherheit des Prinzipals.«

»Aber ich kann doch nicht einfach unschuldige Menschen töten«, protestierte Juliet.

Madame Ko seufzte. »Ich weiß, Kind. Und deshalb bist du noch nicht bereit. Du kannst sämtliche Techniken, aber dir fehlt es an Konzentration und Beherrschung. Vielleicht nächstes Jahr.«

Juliet sackte das Herz in die Hose. Ihr Bruder hatte den blauen Diamanten im Alter von achtzehn Jahren erworben – der jüngste Absolvent in der Geschichte der Akademie. Sie hatte gehofft, dieselbe Meisterleistung zu vollbringen. Jetzt würde sie es in zwölf Monaten noch einmal versuchen müssen. Es war zwecklos, zu widersprechen. Madame Ko machte niemals eine Entscheidung rückgängig.

Eine junge Frau in der Kleidung eines Zöglings kam aus der Gasse, einen kleinen Aktenkoffer in der Hand. »Madame«, sagte sie mit einer Verneigung, »da ist ein Anruf für Sie auf dem Satellitentelefon.«

Madame Ko nahm den Hörer und lauschte einen Moment konzentriert. »Eine Nachricht von Artemis Fowl«, sagte sie schließlich.

Juliet hätte sich zu gerne aus ihrer Verbeugung aufgerichtet, doch das wäre ein unverzeihlicher Verstoß gegen das Protokoll gewesen. »Ja, Madame?«

»Die Nachricht lautet: Domovoi braucht dich.«

Juliet runzelte die Stirn. »Sie meinen, Butler braucht mich.«

»Nein«, erwiderte Madame Ko, ohne eine Miene zu verziehen. »Ich sagte, Domovoi braucht dich. Ich wiederhole nur, was man mir aufgetragen hat.«

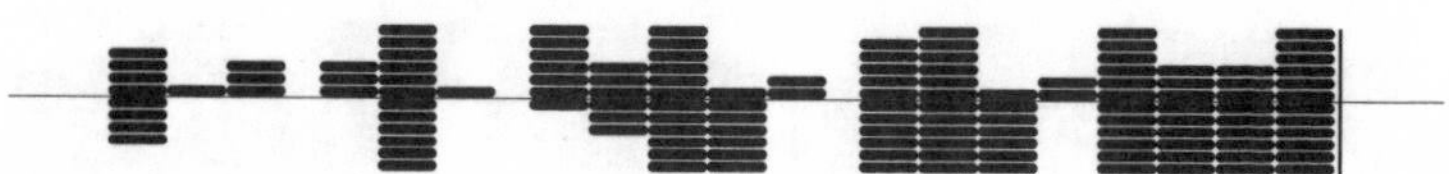

Schlagartig spürte Juliet, wie die Sonne auf ihrem Nacken brannte, sie hörte die Mücken in ihren Ohren sirren wie Zahnarztbohrer, und sie wollte nur noch eines: sich aus dieser Verbeugung aufrichten und zum Flughafen rennen. Butler hätte Artemis niemals seinen Namen verraten, wenn er nicht ... Nein, sie konnte es nicht glauben. Sie konnte nicht einmal daran denken.

Madame Ko klopfte sich gedankenverloren ans Kinn. »Du bist noch nicht bereit. Ich sollte dich nicht gehen lassen. Du lässt dich zu sehr von deinen Gefühlen lenken, um eine gute Leibwächterin zu sein.«

»Bitte, Madame«, flehte Juliet.

Ihre Sensei überlegte zwei endlose Minuten lang. »Also gut«, sagte sie schließlich. »Geh.«

Juliet war verschwunden, noch bevor das Wort auf dem Platz verhallt war, und Gott stehe dem Teppichhändler bei, der es wagte, sich ihr in den Weg zu stellen.

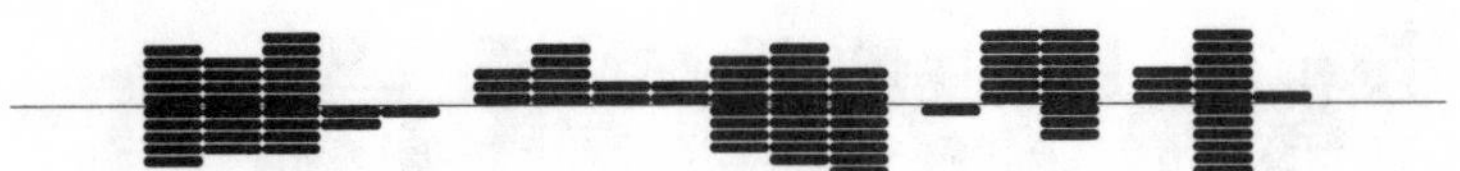

Kapitel 5

Der Eisenmann und der Affe

Spiro Needle, Chicago, Illinois, USA

Jon Spiro nahm die Concorde von Heathrow zum O'Hare-Flughafen Chicago. Von dort kutschierte ihn eine Luxuslimousine zur Spiro Needle, einer gewaltigen Nadel aus Stahl und Glas, die sich sechsundachtzig Stockwerke hoch über die Skyline von Chicago erhob. Den fünfzigsten bis fünfundachtzigsten Stock belegte die Firma Spiro Industries. Im sechsundachtzigsten Stock befand sich Spiros Privatresidenz, zu der man nur über einen Spezialaufzug oder den Hubschrauberlandeplatz gelangte.

Jon Spiro hatte während der gesamten Reise nicht geschlafen, so aufgeregt war er wegen des kleinen Würfels in seinem Aktenkoffer. Der Leiter seiner Forschungsabteilung war schnell ebenso aufgeregt, als Spiro ihm erklärte, was der so harmlos aussehende Kasten alles konnte, und eilte sofort davon, um dem C Cube seine Geheimnisse zu entlocken.

Sechs Stunden später eilte er zu einer mitternächtlichen Besprechung in Spiros Konferenzraum.

»Es funktioniert nicht«, sagte der Wissenschaftler, dessen Name Dr. Pearson war.

Spiro ließ die Olive in seinem Martiniglas tanzen. »Das glaube ich kaum, Pearson«, erwiderte er. »Im Gegenteil, ich weiß, dass dieses kleine Wunderwerk ganz ausgezeichnet funktioniert. Mir scheint eher, dass Sie hier derjenige sind, der nicht funktioniert.«

Spiro hatte eine grauenhafte Laune. Arno Blunt hatte gerade angerufen und ihm mitgeteilt, dass der junge Fowl noch lebte. Und wenn Spiro schlecht gelaunt war, konnte es schon mal vorkommen, dass Leute spurlos vom Erdboden verschwanden – die Glücklichen unter ihnen.

Pearson spürte, wie der Blick der dritten Anwesenden im Konferenzraum ihn durchbohrte. Dies war keine Frau, die man zum Feind haben wollte. Er wusste, sie würde, ohne mit der Wimper zu zucken, jeden Eid schwören, er sei selbst gesprungen, falls Jon Spiro auf die Idee kam, ihn zum Fenster hinauswerfen zu lassen.

Pearson wählte daher seine Worte sorgfältig. »Dieses Ding …«

»Der C Cube. So heißt das Gerät. Das habe ich Ihnen bereits gesagt, also benutzen Sie gefälligst den Namen.«

»Der C Cube hat zweifellos ein enormes Potenzial, aber er ist verschlüsselt.«

Spiro warf mit der Olive nach seinem leitenden Wissenschaftler. Eine erniedrigende Erfahrung für einen Nobelpreisträger. »Dann knacken Sie den Code. Wozu bezahle ich euch Typen eigentlich?«

Pearson spürte, wie sich sein Herzschlag beschleunigte. »So einfach ist das nicht. Dieser Verschlüsselungscode ist nicht zu knacken.«

»Ich glaube, ich träume.« Spiro lehnte sich in seinem ochsenblutfarbenen Sessel zurück. »Ich stecke zweihundert Millionen pro Jahr in Ihre Abteilung, und Sie sind nicht imstande, einen dämlichen Code zu knacken, den sich ein kleiner Junge ausgedacht hat?«

Pearson bemühte sich, nicht darüber nachzudenken, was für ein Geräusch sein Körper beim Aufprall auf den Asphalt machen würde. Sein nächster Satz würde ihn retten – oder zum Tode verdammen.

»Der Würfel ist sprachgesteuert und ausschließlich auf Artemis Fowls Stimme eingestellt. Zusätzlich kann niemand den Geheimcode knacken. Es ist unmöglich.«

Spiro antwortete nicht, ein Zeichen, dass Pearson fortfahren sollte.

»Ich habe schon von dieser Verschlüsselungsmethode gehört. Wir Wissenschaftler entwickeln bereits seit einiger Zeit Theorien darüber. Man nennt so etwas einen Ewigkeitscode. Dieser Code bietet Millionen von möglichen Abwandlungen und basiert obendrein auf einer unbekannten Sprache. Es scheint fast, als hätte der Junge eine Sprache entwickelt, die nur er allein versteht. Wir wissen noch nicht einmal, in welcher Beziehung sie zum Englischen steht. Ein solcher Code dürfte eigentlich überhaupt nicht existieren. Wenn dieser Fowl tot ist, dann ist der C Cube zusammen mit ihm gestorben, Mr Spiro, so Leid es mir tut.«

Jon Spiro schob sich eine Zigarre in den Mundwinkel, zündete sie jedoch nicht an. Seine Ärzte hatten es ihm verboten. Höflich. »Und wenn Fowl noch lebt?«

Pearson erkannte einen Rettungsanker, wenn er ihm zugeworfen wurde. »Wenn Fowl noch lebt, ist er selbst mit Sicherheit wesentlich leichter zu knacken als der Ewigkeitscode.«

»Okay, Doc«, sagte Spiro. »Sie können jetzt gehen. Alles Weitere hat Sie nicht zu interessieren.«

Pearson schnappte sich seine Notizen und hastete zur Tür, bemüht, das Gesicht der Frau am Tisch nicht anzusehen. Wenn er nicht hörte, was sie weiter besprachen, konnte er sich einreden, sein Gewissen sei rein. Und wenn er die Frau am Konferenztisch nicht ansah, konnte er sie später bei einer eventuellen Gegenüberstellung nicht wieder erkennen.

»Mir scheint, wir haben ein Problem«, sagte Spiro zu der Frau im dunklen Kostüm.

Die Frau nickte. Alles, was sie trug, war schwarz. Schwarzes Businesskostüm, schwarze Bluse, schwarze Stilettos. Sogar die Rado-Uhr an ihrem Handgelenk war kohlschwarz. »Ja. Aber eins, das in mein Ressort fällt.«

Carla Frazetti war die Patentochter von Spatz Antonelli, dem Stadtoberhaupt der Verbrecherfamilie Antonelli. Carla fungierte als Verbindung zwischen Jon Spiro und Antonelli, die vermutlich die beiden mächtigsten Männer in Chicago waren. Spiro hatte bereits früh erkannt, dass Geschäfte, an denen er die Mafia beteiligte, überaus einträglich waren.

Carla betrachtete ihre manikürten Fingernägel. »Mir scheint, Sie haben nur eine Chance: sich den kleinen Fowl zu schnappen und den Code aus ihm herauszupressen.«

Nachdenklich zog Spiro an seiner nicht angezündeten Zigarre. »So einfach ist das nicht. Der Junge hat seinen Laden gut im Griff. Fowl Manor ist die reinste Festung.«

Carla lächelte. »Wir reden hier über ein dreizehnjähriges Kind, oder?«

»In einem halben Jahr wird er vierzehn«, rechtfertigte sich Spiro. »Außerdem gibt es Komplikationen.«

»Nämlich?«

»Arno ist verletzt. Irgendwie hat Fowl ihm das Gebiss zertrümmert.«

»Autsch.« Carla verzog das Gesicht.

»Er kann kaum gerade stehen, ganz zu schweigen davon, einen Auftrag auszuführen.«

»So ein Pech.«

»Genau genommen hat der Kleine mein gesamtes Spitzenteam außer Gefecht gesetzt. Die sitzen alle beim Zahnarzt. Der Spaß kostet mich ein Vermögen. Nein, diesmal brauche ich Hilfe von außen.«

»Wollen Sie, dass wir den Job übernehmen?«

»Ja. Es müssen aber die richtigen Leute sein. Irland ist ein altmodisches Land. Großstadtprofis fallen da sofort auf. Ich brauche Männer, die unverdächtig aussehen und einen Jungen dazu überreden können, mit ihnen hierher zu kommen. Leicht verdientes Geld.«

Carla zwinkerte. »Schon verstanden, Mr Spiro.«

»Und, haben Sie solche Männer? Die einen Auftrag ausführen können, ohne die Aufmerksamkeit auf sich zu lenken?«

»Wenn ich Sie recht verstehe, brauchen Sie einen Eisenmann und einen Affen?«

Spiro nickte. Er kannte die Mafia-Ausdrücke. Ein Eisenmann trug eine Schusswaffe, und ein Affe kam an schwer zugängliche Orte.

»Wir haben zwei entsprechende Jungs auf unserer Liste. Ich garantiere Ihnen, dass sie in Irland nicht weiter auffallen werden. Aber das wird nicht billig.«

»Sind sie gut?«, fragte Spiro.

Carla lächelte. In einem ihrer Schneidezähne funkelte ein kleiner Rubin.

»Und ob«, antwortete sie. »Sie sind die Besten.«

Der Eisenmann
Ink Blot Tattoo Parlour, Stadtzentrum Chicago

Mokassin McGuire ließ sich tätowieren. Einen Totenschädel in Form eines Pik-Ass. Er hatte das Motiv selbst entworfen und war sehr stolz darauf. So stolz, dass er es auf seinen Hals haben wollte. Inky Burton, der Tätowierer, schaffte es jedoch, ihn davon abzubringen, da eine Tätowierung am Hals genauso gut war wie ein Namensschild, wenn die Polizei eine Fahndung ausschrieb. Mokassin hatte nachgegeben. »Also gut«, hatte er gesagt, »dann eben auf meinen Unterarm.«

Mokassin ließ sich nach jedem Auftrag tätowieren. An seinem Körper war nicht mehr viel Haut, die noch ihre ursprüngliche Farbe hatte. Was zeigte, wie gut Mokassin in seinem Job war.

Mokassin hieß in Wirklichkeit Aloysius und stammte aus der irischen Stadt Kilkenny. Er hatte sich seinen Spitznamen selbst zugelegt, weil er fand, dass er mafiamäßiger klang als Aloysius. Schon von klein auf wollte Mokassin ein Mafioso sein, wie im Kino. Nachdem sein Versuch gescheitert war, eine keltische Mafia aufzuziehen, hatte er sein Glück in Chicago gemacht.

Die Chicagoer Mafia hatte ihn mit offenen Armen empfangen. Genauer gesagt hatte einer ihrer Vollstrecker versucht, ihn zu schnappen. Mokassin hatte ihn und sechs seiner Kumpane ins Mother of Mercy Hospital ge-

bracht – und das, obwohl er nur einsfünfzig groß war. Acht Stunden nach seiner Ankunft auf dem Flughafen stand Mokassin bereits auf der Gehaltsliste der Mafia.

Und jetzt, zwei Jahre und etliche Aufträge später, war er einer der besten Eisenmänner der Organisation. Sein Fachgebiet waren Raub und das Eintreiben von Schulden. Nicht gerade die typische Karriere für einen Mann von einem Meter fünfzig. Aber Mokassin war auch kein typischer Einsfünfziger.

Er lehnte sich in dem Behandlungsstuhl des Tätowierers zurück. »Gefallen dir meine Schuhe, Inky?«

Inky blinzelte sich den Schweiß aus den Augen. Bei Mokassin musste man sich in Acht nehmen. Selbst die harmloseste Frage konnte eine Falle sein. Eine falsche Antwort, und man fand sich um Vergebung bittend vor dem heiligen Petrus wieder.

»Ja, sind richtig schick. Wie nennt man die denn?«

»Mokassins!«, fauchte der kleine Gangster. »Mokassins, du Idiot! Die sind mein Markenzeichen.«

»Oh, klar, Mokassins. Hatte ich vergessen. Cool, so 'n Markenzeichen zu haben.«

Mokassin verfolgte die Fortschritte auf seinem Arm. »Geht's jetzt los?«

»Gleich«, sagte Inky. »Ich bin gerade fertig mit der Zeichnung. Ich muss nur noch eine frische Nadel einsetzen.«

»Es wird doch nicht wehtun, oder?«

Natürlich wird das wehtun, du Trottel, dachte Inky, schließlich pikse ich dir mit einer Nadel in den Arm. Laut sagte er jedoch: »Nur ein kleines bisschen. Ich habe den Arm mit Betäubungsmittel eingerieben.«

»Wehe, wenn es wehtut«, warnte ihn Mokassin. »Dann tut dir nämlich auch bald was weh.«

Niemand außer Mokassin McGuire wagte es, Inky zu drohen. Inky machte alle Tätowierungen für die Mafia. Er war der Beste im ganzen Bundesstaat.

Da kam Carla Frazetti zur Tür herein. Ihre schwarz kostümierte Eleganz wirkte in dem heruntergekommenen Laden reichlich fehl am Platz.

»Hallo, Jungs«, sagte sie.

»Hallo, Miss Carla«, grüßte Inky und lief dunkelrot an. In den Ink Blot verirrten sich nur selten Ladys.

Mokassin sprang auf. Vor der Patentochter vom Boss hatte selbst er Respekt. »Miss Frazetti, Sie hätten mich doch anpiepen können, statt persönlich in dieses Loch zu kommen.«

»Dafür war keine Zeit. Die Sache ist dringend. Sie machen sich sofort auf den Weg.«

»Selbstverständlich. Wohin geht's denn?«

»Nach Irland. Ihr Onkel Pat ist krank.«

Mokassin runzelte die Stirn. »Onkel Pat? Ich habe keinen Onkel Pat.«

Carla tappte mit der Spitze ihres Stilettos auf den Boden. »Er ist krank, Mokassin. Sehr krank, wenn Sie verstehen, was ich meine.«

Endlich fiel der Groschen. »Oh, ich verstehe. Ich muss ihn also besuchen.«

»Genau. Ihm geht's wirklich schlecht.«

Mokassin griff nach einem Stofffetzen, um sich die Tinte vom Arm zu wischen.

»Okay, ich bin bereit. Fahren wir direkt zum Flughafen?«

Carla hängte sich bei dem kleinen Gangster ein. »Bald, Mokassin. Aber erst müssen wir Ihren Bruder abholen.«

»Ich habe keinen Bruder«, protestierte Mokassin.

»Natürlich haben Sie einen. Den, der die Schlüssel

zu Onkel Pats Haus hat. Er ist ein richtiger kleiner Affe.«

»Ach so«, sagte Mokassin. »*Der* Bruder.«

Carla und Mokassin fuhren mit der Limousine zur East Side. Mokassin staunte noch immer über die unglaubliche Höhe amerikanischer Gebäude. In Kilkenny gab es nichts, was mehr als fünf Stockwerke hoch war, und er selbst hatte sein ganzes Leben in einem Vorstadtbungalow gewohnt. Obwohl er das gegenüber seinen Mafiafreunden natürlich nie zugegeben hätte. Ihnen hatte er erzählt, er sei Waise und habe seine ganze Jugend in diversen Besserungsanstalten verbracht.

»Wer ist denn der Affe?«, fragte er.

Carla Frazetti holte einen kleinen Spiegel heraus und zupfte ihr rabenschwarzes Haar zurecht. Es war kurz geschnitten und zurückgegelt. »Ein Neuer. Mo Digence. Er ist Ire, wie Sie. Das macht die Sache schön einfach. Keine Visa, keine Papiere, keine komplizierte Tarngeschichte. Nur zwei kleine Kerle, die zu einem Familienbesuch nach Hause fahren.«

Mokassin runzelte verärgert die Stirn. »Was soll das heißen, zwei kleine Kerle?«

Carla ließ den Spiegel zuschnappen. »Was glauben Sie, mit wem Sie gerade reden, McGuire? Doch sicher nicht mit mir, oder? Nicht in diesem Tonfall.«

Mokassin erbleichte. Er sah bereits sein Leben an sich vorüberziehen. »Tut mir Leid, Miss Frazetti. Es ist nur wegen dem ›kleinen Kerl‹. Das verfolgt mich schon mein ganzes Leben.«

»Wie sollen die Leute Sie denn sonst nennen? Lulatsch? Sie sind nun mal klein, Mokassin. Finden Sie sich damit

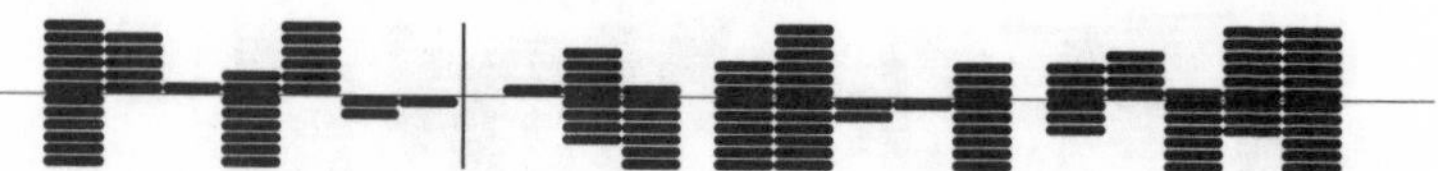

ab. Das gibt Ihnen doch erst den richtigen Biss. Mein Patenonkel sagt immer, es gibt nichts Gefährlicheres als einen kleinen Mann mit einem Minderwertigkeitskomplex. Deshalb sind Sie ja bei uns unter Vertrag.«

»Aha.«

Carla klopfte ihm auf die Schulter. »Kopf hoch, Mokassin. Im Vergleich zu dem Affen sind Sie ein regelrechter Riese.«

Mokassins Miene hellte sich auf. »Wirklich? Wie klein ist dieser Mo Digence denn?«

»Verdammt klein«, sagte Carla. »Die genaue Größe weiß ich nicht, aber wenn es nur ein paar Zentimeter weniger wären, würde ich ihm Windeln anlegen und ihn in einen Kinderwagen setzen.«

Mokassin grinste. Dieser Auftrag ließ sich gut an.

Der Affe

Mo Digence hatte bessere Zeiten gesehen. Nicht einmal vier Monate zuvor hatte er in einem Penthouse in Los Angeles das Leben genossen und über eine Million Dollar auf dem Konto gehabt. Doch das Dezernat für Wirtschaftskriminalität hatte sein Vermögen eingefroren, und nun arbeitete er auf Provisionsbasis für die Chicagoer Mafia. Und Spatz Antonelli war nicht gerade für seine Großzügigkeit bekannt. Natürlich hätte Mo auch aus Chicago verschwinden und wieder nach L.A. zurückkehren können, aber dort wartete eine Spezialeinheit der Polizei auf ihn. Im Grunde gab es für ihn überhaupt kein sicheres Versteck, weder auf der Erde noch in ihrem Innern, denn Mo Digence war in Wirklichkeit Mulch

Diggums, ein kleptomanischer Zwerg, der von der ZUP gesucht wurde.

Mulch war ein Höhlenzwerg, der beschlossen hatte, dass das Leben in den Minen nichts für ihn war, und der deswegen seine Spezialtalente anderweitig zum Einsatz gebracht hatte. Vorzugsweise, indem er Menschenwesen um ihre Wertgegenstände erleichterte und diese dann auf dem unterirdischen Schwarzmarkt verkaufte. Fremde Häuser ohne Einladung zu betreten bedeutete natürlich, seine Magie zu verlieren, aber das war Mulch egal. Zwerge besaßen ohnehin nur eingeschränkt magische Kräfte, und ihm war immer schlecht geworden vom Verzaubern.

Zwerge haben körperliche Voraussetzungen, die sie zu idealen Einbrechern machen. Sie können ihre Kinnlade aushaken und mehrere Kilo Erde pro Sekunde hinunterschlingen. Die Erde wird, von allen verwertbaren Mineralien befreit, am anderen Ende wieder ausgestoßen. Außerdem haben sie die Fähigkeit entwickelt, durch ihre Poren Flüssigkeit aufzunehmen. Eine Eigenschaft, die bei Tunneleinbrüchen sehr hilfreich sein kann, die zudem aus ihren Poren variable Saugnäpfe gemacht hat, überaus nützliche Werkzeuge für einen Einbrecher. Und zu guter Letzt ist Zwergenhaar ein Gespinst lebender Antennen, ähnlich den Barthaaren einer Katze, die vielseitig einsetzbar sind, zum Beispiel zum Käferfangen oder dazu, Tunnelwände mithilfe von Ultraschall abzutasten.

Mulch war ein aufsteigender Stern in der Unterwelt von Erdland gewesen, bis seine Akte Commander Julius Root in die Hände gefallen war. Von da an hatte Mulch über dreihundert Jahre lang immer wieder im Gefängnis gesessen. Derzeit war er auf der Flucht, weil er einige Barren von Holly Shorts Geiselgold gestohlen hatte. Er

war also auch unter Seinesgleichen nicht mehr sicher. So gab sich Mulch gezwungenermaßen als Menschenwesen aus und nahm jeden Job an, den die Mafia in Chicago ihm anvertraute.

Es war nicht ganz ungefährlich, sich unter die Menschen zu mischen. Natürlich fiel seine Größe jedem auf, der zufällig nach unten schaute. Doch Mulch entdeckte bald, dass die Oberirdischen immer einen Grund fanden, jemandem zu misstrauen – sei es wegen der Größe, dem Gewicht, der Hautfarbe, oder der Religionszugehörigkeit. Da war es fast sicherer, in einer Weise andersartig zu sein. Mulchs größeres Problem war die Sonne. Zwerge sind extrem lichtempfindlich und bekommen bereits nach drei Minuten einen Sonnenbrand. Zum Glück bedeutete Mulchs Job meistens Nachtarbeit; wenn er jedoch einmal bei Tageslicht unterwegs sein musste, achtete er sorgfältig darauf, dass jeder Quadratzentimeter unbedeckter Haut mit einem langhaftenden Sunblocker eingerieben war.

Mulch hatte eine Souterrainwohnung in einem Sandsteinhaus gemietet. Das Anfang des zwanzigsten Jahrhunderts gebaute Haus war ziemlich heruntergekommen, aber das war dem Zwerg gerade recht. Er riss im Schlafzimmer die Dielen heraus und kippte zwei Tonnen Erdreich und Dünger auf das vergammelte Fundament. Da die Wände bereits feucht und mit Schimmel überzogen waren, brauchte er daran nichts mehr zu ändern. Innerhalb weniger Stunden wimmelte es in dem Zimmer nur so von Insekten. Mulch legte sich in seine Grube und fing mit den Barthaaren Kakerlaken. Trautes Heim, Glück allein. Die Wohnung sah nicht nur fast wie eine Tunnelhöhle aus, sondern für den Fall, dass die ZUP ihn aufspürte, konnte er im Handumdrehen fünfzig Meter unter der Erde sein.

In den darauf folgenden Tagen sollte Mulch noch bedauern, dass er nicht diesen Weg gewählt hatte, als er plötzlich unterwarteten Besuch erhielt.

Es klopfte an der Tür. Mulch krabbelte aus seinem Tunnelbett und warf einen Blick auf den Überwachungsbildschirm. Carla Frazetti prüfte im Messingtürklopfer den Sitz ihrer Frisur.

Die Patentochter vom Boss? Höchstpersönlich? Das musste ein wichtiger Job sein. Vielleicht würde die Provision ausreichen, sich in einen anderen Bundesstaat abzusetzen. Er war jetzt seit fast drei Monaten in Chicago, und es war nur eine Frage der Zeit, bis die ZUP ihn aufspürte. Allerdings würde er die Staaten auf keinen Fall verlassen. Wenn er schon über der Erde leben musste, dann wenigstens an einem Ort, wo es Kabelfernsehen gab und eine Menge reicher Leute, die man beklauen konnte.

Mulch drückte auf den Knopf der Sprechanlage. »Sekunde, Miss Frazetti, ich muss mir nur schnell was anziehen.«

»Beeilen Sie sich, Mo«, knisterte Carlas Stimme barsch durch die billigen Lautsprecher. »Ich setze schon Schimmel an.«

Mulch schlüpfte in einen Morgenmantel, den er aus alten Kartoffelsäcken zusammengenäht hatte. Er fand den rauen Stoff, der ihn an die Anzüge aus dem Stadtgefängnis in Haven erinnerte, seltsam tröstlich. Er fuhr sich kurz mit dem Kamm durch den Bart, um eventuell übrig gebliebene Käfer zu entfernen, und öffnete die Tür.

Carla Frazetti segelte an ihm vorbei ins Wohnzimmer und setzte sich in den einzigen vorhandenen Sessel. Im Türrahmen stand noch eine Gestalt, die auf dem Bild-

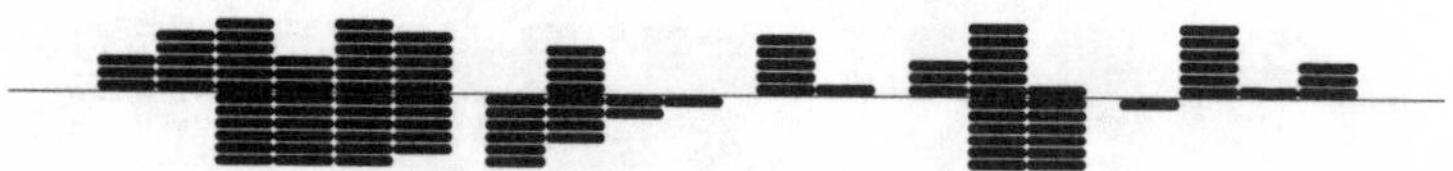

schirm nicht zu sehen gewesen war. Mulch nahm sich vor, die Kameralinse anders einzustellen. Ein Unterirdischer hätte sich sogar ohne Sichtschild an der Kamera vorbeischleichen können.

Der Mann musterte Mulch mit drohend zusammengekniffenen Augen. Typisch Mafioso. Bloß weil diese Kerle Berufskiller waren, mussten sie ja nicht so unhöflich sein.

»Hast du keinen zweiten Stuhl?«, fragte der kleine Menschenmann und folgte Miss Frazetti ins Wohnzimmer.

Mulch schloss die Tür. »Ich bekomme nur selten Besuch. Genau genommen sind Sie die Ersten. Normalerweise piept Bruno mich an, und ich gehe zu ihm in den Laden.«

Bruno, genannt ›der Käse‹, war der hiesige Unterboss der Mafia. Er führte seine Geschäfte von einem Lager aus, in dem gestohlene Autos demontiert und umlackiert wurden, und es ging das Gerücht um, er hätte in fünfzehn Jahren seinen Schreibtisch noch nie während der Arbeitszeit verlassen.

»Schick hast du's hier«, lobte Mokassin spöttisch. »Schimmel und Kellerasseln. Gemütlicher Style.«

Mulch strich zärtlich über einen grünen Streifen Feuchtigkeit. »Der Schimmel saß direkt hinter der Tapete, als ich eingezogen bin. Unglaublich, was die Leute verstecken.«

Carla Frazetti nahm ein Fläschchen White-Petals-Parfüm aus ihrer Handtasche und versprühte es um sich herum. »Okay, Schluss mit dem Smalltalk. Ich habe einen Spezialauftrag für Sie, Mo.«

Mulch zwang sich, ruhig zu bleiben. Das war seine große Chance. Vielleicht konnte er ein schönes feuchtes Höhlenloch finden und sich für eine Weile zur Ruhe setzen. »Ist das die Art von Auftrag, bei dem man einen dicken Bonus kriegt, wenn man ihn richtig erledigt?«

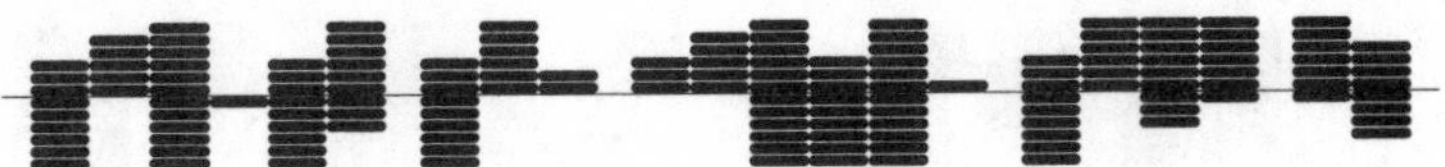

»Nein«, erwiderte Carla. »Das ist die Art von Auftrag, wo man einen schmerzhaften Bonus kriegt, wenn man was falsch macht.«

Mulch seufzte. Konnten sie denn nicht wenigstens einmal ein bisschen freundlicher sein? »Warum dann ausgerechnet ich?«

Carla Frazetti lächelte, dass ihr Rubin aufblitzte. »Ich will Ihnen diese Frage beantworten. Obwohl ich es nicht gewohnt bin, einfachen Handlangern Erklärungen zu geben. Schon gar nicht einem Affen wie Ihnen.«

Mulch schluckte. Bisweilen vergaß er, wie skrupellos diese Leute waren. Allerdings nie für lange.

»Sie sind für diesen Auftrag ausgewählt worden, Mo, weil Sie bei dem Job mit dem van Gogh so gute Arbeit geleistet haben.«

Mulch lächelte bescheiden. Die Alarmanlage des Museums war ein Witz gewesen. Und sie hatten nicht mal Hunde gehabt.

»Aber auch deshalb, weil Sie einen irischen Pass haben.«

Ein entflohener Gnom, der sich in New York versteckt hielt, hatte ihm mit einem gestohlenen ZUP-Kopierer irische Papiere ausgestellt. Die Iren waren schon immer Mulchs Lieblingsmenschen gewesen, und so hatte er beschlossen, einer von ihnen zu werden. Er hätte wissen müssen, dass das zu Problemen führen würde.

»Dieser Spezialauftrag muss in Irland abgewickelt werden, was sonst problematisch werden könnte. Aber für Sie beide wird es wie ein bezahlter Urlaub sein.«

Mulch wies mit einer Kopfbewegung auf Mokassin. »Wer ist der Kurze?«

Mokassins Augen verengten sich zu Schlitzen. Mulch

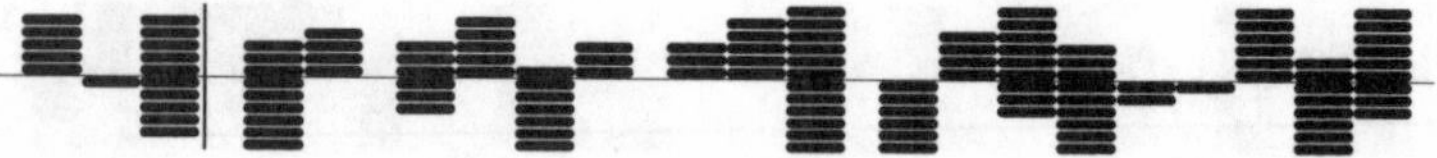

wusste, der Kerl würde ihn auf der Stelle umnieten, wenn Miss Frazetti ihm nur ein kleines Zeichen gab.

»Der Kurze ist Mokassin McGuire, Ihr Partner. Es ist ein Zwei-Mann-Job. Sie öffnen die Tür, Mokassin bringt den Schatz hierher.«

Den Schatz herbringen. Mulch wusste, was der Ausdruck bedeutete, und er wollte nichts damit zu tun haben. Raub war eine Sache, Entführung eine ganz andere. Ihm war allerdings klar, dass er den Auftrag nicht ablehnen konnte. Er konnte höchstens versuchen, den Eisenmann bei der erstbesten Gelegenheit abzuhängen und sich in einen der südlichen Bundesstaaten zu verziehen. In Florida sollte es ein paar nette Sümpfe geben.

»Und wer ist das Zielobjekt?«, fragte Mulch, um Interesse zu heucheln.

»Das ist eine Insider-Information«, sagte Mokassin.

»Und ich vermute mal, ich bin kein Insider.«

Carla Frazetti zog ein Foto aus ihrer Manteltasche. »Je weniger Sie wissen, desto weniger kann Ihnen der Auftrag den Schlaf rauben. Das hier ist alles, was Sie brauchen. Das Haus. Mehr als das Foto haben wir im Moment nicht, den Rest können Sie auskundschaften, wenn Sie vor Ort sind.«

Mulch nahm das Foto. Was er darauf sah, traf ihn wie eine Gasexplosion. Fowl Manor. Also war Artemis das Zielobjekt. Dieser kleine Psychopath wurde losgeschickt, um Artemis zu entführen.

Carla spürte sein Unbehagen. »Stimmt was nicht, Mo?«

Lass dir bloß nichts anmerken, dachte Mulch. Spiel den Ahnungslosen.

»Nein … äh … da ist nur 'ne Menge Zeugs, Alarmanlagen, Außenbeleuchtung und so. Das wird schwierig.«

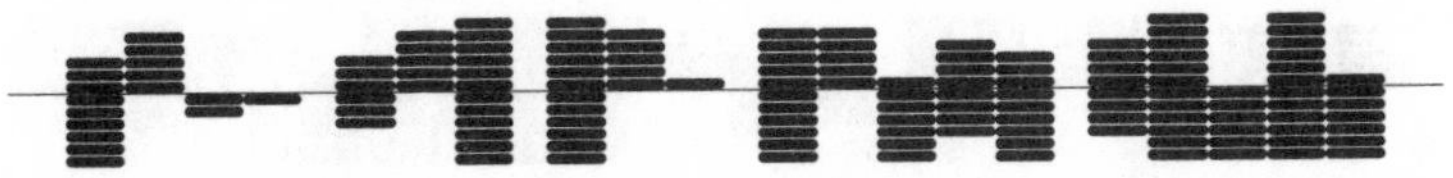

»Wenn es einfach wäre, würde ich es selbst machen«, sagte Carla.

Mokassin kam einen Schritt näher und blickte auf Mulch herab. »Was ist los, Kleiner? Wohl 'ne Nummer zu groß für dich, was?«

In Mulchs Kopf überschlugen sich die Gedanken. Wenn Carla Frazetti meinte, er sei nicht gut genug für den Job, würden sie jemand anders schicken. Jemanden, der keinerlei Bedenken hatte, Artemis der Mafia auszuliefern. Zu seiner Überraschung stellte er fest, dass ihm das gegen den Strich ging. Der junge Ire hatte ihm bei der Verschwörung der Kobolde das Leben gerettet und war fast ein Freund geworden. Der einzige, den er hatte, so traurig das war. Er musste den Auftrag übernehmen, und sei es nur, um dafür zu sorgen, dass er nicht nach Plan lief. »He, nur keine Sorge. Das Haus, das Mo Digence nicht knacken kann, muss erst noch gebaut werden. Ich hoffe nur, Mokassin ist dem Job gewachsen.«

Mokassin packte den Zwerg am Kragen. »Was soll das heißen, Digence?«

Normalerweise vermied es Mulch, Leute zu beleidigen, die ihn töten konnten, aber es mochte für ihn noch von Nutzen sein, Mokassin als Hitzkopf hinzustellen. Vor allem, wenn er ihm später die Schuld dafür geben wollte, dass die Sache schief gegangen war.

»Nun, ein zwergwüchsiger Affe ist eine Sache, aber ein zwergwüchsiger Eisenmann? Was kannst du denn schon im Nahkampf ausrichten?«

Mokassin ließ den Zwerg los und riss sich das Hemd auf. Seine Brust war ein muskelgeblähtes Gewirr von Tätowierungen. »Hier siehst du, was ich ausrichten kann, Digence. Zähl die Tätowierungen. Zähl sie.«

Mulch warf Miss Frazetti einen viel sagenden Blick zu. Die Botschaft lautete: Und so einem Kerl wollen Sie vertrauen?

»Schluss jetzt!«, sagte Carla. »Euer Testosteron stinkt allmählich schlimmer als die Wände hier. Das ist ein sehr wichtiger Job. Wenn er zu groß ist für euch zwei, hole ich mir eben ein anderes Team.«

Mokassin knöpfte sich das Hemd wieder zu.

»Kein Problem, Miss Frazetti. Zu groß für uns, das gibt's gar nicht. Die Sache ist so gut wie erledigt.«

Carla stand auf und fegte ein paar Tausendfüßler vom Saum ihres Blazers. Die Insekten machten ihr nichts aus. Sie hatte im Laufe ihrer fünfundzwanzig Jahre schon ganz andere Dinge gesehen. »Freut mich, das zu hören. Mo, ziehen Sie sich an und schnappen Sie sich Ihre Ausrüstung. Wir warten im Auto.«

Mokassin bohrte Mulch den Zeigefinger in die Brust. »Fünf Minuten. Dann kommen wir und holen dich.«

Mulch sah ihnen nach. Dies war die letzte Chance, sich aus dem Staub zu machen. Er konnte sich im Schlafzimmer durch das Fundament fressen und in einem Zug nach Süden sitzen, bevor Carla Frazetti überhaupt bemerkte, dass er verschwunden war.

Der Zwerg dachte ernsthaft darüber nach. Die ganze Angelegenheit ging ihm gegen den Strich. Nicht, dass er ein schlechter Unterirdischer war, er war es nur nicht gewohnt, anderen zu helfen. Oder höchstens dann, wenn etwas für ihn selbst dabei heraussprang. Artemis Fowl zu helfen wäre eine vollkommen uneigennützige Tat. Mulch überlief ein Schauder. Ein Gewissen war jetzt wirklich das Letzte, was er gebrauchen konnte. Sonst würde er bald noch Kekse für die Pfadfindermädchen verkaufen.

Kapitel 6
Angriff auf Fowl Manor

Auszug aus dem Tagebuch von Artemis Fowl
Diskette 2, verschlüsselt

Mein Vater hatte endlich das Bewusstsein wiedererlangt. Natürlich war ich froh darüber, aber seine letzten Worte an diesem Tag gingen mir einfach nicht aus dem Kopf. »Gold ist nicht wichtig, Arty«, hatte er gesagt. »Und Macht ebenso wenig. Alles, was wir brauchen, haben wir hier: uns drei.«

War es möglich, dass die Magie meinen Vater verwandelt hatte? Ich musste es herausfinden. Ich musste allein mit ihm sprechen. Also ließ ich mich um drei Uhr früh am nächsten Morgen von Butler in dem gemieteten Mercedes zum Universitätskrankenhaus von Helsinki bringen.

Vater war noch wach und las bei Lampenschein Krieg und Frieden. *»Nicht gerade zum Lachen«, bemerkte er.*

Wieder ein Scherz. Ich versuchte zu lächeln, doch meine Gesichtsmuskeln wollten mir nicht so recht gehorchen.

Vater klappte das Buch zu. »Ich habe schon auf dich

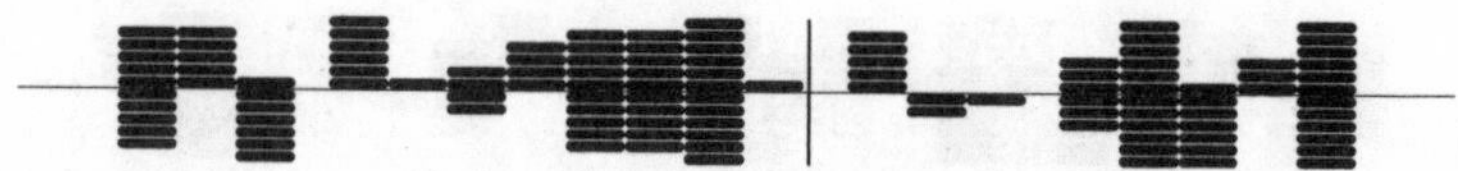

gewartet, Arty. Wir müssen reden. Es gibt ein paar Dinge, die geklärt werden müssen.«

Ich stand steif am Fuß des Bettes. »Ja, Vater. Da hast du Recht.«

In Vaters Lächeln lag ein Hauch von Traurigkeit. »Wie förmlich du bist. Aber das war ich meinem Vater gegenüber früher auch. Manchmal denke ich, er hat mich überhaupt nicht gekannt, und ich mache mir Sorgen, dass es bei uns genauso werden könnte. Deshalb möchte ich, dass wir miteinander reden, aber nicht über Bankkonten oder Aktien oder Firmenübernahmen. Ich will nicht über das Geschäft reden, sondern über dich.«

So etwas hatte ich befürchtet. »Über mich? Du bist doch jetzt das Wichtigste, Vater.«

»Vielleicht, aber ich werde erst dann glücklich sein, wenn deine Mutter ihre Sorgen los ist.«

»Welche Sorgen?«, fragte ich, als wüsste ich nicht, was er meinte.

»Spiel nicht den Unschuldigen, Artemis. Ich habe ein paar von meinen Polizeikontakten in Europa angerufen. Anscheinend bist du während meiner Abwesenheit recht aktiv gewesen. Überaus aktiv.«

Ich zuckte die Achseln, unsicher, ob dies als Kritik oder als Lob gemeint war.

»Vor nicht allzu langer Zeit wäre ich von deinen Geniestreichen noch sehr beeindruckt gewesen. So viel Kühnheit, mit nur dreizehn Jahren. Doch jetzt sage ich dir als dein Vater: Das muss anders werden, Arty. Du musst dir deine Kindheit zurückerobern. Es ist mein Wunsch, und ebenso der deiner Mutter, dass du nach den Ferien wieder in die Schule gehst und die Familiengeschäfte mir überlässt.«

»Aber Vater!«

»Vertrau mir, Arty. Ich bin schon sehr viel länger im Geschäft als du. Ich habe deiner Mutter versprochen, dass die Fowls von jetzt an keine krummen Sachen mehr machen. Und zwar alle Fowls. Ich habe noch einmal eine Chance bekommen, und ich werde sie nicht aus Habgier verschwenden. Wir sind jetzt eine Familie. Eine richtige Familie. Von nun an wird der Name Fowl für Ehre und Ehrenhaftigkeit stehen. Einverstanden?«

»Einverstanden«, sagte ich und schlug in seine Hand ein.

Aber was sollte jetzt aus meinem Treffen mit dem Amerikaner Jon Spiro werden? Ich beschloss, den Plan weiterzuverfolgen. Ein allerletztes Abenteuer, dann konnten die Fowls meinetwegen eine richtige Familie werden. Schließlich würde Butler mich begleiten. Was sollte schon schief gehen?

Fowl Manor

Butler öffnete die Augen. Er war zu Hause. Artemis saß schlafend im Sessel neben dem Bett. Der Junge sah aus, als wäre er hundert Jahre alt. Nicht überraschend, nach allem, was er durchgemacht hatte. Dieses Leben war jetzt vorbei, für immer.

»Hallo, jemand da?«, fragte der Leibwächter.

Artemis wachte sofort auf. »Butler, Sie sind wieder bei uns!«

Mühsam stützte Butler sich auf den Ellbogen. »Ich bin selbst überrascht. Ich hatte nicht damit gerechnet, Sie oder irgendjemand sonst je wiederzusehen.«

Artemis schenkte ihm ein Glas Wasser aus dem Krug neben dem Bett ein. »Hier, alter Freund. Ruhen Sie sich aus.«

Butler trank langsam. Er war müde, doch es war mehr als das. Er kannte von früher die Erschöpfung nach einem Kampf, aber dies ging tiefer. »Artemis, was ist passiert? Ich müsste eigentlich tot sein. Und selbst wenn ich wie durch ein Wunder nicht tot bin, müsste ich heftige Schmerzen haben.«

Artemis trat ans Fenster und blickte hinaus auf das Anwesen. »Blunt hat Sie erschossen. Die Wunde war tödlich, und da Holly nicht da war, um Ihnen zu helfen, habe ich Sie eingefroren, bis sie kam.«

Butler schüttelte den Kopf. »Kryogenie? Auf die Idee kommt nur Artemis Fowl. Sie haben einen der Gefrierschränke für den Fisch genommen, schließe ich daraus?«

Artemis nickte.

»Na, dann hoffe ich bloß, dass ich nicht zum Teil eine Forelle bin.«

Artemis lächelte nicht, als er sich zu seinem Freund umdrehte. »Es gab Komplikationen.«

»Was für Komplikationen?«

Artemis holte tief Luft. »Es war eine schwierige Heilung, niemand wusste, wie die Sache ausgehen würde. Foaly hat mich gewarnt, dass Ihr Körper es möglicherweise nicht verkraften würde, aber ich habe darauf bestanden, es trotzdem zu versuchen.«

Butler setzte sich auf. »Schon gut, Artemis. Ich lebe. Alles ist besser als die Alternative.«

Doch das beruhigte Artemis nicht. Er nahm einen Handspiegel mit Perlmuttgriff von der Kommode. »Sehen Sie selbst.«

Butler wappnete sich und blickte in den Spiegel. Er reckte sein Kinn und betastete die Tränensäcke unter den Augen. »Wie lange war ich denn tot?«

Transatlantikflug, Boeing 747

Mulch hatte sich die beste Taktik überlegt, um den Auftrag in den Sand zu setzen: Er würde Mokassin so lange nerven, bis dieser durchdrehte. Er hatte ein Talent dazu, Leute in den Wahnsinn zu treiben und kam viel zu selten dazu, es einzusetzen.

Die beiden kleinen Gestalten saßen nebeneinander in einer 747 und sahen zu, wie die Wolken unter ihnen vorbeizogen. Erster Klasse. Einer der Vorzüge, wenn man für die Antonellis arbeitete.

Mulch nippte geziert an seinem Champagnerglas. »Also, Slipper –«

»Mokassin.«

»Ach ja, Mokassin. Was hat es denn nun mit den ganzen Tätowierungen auf sich?«

Mokassin krempelte seinen Ärmel hoch. Darunter kam eine türkisfarbene Schlange mit Blutstropfen als Augen zum Vorschein. Auch ein eigener Entwurf. »Ich lasse mir nach jedem Job eine machen.«

»Oh«, sagte Mulch. »Wenn du also eine Küche streichst, lässt du dich hinterher tätowieren?«

»Doch nicht die Art von Job, du Trottel.«

»Was dann?«

Mokassin knirschte mit den Zähnen. »Muss ich es für dich erst buchstabieren?«

Mulch schnappte sich ein paar Erdnüsse von einem

Tablett, das vorbeigetragen wurde. »Nicht nötig. Ich war nie in der Schule. Normales Englisch reicht völlig.«

»So blöd kannst du doch nicht sein! Spatz Antonelli heuert keine Schwachköpfe an.«

Mulch zwinkerte ihm anzüglich zu. »Bist du sicher?«

Hektisch tastete Mokassin sein Hemd ab, in der Hoffnung, eine Waffe zu finden. »Warte, bis wir die Sache erledigt haben, du Klugscheißer. Dann rechne ich mit dir ab.«

»Na, das will ich doch hoffen, Stiefel.«

»Mokassin!«

»Wie auch immer.«

Mulch versteckte sich hinter der Flugzeugzeitschrift. Das war ja fast zu einfach. Der Mafioso war jetzt schon kurz vorm Ausflippen. Noch ein paar Stunden in Mulchs Gesellschaft dürften ausreichen, um Mokassin McGuire zum Überschäumen zu treiben.

Flughafen Dublin, Irland

Mulch und Mokassin kamen ohne Schwierigkeiten durch den irischen Zoll. Schließlich waren sie nur einfache Bürger, die zu einem Familienbesuch nach Hause kamen, und kein Mafia-Team, das etwas Übles im Schilde führte. Wie hätten sie das auch sein können? Wer hatte je davon gehört, dass Zwerge beim organisierten Verbrechen arbeiteten? Niemand. Was vielleicht daher kam, dass sie ihre Arbeit sehr gut machten.

Die Passkontrolle bot Mulch eine weitere Gelegenheit, seinen Partner zu ärgern. Der Beamte tat sein Bestes, um Mulchs Größe, beziehungsweise seine Kleinwüchsigkeit, nicht zur Kenntnis zu nehmen.

»Na, Mr Digence, ein kleiner Besuch bei der Familie?«

Mulch nickte. »Ganz recht. Die Sippe meiner Mutter stammt aus Killarney.«

»Oh, wirklich?«

»Nein, O'Hara. Aber Sie waren ja schon nah dran.«

»Sehr witzig. Sie sollten zur Bühne gehen.«

»Lustig, dass Sie das sagen.«

Der Kontrollbeamte stöhnte. In zehn Minuten war seine Schicht zu Ende. »Eigentlich sollte das ein Scherz sein...«

»Weil mein Freund, Mr McGuire hier, und ich haben nämlich bei der Weihnachtspantomime mitgespielt. Schneewittchen. Ich war Chef und er Schlafmütz.«

Der Beamte zwang sich zu einem Lächeln. »Sehr schön. Der Nächste.«

Mulch sprach so laut, dass die ganze Schlange ihn hören konnte. »Und Mr McGuire ist wie geschaffen für die Rolle von Schlafmütz, wenn Sie verstehen, was ich meine.«

Mokassin ging sofort in die Luft. »Du kleine Ratte!«, brüllte er. »Ich bring dich um! Ich mach dich kalt! Du wirst meine nächste Tätowierung.«

Mulch schnalzte herablassend, als Mokassin von einem halben Dutzend Sicherheitsbeamten abgeführt wurde. »Schauspieler«, sagte er. »Die reinsten Nervenbündel.«

Drei Stunden später, nach einer kompletten Leibesvisitation und mehreren Anrufen beim Gemeindepriester seiner Heimatstadt, ließen sie Mokassin gehen. Mulch wartete bereits auf ihn in dem zuvor organisierten Mietwagen, einem Spezialfahrzeug mit höher gelegtem Gas- und Bremspedal.

»Dein Jähzorn ist nicht gerade förderlich für unseren Auftrag«, bemerkte der Zwerg mit Unschuldsmiene.

»Ich werde Miss Frazetti anrufen müssen, wenn du dich nicht zusammenreißen kannst.«

»Fahr«, sagte der Eisenmann heiser. »Bringen wir die Sache hinter uns.«

»Also gut. Aber das ist deine allerletzte Chance. Noch ein solcher Zwischenfall, und ich sehe mich gezwungen, deinen Schädel mit meinen Zähnen zu zermalmen.«

Zum ersten Mal bemerkte Mokassin die Zähne seines Partners. Sie ähnelten Grabsteinen aus massiver Emaille, und es waren verdammt viele für einen einzigen Mund. Konnte es sein, dass Digence tatsächlich imstande wäre, seine Drohung in die Tat umzusetzen? Nein, sagte sich Mokassin. Er war nur ein bisschen gestresst von dem Verhör am Flughafen. Dennoch, das Lächeln des Zwergs kam ihm seltsam vor. Ein Funkeln lag darin, das von verborgenen, unheilvollen Fähigkeiten sprach. Fähigkeiten, die der Eisenmann lieber nicht kennen lernen wollte.

Mulch übernahm das Fahren, während Mokassin per Handy mehrere Anrufe erledigte. Es war für ihn eine Kleinigkeit, ein paar alte Kollegen zu kontaktieren und dafür zu sorgen, dass eine Waffe mit Schalldämpfer und eine Funksprechanlage in einer Reisetasche hinter dem Ausfahrtschild Richtung Fowl Manor bereitgelegt wurden. Mokassins Partner akzeptierten sogar die Zahlung mit Kreditkarte, so dass sie sich das Machogehabe schenken konnten, das normalerweise bei solchen Schwarzmarktgeschäften fällig war.

Mokassin überprüfte während der Weiterfahrt die Mechanik und Zielvorrichtung der Waffe. Er hatte das Gefühl, wieder alles im Griff zu haben.

»So, Mo«, sagte er und kicherte, als sei dieser simple

Reim der beste Witz, den er je gerissen hatte. Was er leider auch war. »Hast du schon einen Plan?«

Mulch hielt den Blick auf die Straße gerichtet. »Nö. Ich dachte, du wärst hier der Obermacker. Pläne sind deine Sache. Ich kümmere mich nur ums Einbrechen.«

»Allerdings. Ich bin der Obermacker, und glaub mir, Master Fowl wird das schon kapieren, ehe ich mit ihm fertig bin.«

»*Master* Fowl?«, fragte Mulch mit gespielter Ahnungslosigkeit. »Wir sollen uns ein Kind schnappen?«

»Nicht irgendein Kind«, enthüllte Mokassin entgegen seinem Befehl. »Artemis Fowl, den Erben des Fowl'schen Verbrecherimperiums. Er hat was in seinem Kopf, das Miss Frazetti haben will. Und wir sollen dem kleinen Hosenscheißer klar machen, wie wichtig es ist, dass er mit uns kommt und es ausspuckt.«

Mulchs Hände schlossen sich fester um das Lenkrad. Er hätte schon eher etwas unternehmen müssen. Doch der Punkt war nicht, Mokassin auszuschalten, sondern Carla Frazetti davon zu überzeugen, dass sie kein weiteres Team losschickte.

Artemis wusste bestimmt einen Ausweg. Er musste mit dem Jungen sprechen, bevor Mokassin es tat. Alles, was er brauchte, waren ein Handy und ein Abstecher zum Klo. Zu dumm, dass er sich nie ein Handy angeschafft hatte, aber bisher hatte es niemanden gegeben, den er hätte anrufen wollen. Außerdem konnte man bei Foaly nie vorsichtig genug sein. Der Zentaur konnte eine zirpende Grille orten.

»Wir sollten uns was zu essen besorgen«, sagte Mokassin. »Es könnte Tage dauern, bis wir den Kasten ausbaldowert haben.«

»Nicht nötig. Ich kenne die Anlage. Ich bin da vor Jahren schon mal eingestiegen. Das mach ich mit links.«

»Und wieso rückst du erst jetzt damit raus?«

Mulch zeigte dem Lastwagenfahrer, der sich vor ihnen auf dem Mittelstreifen breit machte, den Stinkefinger. »Du weißt doch, wie das ist. Ich arbeite auf Provisionsbasis, und die Provision richtet sich nach dem Schwierigkeitsgrad. Sobald ich sage, dass ich den Laden schon kenne, kürzen sie mir das Honorar um zehntausend.«

Mokassin widersprach nicht. Es stimmte. Man übertrieb immer den Schwierigkeitsgrad, um ein paar Scheine mehr aus seinem Auftraggeber herauszuquetschen. »Du kannst uns also da reinbringen?«

»Ich kann *mich* da reinbringen. Und dann lasse ich dich rein.«

Mokassin war misstrauisch. »Wieso kann ich nicht einfach mit dir kommen? Das wäre doch viel einfacher, als am helllichten Tag draußen rumzuhängen.«

»Erstens steige ich erst nach Einbruch der Dunkelheit ein. Und zweitens kannst du selbstverständlich gerne mit mir kommen, wenn es dir nichts ausmacht, durch den Abwassertank und neun Meter Abflussrohr zu klettern.«

Allein bei der Vorstellung musste Mokassin das Seitenfenster öffnen. »Also gut, du lässt mich rein. Aber wir bleiben über die Sprechanlage in Kontakt. Falls was schief geht, sagst du mir Bescheid.«

»Jawohl, Boss.« Mulch schob sich den Knopflautsprecher ins haarige Ohr und klipste das Mikro an seine Jacke. »Wir wollen ja nicht, dass du die Gelegenheit verpasst, einem Kind Angst einzujagen.« Der in den Wind gepfiffene Sarkasmus verfehlte haarscharf sein Ziel.

»Ganz recht«, sagte der Mann aus Kilkenny. »Ich *bin* der Boss. Und wir wollen ganz bestimmt nicht, dass ich die Gelegenheit verpasse.«

Mulch musste sich zusammenreißen, damit seine Barthaare sich nicht kringelten. Zwergenhaar ist äußerst empfindlich gegenüber schwankenden Stimmungen, vor allem gegenüber Feindseligkeit, und die drang dem Kerl aus jeder Pore. Mulchs Barthaare hatten ihn noch nie getrogen. Diese kleine Partnerschaft würde nicht gut enden.

Mulch parkte im Schatten der Mauer, die das Fowl'sche Anwesen umgab.

»Bist du sicher, dass wir hier richtig sind?«

Mulch wies mit seinem Stummelfinger auf das verzierte Eisentor. »Siehst du das Schild mit der Aufschrift *Fowl Manor*?«

»Ja.«

»Nun, dann stehen die Chancen ziemlich gut, dass wir hier richtig sind.«

Eine so unverhohlene Stichelei blieb selbst von Mokassin nicht unbemerkt.

»Sieh lieber zu, dass du mich da reinlotst, Digence, sonst ...«

Mulch zeigte ihm die Zähne. »Sonst was?«

»Sonst wird Miss Frazetti verdammt sauer sein«, gab Mokassin lahm zurück, wohl wissend, dass der Spruch nicht so cool war wie sein Image als Eisenmann. Diesem Digence würde er eine Lektion erteilen, und zwar bald.

»Na, das wollen wir natürlich nicht.« Mulch kletterte von dem erhöhten Fahrersitz und nahm seine Ausrüstung aus dem Kofferraum. In der Tasche befanden sich

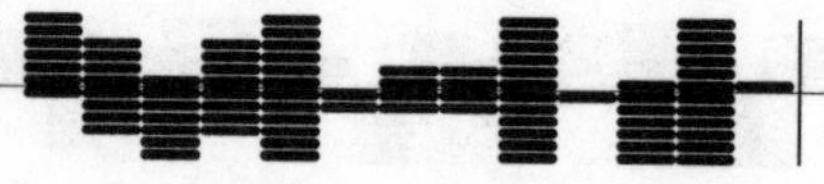

einige reichlich unorthodoxe Einbruchswerkzeuge, die ihm sein unterirdischer Kontaktmann in New York verschafft hatte. Doch er hoffte, dass er sie nicht brauchen würde. Nicht bei der Art und Weise, in der er das Haus betreten wollte.

Er klopfte an die Beifahrerscheibe. Mokassin ließ sie herunter. »Was ist?«

»Denk dran, du bleibst hier, bis ich dich hole.«

»Das klingt wie ein Befehl, Digence. Seit wann erteilst du hier die Befehle?«

»Ich?«, fragte Mulch zurück und entblößte sein Gebiss. »Befehle erteilen? Würde mir nicht im Traum einfallen.«

Mokassin ließ die Scheibe wieder hochfahren. »Das ist auch besser so«, sagte er, sobald eine Schicht gehärtetes Glas zwischen ihm und diesen Zähnen war.

Im Innern von Fowl Manor hatte sich Butler gerade Kopf und Bart geschoren. Allmählich sah er wieder aus wie der alte Butler. Der ältere Butler.

»Kevlar, haben Sie gesagt?«, fragte er und betrachtete prüfend die dunkle Haut auf seiner Brust.

Artemis nickte. »Anscheinend sind ein paar Fasern in der Wunde hängen geblieben, und die Heilkraft hat sie vervielfältigt. Foaly meint, das neue Gewebe wird Ihre Atmung beeinträchtigen, aber es ist nicht dicht genug, um kugelsicher zu sein, höchstens bei einem kleinen Kaliber.«

Butler knöpfte sein Hemd zu. »Jetzt ist sowieso alles anders, Artemis. Ich kann Sie nicht mehr beschützen.«

»Ich brauche keinen Schutz mehr. Holly hatte Recht. Meine großartigen Pläne führen meist dazu, dass jemand verletzt wird. Sobald die Sache mit Spiro erledigt ist, werde ich mich ganz auf meine Ausbildung konzentrieren.«

»Sobald die Sache mit Spiro erledigt ist? Das klingt ja, als wäre das eine reine Formsache. Jon Spiro ist ein gefährlicher Mann, Artemis. Ich dachte, das hätten Sie inzwischen begriffen.«

»Das habe ich, alter Freund. Glauben Sie mir, ich werde ihn nicht noch einmal unterschätzen. Ich habe bereits angefangen, einen Plan auszuarbeiten. Es sollte uns gelingen, den C Cube zurückzuholen und Mr Spiro außer Gefecht zu setzen – sofern Holly bereit ist, uns zu helfen.«

»Wo ist Holly? Ich muss mich bei ihr bedanken. Wieder einmal.«

Artemis blickte aus dem Fenster. »Sie ist unterwegs, um das Ritual auszuführen. Sie können sich ja denken, wo.«

Butler nickte. Sie waren Holly zum ersten Mal an einer heiligen Stätte der Unterirdischen im Südwesten des Landes begegnet, wo sie gerade das Ritual zur Aufladung der magischen Kräfte ausüben wollte. Obwohl Holly es nicht als »Begegnung« bezeichnet hätte. »Entführung« traf es eher.

»Sie müsste in etwa einer Stunde zurück sein. Ich denke, bis dahin sollten Sie sich ausruhen.«

Butler schüttelte den Kopf. »Ausruhen kann ich mich später noch. Jetzt muss ich mich erst mal gründlich umsehen. Es ist zwar unwahrscheinlich, dass Spiro so schnell ein neues Team auf die Beine stellt, aber man kann nie wissen.«

Der Leibwächter ging zu der Schiebetür zwischen seinem Zimmer und der Kontrollzentrale mit der Überwachungsanlage. Artemis bemerkte, wie viel Mühe ihm jeder Schritt machte. Mit dem neuen Gewebe in der Brust würde ihm das Treppensteigen vorkommen wie ein Marathon.

Butler öffnete mehrere Fenster auf seinem Monitor, so dass er alle Kamerabilder gleichzeitig im Blick hatte. Eines schien ihn besonders zu interessieren, denn er vergrößerte es auf volle Monitorgröße.

»Sieh an, sieh an«, schmunzelte er. »Schauen Sie mal, wer da zu Besuch kommt.«

Artemis trat an das Schaltpult. Auf dem Bildschirm war eine sehr kleine Gestalt zu sehen, die vor der Kamera an der Küchentür stand und obszöne Handbewegungen machte.

»Mulch Diggums«, sagte Artemis. »Der Zwerg kommt ja wie gerufen.«

Butler schaltete Mulch auf den Hauptbildschirm. »Mag sein. Aber warum gerade jetzt?«

Melodramatisch gestimmt wie eh und je, bestand der Zwerg erst darauf, ein Sandwich zu bekommen, bevor er damit herausrücken wollte, was los war. Zu Mulchs Pech übernahm Artemis die Zubereitung. Das, was er kurz darauf aus der Küche herbeitrug, ähnelte eher einer Explosion auf einem Teller.

»Es ist komplizierter, als es aussieht«, meinte der Junge.

Mulch klappte seinen gewaltigen Kiefer auseinander und schaufelte das Ganze in einem Schwung hinunter. Nachdem er ein paar Minuten gekaut hatte, griff er sich mit der ganzen Hand in den Mund und pulte ein Stück gebratenen Truthahn zwischen den Zähnen hervor. »Beim nächsten Mal mehr Senf«, sagte er und fegte sich die Krümel von der Jacke, wobei er, ohne es zu merken, das Mikro einschaltete.

»Wie Sie wünschen, Sir«, spöttelte Artemis.

»Du solltest mir danken, Menschenjunge«, sagte Mulch. »Ich bin schließlich den ganzen Weg von Chicago rübergekommen, um dir das Leben zu retten. Da dürfte ja wohl ein lausiges Sandwich drin sein. Und wenn ich Sandwich sage, meine ich das im weitesten Sinne des Wortes.«

»Chicago? Hat Jon Spiro Sie geschickt?«

Der Zwerg schüttelte den Kopf. »Möglicherweise, aber nicht direkt. Ich arbeite für die Familie Antonelli. Natürlich haben sie keine Ahnung, dass ich in Wirklichkeit ein unterirdischer Zwerg bin, sie halten mich einfach für den besten Fassadenkletterer in der Branche.«

»Die Staatsanwaltschaft von Chicago konnte nachweisen, dass Antonelli und Spiro in der Vergangenheit zusammengearbeitet haben. Zumindest hat er es angestrebt.«

»Meinetwegen. Jedenfalls ist geplant, dass ich hier einbreche und mein Partner dich dazu bringt, mit uns nach Chicago zu kommen.«

Butler stützte sich auf den Tisch. »Und wo ist Ihr Partner jetzt, Mulch?«

»Draußen vor dem Tor. Der kleine Jähzornige. Freut mich übrigens, dass Sie noch leben, großer Mann. In der Unterwelt ging das Gerücht, Sie wären tot.«

»War ich auch«, erwiderte Butler und machte sich auf den Weg zur Überwachungszentrale. »Aber jetzt geht's mir wieder besser.«

Mokassin holte einen kleinen Notizblock aus der Brusttasche. Darin hatte er alle Sprüche notiert, die schon einmal in einer gefährlichen Situation gut gewirkt hatten. Schlagfertige Bemerkungen waren das Markenzeichen

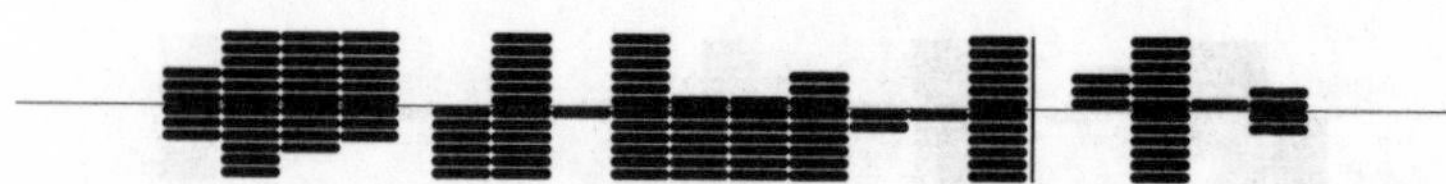

eines guten Gangsters, jedenfalls nach dem, was man in Filmen so sah. Mit stolzem Lächeln blätterte er darin herum.

Zeit, dein Bankkonto zu schließen. Für immer. Larry Ferrigamo, korrupter Bankier, 9. August.

Ich fürchte, deine Festplatte ist gerade gelöscht worden. David Spinski, Computerhacker, 23. September.

Jetzt ist der Ofen aus, alter Junge. Morty der Bäcker, 17. Juli.

Gutes Material. Vielleicht würde er eines Tages seine Memoiren schreiben.

Mokassin schmunzelte noch immer in sich hinein, als er in seinem Ohrlautsprecher plötzlich Mos Stimme vernahm. Zuerst dachte er, der Affe spräche mit ihm, doch dann wurde ihm klar, dass sein so genannter Partner ihrem Vögelchen reinen Wein einschenkte.

»Du solltest mir danken, Menschenjunge«, sagte Digence. »Ich bin schließlich den ganzen Weg von Chicago rübergekommen, um dir das Leben zu retten.«

Um ihm das Leben zu retten! Mo arbeitete für die Gegenseite, und der kleine Trottel hatte sein Mikro vergessen.

Mokassin stieg aus dem Auto und schloss es sorgsam ab. Er wollte nicht die Kaution riskieren, falls es gestohlen wurde, das würde Miss Frazetti ihm von der Provision abziehen. Neben dem Haupttor war ein kleiner Fußgängereingang, den Mo offen gelassen hatte. Mokassin schlüpfte hindurch und lief die Einfahrt entlang, immer schön im Schutz der Bäume.

An seinem Ohr hörte er Mo weiterschwafeln, der dem kleinen Fowl den ganzen Plan verriet, ohne dass man ihn auch nur im Geringsten unter Druck gesetzt hätte. Ein-

fach so. Freiwillig. Offenbar hatte Digence von Anfang an für den irischen Jungen gearbeitet. Und obendrein hieß Mo gar nicht Mo, sondern Mulch. Was für ein komischer Name! Mulch, ein unterirdischer Zwerg? Das wurde immer seltsamer. Vielleicht war das der Name einer Bande. Obwohl es ein ziemlich blöder Bandenname war. Die *Unterirdischen Zwerge* – das brachte kaum einen Gegner zum Zittern.

Mokassin trottete an einer Reihe eleganter Silberbirken und einem veritablen Krocketspielfeld vorbei. Zwei Pfauen stolzierten am Rand einer Teichanlage einher. Mokassin schnaubte verächtlich. Eine Teichanlage! In den Zeiten, bevor es Fernsehgärtner gab, hatte man so was einfach Teich genannt.

Gerade als er sich fragte, wo wohl der Hintereingang sein mochte, erblickte er das Schild: *Lieferanteneingang*. Besten Dank auch. Er überprüfte ein letztes Mal Schalldämpfer und Ladung, dann schlich er auf Zehenspitzen über die Kieseinfahrt.

Artemis schnupperte. »Was stinkt denn hier so?«

Mulch reckte den Kopf hinter der Kühlschranktür hervor. »Ich. Tut mir Leid«, murmelte er, den Mund voll gestopft mit einem unidentifizierbaren Mischmasch von Nahrungsmitteln. »Sunblocker. Ekelhaft, ich weiß, aber ohne würde ich noch viel schlimmer stinken. Wie Schinkenstreifen auf einer Felsplatte in Death Valley.«

»Hübscher Vergleich.«

»Zwerge sind nun mal unterirdische Wesen«, erklärte Mulch. »Wir haben schon immer unter der Erde gelebt, sogar während der Frond-Dynastie.«

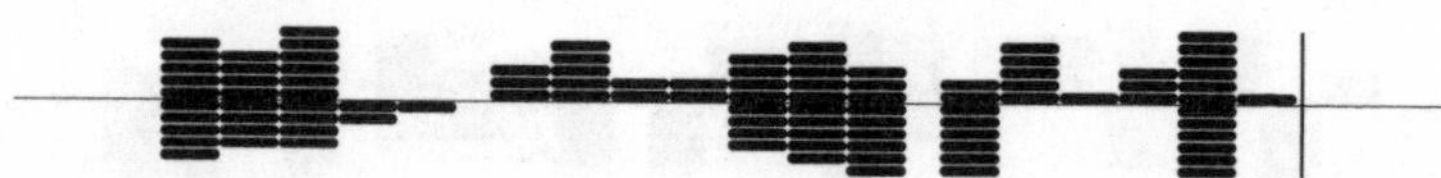

Frond war der erste Elfenkönig. Während seiner Herrschaft hatten das Erdvolk und das Menschenvolk gemeinsam an der Erdoberfläche gelebt.

»Diese Lichtempfindlichkeit macht es einem ganz schön schwer, unter den Menschen zu leben. Um ehrlich zu sein, habe ich das ziemlich satt.«

»Dein Wunsch ist mir Befehl«, sagte eine Stimme. Es war Mokassin. Er stand in der Küchentür, eine riesige Pistole in der Hand.

Eins musste man Mulch lassen: Er reagierte schnell. »Ich hab dir doch gesagt, du sollst draußen warten.«

»Ja, hast du. Aber ich hatte plötzlich Lust, reinzukommen. Und stell dir vor – kein Abwassertank und kein Abflussrohr. Die Hintertür stand einladend offen.«

Mulch hatte die Angewohnheit, mit den Zähnen zu knirschen, wenn er nachdachte. Es klang wie Fingernägel, die über eine Tafel schaben. »Ach ja ... äh, ein glücklicher Zufall. Ich habe die günstige Gelegenheit genutzt, aber dummerweise ist mir der Junge dazwischen gekommen. Ich hatte gerade sein Vertrauen gewonnen, und jetzt musst du hier reinplatzen.«

»Gib dir keine Mühe«, sagte Mokassin. »Dein Mikro ist an. Ich habe die ganze Chose mitgehört, Mo. Oder sollte ich sagen, Mulch, der unterirdische Zwerg?«

Mulch schluckte die halb gekaute Essensmasse herunter. Wieder einmal hatte seine große Klappe ihn in Schwierigkeiten gebracht. Aber vielleicht konnte sie ihn auch wieder herausholen. Wenn er seine Kinnlade aushakte, konnte er den kleinen Killer ohne weiteres verschlingen. Er hatte schon Größeres verspeist. Ein kurzer Gasausbruch durfte reichen, um ihn durch den Raum zu

katapultieren. Hoffentlich ging die Knarre nicht los, bevor er an ihr vorbei war.

Mokassin bemerkte jedoch den Ausdruck in Mulchs Augen. »Genau, Kurzer«, sagte er und winkte mit der Pistole. »Versuch's ruhig. Mal sehen, wie weit du kommst.«

Auch in Artemis' Gehirn arbeitete es. Er wusste, dass er vorläufig in Sicherheit war. Der Neuankömmling würde ihn nicht entgegen seinen Befehlen erschießen. Aber Mulchs Lebensuhr tickte, und es gab niemanden, der ihn retten konnte. Butler war zu schwach, um etwas zu unternehmen, selbst wenn er da wäre. Holly war unterwegs, um das Ritual zu vollziehen. Und Artemis war für körperliche Auseinandersetzungen einfach nicht geschaffen. Er würde verhandeln müssen.

»Ich weiß, warum Sie hier sind«, begann er. »Wegen des Würfels. Ich werde Ihnen den Code verraten, aber nur, wenn Sie meinen Freund in Ruhe lassen.«

Mokassin schwenkte den Lauf der Pistole. »Du wirst tun, was ich dir sage und wenn ich es dir sage. Vielleicht wirst du sogar weinen wie ein Mädchen. So was kommt vor.«

»Also gut. Ich erzähle Ihnen, was Sie wollen, aber bitte erschießen Sie niemanden.«

Mokassin verkniff sich ein Grinsen. »Klar, kein Problem. Du kommst einfach brav mit, und ich tue keinem was zuleide. Ehrenwort.«

Da kam Butler in die Küche, das Gesicht glänzte vor Schweiß. Keuchend rang er nach Luft. »Ich habe auf dem Bildschirm nachgesehen«, japste er. »Das Auto ist leer, der andere Mann muss –«

»Hier sein«, ergänzte Mokassin. »Das wissen schon alle außer dir, Opa. So, und jetzt keine hektischen Be-

wegungen, sonst kriegst du am Ende noch 'nen Herzinfarkt.«

Artemis beobachtete, wie Butlers Blick durch den Raum flitzte. Er suchte nach einem Ausweg, einer Möglichkeit, sie alle zu retten. Der gestrige Butler hätte es vielleicht geschafft, aber der heutige war fünfzehn Jahre älter und hatte sich noch nicht ganz von der magischen Heilung erholt. Die Lage war aussichtslos.

»Wie wär's, wenn Sie die anderen fesseln?«, schlug Artemis vor. »Dann könnten wir beide gehen.«

Mokassin schlug sich mit der Hand vor die Stirn. »Was für eine hervorragende Idee! Und dann könnte ich vielleicht noch auf ein paar andere Verzögerungstaktiken reinfallen, weil ich ja so ein blöder Amateur bin.«

Da spürte Mokassin, wie ein Schatten auf seinen Rücken fiel. Er fuhr herum und sah ein Mädchen im Türrahmen stehen. Noch eine Zeugin. Diese ganzen Extras würde er Carla Frazetti auf die Rechnung setzen. Der Auftrag war ihm von Anfang an vollkommen falsch beschrieben worden.

»Okay, Miss«, schnauzte er. »Rüber zu den anderen. Und keine Dummheiten.«

Das Mädchen an der Tür warf ihr Haar über die Schulter zurück und funkelte ihn unter grün glitzernden Lidern an. »Ich mache nie Dummheiten«, sagte sie. Dann schoss ihre Hand vor, packte das Magazin der Pistole und löste es mit einer geschickten Bewegung aus dem Schaft. Jetzt war die Waffe höchstens noch zum Einschlagen von Nägeln zu gebrauchen.

Mokassin sprang zurück. »He, Vorsicht! Ich will dich nicht aus Versehen verletzen. Die Pistole könnte losgehen.«

Dachte er.

Und hielt weiter sein harmloses Schießeisen hoch.

»Geh zurück, kleines Mädchen, ich sag's nicht noch mal.«

Juliet hielt ihm das Magazin unter die Nase. »Und wenn nicht? Willst du mich dann damit erschießen?«

Mokassin schielte irritiert auf das nutzlose Stück Metall in seiner Hand.

»Nanu, das sieht ja aus wie –«

In dem Moment versetzte Juliet ihm einen so harten Schlag vor die Brust, dass er rücklings durch die Frühstücksbar brach.

Verdutzt betrachtete Mulch erst den bewusstlosen Mafioso und dann das Mädchen im Türrahmen. »He, Butler, ich hab irgendwie das Gefühl, als müsste das Ihre Schwester sein.«

»Allerdings«, sagte der Diener und drückte Juliet an sich. »Wie sind Sie nur darauf gekommen?«

Kapitel 7

Planungsphase

Fowl Manor

Es war Zeit für eine Lagebesprechung. Am Abend setzte sich die Runde im Konferenzraum des Herrenhauses vor zwei Bildschirme, die Juliet aus der Überwachungszentrale heruntergebracht hatte. Foaly hatte sich in die Frequenz der Bildschirme eingeloggt und eine Liveschaltung zu sich und Commander Root hergestellt.

Mulch war zu seinem großen Ärger ebenfalls noch dabei. Gerade als er versucht hatte, Artemis eine Belohnung abzuschwatzen, war Holly zurückgekommen und hatte ihn mit Handschellen an einen Stuhl gefesselt.

Roots Zigarrenrauch waberte über den Bildschirm. »Sieht aus, als wäre die ganze Bande versammelt«, sagte er auf Englisch, dank der elfischen Gabe der Sprachen. »Und wissen Sie was? Ich kann Banden nicht leiden.«

Holly hatte ihre Sprechanlage in die Mitte des Konferenztisches gelegt, damit alle Anwesenden zu verstehen waren. »Ich kann das erklären, Commander.«

»Oh, ich bezweifle nicht im Geringsten, dass Sie das können. Aber ich habe irgendwie so eine Ahnung, dass Ihre Erklärung mich absolut nicht beeindrucken wird und Ihre Dienstmarke noch vor Ende dieser Schicht in meiner Schublade landet.«

Artemis versuchte zu vermitteln. »Langsam, Commander. Holly … Captain Short ist nur hier, weil ich sie hergelockt habe.«

»Tatsächlich? Und warum, bitteschön, ist sie dann immer noch da? Weil's so gemütlich ist, oder was?«

»Jetzt ist nicht der richtige Moment für Sarkasmus, Commander. Wir haben hier ein schwerwiegendes Problem. Eine potenzielle Katastrophe.«

Root stieß eine Wolke grünlichen Rauch aus. »Was ihr Menschenwesen euch untereinander antut, ist eure Sache. Wir sind nicht Ihre persönliche Polizeitruppe, Fowl.«

Da räusperte sich Foaly. »Wir hängen mit drin, ob es uns passt oder nicht. Artemis war derjenige, der uns geortet hat. Und das ist noch nicht das Schlimmste, Julius.«

Root warf dem Zentauren einen durchdringenden Blick zu. Foaly hatte ihn beim Vornamen genannt. Die Lage musste wirklich ernst sein. »Also gut, Captain«, sagte er. »Dann schießen Sie mal los.«

Holly öffnete einen Bericht auf ihrem Palmtop. »Gestern bekam ich eine Aufzeichnung des Sentinel-Überwachungssystems. Es handelte sich um einen Anruf von Artemis Fowl, einem Oberirdischen, der der ZUP durch seinen Einsatz bei der Bekämpfung des B'wa-Kell-Aufstands wohl bekannt ist. Butler, Fowls Partner, war auf Befehl eines anderen Oberirdischen, eines gewissen Geschäftsmanns namens Jon Spiro, tödlich verwundet worden, und Fowl bat mich um Hilfe in Form einer Heilung.«

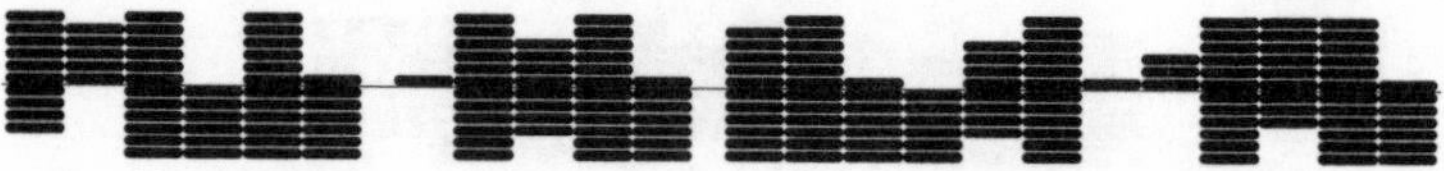

»Was Sie ablehnten, und woraufhin Sie technische Unterstützung zur Durchführung einer Erinnerungslöschung anforderten, wie es in den Vorschriften steht.«

Holly hätte schwören können, dass der Bildschirm anfing, sich aufzuheizen.

»Nein. In Anbetracht von Butlers beeindruckender Unterstützung während der Kobold-Verschwörung führte ich die Heilung durch und transportierte Butler und Fowl zurück zu ihrem Domizil.«

»Wollen Sie damit etwa sagen, Sie haben sie geflogen?«

»Es gab keine andere Möglichkeit. Sie waren aber in Tarnfolie eingewickelt.«

Root massierte sich die Schläfen. »Ein Fuß! Wenn auch nur ein Fuß raushing, sind wir morgen überall im Internet. Holly, warum tun Sie mir das an?«

Holly antwortete nicht. Was hätte sie auch darauf sagen sollen? »Das ist noch nicht alles«, fuhr sie stattdessen fort. »Wir haben einen von Spiros Leuten geschnappt, einen ziemlich üblen Kerl.«

»Hat er Sie gesehen?«

»Nein. Aber er hat Mulch sagen hören, dass er ein unterirdischer Zwerg ist.«

»Kein Problem«, sagte Foaly. »Mach eine komplette Erinnerungslöschung und schick ihn nach Hause.«

»So einfach ist das nicht. Der Mann ist ein Killer. Spiro könnte ihn ein zweites Mal herschicken, um die Sache zu Ende zu bringen. Nein, wir sollten ihn lieber umsiedeln. Glauben Sie mir, den vermisst hier keiner.«

»Okay«, sagte Foaly. »Betäube ihn, führ die Löschung durch und nimm ihm alles weg, was Erinnerungen wecken könnte. Dann bring ihn irgendwohin, wo er keinen Unsinn mehr anstellen kann.«

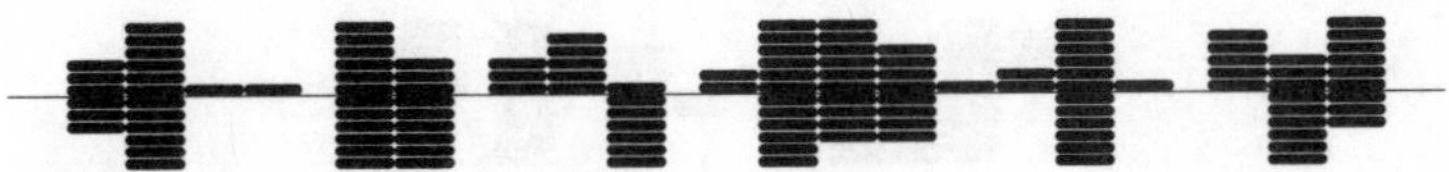

Der Commander zog ein paarmal ausgiebig an seiner Zigarre, um sich zu beruhigen. »Gut. Jetzt zu der Ortung. Wenn es Fowl war, dann ist die Gefahr jetzt vorüber, oder?«

»Nein. Jon Spiro, der menschliche Geschäftsmann, hat Artemis ein Gerät gestohlen, das auf Elfentechnologie basiert.«

»Die Artemis *uns* gestohlen hat«, merkte Foaly an.

»Dieser Spiro ist fest entschlossen, das Geheimnis des Geräts zu lüften, und es ist ihm egal, wie.«

»Und wer kennt das Geheimnis?«

»Artemis ist der Einzige, der den C Cube bedienen kann.«

»Ich glaube, ich möchte lieber nicht wissen, was ein C Cube ist.«

Foaly übernahm die Berichterstattung. »Artemis hat aus alter ZUP-Technologie einen Mikrocomputer zusammengebastelt. Das meiste davon ist bei uns inzwischen überholt, aber für Menschen ist es der Entwicklung ungefähr fünfzig Jahre voraus.«

»Und damit ein Vermögen wert«, schloss der Commander.

»Ein unschätzbares Vermögen«, ergänzte Foaly.

Plötzlich wurde Mulch aufmerksam. »Ein Vermögen? Können Sie das ungefähr beziffern?«

Root war erleichtert, endlich jemanden gefunden zu haben, den er anbrüllen konnte. »Halten Sie die Klappe, Gefangener! Das geht Sie gar nichts an. Genießen Sie lieber Ihre letzten Atemzüge in Freiheit. Morgen um diese Zeit werden Sie Ihren Zellengenossen begrüßen, und ich hoffe es ist ein Troll.«

Mulch ließ sich nicht beeindrucken. »Lassen Sie doch

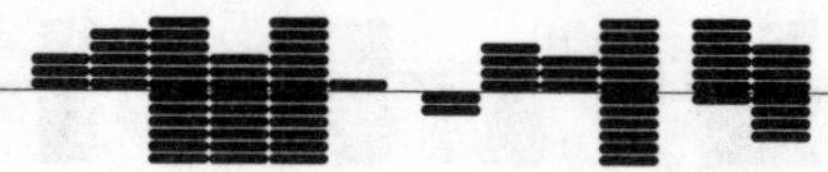

den Quatsch, Julius. Jedes Mal, wenn es um Fowl geht, bin ich es, der Ihre armselige Haut rettet. Jede Wette, dass meine Wenigkeit in dem Plan, den Artemis ausheckt, eine Rolle spielt. Wahrscheinlich bei irgendeinem absurd gefährlichen Einsatz.«

Roots Gesichtsfarbe wechselte von Rosé zu Bordeauxrot. »Nun, Artemis? Haben Sie die Absicht, den Gefangenen einzusetzen?«

»Das kommt darauf an.«

»Worauf?«

»Ob Sie mir Holly geben oder nicht.«

Roots Kopf verschwand hinter einer Rauchwolke. Mit der rot glühenden Spitze sah er aus wie eine Dampflok, die aus einem Tunnel hervorkommt. Ein Teil des Rauchs waberte hinüber zu Foalys Bildschirm.

»Das sieht nicht gut aus«, bemerkte der Zentaur.

Nach einer Weile hatte sich Root so weit beruhigt, dass er wieder sprechen konnte. »Ihnen Holly geben? Heiliges Neutrino, haben Sie eigentlich eine Ahnung, gegen wie viele Vorschriften ich allein mit dieser Besprechung verstoße?«

»Ziemlich viele, nehme ich an.«

»Einen Haufen, Artemis. Einen Riesenhaufen. Ohne die B'wa-Kell-Geschichte würde ich überhaupt nicht mit Ihnen reden. Wenn das herauskommt, lande ich als Hilfsaufseher in der Kläranlage von Atlantis.«

Mulch zwinkerte dem Bildschirm zu. »Das hätten Sie lieber nicht in meiner Gegenwart sagen sollen.«

Der Commander ignorierte ihn. »Ich gebe Ihnen dreißig Sekunden, Artemis. Überzeugen Sie mich.«

Artemis stand auf und stellte sich direkt vor den Bildschirm. »Jon Spiro ist im Besitz von ZUP-Technologie.

Es ist unwahrscheinlich, dass es ihm gelingt, sie einzusetzen, aber sie wird seine Wissenschaftler auf die Spur der Ionentechnologie bringen. Der Mann ist größenwahnsinnig, ohne jeden Respekt vor dem Leben und der Umwelt. Niemand weiß, was für einen schrecklichen Apparat er möglicherweise aus dem Würfel bauen wird. Außerdem ist die Gefahr groß, dass er über kurz oder lang Haven City entdeckt, und wenn das passiert, ist das Leben aller Wesen in Gefahr, auf und unter der Erde.«

Root rollte seinen Sessel von der Kamera weg und erschien kurz darauf auf Foalys Bildschirm. Er beugte sich zu dem Zentauren und flüsterte ihm etwas ins Ohr.

»Ich habe kein gutes Gefühl«, sagte Holly. »Wahrscheinlich darf ich mit dem nächsten Shuttle nach Hause fliegen.«

Artemis trommelte mit den Fingern auf den Tisch. Ohne die Unterstützung der Unterirdischen würde er es kaum mit Spiro aufnehmen können.

Nach einer Weile erschien der Commander wieder in seinem eigenen Bildschirm. »Die Sache ist ernst. Wir können nicht riskieren, dass dieser Spiro eine weitere Ortung durchführt. Egal, wie unwahrscheinlich es ist, die Möglichkeit besteht. Ich muss ein Spezialteam zusammenstellen. Eine komplette Bergungseinheit mit allem Drum und Dran.«

»Eine komplette Einheit?«, protestierte Holly. »Die wollen Sie in eine Großstadt schicken? Commander, Sie wissen doch, wie die Bergungsleute sind. Das könnte zu einer Katastrophe führen. Lassen Sie es mich erst versuchen.«

Root überlegte einen Moment. »Es dauert achtundvierzig Stunden, die Freigabe für einen Spezialeinsatz zu

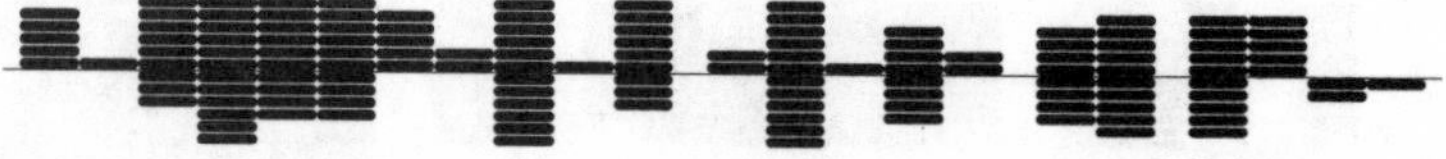

bekommen. Die Zeit gebe ich Ihnen. Für Ihre Abwesenheit lasse ich mir eine Geschichte einfallen. Foaly hält sich aber raus, er hat genug damit zu tun, den Einsatz vorzubereiten. Diggums kann helfen, wenn er will, die Entscheidung überlasse ich ihm. Vielleicht vergesse ich ein paar von den Anzeigen wegen Einbruchs, aber für den Goldraub hat er fünf bis zehn Jahre abzusitzen. Mehr kann ich nicht tun. Falls Sie scheitern, steht das Bergungskommando bereit.«

Artemis dachte darüber nach. »Einverstanden.«

Root holte tief Luft. »Aber nur unter einer Bedingung.«

»Das dachte ich mir schon«, sagte Artemis. »Sie wollen eine Erinnerungslöschung, oder?«

»Ganz recht, Artemis. Sie werden allmählich zu einem echten Sicherheitsrisiko für das Erdvolk. Wenn wir Ihnen in dieser Angelegenheit helfen sollen, dann müssen Sie und Ihre Leute sich einer Erinnerungslöschung unterziehen.«

»Und wenn wir nicht einwilligen?«

»Dann gehen wir direkt zu Plan B über, und Sie werden trotzdem gelöscht.«

»Nichts für ungut, Commander, aber das ist wohl eher eine Angelegenheit für Ihren Techniker …«

Foaly meldete sich zu Wort. »Es gibt zwei Arten von Erinnerungslöschung. Eine Komplettlöschung, die alle Erinnerungen an den entsprechenden Zeitabschnitt entfernt. Die kann Holly mit der Ausrüstung in ihrem Rucksack vornehmen. Und eine Auswahllöschung, bei der nur bestimmte Erinnerungen betroffen sind. Das ist die kompliziertere Prozedur, aber die Gefahr einer IQ-Schädigung ist dabei geringer. Wir werden Sie daher alle einer

Auswahllöschung unterziehen. Und ich werde in Ihrem Computer eine Datenbombe zünden, die automatisch alles vernichtet, was mit uns Unterirdischen zu tun hat. Außerdem brauche ich Ihre Erlaubnis für eine Hausdurchsuchung, nur für den Fall, dass noch irgendwo weitere Elfensouvenirs herumliegen. Kurz gesagt, Sie werden am Tag nach dem Einsatz aufwachen, ohne auch nur die geringste Erinnerung an das Erdvolk zu haben.«

»Das sind Erinnerungen aus fast zwei Jahren.«

»Sie werden sie nicht vermissen. Ihr Gehirn wird ein paar neue erfinden, um die Lücken zu füllen.«

Die Entscheidung fiel Artemis nicht leicht. Einerseits machte sein Wissen über die Unterirdischen mittlerweile einen großen Teil seiner Persönlichkeit aus. Andererseits konnte er nicht länger das Leben anderer Wesen in Gefahr bringen.

»Also gut«, sagte der Junge. »Ich akzeptiere Ihr Angebot.«

Root warf seine Zigarre in einen Müllverbrenner. »Gut, dann sind wir uns ja einig. Captain Short, bleiben Sie rund um die Uhr auf Empfang.«

»Jawohl, Sir.«

»Und Holly.«

»Commander?«

»Seien Sie diesmal vorsichtig. Noch einen Schlag verkraftet Ihre Karriere nicht.«

»Verstanden, Sir.«

»Oh, und Gefangener?«

Mulch seufzte. »Ich nehme an, Sie meinen mich, Julius?«

Root zog eine finstere Miene. »Es ist vorbei, Mulch. Sie werden nicht noch einmal entkommen, also stellen

Sie sich schon mal auf kaltes Essen und harte Wände ein.«

Mulch stand auf und drehte dem Bildschirm seine Kehrseite zu. Irgendwie flog die Poklappe seiner speziell angefertigten Tunnelhose auf, so dass der Commander einen erstklassigen Blick auf sein Hinterteil werfen konnte. In der Welt der Zwerge, wie in vielen anderen Kulturen auch, gilt das Entblößen des Hinterns als schlimmste Beleidigung.

Commander Root brach die Verbindung ab. Schließlich gab es keine passende Antwort auf einen solchen Affront.

Westlich von Wajir, Kenia, Afrika

Mokassin McGuire wachte mit scheußlichen Kopfschmerzen auf. Sie waren so furchtbar, dass er es für nötig hielt, sich ein passendes Bild auszudenken, falls er sie später einmal jemandem beschreiben wollte. Sein Kopf, überlegte er, fühlte sich an, als krabbelte ein wütendes Stachelschwein darin herum. Nicht übel, dachte er. Das sollte ich mir auf meinen Notizblock schreiben.

Dann dachte er: Was ist ein Notizblock? Sein nächster Gedanke war: Wer bin ich? Schuhe. Es hat irgendetwas mit Schuhen zu tun.

Das war immer so, wenn jemand, den man einer Erinnerungstransplantation unterzogen hatte, das Bewusstsein wiedererlangte. Die alte Identität blieb noch einen Moment präsent und versuchte sich durchzusetzen, bis Außenreize sie überlagerten.

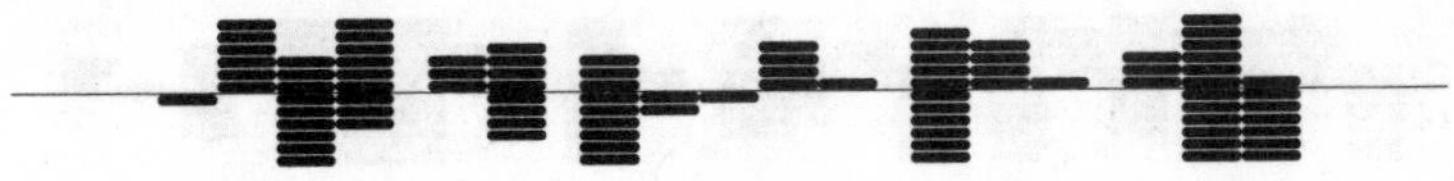

Mokassin setzte sich auf, und das Stachelschwein begann zu toben, jagte seine Stacheln in jeden Quadratzentimeter der weichen Gehirnmasse.

»Oh«, stöhnte Mokassin und hielt sich den pochenden Schädel. Was hatte das alles zu bedeuten? Wo war er? Und wie war er hierher gekommen?

Er blickte auf seine Arme. Eine Sekunde lang projizierte sein Gehirn Tätowierungen auf die Haut, doch die Bilder verschwanden sofort wieder. Seine Haut war makellos, und die Sonne leuchtete darauf wie ein heller Blitz.

Überall um ihn herum war Buschland. Rotbraune Erde erstreckte sich bis zu den indigoblauen Hügeln in der Ferne. Die goldene Scheibe der Sonne brannte Risse in die flimmernde Erde. Zwei Gestalten liefen durch die wabernde Hitze, elegant wie Geparden.

Die Männer waren Riesen, mindestens zwei Meter groß. Beide trugen einen ovalen Schild, einen dünnen Speer und ein Handy. Haar, Hals und Ohren waren mit bunten Perlen geschmückt.

Mokassin sprang auf die Füße – die, wie er bemerkte, in Ledersandalen steckten. Die beiden Männer trugen Nikes.

»Hilfe!«, rief er. »Helft mir!«

Die Männer änderten ihren Kurs und trabten auf den verwirrten Mafioso zu.

»*Jambo*, Bruder. Hast du dich verlaufen?«, fragte der eine.

»Tut mir Leid«, sagte Mokassin in perfektem Suaheli, »aber ich spreche kein Suaheli.«

Der Mann warf seinem Kollegen einen Blick zu. »Verstehe. Und wie heißt du?«

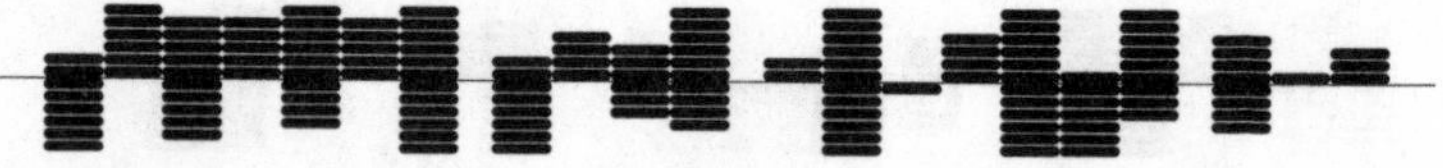

Mokassin, sagte Mokassins Gehirn. »Nuru«, sagte sein Mund.

»Hallo, Nuru. *Unatoka wapi?* Woher kommst du?«

Die Antwort rutschte ihm heraus, bevor Mokassin etwas dagegen tun konnte. »Ich weiß nicht, woher ich komme, aber ich möchte gerne mit euch gehen. Zu eurem Dorf. Da gehöre ich hin.«

Die kenianischen Krieger starrten den kleinen Fremden verdutzt an. Gut, er hatte die falsche Hautfarbe, aber sonst wirkte er ganz vernünftig.

Der Größere von beiden nahm das Handy von seinem Gürtel aus Leopardenfell und tippte die Nummer des Dorfvorstehers ein.

»*Jambo*, Häuptling, hier ist Bobby. Die Erdgeister haben uns wieder einen geschickt.«

Bobby lachte und musterte Mokassin. »Ja, er ist klein, aber er sieht kräftig aus, und sein Lächeln ist breiter als eine geschälte Banane.«

Mokassin dehnte sein Lächeln noch weiter, für den Fall, dass es die Entscheidung beeinflusste. Aus irgendeinem Grund wünschte er sich nichts sehnlicher, als in dieses Dorf zu gehen und ein nützliches Leben zu führen.

»Okay, Häuptling, ich bringe ihn mit. Er kann die alte Hütte des Missionars haben.«

Bobby befestigte das Handy wieder an seinem Gürtel. »Alles klar, Bruder Nuru. Du kannst mitkommen. Lauf hinter uns her, und sieh zu, dass du nicht zurückbleibst.«

Die beiden Krieger liefen in rasantem Tempo los. Mokassin, der von nun an Nuru hieß, rannte hinter ihnen her, dass die Ledersandalen ihm flappend gegen die Füße klatschten. Es war wirklich Zeit, dass er sich ein Paar Turnschuhe zulegte.

Fünfzig Meter über ihnen schwebte Holly, vom Sichtschild geschützt, und filmte das Ganze.

»Umsiedlung abgeschlossen«, sagte sie in ihr Helmmikro. »Die fragliche Person ist erfolgreich angenommen worden. Keine erkennbaren Zeichen der früheren Persönlichkeit. Aber eine Überwachung in monatlichen Abständen ist aus Sicherheitsgründen angeraten.«

Foaly war am anderen Ende der Leitung. »Perfekt, Holly. Dann ab mit dir zu Schacht E77. Wenn du Gas gibst, erwischst du vielleicht noch das Abendshuttle. Und in ein paar Stunden bist du wieder in Irland.«

Das brauchte er ihr nicht zweimal zu sagen. Es kam schließlich nicht oft vor, dass man die offizielle Erlaubnis für einen Schnellflug bekam. Holly schaltete ihren Radar ein, für den Fall, dass ihr ein Bussard in den Weg flog, und aktivierte die Stoppuhr an ihrem Visier. »Na, dann wollen wir doch mal sehen, ob wir den Schnellflugrekord brechen können.«

Ein Rekord, der achtzig Jahre zuvor von Julius Root aufgestellt worden war.

Teil 2

Gegenangriff

Kapitel 8
Angebissen

Auszug aus dem Tagebuch von Artemis Fowl
Diskette 2, verschlüsselt

Heute bekam Vater seine Beinprothese angepasst. Er machte die ganze Zeit Scherze, als wäre er zur Anprobe eines neuen Anzugs in der Grafton Street. Ich muss zugeben, seine gute Laune war ansteckend, und ich habe mich dabei ertappt, wie ich nach Vorwänden gesucht habe, um mich in die Ecke des Krankenzimmers zu setzen und seine Gegenwart zu genießen.

Das war nicht immer so. Früher brauchte man einen guten Grund, um meinen Vater zu Gesicht zu bekommen. Er war natürlich nur selten zu Hause, und selbst wenn, war seine Zeit begrenzt. Man konnte nicht einfach so in das Fowl'sche Arbeitszimmer stürmen. Doch jetzt weiß ich, dass ich bei ihm willkommen bin. Ein schönes Gefühl.

Mein Vater hat schon immer gerne sein Wissen mit anderen geteilt, doch jetzt geht es mehr um philosophische als um finanzielle Fragen. In früheren Zeiten hätte er

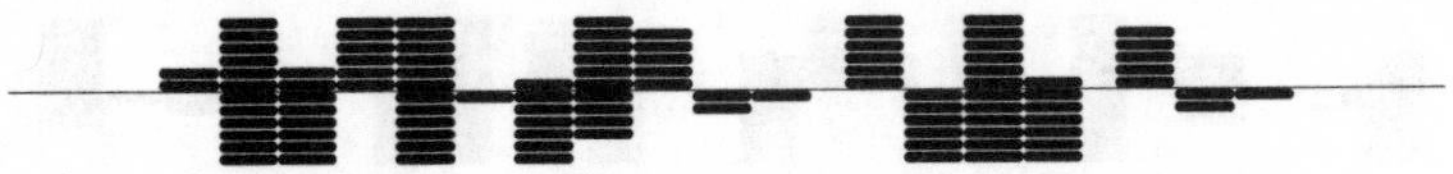

meine Aufmerksamkeit auf die aktuellen Aktienkurse in der Financial Times *gelenkt. »Sieh nur, Artemis«, hätte er gesagt. »Alles fällt, aber Gold bleibt stabil. Das kommt daher, dass es nicht genug davon gibt. Und es wird nie genug davon geben. Kaufe Gold, mein Junge, und bewahre es gut auf.« Ich habe mir seine Weisheiten gerne angehört, doch jetzt sind sie schwerer zu verstehen.*

Am dritten Tag, nachdem er das Bewusstsein wiedererlangt hatte, schlief ich auf dem Krankenbett ein, während mein Vater seine Gehübungen machte. Als ich aufwachte, stand er neben mir und betrachtete mich nachdenklich.

»Soll ich dir etwas sagen, Arty?«, fragte er.

Ich nickte, unsicher, was mich erwartete.

»Während der Gefangenschaft habe ich über mein Leben nachgedacht. Darüber, wie ich es vergeudet habe, indem ich ohne Rücksicht auf meine Familie oder andere Menschen in meiner Umgebung Reichtümer angehäuft habe. Ein Mann bekommt in seinem Leben nur selten die Chance, etwas anders zu machen. Das Richtige zu tun. Ein Held zu sein, wenn du so willst. Ich habe die Absicht, mich dieser Aufgabe zu stellen.«

Das war nicht die Art von Weisheit, die ich von meinem Vater gewohnt war. War dies sein eigentliches Wesen oder lag es an der Elfenmagie? Oder traf beides zu?

»Ich habe mich noch nie für etwas engagiert. Ich dachte immer, die Welt lässt sich nicht verändern.«

Vaters Blick war eindringlich, brennend vor neuer Leidenschaft.

»Aber jetzt ist alles anders. Mir sind andere Dinge wichtig. Ich möchte jeden Tag nutzen. Ein Held sein, wie es jeder Vater sein sollte.«

Er setzte sich neben mich aufs Bett.

»Und was ist mit dir, Arty? Wirst du mich auf meiner Reise begleiten? Wenn der Augenblick kommt, wirst du deine Gelegenheit ergreifen, ein Held zu sein?«

Darauf wusste ich keine Antwort. Und ich weiß sie noch immer nicht.

Fowl Manor

Zwei Stunden lang schloss Artemis sich in seinem Arbeitszimmer ein und ließ sich mit gekreuzten Beinen in der Meditationshaltung auf dem Boden nieder, die Butler ihm beigebracht hatte. Ab und zu formulierte er eine Idee laut, damit der sprachgesteuerte Digitalrekorder, der vor ihm auf der Matte lag, sie aufzeichnete. Butler und Juliet hüteten sich wohlweislich, ihn in der Planungsphase zu stören. Sie war schließlich von entscheidender Bedeutung für den Erfolg ihres Unternehmens. Artemis besaß die Fähigkeit, sich in eine hypothetische Situation hineinzuversetzen und die möglichen Auswirkungen zu berechnen. Er befand sich dabei fast in einer Art Trancezustand, und jede Unterbrechung konnte das Gewebe seiner Ideen zerreißen wie ein Spinnennetz.

Schließlich kam Artemis wieder heraus, erschöpft, aber zufrieden. Er reichte den Mitgliedern des Teams drei gebrannte CDs. »Ich möchte, dass ihr euch mit diesen Dateien vertraut macht«, sagte er. »Sie enthalten die euch betreffenden Einzelheiten eures Einsatzes. Wenn ihr euch alles eingeprägt habt, zerstört die CDs.«

Holly nahm die Scheiben in die Hand. »Wie drollig. Die Dinger liegen bei uns im Museum.«

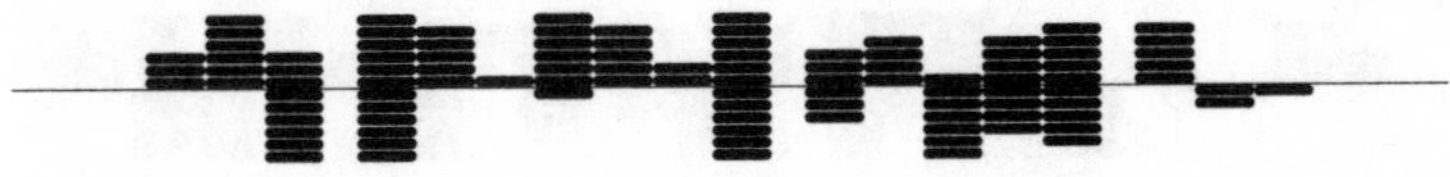

»Im Arbeitszimmer stehen mehrere Computer«, fuhr Artemis fort. »Sucht euch einfach einen aus.«

Butler stand mit leeren Händen da. »Für mich nichts, Artemis?«

Artemis wartete, bis die anderen gegangen waren. »Ich wollte Ihnen Ihre Instruktionen mündlich geben. Ich will nicht riskieren, dass Foaly sie auf dem Computer findet.«

Butler stieß einen tiefen Seufzer aus und sank auf einen Sessel neben dem Kamin. »Ich werde nicht mitkommen, nicht wahr?«

Artemis setzte sich auf die Armlehne. »Nein, alter Freund. Aber ich habe eine wichtige Aufgabe für Sie.«

»Schon gut, Artemis«, erklärte Butler. »Ich habe meine Midlifecrisis komplett übersprungen. Sie brauchen sich keine Beschäftigung für mich auszudenken, nur damit ich mich nicht überflüssig fühle.«

»Nein, Butler. Das hier ist wirklich wichtig. Es geht um die Erinnerungslöschung. Wenn mein Plan funktioniert, werden wir sie über uns ergehen lassen müssen. Und da ich keine Möglichkeit sehe, den eigentlichen Prozess zu sabotieren, muss ich dafür sorgen, dass etwas Foalys Suche entgeht. Etwas, das unsere Erinnerung an das Erdvolk wieder wachruft. Foaly hat mir mal erzählt, dass ein entsprechend starker Reiz die Erinnerungen komplett wiederherstellen kann.«

Mit schmerzverzogenem Gesicht veränderte Butler seine Sitzposition. Die Brust tat ihm noch immer weh. Was nicht weiter verwunderlich war, schließlich war er erst seit zwei Tagen wieder am Leben. »Woran denken Sie dabei?«

»Wir müssen ein paar falsche Fährten legen. Damit wird Foaly rechnen.«

»Natürlich. Eine verborgene Datei auf dem Server. Ich könnte eine E-Mail an uns selbst schicken, ohne sie abzurufen. Sobald wir dann das erste Mal die Mails checken, haben wir die ganzen Informationen wieder.«

Artemis gab seinem Diener ein zusammengefaltetes Blatt Papier. »Sicher werden sie uns mit dem *Blick* hypnotisieren und ausfragen. Damals haben wir uns mit Sonnenbrillen gegen den *Blick* geschützt. Damit werden wir diesmal nicht durchkommen. Also müssen wir etwas anderes versuchen. Hier sind die Anweisungen.«

Butler studierte das Blatt. »Machbar ist es. Ich kenne jemanden in Limerick. Der beste Mann im ganzen Land für diese Art von Spezialanfertigung.«

»Wunderbar«, sagte Artemis. »Danach müssen Sie alles, was wir über die Unterirdischen haben, auf einen Datenträger speichern. Sämtliche Dokumente, Videos und Aufzeichnungen. Alles. Und vergessen Sie mein Tagebuch nicht. Da steht die ganze Geschichte drin.«

»Und wo verstecken wir den Datenträger dann?«, fragte der ehemalige Leibwächter.

Artemis löste den Elfenanhänger von seinem Hals. »Ich würde sagen, das hier hat in etwa die gleiche Größe wie eine Laserdisk, oder was meinen Sie?«

Butler schob die durchlöcherte Goldmünze in seine Jackentasche. »Bald schon«, sagte er.

Butler bereitete ihnen eine Mahlzeit zu. Nichts Ausgefallenes, nur ein paar vegetarische Frühlingsrollen, gefolgt von Pilzrisotto und zum Nachtisch Crème Caramel. Mulch entschied sich für einen Eimer gehackte Würmer und Käfer, in Regenwasser sautiert, mit Moosvinaigrette angemacht.

»Haben alle ihre Unterlagen studiert?«, fragte Artemis, nachdem die Gruppe sich in die Bibliothek zurückgezogen hatte.

»Ja«, sagte Holly. »Aber ich habe das Gefühl, mir fehlen ein paar entscheidende Einzelheiten.«

»Niemand kennt den ganzen Plan. Nur die Teile, die ihn selbst betreffen. Ich halte das für sicherer. Haben wir die erforderliche Ausrüstung?«

Holly leerte den Inhalt ihres Rucksacks auf den Teppich. »Eine komplette ZUP-Überwachungsausrüstung samt Tarnfolie, Mikro und Minikamera und ein Erste-Hilfe-Set.«

»Außerdem haben wir noch zwei funktionstüchtige ZUP-Helme und drei Laserpistolen von der Belagerung«, fügte Butler hinzu. »Und natürlich die Würfel-Prototypen aus dem Labor.«

Artemis reichte Mulch das schnurlose Telefon. »Nun, dann können wir ja loslegen.«

Spiro Needle, Chicago

Jon Spiro saß in seinem opulenten Büro und starrte finster auf den C Cube, der auf seinem Schreibtisch lag. Die Leute, die meinten, er habe es leicht, hatten ja keine Ahnung. Je mehr Geld man hatte, desto höher war der Druck, unter dem man stand. Er beschäftigte allein in diesem Gebäude achthundert Angestellte, die sich darauf verließen, ihr Gehalt von ihm zu bekommen. Sie wollten eine jährliche Gehaltserhöhung, Zuschüsse zur Krankenversicherung, Kinderkrippen, regelmäßige Kaffeepausen, doppelte Bezahlung bei Überstunden und obendrein noch

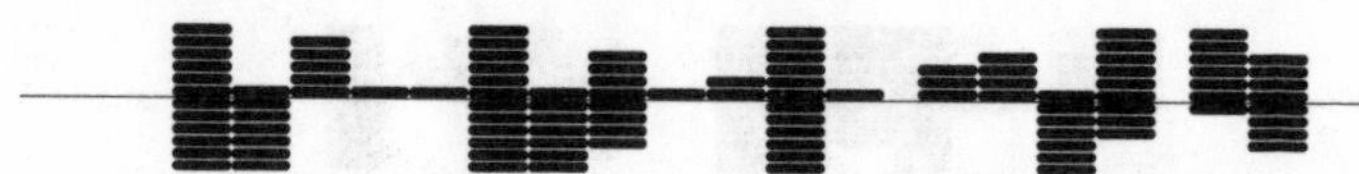

Firmenanteile. Himmel noch mal, manchmal sehnte Spiro sich nach den Zeiten zurück, als ein Angestellter, der Ärger machte, einfach aus einem der oberen Fenster geworfen wurde, und damit war Ruhe. Wenn man heutzutage jemanden aus dem Fenster warf, rief der auf dem Weg nach unten noch seinen Anwalt an.

Doch dieser Würfel konnte die Antwort auf seine Gebete sein. Ein Gottesgeschenk, der Heilige Gral. Wenn es ihm gelang, dieses komische Spielzeug zum Laufen zu bringen, gehörte der Himmel ihm. Im wahrsten Sinne des Wortes. Die Satelliten der Welt würden unter seinem Befehl stehen. Er würde die alleinige Kontrolle über Spionagesatelliten, Laseranlagen des Militär, Kommunikationsnetze und – das Wichtigste von allem – Fernsehstationen haben. Er könnte wahrhaftig die Welt regieren.

Seine Sekretärin von der Rezeption meldete sich. »Mr Blunt für Sie, Sir.«

Spiro drückte auf den Knopf der Sprechanlage. »Okay, Marlene, schicken Sie ihn rein. Und sagen Sie ihm, er soll gefälligst eine zerknirschte Miene aufsetzen.«

Blunt sah in der Tat zerknirscht aus, als er durch die Flügeltür eintrat. Schließlich war allein diese Tür einschüchternd genug. Spiro hatte sie aus dem Ballsaal der gesunkenen *Titanic* gestohlen. Ein vollkommenes Beispiel für seinen Größenwahn.

Arno Blunt war bei weitem nicht so großspurig wie in London. Aber es ist auch schwierig, arrogant zu wirken, wenn die Stirn ein einziger Bluterguss ist und man statt Zähnen nur noch geschwollenes Zahnfleisch im Mund hat.

Beim Anblick seiner eingefallenen Wangen verzog Spiro das Gesicht. »Wie viele Zähne haben Sie verloren?«

Blunt betastete vorsichtig sein Kinn. »Alle. Der Dschanardschd schagd, die Wurdscheln schind kaputt.«

»Geschieht Ihnen recht«, sagte Spiro nüchtern. »Was hätte ich tun sollen, Arno? Ich serviere Ihnen Artemis Fowl auf dem Silbertablett, und Sie versauen die Sache. Sagen Sie mir, was passiert ist. Und kommen Sie mir ja nicht mit irgendwelchen Erdbeben. Ich will die Wahrheit.«

Blunt wischte sich einen Tropfen Speichel aus dem Mundwinkel. »Ich verschde'sch schelbscht nich. Irgendwasch isch ekschplodierd. Weisch auch nich, wasch. Vielleichd scho 'ne Ard Knallgranade. Aber ich schag Ihnen wasch: Budler isch dod. Ich hab ihn insch Herdsch geschoschen. Der schdehd nich wieder auf.«

»Ach, halten Sie die Klappe!«, bellte Spiro. »Da kriegt man ja Kopfschmerzen. Je eher Sie Ihr neues Gebiss haben, desto besser.«

»Heude Nachmiddag ischd mein Dschahnfleisch gud genug verheild.«

»Ich hab doch gesagt, Sie sollen die Klappe halten!«

»'dschuldigung, Bosch.«

»Sie haben mich in eine äußerst schwierige Situation gebracht, Arno. Wegen Ihrer Unfähigkeit musste ich ein Team der Antonellis anheuern. Carla ist nicht auf den Kopf gefallen, sie könnte auf die Idee kommen, Prozente zu verlangen. Das könnte mich Milliarden kosten.«

Arno Blunt bemühte sich nach Kräften, reuevoll auszusehen.

»Und ersparen Sie mir den Dackelblick, Blunt. Das zieht bei mir nicht. Wenn der Deal den Bach runtergeht, verlieren Sie 'ne Menge mehr als nur Ihre Zähne.«

Arno Blunt beschloss, das Thema zu wechseln. »Und, ham Ihre Wischenschafdler dasch Ding dschum Laufen gebrachd?«

»Nein«, sagte Spiro und drehte an seinem goldenen ID-Armband. »Fowl hat ihn wasserdicht verschlüsselt. Mit einem Ewigkeitscode oder so was. Pearson, dieser Idiot, hat keinen Piep aus ihm herausgelockt.«

Genau in diesem Augenblick drang eine Stimme aus dem Mikrolautsprecher des C Cube.

»Mr Spiro?«, sagte die Stimme. »Hier spricht Irland. Können Sie mich verstehen, Mr Spiro?«

Jon Spiro war kein Mann, der sich leicht gruselte. Er hatte nicht einen Horrorfilm gesehen, der ihm auch nur eine Gänsehaut eingejagt hatte, aber als die Stimme da aus dem Lautsprecher vor ihm kam, hätte es ihn vor Schreck fast vom Stuhl geworfen. Die Klangqualität war unglaublich. Wenn man die Augen schloss, hätte man schwören mögen, dass der Sprecher direkt vor einem stand.

»Scholl ich drangehen?«

»Klappe halten, hab ich gesagt! Außerdem weiß ich nicht, wie man bei dem Ding antwortet.«

»Ich kann Sie hören, Mr Spiro«, sagte die Stimme. »Sie brauchen einfach nur zu reden. Alles andere läuft automatisch.«

Spiro bemerkte, dass auf dem Bildschirm des Würfels eine digitale Klanganzeige aufgetaucht war. Wenn er sprach, schlug sie aus.

»Also gut. Die Leitung funktioniert offenbar. Wer zum Teufel sind Sie? Und wie haben Sie diese Kiste in Gang gebracht?«

»Mein Name ist Mo Digence, Mr Spiro. Ich bin der Affe von Carla Frazettis Team. Ich weiß nicht, was für

eine Kiste Sie da bei sich haben, ich rufe von einem ganz normalen Telefon aus an.«

»Und woher wissen Sie die Nummer?«

»Von einem kleinen Jungen, den ich hier am Kragen gepackt halte. Ich habe ihm klar gemacht, wie wichtig es ist, dass ich mit Ihnen spreche.«

»Wie kommen Sie darauf, mich zu kontaktieren? Wer hat Ihnen meinen Namen gegeben?«

»Auch der Junge. Er hatte es ziemlich eilig, mir alles zu erzählen, nachdem er gesehen hatte, was ich mit dem Eisenmann gemacht habe.«

Spiro seufzte. Wenn der Eisenmann Schrott war, würde er den Antonellis Schadenersatz zahlen müssen. »Und, was haben Sie mit dem Eisenmann gemacht?«

»Nichts Dramatisches. Aber er wird für eine Weile keine Kinder mehr mit seiner Knarre bedrohen.«

»Wie kommen Sie dazu, Ihren eigenen Partner auszuschalten, Digence?«

Am anderen Ende herrschte kurzes Schweigen, während Mulch sich bemühte, den vermeintlichen Ablauf der Geschichte auf die Reihe zu bekommen. »Es war so, Mr Spiro. Wir hatten die Anweisung, den Jungen in die Staaten zu bringen. Aber Mokassin ist plötzlich durchgedreht und hat mit seiner Waffe rumgefuchtelt. Ich hielt das für keine gute Idee, also habe ich ihn ruhig gestellt. Mit Gewalt. Jedenfalls war der Junge so geschockt, dass er mir alles erzählt hat, was ich wissen wollte. Und deshalb unterhalte ich mich jetzt mit Ihnen.«

Spiro rieb sich die Hände. »Das haben Sie ganz richtig gemacht, Digence. Dafür kriegen Sie eine Sonderprämie. Ich kümmere mich höchstpersönlich darum.«

»Danke, Mr Spiro. Ist mir ein Vergnügen.«

»Ist der kleine Fowl da?«

»Direkt neben mir. Etwas blass um die Nase, aber ohne einen Kratzer.«

»Geben Sie ihn mir«, befahl Spiro. Seine Depression war wie weggeblasen.

»Mr Spiro? Ich bin's.« Unverkennbar Artemis' Stimme, aber ungewohnt zurückhaltend, fast zittrig.

Spiro umkrallte die Luft vor sich, als wäre es Artemis' Hals. »Jetzt sind wir nicht mehr so großspurig, was? Hab ich's dir nicht gesagt, du hast nicht genug Mumm für den Job. Im Gegensatz zu mir. Wenn ich nicht bekomme, was ich will, reicht ein Wink, und Mo wird dich ausschalten. Haben wir uns verstanden?«

»Ja. Klar und deutlich.«

»Gut«, sagte Spiro und schob sich eine dicke Havanna zwischen die Zähne. Er würde sie zu Klump zerkauen, aber nicht anzünden. »So, und jetzt raus mit der Sprache. Wie kriege ich diesen Würfel zum Laufen?«

Artemis' Stimme zitterte noch mehr als zuvor. »So einfach ist das nicht, Mr Spiro. Der C Cube ist verschlüsselt, mit einem so genannten Ewigkeitscode. Ich kann von hier aus ein paar Basisfunktionen aktivieren, das Telefon, den MP3-Player und so weiter, aber um den Code vollständig zu entfernen und alle Funktionen des Würfels freizuschalten, muss ich ihn vor mir haben. Wenn Sie den C Cube kurz vorbeibringen könnten ...«

Spiro spuckte die Zigarre aus. »Moment mal, Fowl. Für wie blöd hältst du mich eigentlich? Ich soll diese unbezahlbare Technologie zurück nach Europa bringen? Vergiss es! Du wirst diesen Code entfernen, aber hier, in der Spiro Needle!«

»Aber was ist mit meiner Ausrüstung, meinem Labor?«

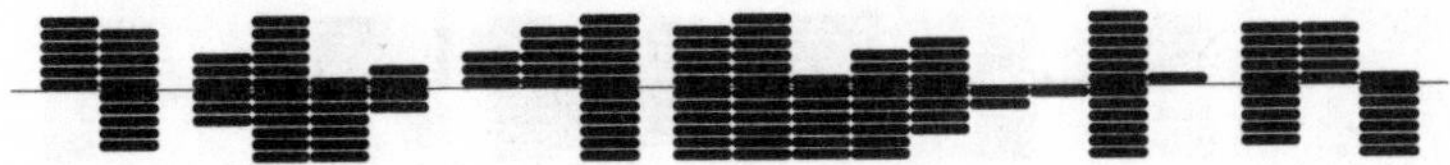

»Ich habe genug Ausrüstung. Und ein Labor. Das beste der Welt. Du machst es hier.«

»Gut. Wie Sie meinen.«

»Genau, Kleiner. Wie *ich* meine. Ich will, dass du den Lear-Jet, den du, wie ich zufällig weiß, besitzt, anwerfen lässt und einen Hüpfer rüber zum O'Hare-Flughafen machst. Ich lasse dich von dort mit einem Hubschrauber abholen.«

»Ich nehme an, ich habe keine andere Wahl?«

»Ganz recht, Fowl. Aber wenn du brav bist, lasse ich dich hinterher vielleicht gehen. Haben Sie das alles mitgekriegt, Digence?«

»Klar und deutlich, Mr Spiro.«

»Gut. Ich verlasse mich darauf, dass Sie den Jungen sicher hierher bringen.«

»Betrachten Sie die Sache als erledigt.«

Die Leitung wurde unterbrochen.

Spiro lachte leise in sich hinein. »Das muss gefeiert werden«, sagte er und drückte auf den Knopf der Sprechanlage. »Marlene, bringen Sie mir einen Kaffee, aber nicht diesen entkoffeinierten Mist, sondern einen richtigen.«

»Aber Mr Spiro, Ihre Ärzte haben doch gesagt …«

Spiro wartete, bis seiner Sekretärin klar wurde, mit wem sie sprach.

»Verzeihung, Sir. Kommt sofort, Sir.«

Spiro lehnte sich in seinem Sessel zurück und verschränkte die Arme hinter dem Kopf. »Sehen Sie, Blunt, die Sache läuft doch noch rund, trotz Ihrer Unfähigkeit. Ich habe den Jungen genau da, wo ich ihn haben will.«

»Ja, Schir. Schehr geschickd eingefädeld, Schir.«

Spiro lachte. »Schnauze, Sie Clown. Sie klingen wie eine Comicfigur.«

»Ja. Schehr amüschand, Schir.«

Spiro leckte sich voller Vorfreude auf seinen Kaffee die Lippen. »Für ein angebliches Genie ist der Kleine ganz schön naiv. Ihn gehen lassen! Darauf ist er glatt reingefallen, mit Pauken und Trompeten.«

Blunt versuchte zu grinsen. Kein schöner Anblick. »Ja, Mischder Schpiro, mid Pauken und Drompeden.«

Fowl Manor

Artemis legte auf, das Gesicht gerötet vor Jagdfieber. »Was meint ihr?«, fragte er.

»Ich glaube, er ist drauf reingefallen«, sagte Butler.

»Mit Pauken und Trompeten«, ergänzte Mulch. »Du hast einen Jet? Ich hoffe doch, mit Küche?«

Butler fuhr sie im Bentley zum Flughafen. Seine letzte Aufgabe bei dieser Operation. Holly und Mulch verbargen sich auf dem Rücksitz, froh über das getönte Glas.

Die Geschwister Butler saßen vorne, in identische schwarze Armani-Anzüge gehüllt. Juliet hatte ihren mit einer pinkfarbenen Krawatte und Glitzer-Make-up aufgepeppt. Die Ähnlichkeit war trotzdem nicht zu übersehen: dieselbe schmale Nase, dieselben vollen Lippen und dieselben, stets wachsamen Augen, die wie Roulettekugeln im Rad umhersprangen.

»Auf dieser Reise kommst du mit einer normalen Schusswaffe nicht weit«, sagte Butler. »Nimm lieber einen ZUP-Blaster. Die müssen nicht nachgeladen werden, schießen immer exakt und sind nicht tödlich. Ich habe Holly ein paar aus meiner Sammlung mitgegeben.«

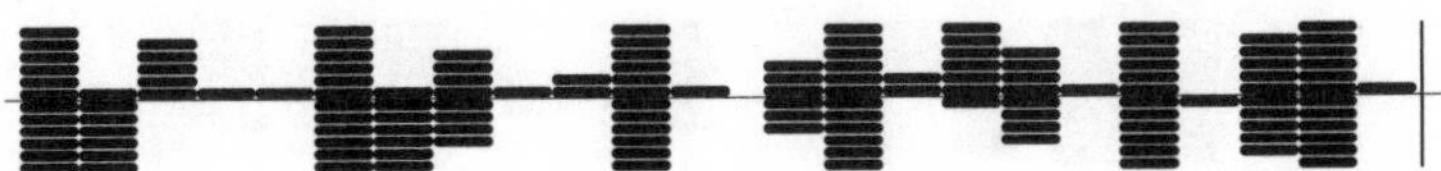

»Geht in Ordnung, Dom.«

Butler nahm die Ausfahrt zum Flughafen. »Dom – so hat mich schon ewig niemand mehr genannt. Als Leibwächter ist man rund um die Uhr im Dienst. Man vergisst, dass man ein eigenes Leben hat. Bist du sicher, dass du das willst, Juliet?«

Juliet flocht ihr Haar zu einem festen Zopf, den sie probeweise mit einem dekorativen Jadering zusammenfasste. Dekorativ und gefährlich. »Wo bekäme ich denn sonst die Chance, jemandem außerhalb eines Rings einen Bodyslam zu verpassen? Leibwächterin ist im Moment genau das Richtige für mich.«

Butler senkte die Stimme. »Natürlich verstößt es absolut gegen die Regeln, dass Artemis dein Prinzipal ist. Er kennt deinen Vornamen, und außerdem habe ich den Eindruck, er mag dich ganz gern.«

Juliet rammte den Jadering in ihre Handfläche. »Es ist ja nur vorübergehend. Bis jetzt bin ich noch keine Leibwächterin. Madame Ko gefällt mein Stil nicht.«

»Das überrascht mich nicht«, sagte Butler und wies auf den Jadering. »Wo hast du den denn her?«

Juliet lächelte. »Meine eigene Erfindung. Eine hübsche kleine Überraschung für jeden, der Frauen unterschätzt.«

Butler fuhr den Abflugbereich an. »Hör zu, Juliet«, sagte er und ergriff die Hand seiner Schwester. »Spiro ist gefährlich. Du siehst ja, was mit mir passiert ist, und ich war, bei aller Bescheidenheit, der Beste. Wenn dieser Einsatz nicht so überaus wichtig für die gesamte Menschheit und das Erdvolk wäre, würde ich dich gar nicht gehen lassen.«

Juliet strich ihrem Bruder über die Wange. »Ich werde bestimmt vorsichtig sein.«

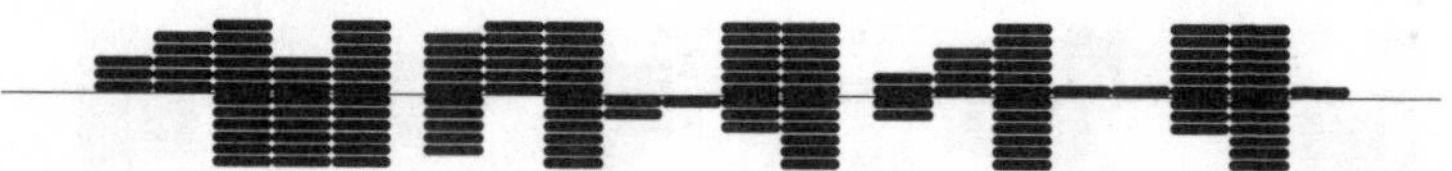

Sie stiegen aus. Holly schwebte im Schutz des Sichtschilds anderthalb Meter über dem Gewimmel von Geschäftsreisenden und Urlaubern. Mulch hatte eine neue Schicht Sunblocker aufgetragen, und der Gestank stieß jeden in der Umgebung ab, dem er in die Nase stieg.

Butler berührte Artemis an der Schulter. »Wird alles gut gehen?«

Artemis zuckte die Achseln. »Ich weiß es wirklich nicht. Ohne Sie an meiner Seite kommt es mir vor, als würde mir ein Arm oder ein Bein fehlen.«

»Juliet wird auf Sie aufpassen. Sie hat einen ungewöhnlichen Stil, aber sie ist eine Butler.«

»Diese eine Operation noch, alter Freund. Dann werde ich keinen Leibwächter mehr brauchen.«

»Zu schade, dass Holly diesen Spiro nicht einfach über den Würfel mit dem *Blick* hypnotisieren konnte.«

Artemis schüttelte den Kopf. »Das hätte nicht funktioniert, selbst wenn es uns gelungen wäre, die Verbindung aufzubauen. Bei einem so starken Charakter wie Spiro braucht eine Elfe Augenkontakt, um den *Blick* erfolgreich anzuwenden. Und bei dem Kerl will ich kein Risiko eingehen. Er muss ausgeschaltet werden. Er könnte noch Schaden anrichten, selbst wenn die Unterirdischen ihn umsiedeln würden.«

»Und was ist mit Ihrem Plan?«, fragte Butler. »Nach allem, was Sie mir erzählt haben, ist er ziemlich kompliziert. Sind Sie sicher, dass er funktioniert?«

Artemis zwinkerte ihm unbeschwert zu, eine höchst ungewöhnliche Geste. »Ja, bin ich«, sagte er. »Vertrauen Sie mir. Ich bin ein Genie.«

Juliet steuerte den Lear-Jet über den Atlantik. Holly saß auf dem Sitz des Kopiloten und bestaunte das Cockpit.

»Netter Vogel«, sagte sie.

»Ja, nicht übel«, erwiderte Juliet und schaltete auf Autopilot. »Aber wahrscheinlich ein Witz im Vergleich zu euren Shuttles, oder?«

»Die ZUP hält nichts von Komfort«, sagte Holly. »In einem Dienstshuttle ist nicht mal genug Platz für einen Gnomenhintern.«

»Braucht man den denn?«

»Nein, eigentlich nicht.« Holly musterte Juliet eingehend. »Du bist ganz schön erwachsen geworden in den anderthalb Jahren. Als ich dich das letzte Mal gesehen habe, warst du noch ein kleines Mädchen.«

Juliet lächelte. »In anderthalb Jahren kann viel passieren. Ich habe die meiste Zeit damit verbracht, mit großen, behaarten Männern zu ringen.«

»Du solltest dir mal einen unterirdischen Ringkampf ansehen. Zwei muskelbepackte Gnomen, die in einer Schwerelosigkeitskammer übereinander herfallen. Nicht gerade ein schöner Anblick. Ich schicke dir mal eine DVD.«

»Nein, das wirst du nicht.«

Holly fiel die Erinnerungslöschung wieder ein. »Stimmt«, sagte sie. »Das werde ich nicht.«

Im Passagierbereich des Lear-Jet ließ Mulch die glorreichen alten Zeiten auferstehen.

»He, Artemis«, sagte er, den Mund voller Kaviar. »Weißt du noch, wie ich Butler beinahe mit einer Gasattacke den Kopf abgerissen hätte?«

Artemis lächelte nicht. »Und ob ich mich erinnere,

Mulch. Sie waren der Sand im ansonsten wunderbar geschmierten Getriebe.«

»Um ehrlich zu sein, war es ein Unfall. Ich war einfach nervös. Ich hatte nicht mal bemerkt, dass der Große da war.«

»Wie tröstlich. In Stücke gerissen von einem Verdauungsproblem.«

»Und erinnerst du dich noch, wie ich dir in den Koboi-Laboratorien das Leben gerettet habe? Wenn ich nicht gewesen wäre, säßest du jetzt in Howler's Peak hinter Gittern. Was würdest du bloß ohne mich tun?«

Artemis schlürfte Mineralwasser aus einem Kristallglas. »Wahrscheinlich ein friedliches Leben führen, aber ich gebe die Hoffnung nicht auf.«

Holly kam zu ihnen nach hinten. »Wir sollten uns jetzt besser um deine Ausrüstung kümmern. Wir landen in einer halben Stunde.«

»Gute Idee.«

Holly leerte ihre Tasche auf dem Tisch in der Mitte.

»Okay, was brauchen wir? Das Halsmikro und die Iriskamera.«

Sie nahm etwas aus dem Stapel, das wie ein rundes Pflaster aussah, löste die Klebefolie und drückte Artemis das Ding auf den Hals. Es nahm sofort seine Hautfarbe an.

»Chamäleonlatex«, erklärte Holly. »Nahezu unsichtbar. Vielleicht würde eine Ameise es bemerken, die über deinen Hals krabbelt, aber sonst ... Außerdem ist das Material röntgensicher, so dass das Mikro auf keinem Bildschirm zu sehen sein wird. Es nimmt alles auf, was in einem Umkreis von zwanzig Metern gesprochen wird, und ich speichere die Daten auf dem Chip in meinem Helm. Ein Ohrlautsprecher ist leider zu riskant, weil man

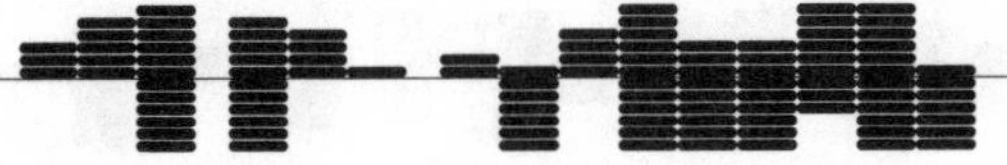

den bemerken könnte. Also werden wir dich dich hören, aber du uns nicht.«

Artemis schluckte. Er spürte, wie das Mikro sich über seinem Adamsapfel bewegte. »Und die Kamera?«

»Kommt sofort.«

Holly entnahm einem mit Flüssigkeit gefüllten Behälter eine Kontaktlinse. »Das Ding ist ein regelrechtes Wunder. Hohe Auflösung, digitale Qualität, Speichermöglichkeit und mehrere Filter, unter anderem Vergrößerung und Thermobild.«

Mulch saugte geräuschvoll an einem Hühnerknochen. »Sie klingen schon wie Foaly.«

Artemis betrachtete die Linse mit gerunzelter Stirn. »Mag sein, dass es ein technisches Wunder ist, aber die Kontaktlinse ist braun.«

»Natürlich ist sie braun. Ich habe braune Augen.«

»Freut mich für Sie, Holly, aber meine sind blau, wie Sie wissen. Ich kann diese Iriskamera nicht tragen.«

»Sieh mich nicht so an, Menschenjunge. Du bist hier das Genie.«

»Ich kann da nicht mit einem blauen und einem braunen Auge auftauchen. Spiro wird es merken.«

»Tja, da hättest du bei deiner Meditation dran denken müssen. Jetzt ist es zu spät.«

Artemis massierte sich die Nasenwurzel. »Sie haben natürlich Recht. Ich bin der Kopf des Ganzen. Das Denken ist meine Aufgabe, nicht Ihre.«

Holly warf ihm einen misstrauischen Blick zu. »War das etwa eine Beleidigung, Fowl?«

Mulch spuckte den Hühnerknochen in den nächsten Papierkorb. »Also, ich muss schon sagen, Arty, ein solcher Aussetzer gleich am Anfang der Operation flößt mir

nicht gerade Vertrauen ein. Ich hoffe, du bist wirklich so clever, wie du immer behauptest.«

»Ich behaupte nie, so clever zu sein, wie ich wirklich bin. Das würde den Leuten bloß Angst einjagen. Also gut, dann müssen wir es eben mit der braunen Iriskamera versuchen. Mit etwas Glück fällt es Spiro vielleicht nicht auf. Und falls doch, kann ich mir immer noch eine Ausrede einfallen lassen.«

Holly legte die Kamera auf ihre Fingerspitze und schob Artemis die Linse unter das Lid. »Die Entscheidung liegt bei dir, Artemis«, sagte sie. »Ich hoffe bloß, du hast in Jon Spiro nicht deinen Meister gefunden.«

O'Hare-Flughafen, Chicago, 23.00 Uhr

Spiro erwartete sie vor seinem Privathangar auf dem Flughafen. Er trug einen Mantel mit Pelzkragen über einem seiner typischen weißen Anzüge. Halogenscheinwerfer tauchten den Asphalt in grelles Licht, und die Luftwirbel von den Rotoren des Hubschraubers zerrten an seinen Mantelaufschlägen. Es war wie im Kino.

Fehlt nur noch die Hintergrundmusik, dachte Artemis, als er die automatisch ausgefahrene Treppe hinunterstieg.

Wie abgesprochen schlüpfte Mulch in die Rolle des Gangsters. »Mach voran, Kleiner«, bellte er ziemlich überzeugend. »Wir wollen Mr Spiro doch nicht warten lassen.«

Artemis wollte ihm gerade eine passende Antwort geben, als ihm einfiel, dass er ja den angsterfüllten Jungen spielen musste. Das würde nicht einfach werden. Unterwürfig zu sein gehörte normalerweise nicht zu seinem Repertoire.

»Ich hab gesagt, du sollst voranmachen!«, wiederholte der Zwerg und verlieh seinen Worten mit einem kräftigen Schubs Nachdruck.

Artemis stolperte die letzten Stufen hinunter und wäre fast gegen Arno Blunt geprallt, der ihn mit einem Grinsen empfing. Es war kein gewöhnliches Grinsen. Blunt hatte einen Satz nagelneuer, maßgefertigter Zähne bekommen, die scharf zugespitzt worden waren. Nun sah der Leibwächter aus wie eine Kreuzung aus Mensch und Hai.

Blunt bemerkte, wie Artemis ihn anstarrte. »Gefallen sie dir? Ich hab noch mehr Gebisse. Eins mit ganz platten Zähnen, zum Zermalmen.«

Artemis wollte gerade die Lippen zu einem verächtlichen Lächeln verziehen, als ihm seine Rolle wieder einfiel, und so ließ er sie stattdessen ängstlich beben. Als Vorbild nahm er dafür den Gesichtsausdruck, den Butlers Anblick bei den meisten Menschen auslöste.

Doch Spiro ließ sich davon nicht beeindrucken. »Netter Versuch, Kleiner. Aber nimm's mir nicht übel, wenn ich dir nicht abkaufe, dass der große Artemis Fowl sich so leicht einschüchtern lässt. Arno, überprüfen Sie das Flugzeug.«

Mit einem kurzen Nicken verschwand Blunt in der Tür des Privatjets. Juliet war in die Uniform einer Stewardess geschlüpft und zog die Schutzbezüge der Sitze glatt. Trotz ihrer Sportlichkeit hatte sie einige Probleme, auf den hohen Absätzen nicht das Gleichgewicht zu verlieren.

»Wo ist der Pilot?«, knurrte Blunt.

»Master Artemis fliegt den Jet selbst«, antwortete Juliet. »Er sitzt, seit er elf ist, am Steuer.«

»Echt? Ist das legal?«

Juliet setzte ihre beste Unschuldsmiene auf. »Davon verstehe ich nichts, Mister. Ich serviere nur die Drinks.«

Blunt grunzte, charmant wie eh und je, und sah sich kurz im Innern des Fliegers um. Schließlich beschloss er, der Stewardess zu glauben. Das war sein Glück, denn hätte er sich mit ihr angelegt, wären zwei Dinge passiert. Erstens hätte Juliet ihm mit ihrem Jadering eins übergezogen, und zweitens hätte Holly, die sich mit aktiviertem Sichtschild in einem der Gepäckfächer versteckt hielt, ihn mit ihrer Neutrino 2000 schlafen geschickt. Natürlich hätte Holly den Leibwächter auch einfach mit dem *Blick* hypnotisieren können, aber nach dem, was er Butler angetan hatte, erschien ihr eine Neutrino-Ladung angemessener.

Blunt steckte den Kopf zur Tür hinaus. »Da ist niemand, außer so 'ner dummen Stewardess.«

Spiro wirkte nicht überrascht. »Das hatte ich auch nicht erwartet. Aber er hat hier irgendwo seine Leute! Ob Sie's glauben oder nicht, Digence, Artemis Fowl lässt sich von einem Typen wie Ihnen nicht einschüchtern. Er ist hier, weil er hier sein will.«

Diese Schlussfolgerung erstaunte Artemis nicht. Spiros Misstrauen war nur normal. Trotzdem sagte er: »Ich weiß nicht, was Sie meinen. Ich bin hier, weil dieser grässliche kleine Mann mir damit gedroht hat, mir den Kopf abzubeißen. Warum sollte ich sonst herkommen? Der C Cube ist für Sie vollkommen nutzlos, und ich könnte ohne Probleme einen neuen bauen.«

Spiro hörte gar nicht zu. »Ja, ja, wie du meinst, Kleiner. Aber ich sag dir eins: Was immer du vorhast, es ist ein paar Nummern zu groß für dich. Die Spiro Needle hat das beste Sicherheitssystem der Welt. Wir haben Zeug da drin, über das selbst das Militär nicht verfügt.

Sobald sich die Türen hinter dir schließen, bist du ganz allein. Niemand wird kommen und dich retten. Niemand, verstanden?«

Artemis nickte. Er hatte verstanden, was Spiro gesagt hatte. Was allerdings nicht bedeutete, dass er ihm zustimmte. Jon Spiro mochte *Zeug* haben, über das nicht einmal das Militär verfügte, aber Artemis Fowl hatte *Zeug*, das die Menschheit noch nie gesehen hatte.

Ein luxuriös ausgebauter Sikorsky-Hubschrauber flog sie im Handumdrehen zur Spiro Needle im Stadtzentrum. Sie landeten auf dem Dach des Wolkenkratzers. Artemis war mit der Führung eines Hubschraubers vertraut und erkannte, wie schwierig es sein musste, bei den herrschenden Böen in der »Stadt des Windes« auf dem Hochhaus zu landen.

»Der Wind muss in dieser Höhe ganz schön tückisch sein«, sagte er beiläufig, damit Holly die Information in ihrem Helmchip speichern konnte.

»Das können Sie laut sagen«, rief der Pilot über den Lärm der Rotoren hinweg. »An der Spitze der Needle liegt er manchmal bei über neunzig Stundenkilometern. Bei rauen Wetterbedingungen kann der Landeplatz bis zu zehn Meter schwingen.«

Spiro stöhnte und nickte Blunt zu.

Arno Blunt beugte sich vor und schlug dem Piloten mit der Faust auf den Helm. »Schnauze, Sie Trottel!«, bellte Spiro. »Warum geben Sie ihm nicht gleich den Grundriss des Gebäudes?« Er wandte sich zu Artemis um. »Und nur für den Fall, dass es dich interessiert, Arty, es gibt keine Grundrisse davon. Jeder, der bei der Stadtverwaltung nachsieht, wird feststellen, dass sie auf geheimnis-

volle Weise verschwunden sind. Der einzige existierende Satz liegt bei mir, also sag deinen Kumpels, dass sie gar nicht erst im Internet zu suchen brauchen.«

Das war für Artemis nichts Neues. Er hatte bereits selbst danach geforscht, obwohl er nicht angenommen hatte, dass Spiro so unvorsichtig war.

Sie kletterten aus dem Sikorsky. Artemis achtete sorgfältig darauf, die Iriskamera auf alle Sicherheitsvorkehrungen zu halten, die von Bedeutung für Holly sein konnten. Butler hatte ihm oft gesagt, dass selbst ein scheinbar unbedeutendes Detail, wie zum Beispiel die Anzahl der Stufen einer Treppe, bei der Planung einer Operation äußerst wichtig sein konnte.

Ein Aufzug brachte sie vom Landeplatz hinunter zu einer Tür, die durch einen Zahlencode gesichert war. Bereits auf dem Dach waren überall Überwachungskameras installiert. Spiro trat vor das Tastenfeld. Artemis spürte ein heftiges Stechen im Auge, und plötzlich zoomte die Kamera alles heran und zeigte es vielfach vergrößert. Trotz des Abstands und der Schatten konnte er die Zahlenfolge gut erkennen.

»Ich hoffe, ihr habt das«, murmelte er in das Mikro, das an seinem Hals vibrierte.

Blunt beugte sich zu ihm hinunter, so dass sein außergewöhnliches Gebiss wenige Zentimeter vor Artemis' Nase schwebte. »Redest du mit jemandem?«

»Ich? Mit wem sollte ich denn reden? Wir sind hier im sechsundachtzigsten Stock, falls Ihnen das noch nicht aufgefallen sein sollte.«

Blunt packte den Teenager am Kragen und hob ihn in die Höhe. »Vielleicht hast du ja ein Mikro. Vielleicht belauscht uns jemand.«

»Woher sollte ich wohl ein Mikro haben, Sie Schwachkopf? Ihr kleinwüchsiger Schläger hat mich während der gesamten Reise nicht aus den Augen gelassen. Er ist sogar mit aufs Klo gekommen.«

Spiro räusperte sich mit Nachdruck. »He, Mister Kraftpaket, wenn der Junge über den Rand segelt, können Sie gleich hinterherspringen. Der Kleine ist für mich wertvoller als eine ganze Armee von Leibwächtern.«

Blunt ließ Artemis wieder herunter. »Du wirst nicht immer so wertvoll sein, Fowl«, flüsterte er drohend. »Und wenn deine Aktien fallen, werde ich da sein.«

Sie fuhren mit einem verspiegelten Aufzug in den fünfundachtzigsten Stock, wo Dr. Pearson sie in Gesellschaft von zwei weiteren bulligen Gestalten erwartete. Artemis sah ihnen an den Augen an, dass die beiden nicht gerade Gehirnchirurgen waren. Genau genommen sahen sie aus wie aufrecht gehende Rottweiler. Wahrscheinlich konnte es praktisch sein, die beiden dabei zu haben, wenn man etwas zertrümmern wollte, ohne lästige Fragen beantworten zu müssen.

Spiro rief einen von ihnen zu sich. »Biz, wissen Sie, was die Antonellis verlangen, wenn man einen ihrer Leute verliert?«

Biz musste einen Moment überlegen. Seine Lippen bewegten sich, während er nachdachte. »Ja, warten Sie, ich hab's. Zwanzigtausend für einen Eisenmann und fünfzehn für einen Affen.«

»Wenn sie tot sind, ja?«

»Tot oder geschlechts ... äh, gefechtsunfähig.«

»Okay«, sagte Spiro. »Ich will, dass Sie und Chips zu Carla Frazetti gehen und ihr sagen, dass ich ihr fünfund-

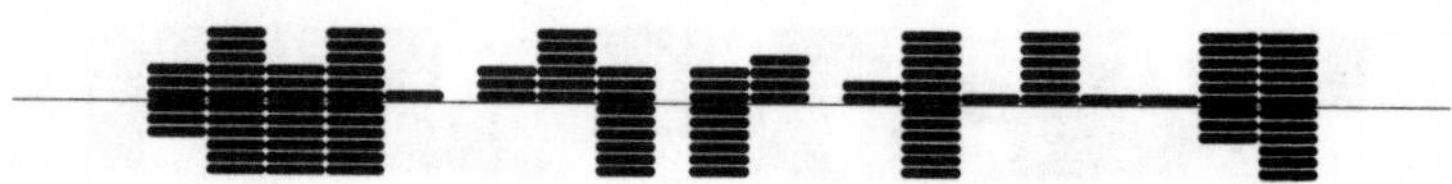

dreißigtausend für ihr Team schulde. Ich überweise das Geld morgen früh auf ihr Konto auf den Caimaninseln.«

Mulch war verständlicherweise neugierig und ziemlich beunruhigt. »Wie bitte? Fünfunddreißigtausend? Aber ich lebe doch noch. Sie schulden ihr nur zwanzigtausend für Mokassin, oder sind die fünfzehn die versprochene Sonderprämie?«

Spiro seufzte mit beinahe überzeugendem Bedauern. »So läuft es nun mal, Mo«, sagte er und versetzte Mulch einen spielerischen Klaps auf die Schulter. »Hier geht es um einen Riesendeal. Eine ganz große Nummer. Gigantisch. Da kann ich mir keine losen Enden leisten. Vielleicht wissen Sie etwas, vielleicht auch nicht. Ich werde nicht das Risiko eingehen, dass Sie zu Phonetix oder einem anderen Konkurrenten gehen und plaudern. Ich bin sicher, Sie verstehen das.«

Mulch zog die Lippen zurück und entblößte eine Reihe von Grabsteinzähnen. »Ich verstehe sehr gut, Spiro. Sie sind eine hinterhältige Schlange. Dabei hat der Junge mir zwei Millionen Dollar angeboten, falls ich ihn laufen lasse.«

»Du hättest das Geld nehmen sollen«, sagte Arno Blunt und schleuderte Mulch in Biz' gewaltige Arme.

Der Zwerg schimpfte weiter, während er davongezerrt wurde. »Wenn Sie mich los sein wollen, müssen Sie mich tief vergraben. Verdammt tief!«

Spiros Augen verengten sich zu funkelnden Schlitzen. »Ihr habt gehört, was er gesagt hat, Jungs. Vergrabt ihn tief, bevor ihr zu Miss Frazetti geht.«

Dr. Pearson führte die Gruppe zum Tresorraum. Sie mussten einen kleinen Vorraum durchqueren, bevor sie in die eigentliche Sicherheitszone gelangten.

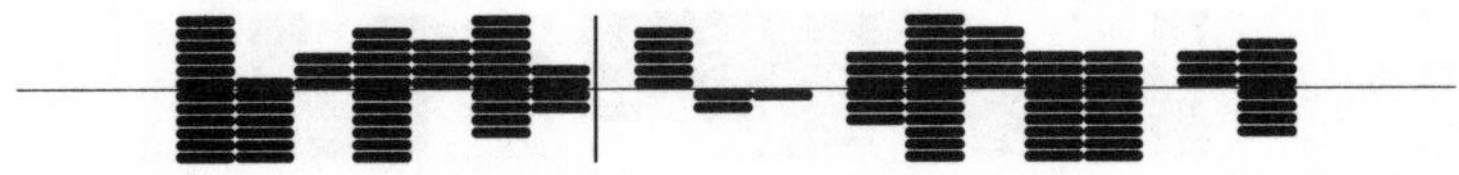

»Bitte stellen Sie sich auf die Scannermatte«, sagte Pearson. »Wir wollen nicht, dass hier Ungeziefer eindringt. Vor allem keins von der elektronischen Sorte.«

Artemis trat auf die Matte. Sie gab nach wie ein Schwamm und spritzte Schaum auf seine Schuhe.

»Antibakterieller Schaum«, erklärte Pearson. »Tötet jeden Virus ab, den Sie möglicherweise aufgeschnappt haben. Wir führen im Tresorraum momentan einige biotechnische Experimente durch, die sehr anfällig sind. Außerdem hat der Schaum den Vorzug, dass er eventuelle Überwachungsgeräte in Ihren Schuhen kurzschließt.«

Von oben tauchte ein mobiler Scanner Artemis in violettes Licht.

»Eine meiner Erfindungen«, sagte Pearson. »Ein Kombiscanner. Er arbeitet mit Thermo-, Röntgen- und Metalldetektorstrahlen. Im Prinzip unterteilt der Scanner Ihren Körper in seine Elemente und bildet sie auf diesem Monitor ab.«

Auf einem kleinen Plasmabildschirm neben Artemis tauchte eine 3D-Version von ihm auf. Er hielt den Atem an und betete, dass Foalys Ausrüstung wirklich so gut war, wie der Zentaur behauptete. Auf dem Bildschirm blinkte ein rotes Licht an Artemis' Revers.

»Aha«, sagte Dr. Pearson und riss einen der Knöpfe ab. »Was haben wir denn hier?« Er brach den Knopf auf. Darunter kamen ein winziger Chip, ein Mikro und eine Batterie zum Vorschein.

»Sehr clever. Eine Miniwanze. Unser junger Freund hatte vor, uns auszuhorchen, Mr Spiro.«

Jon Spiro wurde nicht wütend, im Gegenteil, er schien zufrieden über die Gelegenheit, seine Schadenfreude zeigen zu können. »Siehst du, Kleiner, du bist vielleicht eine

Art Genie, aber Überwachung und Spionage sind mein Gebiet. An mir kannst du nichts vorbeischmuggeln. Und je eher du das akzeptierst, desto schneller können wir die Angelegenheit hinter uns bringen.«

Artemis trat von der Matte herunter. Der Lockvogel hatte funktioniert, und die echten Wanzen waren unbemerkt geblieben. Pearson war nicht dumm, aber Foaly war klüger.

Artemis blickte sich ausgiebig im Vorraum um. Der Scanner war nicht alles. Jeder Quadratzentimeter der Metalloberfläche verbarg eine Sicherheits- oder Überwachungsvorrichtung. Nach allem, was Artemis sehen konnte, würde es nicht einmal einer Ameise gelingen, sich hier unbemerkt hereinzuschleichen. Ganz zu schweigen von zwei Menschen, einer Elfe und einem Zwerg. Vorausgesetzt, der Zwerg überlebte Biz und Chips.

Selbst die Tür zum eigentlichen Tresorraum war beeindruckend. Die meisten Tresortüren von Firmen *sahen* beeindruckend *aus* – jede Menge Chrom und Tastenfelder, die aber nur dazu dienten, Aktienbesitzer in Sicherheit zu wiegen. In Spiros Tresortür war jedoch nicht eine einzige Zuhaltung am falschen Platz. Sie bestand aus Titan und war mit dem allerneuesten Computerschloss ausgestattet, wie Artemis bemerkte.

Spiro gab erneut eine komplizierte Zahlenreihe ein. Die meterdicken Türflügel glitten zur Seite und eröffneten den Blick auf ein weiteres Hindernis. Die zweite Tür.

»Stell dir vor, du wärst ein Dieb«, sagte Spiro wie ein Schauspieler, der in die Handlung eines Theaterstücks einführte. »Irgendwie ist es dir gelungen, trotz der Kameras und der verschlossenen Türen ins Gebäude hineinzukommen. Irgendwie hast du es auch geschafft, die Scan-

nermatte zu überlisten und die erste Tür zum Tresorraum zu öffnen – was, nebenbei bemerkt, unmöglich ist. Und nehmen wir mal an, es würde dir gelingen, auch noch das halbe Dutzend Überwachungskameras auszuschalten. Selbst wenn du das alles fertig gebracht hättest, wärst du auch in der Lage, das hier zu tun?«

Spiro stellte sich auf eine rote Metallplatte, die vor der Tür in den Boden eingelassen war. Er drückte den rechten Daumen auf ein Abtastgerät, hielt sein linkes Augenlid offen und sagte klar und deutlich: »Jon Spiro. Ich bin der Boss, also öffne dich schnell.«

Vier Dinge geschahen. Ein Netzhautscanner filmte sein linkes Auge und schickte das Bild an den Computer. Eine Druckplatte tastete seinen Daumen ab, und ein Stimmerkennungsprogramm verglich Spiros Akzent, Tonlage und Stimmmelodie. Nachdem der Computer alle Informationen überprüft hatte, schaltete sich die Alarmanlage aus, und die zweite Tür gab den Weg in den geräumigen Tresorraum frei.

Genau in der Mitte thronte auf einer maßgefertigten Stahlsäule der C Cube. Er war von einem Kasten aus Plexiglas umschlossen und wurde von mindestens sechs Kameras aus den verschiedenen Winkeln überwacht. Zwei massige Wächter standen wie ein menschlicher Schutzwall Rücken an Rücken zwischen ihnen und dem Würfel.

Spiro konnte sich eine kleine Stichelei nicht verkneifen. »Im Gegensatz zu dir passe ich gut auf meine Schätze auf. Dieser Tresorraum ist der Einzige seiner Art auf der ganzen Welt.«

»Lebende Wachposten in einem luftdichten Raum. Interessant.«

»Diese Männer sind in großer Höhe ausgebildet worden. Außerdem wechseln wir die Wachen stündlich, und alle sind mit Sauerstoffflaschen ausgerüstet. Was dachtest du denn? Glaubst du im Ernst, ich ließe in einen Tresorraum Luftschächte einbauen?«

Artemis verzog das Gesicht. »Sie brauchen sich gar nicht so aufzuspielen, Spiro. Ich bin hier, Sie haben gewonnen. Können wir jetzt endlich zur Sache kommen?«

Spiro tippte eine letzte Zahlenkombination in das Tastenfeld an der Säule, und die Plexiglasscheiben glitten zur Seite. Er nahm den Würfel aus seinem Schaumstoffnest.

»Reichlich übertrieben, finden Sie nicht?«, bemerkte Artemis. »Das alles ist doch wohl kaum nötig.«

»Man kann nie wissen. Irgendein gerissener Geschäftsmann könnte versuchen, mir mein kostbares Spielzeug zu entwenden.«

Artemis nutzte die Gelegenheit zu einer wohl überlegten spöttischen Bemerkung. »Also wirklich, Spiro. Dachten Sie im Ernst, ich würde einen Einbruchsversuch unternehmen? Hatten Sie Angst, ich würde mit meinen Elfenfreunden hier angeflogen kommen und den Würfel wegzaubern?«

Spiro lachte. »Du kannst so viele Elfenfreunde mitbringen, wie du willst, Arty. Da müsste schon ein Wunder passieren, sonst bleibt der Würfel genau da, wo er ist.«

Juliet war durch Geburt amerikanische Staatsbürgerin, obwohl ihr Bruder am anderen Ende der Welt geboren war, und sie freute sich, wieder in ihre Heimat zu kommen. Der Lärm in den Straßen von Chicago und das un-

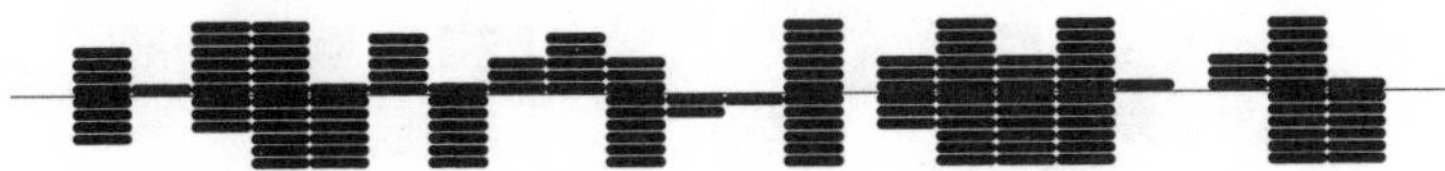

ablässige, multikulturelle Stimmengewirr gaben ihr das Gefühl, zu Hause zu sein. Sie liebte die Wolkenkratzer, die Lüftungsgitter der U-Bahn und den warmherzigen Sarkasmus der Straßenverkäufer. Sollte sie sich je irgendwo fest niederlassen wollen, sie würde in die Staaten gehen. Allerdings eher an die Westküste, dorthin, wo die Sonne schien.

Juliet und Holly umkreisten die Spiro Needle in einem als Wohnmobil ausgebauten Transporter mit getönten Scheiben. Holly saß hinten und verfolgte die Aufzeichnungen von Artemis' Iriskamera über ihr Helmvisier. An einer Stelle boxte sie triumphierend in die Luft.

Juliet hielt an einer roten Ampel. »Wie sieht's aus?«

»Nicht übel«, erwiderte die Elfe und schob ihr Visier hoch. »Sie bringen Mulch weg, um ihn zu begraben.«

»Cool. Genau wie Artemis es vorhergesagt hatte.«

»Und Spiro hat gerade alle Elfenfreunde von Artemis in das Gebäude eingeladen.«

Dies war ein ganz entscheidender Punkt. Das Buch verbot es den Unterirdischen, Gebäude der Menschen ohne Einladung zu betreten. Jetzt aber konnte Holly nach Lust und Laune dort einbrechen und sogar alles auseinander nehmen, ohne gegen die Gesetze des Erdvolks zu verstoßen.

»Wunderbar«, sagte Juliet. »Wir sind drin. Dem Kerl, der meinen Bruder erschossen hat, verpasse ich einen Bodyslam.«

»Nicht so hastig. Dieses Gebäude ist mit dem besten oberirdischen Sicherheitssystem ausgestattet, das ich je gesehen habe. Spiro hat ein paar Tricks auf Lager, die mir noch nie untergekommen sind.«

Endlich fand Juliet einen Parkplatz gegenüber der

Hauptdrehtür zur Needle. »Für den kleinen Pferdemann dürfte das kein Problem sein, oder?«

»Nein, aber Foaly darf uns nicht helfen.«

Juliet beobachtete die Tür durch ein Fernglas. »Ich weiß, nur, es kommt immer darauf an, wie man fragt. Ein kluger Kopf wie Foaly will herausgefordert werden.«

In diesem Augenblick verließen drei Gestalten das Hochhaus. Zwei kräftige Männer in Schwarz und ein kleineres, unruhig wirkendes Individuum. Mulchs Füße zappelten so durch die Luft, dass es schien, als tanze er einen irischen Jig. Obwohl er nicht die geringste Hoffnung hatte zu entkommen. Biz und Chips hielten ihn fester gepackt als zwei Dachse, die sich um einen Knochen stritten.

»Da kommt Mulch. Wir sollten ihm Deckung geben, nur für den Notfall.«

Holly schnallte sich ihre Flügel um und entfaltete sie mit einem Knopfdruck. »Ich fliege hinter ihnen her. Du behältst Artemis im Auge.«

Juliet schaltete eine Videoleitung von einem der Helme auf den Palmtop. Auf dem Bildschirm erschien Artemis' Blickfeld. »Meinst du wirklich, dass Mulch Hilfe braucht?«, fragte sie.

Holly vibrierte ins unsichtbare Spektrum. »Hilfe? Ich folge ihm nur, um sicherzugehen, dass er den beiden Oberirdischen nichts antut.«

Im Tresorraum hatte Spiro aufgehört, den großzügigen Gastgeber zu spielen. »Ich will dir eine kleine Geschichte erzählen, Arty«, sagte er und streichelte zärtlich den Würfel. »Es war einmal ein irischer Junge, der sich für unglaublich gescheit hielt und einen sehr erfolgreichen Geschäftsmann austricksen wollte.«

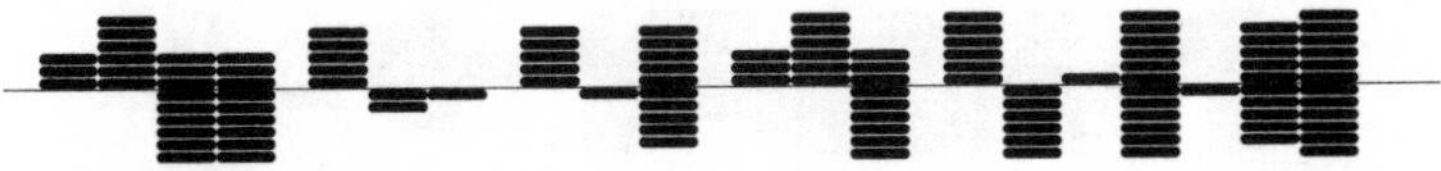

Nenn mich nicht Arty, schoss es Artemis durch den Kopf. So nennt mich mein Vater.

»Dieser Geschäftsmann wollte sich aber nicht austricksen lassen, also drehte er den Spieß um und holte den schreienden und tobenden Jungen in die Wirklichkeit zurück. Und jetzt muss der Junge eine Entscheidung treffen: Verrät er dem Geschäftsmann, was der wissen will, oder bringt er sich und seine Familie in Lebensgefahr? Nun, Arty, wie lautet deine Antwort?«

Spiro beging einen großen Fehler, als er sich über Artemis Fowl lustig machte. Erwachsenen fiel es schwer zu glauben, dass der blasse dreizehnjährige Junge ihnen tatsächlich gefährlich werden konnte. Artemis hatte alles getan, um diesen Eindruck noch zu verstärken, indem er statt seines üblichen Designer-Anzugs Freizeitkleidung angezogen hatte. Außerdem hatte er im Flugzeug geübt, unschuldig und mit aufgerissenen Augen dreinzuschauen, aber das fand er nun eher unangebracht, zumal er derzeit zwei verschiedenfarbige Augen hatte.

Blunt stupste Artemis zwischen die Schulterblätter. »Mr Spiro hat dich was gefragt.« Seine neuen Zähne klickten beim Sprechen.

»Ich bin doch hier, oder?«, entgegnete Artemis. »Sagen Sie einfach, was Sie von mir wollen.«

Spiro legte den Würfel auf einen langen Stahltisch in der Mitte des Tresorraums. »Was ich von dir will, ist, dass du deinen Ewigkeitscode deaktivierst und den Würfel zum Laufen bringst, und zwar sofort.«

Artemis wünschte, er könnte auf Kommando schwitzen, damit seine Angst echter wirkte. »Jetzt gleich? So einfach ist das nicht.«

Spiro packte Artemis an den Schultern und fixierte ihn

drohend. »Und warum ist das nicht so einfach? Tipp einfach das Passwort ein, und Schluss damit.«

Artemis wandte seine verschiedenfarbigen Augen ab und starrte zu Boden. »Das ist nicht so leicht wie mit einem Passwort. Ein Ewigkeitscode ist ja gerade so konstruiert, dass er nicht deaktiviert werden kann. Ich muss erst die komplette Programmiersprache rekonstruieren. Das kann Tage dauern.«

»Hast du dir denn keine Notizen gemacht?«

»Doch. Auf Diskette. In Irland. Ihr Affe wollte nicht, dass ich sie mitnehme, weil er Angst hatte, das Ding könnte explodieren.«

»Kommen wir übers Internet an deinen Rechner?«

»Ja. Aber ich speichere meine Notizen nur auf Diskette. Wir könnten wieder nach Irland fliegen. Achtzehn Stunden, hin und zurück.«

Davon wollte Spiro nichts wissen. »Kommt nicht in Frage. Solange du hier bist, habe ich alles unter Kontrolle. Wer weiß, was mich in Irland erwartet. Wir machen es hier. Egal, wie lange es dauert.«

Artemis seufzte. »Wie Sie meinen.«

Spiro legte den Würfel zurück in seinen Plexiglaskasten. »Schlaf dich gut aus, mein Kleiner, denn morgen wirst du dieses Schätzchen hier Schicht für Schicht auseinander nehmen wie eine Zwiebel. Wenn nicht, passiert dir das Gleiche wie Mo Digence.«

Artemis fühlte sich durch die Drohung nicht wirklich beunruhigt. Er glaubte nicht, dass Mulch in Gefahr war. Im Gegenteil, wenn hier jemand Schwierigkeiten hatte, dann waren es die beiden Gorillas Biz und Chips.

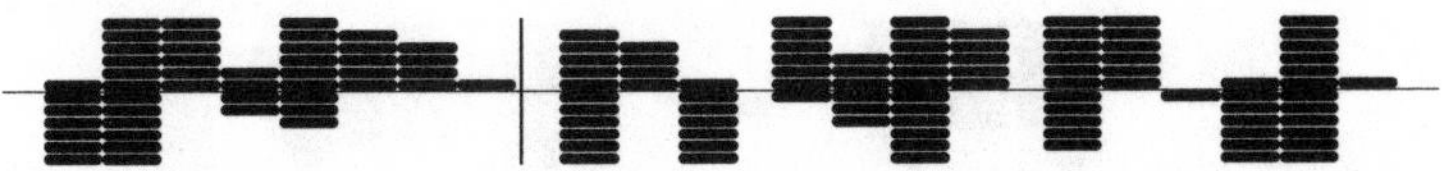

Kapitel 9
Operation Nadelöhr

Unbebautes Grundstück, Malthouse Industriegebiet, Chicago-Süd

Jon Spiro hatte Biz und Chips nicht wegen ihrer geistigen Fähigkeiten angeheuert. Bei ihrem Bewerbungsgespräch hatte man ihnen nur eine Aufgabe gestellt. Hundert Bewerber bekamen eine Walnuss in die Hand gedrückt und den Auftrag, sie auf beliebige Weise zu knacken. Nur zwei hatten es geschafft. Biz hatte die Walnuss ein paar Minuten lang angeschrien und sie dann zwischen seinen riesigen Händen ganz einfach zerquetscht. Chips hatte eine etwas kompliziertere Methode gewählt. Er hatte die Nuss auf den Tisch gelegt, den Leiter des Vorstellungsgesprächs am Pferdeschwanz gepackt und die Nuss mit dessen Stirn zertrümmert. Beide Männer waren sofort eingestellt worden. Innerhalb kürzester Zeit hatten sie sich als Arno Blunts zuverlässigste Gehilfen für den Einsatz vor Ort bewährt. Allerdings durften sie Chicago nicht verlassen, weil sie dann Karten gebraucht hätten, und Kartenlesen war nicht gerade Biz' und Chips' Stärke.

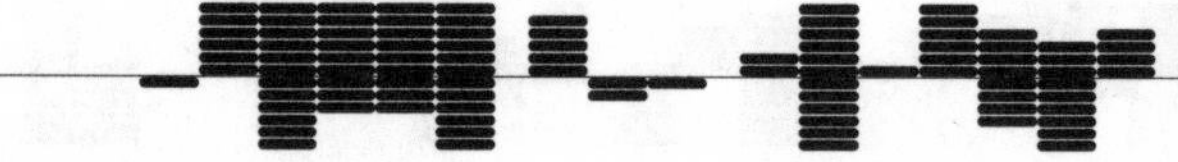

In diesem Moment tauschten Biz und Chips gerade im Licht des Vollmonds Vertraulichkeiten aus, während Mulch ein zwergengroßes Loch in den trockenen Lehm hinter einer verlassenen Zementfabrik schaufelte.

»Rate mal, warum mich alle Biz nennen«, sagte Biz und spannte als kleinen Hinweis seine Armmuskeln an.

Chips riss eine von seinen ewigen Kartoffelchipstüten auf. »Keine Ahnung. Vielleicht ist das 'ne Abkürzung für irgendwas?«

»Und wofür?«

»Keine Ahnung«, sagte Chips – wie so oft. »Francis?«

Das erschien selbst Biz dämlich. »Francis? Wie soll denn aus Francis Biz werden?«

Chips zuckte die Achseln. »Ich hatte mal 'nen Onkel, der hieß Robert, und alle haben ihn Bobby genannt. Das ist auch nicht logischer.«

Biz verdrehte die Augen. »Bizeps, du Pappnase. Biz ist die Abkürzung für Bizeps, weil ich so dicke Armmuskeln habe.«

Unten in der Grube stöhnte Mulch. Sich diesen Schwachsinn anzuhören war fast so schlimm, wie mit einem Spaten ein Loch zu graben. Die Versuchung war groß, vom Plan abzuweichen und sich kopfüber in den lockeren Boden zu wühlen. Doch Artemis wollte zu diesem Zeitpunkt keinen Einsatz unterirdischer Kräfte. Wenn Mulch sich in die Erde fraß und die beiden Gorillas ohne Hypnose durch den *Blick* davonkamen, würde sich Spiros Verfolgungswahn noch ins Unermessliche steigern.

Chips gefiel das Spiel. »Jetzt rate du, warum sie mich Chips nennen«, sagte er und versteckte die Chipstüte hinter seinem Rücken.

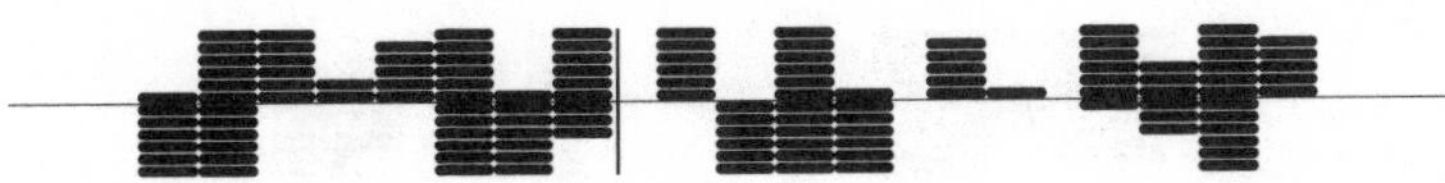

Biz bearbeitete seine Stirn. Er hatte das doch mal gewusst. »Nicht verraten«, sagte er. »Ich komme gleich drauf.«

Mulch streckte den Kopf aus der Grube. »Er heißt so, weil er dauernd Chips frisst, du Idiot. Ihr zwei seid wirklich die dämlichsten Menschenwesen, die mir je begegnet sind. Warum bringt ihr mich nicht einfach um? Dann muss ich mir wenigstens nicht länger euer Gesülze anhören.«

Biz und Chips sahen sich verdutzt an. Bei all der geistigen Arbeit hatten sie den kleinen Kerl in der Grube fast vergessen. Außerdem waren sie es nicht gewohnt, dass ihre Opfer etwas anderes von sich gaben als »oh nein, lieber Gott, bitte nicht«.

Biz beugte sich über den Rand der Grube. »Was soll das heißen, Gesülze?«

»Na ja, dieser Quatsch von wegen eurer Namen.«

Biz schüttelte den Kopf. »Nein, ich meine, was bedeutet das Wort ›Gesülze‹? Das habe ich noch nie gehört.«

Mulch erklärte es ihm mit dem größten Vergnügen. »Es bedeutet: Geschwafel, Gelaber, Gewäsch, Gequassel, Geschwätz. Ist das klar genug für dich?«

Das letzte Wort kannte Chips. »Geschwätz? He, das ist eine Beleidigung! Willst du uns etwa beleidigen, Kleiner?«

Mulch faltete in gespielter Dankbarkeit die Hände. »Endlich, sie haben's kapiert!«

Die beiden Gorillas wussten nicht, wie sie mit dieser unverhohlenen Aufmüpfigkeit umgehen sollten. Es gab nur zwei lebende Menschen, die es wagten, sie regelmäßig zu beleidigten: Arno Blunt und Jon Spiro. Doch das gehörte zum Job, man ignorierte es einfach, indem man die Musik in seinem Kopf lauter drehte.

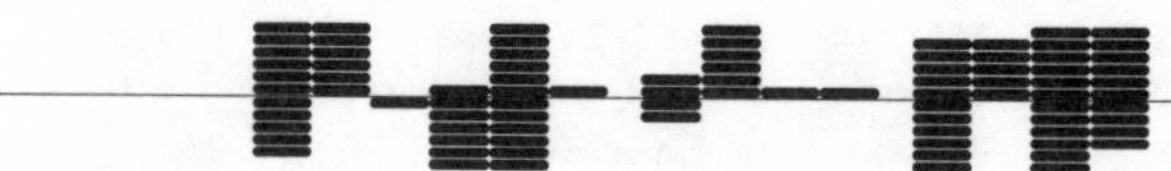

»Müssen wir uns so was bieten lassen?«, fragte Biz seinen Partner.

»Ich glaube nicht. Vielleicht sollte ich Mr Blunt anrufen.«

Mulch stöhnte. Wenn Dummheit ein Verbrechen wäre, gehörten diese beiden Kerle als Staatsfeinde Nummer eins und zwei auf die schwarze Liste. »Blödsinn! Warum bringt ihr mich nicht einfach um? Das war doch euer Auftrag, oder? Bringt mich endlich um, dann haben wir's hinter uns.«

»Was meinst du, Chips? Sollen wir ihn einfach umbringen?«

Chips zermalmte lautstark eine Hand voll Peperonichips. »Na logisch. Auftrag ist Auftrag.«

»Aber ich würde mich an eurer Stelle nicht *einfach* umbringen«, sagte Mulch.

»Nicht?«

»Auf keinen Fall. So, wie ich eure Intelligenz beleidigt habe? Nein, ich verdiene etwas Besonderes.«

Man konnte fast sehen, wie der Rauch aus Biz' Ohren stieg, so angestrengt dachte er nach. »Du hast Recht, Kleiner. Wir werden dir etwas Besonderes antun. Wir lassen uns von keinem nicht beleidigen!«

Mulch machte sich nicht die Mühe, ihn auf die doppelte Verneinung hinzuweisen. »Sehr richtig. Ich habe eine große Klappe, und das muss bestraft werden.«

Es folgte ein kurzes Schweigen, während Biz und Chips versuchten, sich etwas Schlimmeres auszudenken als das übliche Erschießen.

Mulch gab ihnen eine Minute, dann machte er höflich einen Vorschlag. »Ich an eurer Stelle würde mich bei lebendigem Leib begraben.«

Chips war entsetzt. »Dich lebendig begraben? Das ist ja schrecklich! Du würdest schreien und in der Erde wühlen. Davon kriege ich womöglich Albträume.«

»Ich verspreche, dass ich still liegen bleibe. Außerdem geschieht es mir nur recht. Schließlich habe ich euch als überentwickelte, hirnamputierte Cromagnons bezeichnet.«

»Hast du?«

»Na ja, jetzt gerade.«

Biz war der Entschlussfreudigere von beiden. »Okay, Mo Digence. Weißt du, was wir jetzt tun? Wir begraben dich bei lebendigem Leib.«

Mulch schlug die Hände vor das Gesicht. »Oh, wie furchtbar!«

»Das hast du dir selbst zuzuschreiben, Kumpel.«

»Stimmt, das habe ich.«

Biz holte einen zweiten Spaten aus dem Kofferraum. »Keiner nennt mich einen überwickelten, stirnmutierten Chromahorn.«

Mulch legte sich gehorsam in sein Grab. »Nein, vermutlich nicht.«

Biz schaufelte drauflos, dass seine bodybuildinggestählten Muskeln fast das Jackett sprengten. Innerhalb weniger Minuten war Mulch vollständig bedeckt.

Chips war nicht wohl bei der Sache. »Das war schrecklich. Grauenhaft. Der arme kleine Kerl.«

Biz jedoch verspürte keine Reue. »Ach was, er hat's doch nicht anders gewollt. Nennt uns … na ja, du weißt schon.«

»Aber lebendig begraben! Das ist wie in dem Horrorfilm. Du weißt schon, der mit dem ganzen Horror.«

»Ja, ich glaube, den kenne ich. Der, wo am Ende die Wörter über den Bildschirm laufen?«

»Ja, genau der. Ehrlich gesagt fand ich das mit den Wörtern ziemlich doof, das hat alles irgendwie kaputtgemacht.«

Biz stampfte die Erde fest. »Keine Sorge, Kumpel. Am Ende dieses Films gibt's keine Wörter.«

Sie stiegen in ihren Chevrolet, Chips noch immer etwas mitgenommen. »Weißt du, irgendwie ist es viel echter als im Film, wenn es echt ist.«

Biz ignorierte ein »Zufahrt verboten«-Schild und fuhr auf die Autobahn. »Das liegt am Geruch. Im Kino riecht man nichts.«

Chips schniefte leise. »Digence muss am Ende ganz schön fertig gewesen sein.«

»Kein Wunder.«

»Weil ich nämlich gesehen hab, wie er geweint hat. Seine Schultern zuckten, als ob er lachte. Aber er muss geweint haben. Ich meine, welcher Schwachkopf lacht, wenn er lebendig begraben wird?«

»Bestimmt hat er geweint.«

Chips öffnete eine Tüte mit Paprikasticks. »Ja, bestimmt hat er geweint.«

Mulch lachte so sehr, dass er an der ersten Portion Lehm fast erstickt wäre. Was für Witzfiguren! Andererseits konnte er froh sein, dass sie so dumm gewesen waren, sonst hätten sie womöglich ihre eigene Hinrichtungsmethode gewählt.

Mit ausgehaktem Kiefer fraß Mulch sich erst fünf Meter geradewegs nach unten, dann steuerte er nordwärts in den Schutz einiger verlassener Lagerhäuser. Seine Barthaare sendeten in alle Richtungen Schallwellen aus. In bebauten Gegenden konnte man nicht vorsichtig

genug sein. Es gab immer irgendwelche Tiere, und die Menschenwesen hatten die Angewohnheit, alles Mögliche in der Erde zu vergraben, mit dem man nicht rechnete. So hatte er schon versehentlich in Rohre, Abwassertanks und Fässer mit Industrieabfall gebissen. Und es gibt nichts Unangenehmeres, als etwas im Mund zu haben, mit dem man nicht gerechnet hat, vor allem, wenn es sich bewegt.

Es tat gut, sich mal wieder durch die Erde zu tunneln. Dafür waren Zwerge schließlich geboren. Der Lehm zwischen seinen Fingern fühlte sich angenehm feucht an, und bald fand er in seinen Langstreckenrhythmus, schaufelte sich Erde zwischen die mahlenden Zähne, atmete durch die schlitzförmigen Nasenlöcher und stieß den Abfall am anderen Ende wieder aus.

Als seine Sensorhaare ihm meldeten, dass es an der Oberfläche keinerlei Vibrationen gab, bog er nach oben ab und nutzte die letzten Reste Zwergengas dazu, sich aus seinem Tunnel herauszukatapultieren.

Holly fing ihn einen Meter über dem Boden ab. »Reizender Auftritt«, sagte sie.

»Was soll ich sagen?«, sagte Mulch mit Unschuldsmiene. »Ich bin eben eine Naturgewalt. Waren Sie die ganze Zeit da oben?«

»Ja, nur für den Fall, dass was schief laufen sollte. Sie haben ja eine ganz schöne Show abgezogen.«

Mulch klopfte sich den Lehm von der Kleidung. »Ein paar Ladungen aus Ihrer Neutrino hätten mir eine Menge Schaufelei erspart.«

Hollys Lächeln erinnerte ihn auf unheimliche Weise an Artemis. »Das war nicht Teil des *Plans*. Und wir müssen uns an den *Plan* halten, nicht wahr?«

Sie wickelte dem Zwerg eine Tarnfolie um die Schultern und hakte ihn an ihren Moonbelt.

»Schön vorsichtig, hören Sie?«, sagte Mulch nervös. »Zwerge sind Erdwesen. Wir fliegen nicht gerne, wir mögen noch nicht mal hohe Sprünge.«

Holly drehte das Gas an ihren Flügeln auf und startete durch Richtung Stadtzentrum. »Keine Sorge, ich werde genauso rücksichtsvoll mit Ihnen umgehen wie Sie mit der ZUP.«

Mulch wurde blass. Komisch, diese kleine Elfe jagte ihm wesentlich mehr Angst ein als die beiden Kolosse von der Mafia. »Holly, falls ich je etwas getan haben sollte, das Sie verärgert hat, möchte ich mich uneingeschränkt ...« Er kam nicht dazu, den Satz zu beenden, da die plötzliche Beschleunigung ihm buchstäblich die Sprache verschlug.

Spiro Needle

Arno Blunt führte Artemis zu seiner Zelle. Sie war recht komfortabel, mit eigenem Bad, Fernseher und Hifi-Anlage. Ein paar Kleinigkeiten fehlten allerdings: Fenster und Türgriffe.

Blunt tätschelte Artemis den Kopf. »Ich weiß nicht, was in dem Restaurant in London passiert ist, aber wenn du so was noch mal versuchst, nehme ich dich auseinander und verspeise deine Innereien.« Zur Verdeutlichung knirschte er mit seinen spitzen Zähnen. Dann beugte er sich tiefer und flüsterte dem Jungen ins Ohr, dass Artemis bei jedem Wort die Zähne klicken hörte. »Mir ist egal, was der Boss sagt. Er wird dich nicht ewig brauchen, also wäre ich an deiner Stelle sehr nett zu mir.«

»Wenn Sie an meiner Stelle wären«, erwiderte Artemis, »wäre ich Sie, und dann würde ich mich an Ihrer Stelle irgendwo ganz weit weg verstecken.«

»Was du nicht sagst. Und warum würdest du das tun?«

Artemis wartete einen Moment, um seinen Worten mehr Wirkung zu verleihen. »Weil Butler hinter Ihnen her ist. Und er ist sehr wütend.«

Blunt wich ein paar Schritte zurück. »Erzähl mir nichts, Kleiner. Ich habe gesehen, wie er zu Boden ging. Ich habe das Blut gesehen.«

Artemis grinste. »Ich habe ja nicht gesagt, dass er noch am Leben ist. Ich habe nur gesagt, er ist hinter Ihnen her.«

»Du versuchst nur, mir einen Floh ins Ohr zu setzen. Aber davor hat mich Mr Spiro gewarnt.« Und ohne Artemis aus den Augen zu lassen, wich Blunt zur Tür zurück.

»Keine Angst, Blunt, ich habe ihn nicht in meiner Tasche. Sie haben noch ein paar Stunden oder vielleicht sogar Tage, bevor es so weit ist.«

Arno Blunt knallte die Tür so heftig ins Schloss, dass der Rahmen bebte. Artemis' Grinsen wurde noch breiter. Es gab doch an allem etwas Positives.

Artemis ging unter die Dusche und ließ sich den heißen Wasserstrahl auf den Kopf prasseln. In Wirklichkeit war er ein wenig nervös. Es war eine Sache, in der Sicherheit des eigenen Hauses einen Plan zu entwerfen, aber eine völlig andere, ihn in die Tat umzusetzen, während man in der Höhle des Löwen saß. Und obwohl er es niemals zugeben würde, hatte sein Selbstvertrauen in den letzten

Tagen einige Tiefschläge abbekommen. Spiro hatte ihn in London scheinbar mühelos überlistet. Naiv wie ein kleines Kind war er dem Unternehmer in die Falle getappt.

Artemis war sich seiner Talente wohl bewusst. Er war ein Intrigant, ein Ränkeschmied, ein Meister im Entwerfen hinterhältiger Pläne, und es gab für ihn nichts Aufregenderes als die Umsetzung eines perfekten Plans. Doch in der letzten Zeit waren seine Siege von Schuldgefühlen getrübt, vor allem nach dem, was mit Butler passiert war. Sein alter Freund war dem Tod so nahe gewesen, dass ihm ganz flau wurde, wenn er nur daran dachte.

Das musste anders werden. Bald würde sein Vater ihn im Auge behalten, in der Hoffnung, dass er die richtigen Entscheidungen traf. Und falls er es nicht tat, würde Artemis senior ihm vermutlich die Entscheidungen abnehmen. Er dachte an die Worte seines Vaters. *»Und was ist mit dir, Arty? Wirst du mich auf meiner Reise begleiten? Wenn der Augenblick kommt, wirst du deine Gelegenheit ergreifen, ein Held zu sein?«*

Artemis wusste noch immer keine Antwort darauf.

Artemis schlüpfte in einen Bademantel, der mit dem Monogramm seines Widersachers bestickt war. Nicht genug damit, dass Spiro ihn mittels der goldenen Initialen an seine Gegenwart erinnerte, zusätzlich verfolgte eine Überwachungskamera jede seiner Bewegungen.

Er versuchte sich auf die anspruchsvolle Aufgabe zu konzentrieren, in Spiros Tresorraum einzubrechen und den C Cube zurückzuholen. Er hatte viele von Spiros Sicherheitsmaßnahmen vorhergesehen und war entsprechend gerüstet, aber ein paar waren überraschend und ziemlich genial. Doch Artemis hatte die Elfentechnologie

auf seiner Seite, und mit etwas Glück auch Foaly. Dem Zentaur war zwar befohlen worden, ihnen nicht zu helfen, doch wenn es Holly gelang, ihm den Einbruch als Test zu verkaufen, würde er bestimmt nicht widerstehen können.

Artemis setzte sich aufs Bett und kratzte sich beiläufig am Hals. Die Latexbeschichtung des Mikrofons hatte die Dusche unbeschadet überstanden, wie Holly es ihm versichert hatte. Es war ein tröstliches Gefühl, dass er in diesem Gefängnis nicht allein war.

Da sein Mikro auch Vibrationen aufnahm, brauchte er nicht laut zu sprechen, um seine Anweisungen weiterzugeben.

»Guten Abend, Freunde«, flüsterte er, der Kamera den Rücken zugewandt. »Alles läuft nach Plan, vorausgesetzt, Mulch ist lebend davongekommen. Seid vorsichtig, ihr bekommt bestimmt bald Besuch von Spiros Aufpassern. Ich bin sicher, dass er die Straßen beobachten lässt, und er soll ruhig glauben, er hätte alle meine Leute ausgeschaltet, damit er sich in Sicherheit wiegt. Mr Spiro hat mich freundlicherweise durch die Anlage geführt, und ich hoffe, ihr habt alles aufgezeichnet, was wir für unsere Operation brauchen. Soweit ich weiß, nennt man diese Art von Unternehmung in Fachkreisen Beutezug. Also, hört gut zu.«

Artemis flüsterte seine Anweisungen langsam und sehr deutlich. Es war ungeheuer wichtig, dass das Team sie Wort für Wort befolgte, denn sonst konnte der ganze Plan in die Luft fliegen wie ein aktiver Vulkan. Und er saß dabei im Krater des Vulkans.

Biz und Chips waren guter Dinge. Bei ihrer Rückkehr in die Needle hatte Mr Blunt ihnen nicht nur ihre fünftausend Sonderprämie für die Erledigung von Mo Digence

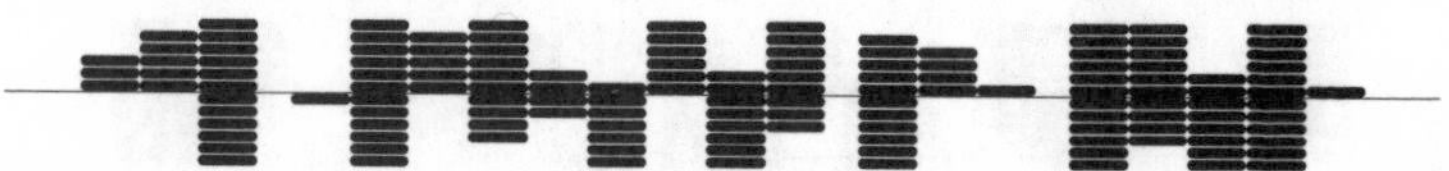

gegeben, sondern auch gleich einen weiteren Auftrag erteilt. Die Außenkameras des Hochhauses hatten einen schwarzen Transporter gefilmt, der gegenüber der Eingangstür geparkt war. Er stand bereits seit über drei Stunden dort, und bei der Durchsicht der Aufzeichnungen hatte sich gezeigt, dass das Fahrzeug zuvor eine gute Stunde lang um das Gebäude gekreist war, um einen Platz zu finden. Mr Spiro hatte sie gewarnt, auf verdächtige Fahrzeuge zu achten, und das hier war garantiert verdächtig.

»Geht zu dem Wagen«, hatte Blunt ihnen von seinem Sessel im Sicherheitsbüro aus befohlen. »Und falls etwas Lebendes da drin hockt, sagt ihm, es soll woanders weiterhocken.«

Das war die Art von Befehl, die Biz und Chips verstanden. Keine Fragen stellen, keine komplizierten Geräte bedienen. Einfach die Tür aufmachen, alle erschrecken und die Tür wieder zumachen. Kinderleicht. Sie alberten im Aufzug herum und pufften sich gegenseitig in die Schulter, bis ihre Oberarme taub wurden.

»Heute Nacht können wir richtig Schotter machen«, sagte Biz und massierte seinen Bizeps, um die Durchblutung wieder in Gang zu bringen.

»Und ob.« Chips träumte bereits von den ganzen Barney-DVDs, die er sich kaufen würde.

»Dafür kriegen wir bestimmt noch eine Prämie. Mindestens fünftausend. Das macht zusammen …«

Es folgte ein kurzes Schweigen, während die beiden Männer an ihren Fingern abzählten.

»Jedenfalls eine Menge Kohle«, sagte Biz schließlich.

»Ja, eine Menge Kohle«, pflichtete Chips ihm bei.

Juliet hatte ihr Fernglas auf die Drehtür der Needle gerichtet. Es wäre einfacher gewesen, den Optix eines ZUP-Helms zu benutzen, doch leider war ihr Kopf mittlerweile zu groß dafür. Das war nicht das Einzige, was sich verändert hatte. Juliet hatte sich von einem schlaksigen jungen Mädchen in eine durchtrainierte Athletin verwandelt. Allerdings war sie durchaus keine perfekte Leibwächterin. Es gab noch ein paar Falten, die ausgebügelt werden mussten. Charakterfalten.

Juliet Butler hatte gerne ihren Spaß. Die Vorstellung, mit regloser Miene neben einem aufgeblasenen Politiker zu stehen, fand sie grauenhaft. Sie würde sterben vor Langeweile – es sei denn, Artemis bat sie, in seinem Dienst zu bleiben. In Artemis Fowls Gegenwart wurde es nie langweilig. Aber das war ziemlich unwahrscheinlich. Artemis hatte allen versichert, dies sei sein letzter Coup. Nach Chicago würde er ein anständiges Leben führen. Falls es ein »nach Chicago« gab.

Diese Observiererei war auch ziemlich langweilig. Still dazusitzen entsprach nicht Juliets Natur. Ihr Hang zur Hyperaktivität hatte ihr schon mehr als eine Prüfung in Madame Kos Akademie vermasselt.

»Lebe in Frieden mit dir selbst, Mädchen«, hatte die japanische Ausbilderin gesagt. »Finde den stillen Raum in deinem Innern und fülle ihn aus.«

Juliet musste meist ein Gähnen unterdrücken, wenn Madame Ko mit ihren Kung-Fu-Weisheiten anfing. Butler hingegen hatte sie geradezu aufgesogen. Er schien seinen »stillen Raum« nicht nur zu finden, sondern er füllte ihn permanent aus. Genau genommen verließ er seinen »stillen Raum« überhaupt nur, um Leute auseinander zu nehmen, die Artemis bedrohten. Vielleicht war das der

Grund, weshalb er den blauen Diamanten auf der Schulter hatte und sie nicht.

Da verließen zwei bullige Gestalten das Hochhaus. Sie grinsten und knufften sich gegenseitig in die Schulter.

»Captain Short, Feind in Sicht«, meldete Juliet in ihr Walkie-Talkie, das auf Hollys Frequenz eingestellt war.

»Verstanden«, antwortete Holly von ihrer Position fünfzig Meter über der Straße. »Wie viele sind es?«

»Zwei. Groß und dumm.«

»Brauchst du Verstärkung?«

»Negativ. Die beiden stecke ich locker in die Tasche. Du kannst sie dir vorknöpfen, wenn ich fertig bin.«

»Okay. Ich bin in fünf Minuten unten, sobald ich mit Foaly gesprochen habe. Und Juliet, pass auf, dass du keine Spuren hinterlässt.«

»Verstanden.«

Juliet schaltete das Walkie-Talkie aus und kletterte in den hinteren Teil des Transporters. Sie schob einen Stapel Überwachungsgeräte unter einen Klappsitz, nur für den Fall, dass es den beiden Muskelbolzen tatsächlich gelingen sollte, sie außer Gefecht zu setzen. Es war zwar höchst unwahrscheinlich, aber ihr Bruder würde die verdächtige Ausrüstung trotzdem verstecken. Juliet zog ihren Blazer aus und setzte sich eine Baseballkappe verkehrt herum auf den Kopf. Dann öffnete sie das Heckfenster und kletterte auf die Straße.

Biz und Chips überquerten die Fahrbahn und gingen auf den Transporter zu. Mit seinen getönten Fenstern sah er in der Tat verdächtig aus, doch die beiden waren nicht sonderlich beunruhigt. Heutzutage hatte jeder schnöselige College-Anfänger getönte Scheiben an seinem Wagen.

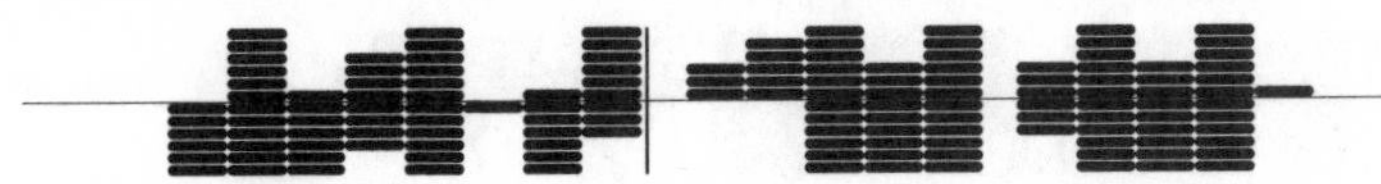

»Was meinst du?«, fragte Biz seinen Partner.

Chips ballte die Hände zu Fäusten. »Ich meine, wir schenken uns das Anklopfen.«

Biz nickte. So gingen sie meistens vor. Chips setzte gerade dazu an, die Tür aus den Angeln zu reißen, als ein junges Mädchen um die Ecke des Wagens kam.

»Hi, suchen Sie meinen Dad?«, fragte sie in perfektem MTV-Tonfall. »Irgendwie sucht dauernd irgendwer nach ihm, und er ist nie da. Und selbst wenn er da ist, ist er irgendwie nicht da. Ich meine, spirituell gesehen.«

Biz und Chips blinzelten verwirrt – die universelle Körpersprache für *Hä?*. Das Mädchen war eine atemberaubende Mischung aus Asiatin und Europäerin, aber sie hätte ebenso gut Griechisch sprechen können, so wenig begriffen die beiden Gorillas, was sie sagte. Immerhin hatte »spirituell« vier Silben.

Chips ging in die Offensive. »Gehört der Wagen dir?«

Das Mädchen spielte mit seinem Pferdeschwanz. »Soweit irgendwem irgendwas gehören kann. Eine Welt, ein Volk, so seh ich das. Besitz ist irgendwie eine Illusion, wissen Sie. Vielleicht gehört uns nicht mal unser eigener Körper. Vielleicht sind wir bloß Tagträume eines höheren Wesens.«

Biz riss der Geduldsfaden. »Ob dir der Wagen gehört!«, brüllte er und packte das Mädchen an der Gurgel.

Das Mädchen nickte. Zum Sprechen reichte die Luft nicht.

»So ist es besser. Ist da jemand drin?«

Diesmal ein Kopfschütteln.

Biz lockerte seinen Griff ein wenig. »Wie viele gehören außer dir noch zur Familie?«

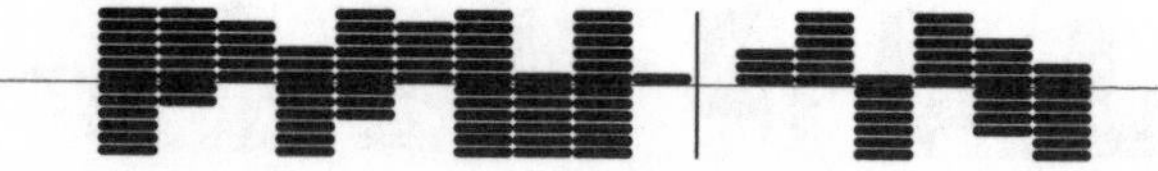

Das Mädchen antwortete mit einem Flüstern, um so wenig Luft wie möglich zu verbrauchen. »Sieben. Dad, Mom, meine Großeltern und die Drillinge: Beau, Mo und Joe. Sie sind Sushi essen gegangen.«

Biz' Laune verbesserte sich merklich. Drillinge und Großeltern, das klang nicht weiter schwierig. »Okay. Wir warten. Mach auf, Kleine.«

»Sushi?«, fragte Chips. »Das ist doch roher Fisch. Hast du so was schon mal gegessen, Kumpel?«

Biz hielt das Mädchen weiter am Genick gefasst, während sie mit dem Schlüssel herumhantierte.

»Ja. Ich hab mal 'ne Portion im Supermarkt gekauft.«

»Und, war's gut?«

»Ja. Ich hab das Zeug für zehn Minuten in die Fritteuse geworfen. Nicht übel.«

Das Mädchen schob die Tür des Transporters auf und kletterte hinein. Biz und Chips folgten mit eingezogenem Kopf. Biz ließ das Mädchen für einen Moment los, um die Stufe zu erklimmen. Das war ein Fehler. Ein ordentlich ausgebildeter Privatsoldat ließ niemals einen Gefangenen ungefesselt in ein ungesichertes Fahrzeug vorangehen.

Das Mädchen stolperte versehentlich und fiel mit den Knien auf den Teppichboden im Inneren.

»Sushi schmeckt super mit Fritten«, sagte Biz noch.

Da schoss der Fuß des Mädchens zurück und traf ihn genau vor die Brust. Keuchend brach der Gorilla auf dem Boden zusammen.

»Hoppla«, sagte das Mädchen und stand auf. »Kleiner Ausrutscher.«

Chips dachte, er träume, denn es war vollkommen unmöglich, dass so eine kleine Pseudo-Popprinzessin zweihundert Pfund Muskeln und Erfahrung flachlegte.

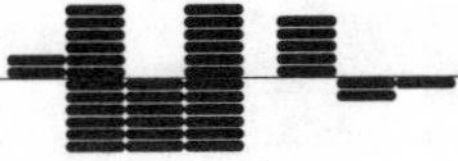

»Du ... du hast gerade ...«, stammelte er. »Das kann nicht sein. Unmöglich.«

»Oh doch«, erwiderte Juliet und holte aus zu einer schwungvollen Pirouette. Der Jadering in ihrem Pferdeschwanz wirbelte mit herum, beschleunigt durch die Zentrifugalkraft, und traf Chips genau zwischen die Augen wie ein Stein aus einer Schleuder. Chips taumelte rückwärts und klappte auf einem Sofa aus Kunstleder zusammen.

Hinter Juliet kam Biz wieder zu Atem. Seine Augen hörten auf, in ihren Höhlen zu rotieren, und richteten sich auf die Angreiferin.

»Hi«, sagte Juliet und beugte sich über ihn. »Wissen Sie was?«

»Nee, was denn?«

»Sushi gehören nicht in die Fritteuse«, sagte das Mädchen und schlug dem Muskelmann die flachen Hände gegen die Schläfen. Biz verlor augenblicklich das Bewusstsein.

Mulch kam aus dem Bad und knöpfte die Poklappe seiner Tunnelhose zu. »Habe ich was verpasst?«, fragte er.

Holly schwebte fünfzig Meter über dem Zentrum von Chicago, von den Einheimischen »Loop« genannt, wegen der erhöhten Straße, die sich wie eine Schlaufe darum herum wand. Sie befand sich aus zwei Gründen dort oben. Zum einen brauchten sie einen Röntgenscan der Spiro Needle, um 3D-Pläne von dem Gebäude zu erstellen, und zum anderen wollte sie ungestört mit Foaly reden.

Am Dachrand eines Apartmenthauses vom Anfang des zwanzigsten Jahrhunderts entdeckte sie einen steinernen Adler und ließ sich auf seinem Kopf nieder. Länger als

ein paar Minuten konnte sie dort allerdings nicht sitzen bleiben, sonst hätten die Vibrationen ihres Sichtschilds womöglich den Stein zerbröselt.

Juliets Stimme erklang in ihrem Lautsprecher. »Captain Short, Feind in Sicht.«

»Verstanden«, antwortete Holly. »Wie viele sind es?«

»Zwei. Groß und dumm.«

»Brauchst du Verstärkung?«

»Negativ. Die beiden stecke ich locker in die Tasche. Du kannst sie dir vorknöpfen, wenn ich fertig bin.«

»Okay. Ich bin in fünf Minuten unten, sobald ich mit Foaly gesprochen habe. Und Juliet, pass auf, dass du keine Spuren hinterlässt.«

»Verstanden.«

Holly lächelte. Juliet war schon eine Marke. Eine echte Butler. Aber sie stellte auch einen Unsicherheitsfaktor dar. Selbst während einer Überwachungsaktion konnte sie nie länger als zehn Sekunden den Mund halten. Ihr fehlte die Disziplin ihres Bruders. Sie war ein fröhlicher Teenager, noch ein halbes Kind. Sie sollte nicht in dieser Branche arbeiten. Artemis hatte kein Recht, sie in seine verrückten Pläne hineinzuziehen. Aber der irische Junge hatte etwas an sich, das einen für ihn einnahm. In den vergangenen sechzehn Monaten hatte sie für ihn gegen einen Troll gekämpft, seine gesamte Familie mithilfe der Magie geheilt, ein Tauchbad im Eismeer genommen, und jetzt war sie kurz davor, einem direkten Befehl von Commander Root zuwiderzuhandeln.

Sie schaltete auf den Kanal der ZUP-Sicherheitszentrale. »Foaly, hörst du mich?«

Ein paar Sekunden passierte gar nichts, dann dröhnte die Stimme des Zentauren aus ihren Helmlautsprechern.

»Warte mal, Holly, du klingst ziemlich verzerrt. Ich stelle nur gerade die Leitung besser ein. Sag mal was.«

»Test, Test. Eins, zwei. Eins zwei. Trolle trudeln tropfnass durch Trümmer.«

»Okay, jetzt habe ich dich glasklar. Wie sieht's denn so aus im Land der Oberirdischen?«

Holly ließ ihren Blick über die Stadt zu ihren Füßen wandern. »Ziemlich steril. Nur Glas, Stahl und Computer. Du würdest dich richtig zu Hause fühlen.«

»Oh nein, vielen Dank. Oberirdische sind und bleiben Oberirdische, ob sie Anzüge tragen oder Lendenschurze. Das einzig Gute an ihnen ist das Fernsehen. Bei uns auf HavenTV gibt's doch immer nur Wiederholungen. Ich finde es fast schon schade, dass der Prozess gegen die drei Kobold-Generäle vorbei ist. Schuldig in allen Punkten der Anklage, dank deines Einsatzes. Die Urteilsverkündung ist nächsten Monat.«

Holly fiel ein Stein vom Herzen. »Schuldig. Dem Himmel sei Dank. Dann läuft ja bald alles wieder in normalen Bahnen.«

Foaly kicherte. »Normal? Wenn du auf normal aus bist, hast du den falschen Job. Ist sowieso aus mit normal, wenn wir Artemis' Spielzeug nicht zurückholen.«

Der Zentaur hatte Recht. Ihr Leben war alles andere als normal gewesen, seit sie aus der Ersatzeinheit zur Aufklärung befördert worden war. Aber wollte sie überhaupt ein normales Leben? War das nicht der Grund, weshalb sie aus der Ersatzeinheit herausgewollt hatte?

»Wie komme ich eigentlich zu der Ehre?«, fragte Foaly. »Quält dich das Heimweh?«

»Nein«, erwiderte Holly. Und es stimmte. Sie hatte kein Heimweh. Sie hatte kaum an Haven gedacht, seit

Artemis sie in sein neuestes Abenteuer hineingezogen hatte. »Ich brauche deinen Rat.«

»Meinen Rat? Was du nicht sagst. Das ist nicht zufällig eine verkappte Bitte um Hilfe? Soweit ich mich entsinne, waren Commander Roots Worte ›Foaly hält sich aber raus‹. So lautet der Befehl, Holly.«

Holly seufzte. »Ja, Foaly. Du hast Recht. Julius weiß es sicher am besten.«

»Genau, Julius weiß es am besten«, sagte Foaly, doch er klang nicht besonders überzeugt.

»Wahrscheinlich könntest du uns sowieso nicht helfen. Spiros Sicherheitstechnik ist ganz schön hoch entwickelt.«

Foaly schnaubte, und das Schnauben eines Zentauren ist allemal eindrucksvoll. »Ach, wirklich? Was hat er denn? Ein paar Blechdosen und einen Hund? Ich zittere schon vor Ehrfurcht.«

»Schön wär's. In dem Turm sind Sachen, die ich noch nie gesehen habe. Verdammt clevere Sachen.«

In einer Ecke von Hollys Helmvisier glomm ein kleiner LCD-Bildschirm auf. Foaly hatte vom Polizeipräsidium aus eine Bildleitung geschaltet – etwas, das er bei einem inoffiziellen Einsatz eigentlich nicht tun sollte. Doch der Zentaur war nun einmal neugierig.

»Ich weiß genau, was du vorhast«, sagte Foaly und wedelte mit dem Zeigefinger.

»Ich? Wieso?«, fragte Holly scheinheilig.

»*Wahrscheinlich könntest du uns sowieso nicht helfen. Spiros Sicherheitstechnik ist ganz schön hoch entwickelt*«, ahmte er sie nach. »Du versuchst, mich bei meinem Ehrgeiz zu packen. Ich bin doch nicht blöd, Holly.«

»Okay. Vielleicht hast du Recht. Willst du die ungeschminkte Wahrheit hören?«

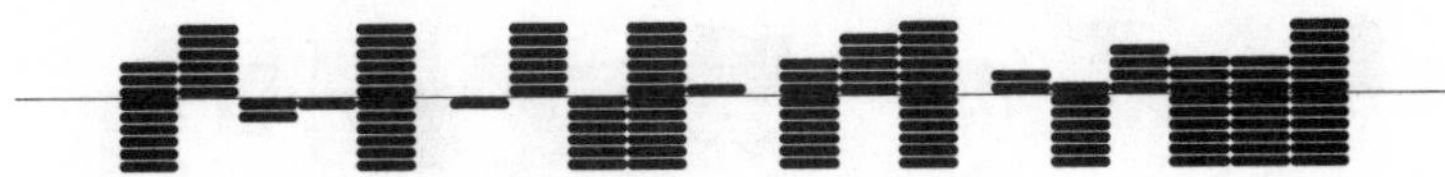

»Oh, du willst mir die Wahrheit sagen? Interessante Taktik für einen ZUP-Officer.«

»Die Spiro Needle ist eine Festung. Ohne dich kommen wir da auf keinen Fall rein, das gibt sogar Artemis zu. Wir bitten dich nicht um Spezialausrüstung oder zusätzliche Elfenmagie. Nur um deinen Rat über Funk und vielleicht ein paar Kameratricks. Bleib auf Sendung, mehr will ich ja gar nicht.«

Foaly kratzte sich am Kinn. »Soso, ohne mich kommt ihr nicht da rein. Und das gibt sogar Artemis zu.«

»Ohne Foaly schaffen wir es nicht. Das waren seine Worte.«

Der Zentaur gab sich alle Mühe, sein selbstgefälliges Grinsen zu verbergen.

»Habt ihr irgendwelche Videoaufzeichnungen?«

Holly nahm den Palmtop von ihrem Gürtel. »Artemis hat drinnen einiges gefilmt, ich maile es dir mal rüber.«

»Ich brauche einen Grundriss des Gebäudes.«

Holly drehte den Kopf langsam von links nach rechts, damit Foaly über die Kamera sehen konnte, wo sie war.

»Genau deshalb bin ich hier oben. Um einen Röntgenscan zu machen. In zehn Minuten hast du ihn auf dem Server.«

Holly hörte ein kurzes Glockenklingeln in ihrem Lautsprecher. Es war die Bestätigung des Computers, dass die Mail im Polizeipräsidium eingegangen war.

Foaly öffnete die Datei. »Zahlencodes. Okay. Kameras. Kein Problem. Warte, bis ich dir zeige, was ich mir für die Überwachungskameras ausgedacht habe. Den Weg durch den Flur spule ich mal vor. Dumdidumdidum. Ah, der Tresorraum. Scannermatte mit antibakteriellem Schaum, Bewegungssensoren, wärmesensibler Laser, Ther-

malkamera. Stimmerkennung, Netzhaut- und Fingerabdruckscanner.« Er schwieg einen Augenblick. »Nicht übel für einen Oberirdischen.«

»Habe ich doch gesagt«, meinte Holly. »Etwas mehr als ein paar Blechdosen und ein Hund.«

»Fowl hat Recht. Ohne mich seid ihr aufgeschmissen.«

»Also, hilfst du uns?«

Foaly kostete den Moment aus. »Versprechen kann ich nichts. Obwohl …«

»Ja?«

»Ich halte einen Bildschirm für dich frei. Aber falls mir irgendetwas dazwischenkommt …«

»Kein Problem.«

»Ich gebe keine Garantie.«

»Völlig klar. Du hast einen Karton Möhren bei mir gut.«

»Zwei. Und einen Kasten Käfersaft.«

»Ist gebongt.«

Die Augen des Zentauren funkelten vor Tatendrang. »Wirst du ihn vermissen?«, fragte er plötzlich.

Holly war auf die Frage nicht vorbereitet. »Wen?«, fragte sie, obwohl sie genau wusste, wen er meinte.

»Den kleinen Fowl natürlich. Wenn alles nach Plan läuft, werden wir aus seiner Erinnerung gelöscht. Schluss mit den verrückten Plänen und den halsbrecherischen Abenteuern. Er wird ein ruhiges Leben führen.«

Holly wich Foalys Blick aus, obwohl ihre Helmkamera nach außen gerichtet war und der Zentaur sie gar nicht sehen konnte. »Nein«, sagte sie. »Den werde ich bestimmt nicht vermissen.«

Doch ihre Augen sagten etwas anderes.

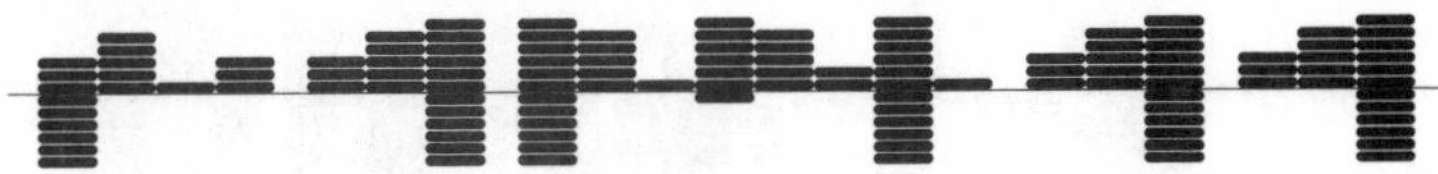

Holly umflog die Needle mehrere Male in unterschiedlichen Höhen, bis der Röntgenscanner genug Daten für ein 3D-Modell des Gebäudes gesammelt hatte. Dann mailte sie eine Kopie der Datei an Foaly und kehrte zum Transporter zurück.

»Ich hatte dich doch gebeten, keine Spuren zu hinterlassen«, sagte sie zu Juliet und beugte sich über die bewusstlosen Gorillas.

Juliet zuckte die Achseln. »He, ist doch nicht so wild, Elfenmädchen. Ist im Eifer des Gefechts passiert. Verpass ihm einfach einen Schuss deiner blauen Funken und schick ihn nach Hause.«

Holly fuhr mit dem Finger über den exakt kreisförmigen Bluterguss auf Chips Stirn.

»Du hättest mich sehen sollen«, erzählte Juliet begeistert. »Zack, zack, und da lagen sie. Die hatten keine Chance.«

Holly ließ einen einzelnen blauen Funken ihren Finger entlang wandern. Er wischte den Bluterguss weg wie ein Lappen einen Kaffeefleck. »Du hättest genauso gut die Neutrino nehmen können, um sie auszuschalten.«

»Die Neutrino? Das macht doch keinen Spaß.«

Captain Short nahm ihren Helm ab und blickte das junge Menschenmädchen verärgert an. »Hier geht es nicht um Spaß, Juliet. Das ist kein Spiel. Ich dachte, das hättest du begriffen, nach dem, was mit Butler passiert ist.«

Juliets Grinsen verschwand. »Ich weiß, dass es kein Spiel ist, Captain. Vielleicht ist das einfach meine Art, damit umzugehen.«

Holly fixierte sie noch immer. »Nun, dann hast du vielleicht den falschen Job gewählt.«

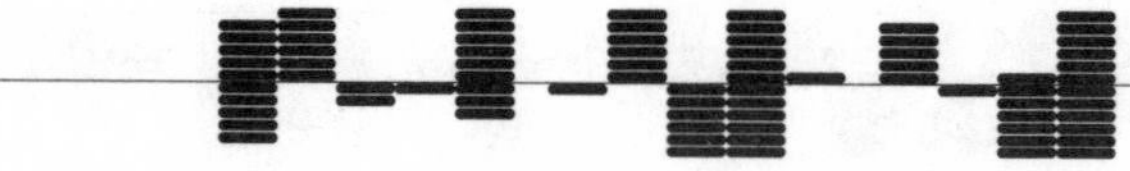

»Oder du machst den Job schon zu lange«, entgegnete Juliet. »Nach allem, was Butler mir erzählt hat, warst du früher selbst ganz schön unberechenbar.«

Mulch kam aus dem Bad. Er hatte eine Schicht Sunblocker aufgetragen. Es war zwar mitten in der Nacht, aber der Zwerg wollte diesmal kein Risiko eingehen. Falls dieser Einstieg in die Hose ging, und das war ziemlich wahrscheinlich, konnte es gut sein, dass er bei Tagesanbruch auf der Flucht war.

»Was ist los, Mädels? Falls ihr euch meinetwegen zankt, spart euch den Atem. Ich fange nie etwas mit Frauen anderer Arten an.«

Die Spannung wich wie Luft aus einem undichten Ballon.

»Träum weiter, Borstenzwerg«, spottete Holly.

»Vergessen Sie's«, fügte Juliet hinzu. »*Ich* fange nämlich nie was mit Leuten an, die in einem Misthaufen leben.«

Mulch ließ sich nicht aus der Ruhe bringen. »Ihr wollt es bloß nicht zugeben. Die Wirkung habe ich auf Frauen immer.«

»Das kann ich mir denken«, sagte Holly grinsend. Sie zog eine kleine Tischplatte heraus und legte ihren Helm darauf. Dann schaltete sie ihre Helmkamera auf Projektorfunktion und öffnete den 3D-Plan der Spiro Needle. Er drehte sich in der Luft, ein Gitter aus neongrünen Linien.

»Okay, Leute. Der Plan ist folgender: Team 1 ätzt sich durch die Wand im 85. Stock, und zwar hier. Team 2 geht durch den Eingang am Hubschrauberlandeplatz. Dort.«

Holly hob die Stellen hervor, indem sie die entsprechenden Punkte auf dem Bildschirm ihres Palmtops

antippte. Auf dem schwebenden Plan blinkte jeweils ein orangefarbenes Licht auf.

»Foaly hat sich bereit erklärt, uns zu helfen, er wird über Funk dabei sein. Juliet, du nimmst diesen Palmtop. So kannst du unterwegs mit uns in Verbindung bleiben. Ignorier einfach die gnomischen Symbole, wir schicken dir alle Dateien, die du brauchst. Aber trag einen Ohrlautsprecher, und mach die Lautsprecher am Gerät aus. Das Letzte, was wir gebrauchen können, ist ein Computer, der im falschen Moment lospiept. Die kleine Kerbe unter dem Bildschirm ist das Mikro. Es reagiert bereits auf ein Flüstern, also bitte nicht brüllen.«

Juliet schnallte sich den kreditkartengroßen Computer um das Handgelenk.

»Wer gehört zu welchem Team, und was ist die jeweilige Aufgabe?«

Holly trat in das 3D-Bild, so dass ihr Körper von einem Käfig aus Licht umgeben war. »Team 1 nimmt sich die Überwachungseinrichtungen vor und vertauscht die Sauerstoffflaschen der Tresorwachen. Team 2 holt sich den Würfel. Ganz einfach. Wir gehen paarweise, du und Mulch, Artemis und ich.«

»Kommt nicht in Frage.« Juliet schüttelte den Kopf. »Ich muss bei Artemis bleiben. Er ist mein Prinzipal. Mein Bruder würde wie Kaugummi an Artemis kleben, und ich mache es genauso.«

Holly trat aus dem Hologramm. »Das funktioniert nicht. Du kannst weder fliegen noch Wände raufklettern. In jedem Team muss ein Unterirdischer sein. Wenn dir das nicht passt, beschwer dich bei Artemis, sobald du ihn wieder siehst.«

Juliet schmollte. Es klang logisch. Natürlich, Artemis'

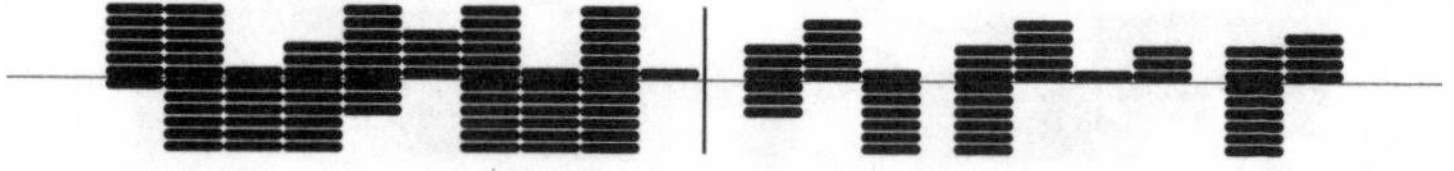

Pläne waren immer logisch. Jetzt verstand sie, warum Artemis ihr nicht schon in Irland den vollständigen Plan enthüllt hatte – ihm war klar gewesen, dass sie damit nicht einverstanden sein würde. Schlimm genug, dass sie seit mehreren Stunden getrennt waren. Dabei lag der schwierigste Teil ihrer Operation noch vor ihnen, und Artemis würde keinen Butler an seiner Seite haben.

Holly trat wieder in das Hologramm. »Team 1, du und Mulch, klettert an der Needle hoch und ätzt euch im 85. Stock durch ins Innere. Sobald ihr drin seid, schließt ihr diese Videoklemme an ein Kabel des Kamerasystems an.«

Holly hielt etwas hoch, das wie eine Drahtschlaufe aussah. »Ein präpariertes Glasfaserkabel«, erklärte sie. »Damit kann man sich per Fernsteuerung in das Überwachungssystem einklinken. Sobald das Ding angeschlossen ist, kann Foaly das Bild jeder einzelnen Kamera in dem Gebäude an unsere Helme schicken. Außerdem kann er den Menschenwesen jedes beliebige Bild auf die Monitore spielen. Wenn ihr damit fertig seid, tauscht ihr zwei der Sauerstoffflaschen gegen unsere Spezialmischung aus.«

Juliet schob die Videoklemme in ihre Tasche.

»Ich werde über das Dach einsteigen«, fuhr Holly fort, »und mich zu Artemis' Zimmer vorarbeiten. Sobald Team 1 uns grünes Licht gibt, holen wir den C Cube.«

»So, wie du das sagst, klingt es ganz einfach«, bemerkte Juliet.

Mulch lachte. »Das tut es immer«, meinte er. »Aber das ist es nie.«

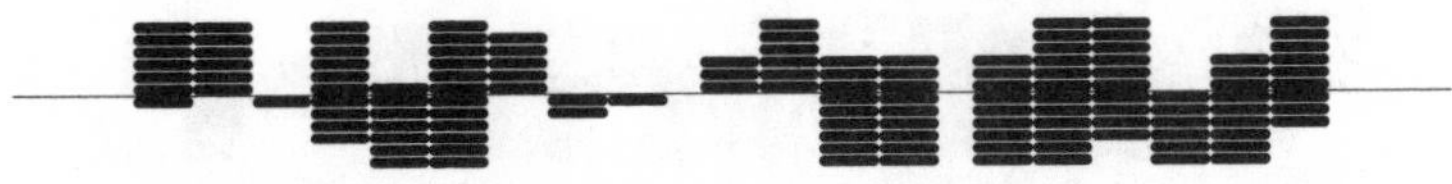

Team 1, am Fuß der Spiro Needle

Juliet Butler war in sieben verschiedenen Kampfkunstarten ausgebildet. Sie hatte gelernt, Schmerz und Schlafmangel zu ignorieren. Sie konnte sowohl körperlicher wie psychischer Folter standhalten. Doch nichts hatte sie auf das vorbereitet, was sie erwartete bei dem Versuch in das Gebäude zu gelangen.

Da die Needle keine tote Wand hatte und an allen vier Seiten rund um die Uhr Kommen und Gehen herrschte, mussten sie ihren Aufstieg vom Gehsteig aus beginnen. Juliet fuhr den Transporter heran und parkte ihn, so nah wie möglich, in zweiter Reihe.

Gemeinsam in Hollys Tarnfolie gewickelt, kletterten sie aus der Dachluke. Juliet hing eingeklinkt am Moonbelt um Mulchs Bauch.

Sie klopfte Mulch auf den Helm. »Sie stinken.«

Mulchs Antwort drang über den kleinen Sender an Juliets Ohr. »Für dich vielleicht, aber für eine Zwergenfrau bin ich der Inbegriff des gesunden Mannes. Wenn hier jemand stinkt, dann du. Für mich riechst du schlimmer als ein Stinktier in zwei Monate alten Socken.«

Holly reckte ihren Kopf durch die Dachluke. »Ruhe, ihr beiden!«, zischte sie. »Unsere Zeit ist verdammt knapp, falls ihr das vergessen haben solltet. Juliet, dein kostbarer Prinzipal steckt da oben in einem Raum fest und wartet darauf, dass ich auftauche. Es ist schon fünf nach vier. In weniger als einer Stunde ist Wachwechsel, und ich muss vorher noch diese Muskelpakete mit dem *Blick* bearbeiten. Uns bleiben nur fünfundfünfzig Minuten. Verschwendet sie nicht mit Streitereien.«

»Warum kannst du uns nicht einfach hochfliegen?«

»Eine der grundlegenden Militärtaktiken: Wenn wir uns aufteilen, besteht die Chance, dass einer es schafft. Bleiben wir hingegen zusammen und es geht etwas schief, scheitern wir alle. Teile und herrsche.«

Ihre Worte brachten Juliet wieder auf den Boden der Tatsachen. Die Elfe hatte Recht, da hätte sie auch selbst drauf kommen können. Es war wieder dasselbe: Sie verlor in einem entscheidenden Moment die Konzentration.

»Okay, machen wir uns auf den Weg. Ich halte die Klappe.«

Mulch steckte beide Hände in den Mund, um den letzten Rest Feuchtigkeit aus den Poren zu saugen. »Festhalten«, befahl er, als er den Mund wieder leer hatte. »Los geht's.«

Der Zwerg beugte seine kräftigen Beine und sprang in anderthalb Metern Höhe an die Wand der Spiro Needle.

Juliet trieb hinter ihm her, als befände sie sich unter Wasser. Das Dumme an einem Moonbelt war, dass man mit der Schwerelosigkeit auch Koordinationsschwierigkeiten und bisweilen sogar Übelkeit in Kauf nehmen musste. Moonbelts waren dazu gedacht, leblose Objekte zu befördern, nicht quicklebendige Unterirdische oder gar Menschenwesen.

Mulch hatte seit mehreren Stunden nichts mehr getrunken, damit seine Poren sich auf Stecknadelkopfgröße erweiterten. Schmatzend saugten sie sich an der glatten Oberfläche des Hochhauses fest. Der Zwerg vermied die getönten Scheiben und hielt sich an die Metallträger, da trotz der Tarnfolie noch genug herausschaute, was auffallen konnte. Tarnfolie machte den Träger nicht vollkommen unsichtbar. Tausende von eingewebten Mikrosensoren analysierten und reflektieren die Umge-

bung, aber ein einfacher Regenschauer konnte die Sensoren jederzeit kurzschließen.

Mulch kletterte zügig und fand bald zu einem gleichmäßigen Rhythmus. Seine überaus gelenkigen Finger und Zehen krümmten sich, um auch die kleinsten Vertiefungen auszunutzen. Und wo es keine Vertiefungen gab, übernahmen seine Poren die Arbeit. Die Barthaare des Zwergs bogen sich unter dem Helm hervor, um die Oberfläche des Gebäudes abzutasten.

Juliet konnte sich die Frage nicht verkneifen. »Was ist denn mit Ihrem Bart? Sieht ja gruselig aus. Sucht er nach Rissen?«

»Vibrationen«, grunzte Mulch. »Sensoren, Strom, Menschen.«

Offenbar wollte er seine Energie nicht auf vollständige Sätze verschwenden.

»Wenn nur ein Sensor reagiert, war's das. Trotz Tarnfolie.«

Juliet konnte es ihrem Partner nicht verübeln, dass er sparsam mit seinem Atem umging. Sie hatten noch eine lange Strecke vor sich. Senkrecht nach oben.

Der Wind wurde stärker, als sie den Schutz der umstehenden Gebäude verließen. Er riss Juliet die Füße weg, und sie flatterte um den Zwerg herum wie ein Schal. Selten hatte sie sich so hilflos gefühlt. Sie hatte keinerlei Einfluss auf die Ereignisse. In dieser Situation nützte ihr die Ausbildung überhaupt nichts. Ihr Leben lag voll und ganz in Mulchs Händen.

Die Stockwerke zogen in einem Wirbel aus Glas und Stahl vorüber. Der Wind zerrte mit gierigen Fingern an ihnen und drohte, sie beide in die Nacht hinauszuschleudern.

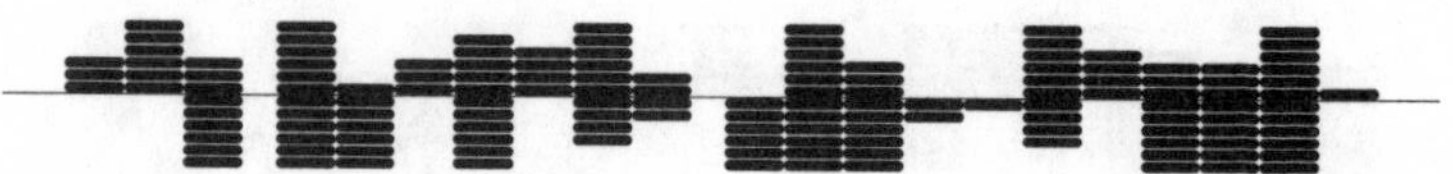

»Hier oben ist es vom Wind verdammt feucht,« keuchte Mulch. »Ich kann mich nicht mehr lange festhalten.«

Juliet streckte die Hand aus und berührte mit ihrem Finger die Außenwand. Sie war mit kleinen Tauperlen überzogen. Von der Tarnfolie sprangen Funken auf, wo der feuchte Wind die Mikrosensoren kurzschloss. Ganze Abschnitte der Folie gaben den Geist auf, so dass Stücke eines Schaltsystems in der Dunkelheit zu schweben schienen. Außerdem schwankte das ganze Gebäude – vielleicht sogar stark genug, um einen erschöpften Zwerg und seinen Passagier abzuschütteln.

Endlich krallten sich Mulchs Finger um den Sims des 85. Stocks. Er kletterte auf den schmalen Vorsprung und spähte durch das Helmvisier in das Gebäude.

»Dieser Raum ist nicht gut«, befand er. »Mein Visier zeigt zwei Bewegungsmelder und einen Lasersensor an. Wir müssen uns einen anderen suchen.«

Trittsicher wie eine Ziege wanderte er auf dem Sims entlang. Hier war er in seinem Element. Zwerge fielen nirgends herunter – es sei denn, jemand schubste sie. Juliet folgte ihm vorsichtig. Nicht einmal Madame Kos Akademie hatte sie auf so etwas vorbereiten können.

Nach einer Weile fand Mulch ein geeignetes Fenster. »Okay«, erklang seine Stimme knisternd in Juliets Ohrlautsprecher. »Hier ist ein Sensor mit einer kaputten Batterie.«

Sein Barthaar tastete die Scheibe ab. »Ich spüre keine Vibrationen, also kein Strom und keine Stimmen. Scheint sicher zu sein.«

Mulch träufelte ein paar Tropfen Steinpolitur auf das gehärtete Glas der Fensterscheibe. Sie verflüssigte augenblicklich das Glas und hinterließ eine zähe Pfütze auf

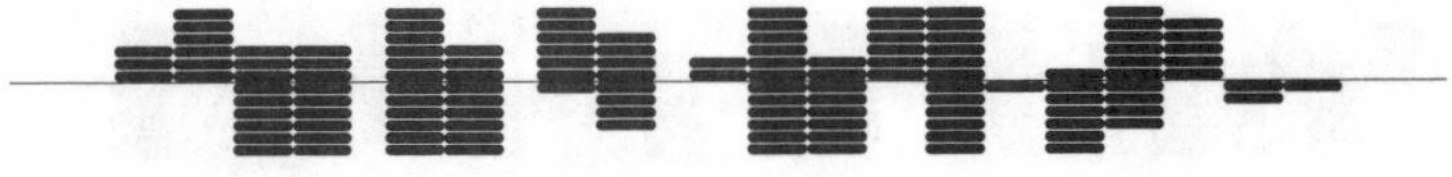

dem Teppich. Mit etwas Glück würde das Loch erst am nächsten Morgen entdeckt.

»Puh«, stöhnte Juliet. »Das stinkt ja fast so schlimm wie Sie.«

Mulch ignorierte die Beleidigung und beeilte sich, in die Sicherheit des Raums zu kommen. Er sah auf den Mondmeter in seinem Visier. »Vier Uhr zwanzig, Menschenzeit. Wir sind spät dran. Nichts wie weiter.«

Juliet sprang durch das Loch in der Fensterscheibe.

»Typisch Oberirdische«, sagte Mulch. »Dieser Spiro legt Millionen für sein Sicherheitssystem hin, und das Ganze funktioniert nicht, weil eine Batterie kaputt ist.«

Juliet zog eine Neutrino 2000, klappte die Sicherungskappe hoch und drückte auf den Impulsgeber. Das Lämpchen wechselte von Grün auf Rot. »Noch sind wir nicht drin«, meinte sie und ging auf die Tür zu.

»Halt!«, zischte Mulch und packte sie am Arm. »Die Kamera!«

Juliet erstarrte. Die hatte sie völlig vergessen. Kaum eine Minute waren sie in dem Gebäude, und schon machte sie den ersten Fehler. Konzentrier dich, Mädchen, konzentrier dich.

Mulch richtete sein Visier auf die eingebaute Überwachungskamera. Der Ionenfilter des Helms bildete ihren Erfassungsbereich als golden schimmernden Strahl ab. Es gab keinen Weg an ihr vorbei.

»Kein toter Winkel«, urteilte er. »Und das Kabel liegt hinter der Kamera.«

»Dann müssen wir uns eben wieder unter der Tarnfolie verstecken«, sagte Juliet und verzog angewidert das Gesicht.

Auf dem kleinen Palmtop an ihrem Handgelenk erschien Foalys Gesicht. »Das könnten Sie tun, aber unglücklicherweise funktioniert Tarnfolie bei Überwachungssystemen nicht.«

»Warum nicht?«

»Kameras haben bessere Augen als Menschen. Haben Sie schon mal erlebt, wie ein Fernseher im Fernsehen rüberkommt? Die Kamera spaltet alles in Pixel auf. Wenn Sie mit der Tarnfolie durch diesen Korridor gehen, werden Sie aussehen wie zwei Leute hinter einer Bildleinwand.«

Juliet starrte wütend auf den Bildschirm.

»Sonst noch was, Foaly?«, wollte sie wissen. »Vielleicht verwandelt sich ja der Boden in eine Säurepfütze?«

»Glaube ich kaum. Spiro ist gut, aber er ist nicht so gut wie ich.«

»Können Sie dem Kamerasystem nicht eine Schleife vorspielen, Ponymann, und ihnen für ein paar Minuten ein anderes Bild senden?«, fragte Juliet in das Computermikro.

Foaly knirschte mit den Pferdezähnen. »Niemand weiß meine Arbeit zu schätzen. Nein, ich kann keine Schleife schalten, weil ich dazu vor Ort sein müsste, wie bei der Belagerung von Fowl Manor. Dafür ist die Videoklemme da, die ihr dabeihabt. Tut mir Leid, aber da müsst ihr alleine durch.«

»Dann blase ich sie eben mit der Neutrino aus.«

»Auch negativ. Ein Schuss würde zwar die Kamera lahm legen, aber vermutlich eine Kettenreaktion im gesamten System auslösen. Da könnten Sie genauso gut auf Arno Blunts Tisch tanzen.«

Frustriert trat Juliet gegen die Fußleiste. Gleich beim ersten Hindernis musste sie scheitern. Ihr Bruder würde wissen, was zu tun war, aber der war auf der anderen Seite des Atlantiks. Läppische sechs Meter trennten sie von der Kamera, aber es hätte genauso gut ein Kilometer voller Glassplitter sein können.

Sie bemerkte, dass Mulch seine Poklappe aufknöpfte.

»Na super. Jetzt muss der kleine Mann aufs Töpfchen. Das ist ja wohl kaum der passende Moment.«

»Ich werde deinen Sarkasmus diesmal ignorieren«, sagte Mulch und legte sich bäuchlings auf den Boden, »aber nur, weil ich weiß, was Spiro mit Leuten macht, die er nicht mag.«

Juliet kniete sich neben ihn. Allerdings nicht zu nah.

»Ich hoffe, Ihr nächster Satz beginnt mit ›Ich habe einen Plan‹.«

Der Zwerg schien mit seinem Hinterteil etwas anzupeilen. »In der Tat …«

»Das ist doch nicht Ihr Ernst!«

»Und ob. Ich verfüge hier über eine ziemlich beachtliche Kraft.«

Juliet konnte sich ein Grinsen nicht verkneifen. Das war schon eher ein Zwerg nach ihrem Geschmack. Metaphorisch gesprochen. Er passte sich der Situation an, wie sie es auch täte.

»Wir brauchen die Kamera nur um zwanzig Grad in ihrer Halterung zu drehen, dann kommen wir problemlos an das Kabel.«

»Und das wollen Sie mit … Windkraft erreichen?«

»Genau.«

»Was ist mit dem Lärm?«

Mulch zwinkerte. »Beinahe lautlos, aber tödlich. Ich

bin schließlich Profi. Du brauchst nichts weiter zu tun, als mich in den kleinen Zeh zu zwicken, wenn ich dir das Kommando gebe.«

Trotz jahrelangem harten Training in den beschwerlichsten Gebieten der Welt war Juliet nicht unbedingt erpicht darauf, an einer Gasattacke beteiligt zu sein.

»Muss ich dabei mitmachen? Für mich sieht es eher nach einem Solo aus.«

Mulch spähte hinüber zum Zielobjekt und korrigierte die Position seines Hinterteils. »Hier geht es um einen Präzisionsschuss. Ich brauche einen Schützen, der den Abzug betätigt, damit ich mich aufs Zielen konzentrieren kann. Reflexologie ist bei uns Zwergen eine anerkannte Wissenschaft. Jeder Bereich des Fußes ist mit einem Körperteil verbunden. Und wie es der Zufall will, gehört der linke kleine Zeh zu ...«

»Schon gut«, unterbrach ihn Juliet hastig. »Ich hab's verstanden.«

»Na, dann.«

Juliet zog Mulch den Stiefel aus. Die Socken waren mit Löchern versehen, aus denen fünf behaarte Zehen hervorlugten, gelenkiger und geschickter als jedes menschliche Exemplar.

»Anders geht es nicht?«

»Nein, es sei denn, du hast eine bessere Idee.«

Mit spitzen Fingern griff Juliet nach dem Zeh, wobei die schwarzen, krausen Haare gehorsam zur Seite wichen, damit sie besser an das Gelenk herankam. »Jetzt?«

»Warte.« Der Zwerg leckte an seinem Zeigefinger und hielt ihn in die Luft. »Kein Wind.«

»Noch nicht«, grummelte Juliet.

Mulch korrigierte ein letztes Mal seine Position. »Okay. Drück ab.«

Juliet hielt den Atem an – und drückte. Und um dem Augenblick gerecht zu werden, muss man ihn in Zeitlupe beschreiben.

Juliet spürte, wie ihre Finger sich um das Gelenk schlossen. Der Druck schoss in einer Reihe von Zuckungen Mulchs Bein hinauf. Der Zwerg bemühte sich mit aller Kraft, trotz der Krämpfe seine Position zu halten. Ein enormer Druck baute sich in seinem Bauchraum auf und entlud sich mit dumpfem Knall durch die Öffnung der Poklappe. Juliet hatte das Gefühl, neben einem Minenwerfer zu hocken. Ein Geschoss aus komprimierter Luft raste durch den Raum, umgeben von einer flirrenden Hitzewelle.

»Mist«, stöhnte Mulch. »Zu viel Topspin.«

Die Gaskugel kreiselte Richtung Decke, wobei die Randschichten sich ablösten wie die Häute einer Zwiebel.

»Rechts«, drängte Mulch. »Mehr nach rechts.«

Das kuriose Geschoss prallte einen Meter vor dem Ziel gegen die Decke. Glücklicherweise versetzte die Wucht des Aufpralls die Kamera so in Bewegung, dass sie rotierte wie ein Teller auf einem Stock. Mit angehaltenem Atem warteten die beiden Eindringlinge darauf, dass sie zum Stillstand kam. Nach einem Dutzend Umdrehungen blieb sie mit einem Quietschen stehen.

»Und?«, fragte Juliet.

Mulch setzte sich auf und überprüfte durch sein Helmvisier den Ionenstrahl der Kamera.

»Glück gehabt«, stieß er erleichtert aus. »Wir haben freie Fahrt.« Er knöpfte seine rauchende Poklappe wie-

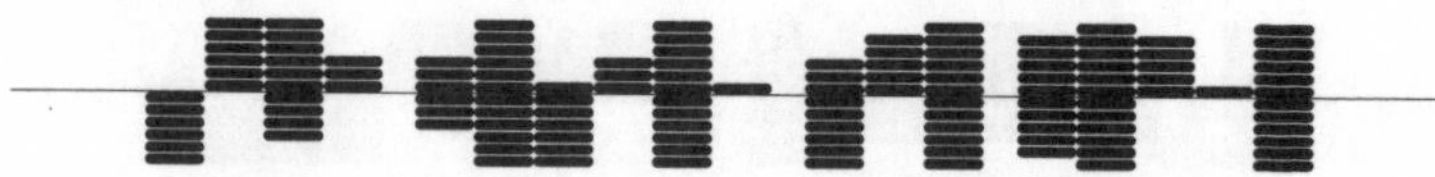

der zu. »Ist schon 'ne Weile her, seit ich einen Torpedo abgeschossen habe.«

Juliet nahm die Videoklemme aus ihrer Tasche und hielt sie vor den Bildschirm ihres Palmtops, damit Foaly sie sehen konnte. »Ich wickle das Ding also einfach um irgendein Kabel, ja?«

»Nein, Menschenmädchen«, seufzte Foaly, der wieder einmal das verkannte Genie heraushängen ließ. »Das ist ein kompliziertes Stück Nanotechnologie. Mikrofasern, die zugleich als Sender, Empfänger und Halter fungieren. Seine Energie zapft es selbstverständlich dem Überwachungssystem der Oberirdischen ab.«

»Natürlich«, sagte Mulch und gähnte vernehmlich.

»Sie müssen darauf achten, dass es fest an eines der Kamerakabel angeschlossen ist. Glücklicherweise muss der Multisensor nicht mit allen Kabeln verbunden sein, eins genügt.«

»Und welche davon sind die Kamerakabel?«

»Nun ja ... alle.«

Juliet stöhnte. »Also wickle ich es einfach um irgendein Kabel?«

»Im Prinzip ja«, gab der Zentaur zu. »Aber wickeln Sie es fest darum. Alle Mikrofasern müssen Kontakt haben.«

Juliet reckte sich hinauf zur Kamera, griff wahllos nach einem Kabel und schlang die Klemme zweimal herum. »Richtig so?«

Es herrschte kurzes Schweigen, während Foaly auf den Empfang wartete. Nach und nach erschienen auf seinem unterirdischen Plasmamonitor die Aufzeichnungen der Kamerabildschirme.

»Perfekt. Jetzt haben wir Bild und Ton.«

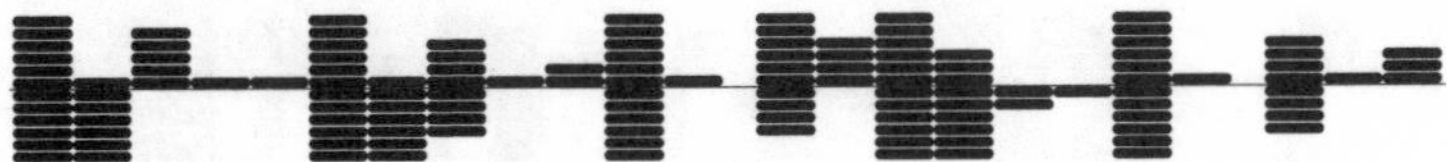

»Gut, dann los«, sagte Juliet ungeduldig. »Legen Sie die Schleife.«

Foaly verschwendete eine Minute für einen weiteren Vortrag. »Das ist sehr viel mehr als eine Schleife, junge Dame. Ich werde gleich sämtliche Bewegungsmuster aus den Kameraaufzeichnungen löschen. Mit anderen Worten, das, was die Leute in der Überwachungszentrale zu sehen bekommen, ist genau das, was da ist, nur ohne euch. Ihr müsst allerdings darauf achten, nie völlig still zu stehen, sonst werdet ihr sichtbar. Behaltet immer etwas in Bewegung, und wenn es nur der kleine Finger ist.«

Juliet warf einen Blick auf die Zeitanzeige ihres Palmtops. »Vier Uhr dreißig. Wir müssen uns beeilen.«

»Okay. Die Überwachungszentrale ist einen Flur weiter. Nehmen wir den kürzesten Weg.«

Juliet projizierte den Grundriss in die Luft. »Hier geradeaus, dann zweimal rechts, und schon sind wir da.«

Mulch spazierte an ihr vorbei auf die Wand zu. »Ich sagte, den kürzesten Weg, Menschenmädchen. Denk seitwärts.«

Sie befanden sich in einer Managersuite mit Blick über die Skyline und Holzvertäfelung vom Boden bis zur Decke. Mulch löste ein Stück von der Vertäfelung und klopfte gegen die Wand dahinter. »Rigips«, sagte er. »Kein Problem.«

»Keine Trümmer, Zwerg. Artemis hat gesagt, wir dürfen keine Spuren hinterlassen.«

»Keine Sorge. Ich bin ein sauberer Esser.« Mulch hakte seinen Unterkiefer aus, wodurch seine Mundhöhle Basketballgröße annahm, öffnete die Kinnlade zu einem Winkel von sagenhaften einhundertsiebzig Grad und fraß ein gewaltiges Loch in die Wand. Der Ring aus

Grabsteinzähnen zermalmte den Gipskarton im Nu zu Staub.

»Ganz schön trocken«, krächzte er. »Bekommt man kaum runter.«

Drei Bisse später waren sie durch. Mulch kletterte in das benachbarte Büro, ohne einen einzigen Krümel fallen zu lassen. Juliet folgte ihm und zog die Holzvertäfelung hinter sich wieder vor, um das Loch zu verbergen.

Dieses Büro war nicht so luxuriös wie das erste; die dunkle Höhle eines stellvertretenden Abteilungsleiters. Kein Blick über die Stadt und einfache Metallregale. Juliet verrückte die Regale ein wenig, um den neu entstandenen Durchgang zu kaschieren.

Mulch kniete sich vor die Tür und tastete das Holz mit seinem Barthaar ab. »Da draußen gibt es Vibrationen. Wahrscheinlich vom Kompressor. Nichts Unregelmäßiges, also keine Stimmen. Ich schätze, wir sind sicher.«

»Ihr könntet auch einfach mich fragen«, meldete sich Foaly über den Helmlautsprecher. »Ich empfange die Bilder sämtlicher Kameras in dem Gebäude. Es sind über zweitausend, falls es euch interessiert.«

»Danke für den Hinweis. Und, ist die Luft rein?«

»Ja, lupenrein. Im Moment ist niemand in der Nähe, abgesehen von einer Wache in der Überwachungszentrale.«

Juliet holte zwei graue Kanister aus ihrem Rucksack. »Okay, jetzt kommt mein Part. Sie bleiben hier. Ich brauche höchstens eine Minute.«

Vorsichtig öffnete sie die Tür und schlich auf ihren Gummisohlen hinaus in den Flur. In den Teppichboden waren Schienen mit kleinen Lämpchen eingebaut, wie im Flugzeug; das einzige weitere Licht kam von den Hinweisschildern über den Notausgängen.

Die Zeichnung auf ihrem Minicomputer zeigte ihr an, dass sie bis zur Überwachungszentrale zwanzig Meter hinter sich bringen musste. Und dann konnte sie nur hoffen, dass das Regal mit den Sauerstoffflaschen nicht abgeschlossen war. Aber warum sollte es abgeschlossen sein? Sauerstoffflaschen waren schließlich keine gefährlichen Güter. Zumindest würde sie rechtzeitig gewarnt, falls jemand auf seiner Runde vorbeikäme.

Wie ein Panter schlich Juliet den Flur entlang, die Schritte durch den Teppichboden gedämpft.

Als sie das Ende erreicht hatte, legte sie sich flach auf den Bauch und reckte vorsichtig die Nase um die Ecke. Sie hatte die Überwachungszentrale des Stockwerks genau im Blick. Und wie Biz unter dem Einfluss des *Blicks* verraten hatte, standen die Sauerstoffflaschen der Tresorwächter in einem Regal vor dem Tresen.

Es war nur ein Wachmann auf dem Posten, und der schaute sich auf einem tragbaren Fernseher ein Basketballspiel an. Juliet robbte auf dem Bauch vorwärts, bis sie direkt unter dem Regal war. Der Wachmann, ein Kerl von der Größe einer Litfaßsäule, drehte ihr den Rücken zu, völlig in das Spiel versunken.

»Was zum Teufel …?«, rief er plötzlich aus. Er schien etwas auf seinem Überwachungsbildschirm gesehen zu haben.

»Bewegen Sie sich!«, zischte Foaly in Juliets Ohrlautsprecher.

»Was?«

»Bewegen Sie sich! Sie sind auf dem Monitor.«

Juliet wackelte mit den Zehen. Sie hatte vergessen, dass sie in Bewegung bleiben sollte. Butler wäre das bestimmt nicht passiert.

Über ihr wandte der Wachmann die uralte Methode der Schnellreparatur an: Er schlug mit der flachen Hand auf den Plastikrahmen des Bildschirms. Die verschwommene Gestalt verschwand.

»Immer diese Bildstörungen«, grummelte er. »Scheißsatellitenfernsehen.«

Juliet spürte, wie ihr ein Schweißtropfen den Nasenrücken herunterrann. Langsam streckte sie die Hand aus und schob zwei Ersatz-Sauerstoffflaschen in das Regal. Obwohl »Sauerstoffflaschen« eigentlich die falsche Bezeichnung war, da sich etwas ganz anderes darin befand. Sie blickte auf die Uhr. Hoffentlich war es noch nicht zu spät.

Team 2, oberhalb der Spiro Needle

Holly schwebte ein paar Meter über der Needle und wartete auf grünes Licht. Ihr gefiel diese Operation nicht. Es gab zu viele Unsicherheitsfaktoren. Wenn das Ganze nicht so wichtig für die Zukunft des Erdvolks wäre, hätte sie sich geweigert, sich überhaupt daran zu beteiligen.

Ihre Laune besserte sich im Lauf der Nacht nicht gerade. Team 1 verhielt sich total unprofessionell; die beiden kabbelten sich wie zwei Teenager. Allerdings war Juliet auch noch nicht weit von dieser Phase entfernt. Bei Mulch hingegen lag sie schon so lange zurück, dass er sie nicht einmal mit dem Kompass gefunden hätte.

Captain Short verfolgte den Einsatz von Team 1 auf ihrem Helmvisier und stöhnte bei jeder neuen Entwicklung. Letzten Endes jedoch gelang es Juliet entgegen aller Wahrscheinlichkeit, die Sauerstoffflaschen auszutauschen.

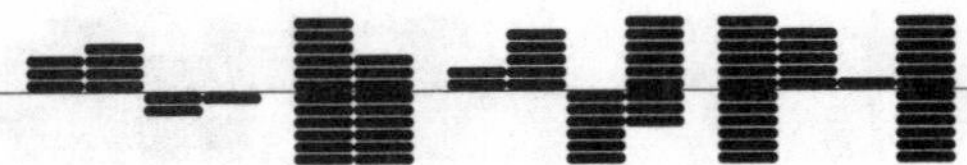

»Vorwärts marsch!«, sagte Mulch, um einen militärischen Tonfall bemüht. »Ich wiederhole: Bei der dringlichkeitsstufigen Geheimmission ist eine Vorwärtslage eingetreten.«

Holly schaltete den Funk ab, als der Zwerg in Gekicher ausbrach. Foaly konnte sich ja jederzeit bei ihr melden, sollte eine Krisensituation eintreten.

Unter ihr ragte die Spiro Needle hinauf ins All wie eine überdimensionale Rakete. Die unteren Geschosse waren von tief hängenden Nebelschwaden verdeckt, was die Illusion noch verstärkte. Holly schaltete ihre Flügel auf Sinkflug und schwebte langsam hinunter auf den Landeplatz. Sie rief die Videodatei von Artemis' Eintritt in das Gebäude auf ihren Visierbildschirm und schaltete an der Stelle auf Zeitlupe, wo Spiro den Zugangscode für die Dachtür eingab.

»Danke, Spiro«, sagte sie, unwillkürlich grinsend, und drückte die Tasten.

Die Tür glitt auf geölten Laufrollen zur Seite. Entlang der Treppe flackerte die Nachtbeleuchtung. Alle fünf Meter hing eine Kamera. Keine toten Winkel. Doch das kümmerte Holly nicht, da die Kameras der Menschen eine Elfe mit Sichtschild nicht wahrnehmen konnten, es sei denn, sie arbeiteten mit einer extrem hohen Bildfrequenz. Und selbst in dem Fall musste man die Aufzeichnung per Standbild verfolgen, um den Unterirdischen erkennen zu können. Und das war bisher nur einem einzigen Menschenwesen gelungen. Einem Iren, der zu dem Zeitpunkt zwölf Jahre alt gewesen war.

Während Holly die Treppe hinunterschwebte, aktivierte sie den Argon-Laserfilter in ihrem Visier. Schließlich konnte das gesamte Gebäude von Laserschranken

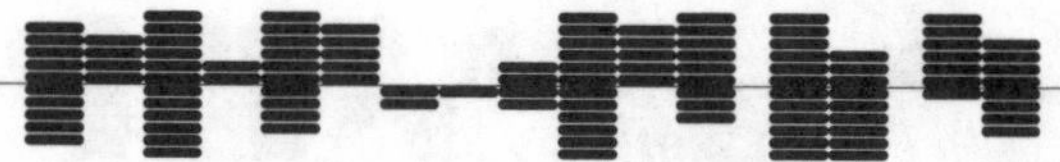

durchzogen sein, und ohne Laserfilter würde sie es erst bemerken, wenn sie einen Alarm auslöste. Selbst eine Elfe mit Sichtschild hat noch genug Masse, um die Verbindung eines Laserstrahls zu seinem Sensor zu unterbrechen, und sei es nur für eine Tausendstelsekunde, es sei denn, ihr Körper hatte dieselbe Temperatur wie der Raum. Hollys Blickfeld verfärbte sich trüb-violett, aber es waren keine Strahlen zu sehen – was sich garantiert ändern würde, wenn sie erst zum Tresorraum kamen.

Holly flog weiter bis zu den Aufzugtüren aus mattiertem Stahl.

»Artemis ist im 84. Stock«, meldete sich Foaly, »der Tresorraum im 85. und Spiros Penthouse im 86., wo du dich jetzt befindest.«

»Woraus bestehen die Wände?«

»Laut Spektrometer größtenteils aus Gips und Holz, jedenfalls die Zwischenwände. Nur die wichtigen Räume sind von gepanzertem Stahl umgeben.«

»Lass mich raten: Artemis' Zimmer, der Tresorraum und Spiros Penthouse.«

»Volltreffer, Captain. Aber kein Grund zur Verzweiflung. Ich habe den kürzesten Weg aufgezeichnet und maile ihn dir gerade rüber.«

Holly wartete einen Moment, bis ein kleines Federsymbol in der Ecke ihres Visiers aufblinkte, das Zeichen, dass sie eine Mail bekommen hatte.

»Datei öffnen«, sagte sie in ihr Helmmikro. Ein Raster aus grünen Linien legte sich über ihr normales Blickfeld. Ihr Weg war als dicke rote Linie eingezeichnet.

»Immer dem Laser nach, Holly. Das ist idiotensicher. Was nicht als Beleidigung gemeint ist.«

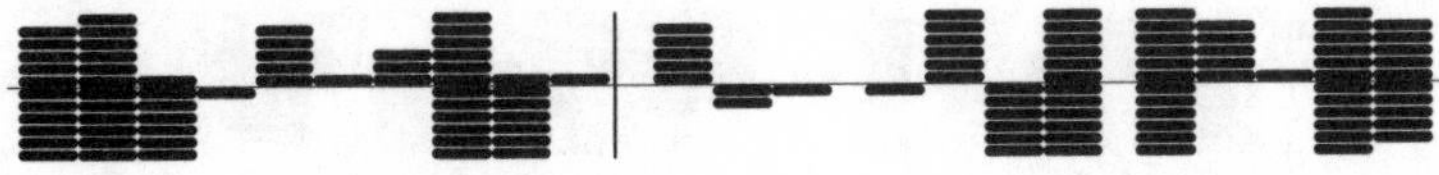

»Habe ich auch nicht so verstanden. Aber falls es nicht funktioniert, werde ich so beleidigt sein, dass dir die Karotten im Hals stecken bleiben.«

Der rote Laser führte sie direkt in den Aufzugsschacht. Holly schwebte in den Metallkasten und hinunter in den 85. Stock. Von dort führte sie der Laser einen Flur entlang.

Sie drückte die Türklinke eines Büros zu ihrer Linken. Abgeschlossen. Nicht weiter verwunderlich.

»Ich muss den Sichtschild abschalten, um das Schloss zu knacken. Bist du sicher, dass mein Bewegungsmuster aus den Videoaufzeichnungen gelöscht ist?«

»Natürlich«, antwortete Foaly.

Holly konnte seine kindische Schmollmiene förmlich vor sich sehen. Sie schaltete den Sichtschild ab und nahm das Omnitool von ihrem Gürtel. Der Sensor des Werkzeugs sendete automatisch eine Röntgenaufnahme des Schlosses an den Chip des Tools, der dann das passende Element auswählte. Er übernahm sogar das Drehen. Natürlich funktionierte das Omnitool nur bei Schlössern mit Schlüsselloch, wie die Oberirdischen sie trotz aller Unzuverlässigkeit noch immer verwendeten.

Kaum fünf Sekunden später war die Tür offen.

»Fünf Sekunden«, fluchte Holly bei sich. »Mist. Das Ding braucht eine neue Batterie.«

Die rote Linie in ihrem Visier führte in die Mitte des Büros und bog dann im rechten Winkel nach unten ab.

»Gehe ich recht in der Annahme, dass Artemis direkt unter mir ist?«

»Genau. Er schläft, den Bildern aus seiner Iriskamera nach zu urteilen.«

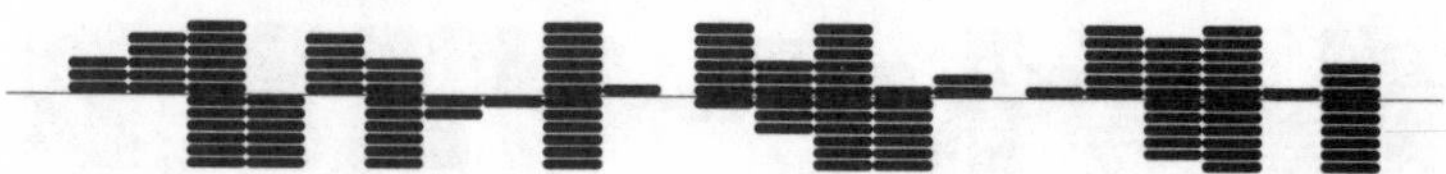

»Du hast doch gesagt, der Raum sei von Panzerstahl umgeben.«

»Stimmt. Aber dafür gibt es keine Bewegungssensoren in Wänden und Decke. Du brauchst dich also nur hindurchzubrennen.«

Holly zog ihre Neutrino 2000. »Na, wenn's weiter nichts ist.«

Sie wählte einen Punkt unterhalb der Klimaanlage an der Wand und zog den Teppichboden zurück. Der Boden darunter schimmerte matt und metallisch.

»Denk dran, keine Spuren«, sagte Foaly in ihrem Helmlautsprecher. »Das ist sehr wichtig.«

»Darum kümmere ich mich später«, erwiderte Holly und schaltete die Klimaanlage des Raums auf Absaugen. »Jetzt muss ich erst mal Artemis da rausholen. Wir müssen unseren Zeitplan einhalten.«

Holly stellte den Strahl der Neutrino auf höchste Konzentration, damit er durch den Metallboden drang. Ätzender Rauch stieg von der Schnittstelle auf, wurde jedoch sofort von der Klimaanlage in die Nachtluft von Chicago geblasen.

»Artemis ist nicht der Einzige mit Grips im Kopf«, murmelte Holly, während ihr trotz der Helmbelüftung der Schweiß über das Gesicht lief.

»Gute Idee. Die Klimaanlage sorgt dafür, dass der Feuermelder nicht losgeht.«

»Ist er jetzt wach?«, fragte Holly und hielt auf dem letzten Stück eines fünfzig mal fünfzig Zentimeter großen Vierecks inne.

»Bis in alle vier Hufspitzen, wie der Zentaur sagt. Ein Laserstrahl, der durch die Decke schneidet, ist nicht gerade schlaffördernd.«

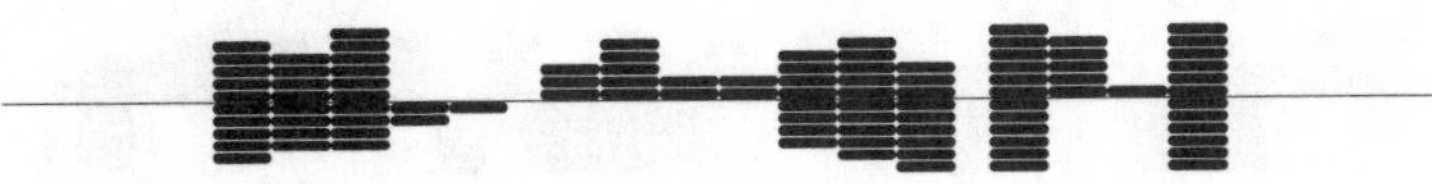

»Gut«, sagte Captain Short und schnitt weiter. Als nur noch ein Zentimeter übrig war, bog sich das Stahlviereck nach unten.

»Wird das nicht einen Höllenlärm machen?«, fragte Foaly.

Holly sah zu, wie das Viereck nach unten fiel. »Glaube ich kaum«, sagte sie.

Kapitel 10

Fingerübungen

Artemis' Zelle, Spiro Needle

Artemis meditierte, als der erste Laserstrahl durch die Decke schnitt. Er erhob sich aus dem Lotossitz, zog einen Pullover über den Pyjama und breitete ein paar Kissen auf dem Boden aus. Kurze Zeit später fiel ein viereckiges Metallstück aus der Decke und landete auf der improvisierten Dämmschicht. In der Öffnung erschien Hollys Gesicht.

Artemis deutete auf die Kissen. »Sie wussten, was ich tun würde.«

Der ZUP-Captain nickte. »Erst dreizehn, und schon berechenbar.«

»Ich nehme an, Sie haben die Klimaanlage benutzt, um den Qualm abzusaugen?«

»Stimmt. Mir scheint, wir kennen uns allmählich zu gut.«

Holly rollte ein Drahtseil von ihrem Gürtel ab und ließ es hinunter in den Raum. »Mach unten mit der Klemme eine Schlaufe und stell den Fuß hinein. Ich ziehe dich hoch.«

Artemis folgte ihrer Anweisung, und Sekunden später kletterte er durch die Deckenöffnung.

»Ist Mr Foaly auf unserer Seite?«, fragte er.

Holly gab ihm einen kleinen, zylindrischen Ohrlautsprecher. »Frag ihn selbst.«

Artemis schob sich das Wunder der Nanotechnologie ins Ohr. »Nun, Foaly, dann lassen Sie mal hören.«

Unten in Haven City rieb sich der Zentaur die Hände. Artemis war der Einzige, der sich tatsächlich für seine Vorträge interessierte.

»Das wird Ihnen gefallen, Menschenjunge. Ich habe Sie nicht nur aus den Kameraaufzeichnungen entfernt und die Szene mit dem Loch in der Decke gelöscht, sondern einen zweiten Artemis geschaffen.«

Artemis war fasziniert. »Ein Double? Tatsächlich? Wie haben Sie das denn gemacht?«

»Eigentlich ganz einfach«, erklärte Foaly bescheiden. »In meinem Server sind Hunderte von Menschenfilmen gespeichert. Ich habe Steve McQueens Einzelhaftszene aus *Gesprengte Ketten* genommen und die Kleidung geändert.«

»Und was ist mit dem Gesicht?«

»Ich hatte noch Filmmaterial von dem Verhör bei Ihrem letzten Besuch in Haven. Ich habe beides zusammengemischt, und fertig. Unser Artemis-Double kann alles tun, was ich ihm sage und wann ich es ihm sage. Im Moment schläft er, aber in einer halben Stunde befehle ich ihm vielleicht, zur Toilette zu gehen.«

Holly rollte ihr Drahtseil auf. »Die Wunder der modernen Technik. Die ZUP steckt Millionen in deine Abteilung, Foaly, und alles, was du tust, ist, Menschenjungen aufs Klo zu schicken.«

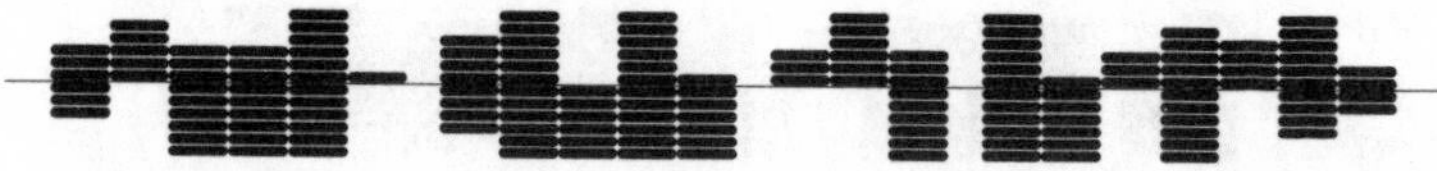

»Du solltest lieber nett zu mir sein, Holly. Ich tue dir einen großen Gefallen. Wenn Julius wüsste, dass ich dir helfe, wäre er verdammt sauer.«

»Und genau aus diesem Grund tust du es.« Holly ging leise zur Tür und öffnete sie einen Spalt. Der Flur lag leer und still da, abgesehen vom Summen der Überwachungskameras und dem Sirren der Neonbeleuchtung. Ein schmaler Streifen in Hollys Visier zeigte winzige, transparente Bildausschnitte von Spiros Kamerasystem. Sechs Wachmänner drehten in diesem Stock ihre Runden.

Holly schloss die Tür wieder. »Okay. Machen wir uns auf den Weg. Wir müssen vor dem Wachwechsel bei Spiro sein.«

Artemis breitete den Teppich über das Loch im Boden. »Wissen Sie, wo seine Wohnung ist?«

»Genau über uns. Wir müssen rauf und seine Netzhaut und seinen Daumen einscannen.«

Über Artemis' Gesicht zuckte ein seltsamer Ausdruck. Nur für eine Sekunde. »Ach ja, die Scans. Je eher, desto besser.«

Holly hatte diesen Ausdruck bei dem Jungen noch nie gesehen. Es schien fast, als hätte er ein schlechtes Gewissen. Konnte das sein? »Verheimlichst du mir etwas?«, fragte sie ihn.

Sofort verschwand der Ausdruck, und Artemis' Gesicht zeigte wieder den gewohnten Gleichmut. »Nein, Captain Short, warum sollte ich? Und glauben Sie wirklich, dass jetzt der richtige Moment für ein Verhör ist?«

Holly hob warnend den Zeigefinger. »Artemis, wenn du mit mir irgendwelche Spielchen treibst, mitten in einem Einsatz, dann werde ich das nicht so schnell vergessen.«

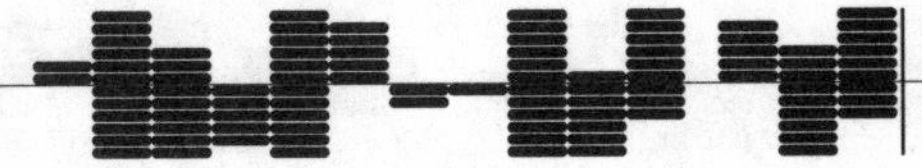

»Keine Sorge«, erwiderte Artemis spöttisch. »Ich schon.«

Spiros Wohnung lag, nur durch ein Stockwerk getrennt, direkt oberhalb von Artemis' Zelle, da es sinnvoll gewesen war, die gepanzerten Räume im gleichen Gebäudeabschnitt einzurichten. Dummerweise gefiel Spiro der Gedanke nicht, dass andere ihn beobachten könnten, und so gab es in seinem Bereich keine Kameras.

»Typisch«, grummelte Foaly. »Machtgierige Intriganten versuchen immer, ihre schmutzigen Geheimnisse vor anderen zu verbergen.«

»Du bist bloß sauer, weil er dich ausgetrickst hat«, entgegnete Holly und richtete ihren konzentrierten Neutrino-Strahl auf die Decke.

Die eingezogene Zwischendecke schmolz wie Eis auf einer Herdplatte und legte den darüber liegenden Stahl frei. Glühende Metalltropfen fraßen sich in den Teppich, als der Laser durch die Decke schnitt. Sobald das Loch groß genug war, schaltete Holly den Strahl ab und hielt ihre Helmkamera in die Öffnung. Der Monitor blieb schwarz.

»Infrarotfilter aktivieren.«

Jetzt war eine Stange zu sehen, von der Anzüge herabbaumelten, vermutlich weiß.

»Ein Schrank. Wir sind in seinem Schrank.«

»Wunderbar«, sagte Foaly. »Schick Spiro ins Land der Träume.«

»Da ist er längst. Es ist mitten in der Nacht.«

»Nun, dann sorg dafür, dass er nicht aufwacht.«

Holly befestigte die Helmkamera wieder in ihrer Halterung. Dann nahm sie eine silberne Kapsel von ihrem Gürtel und schob sie durch die Deckenöffnung.

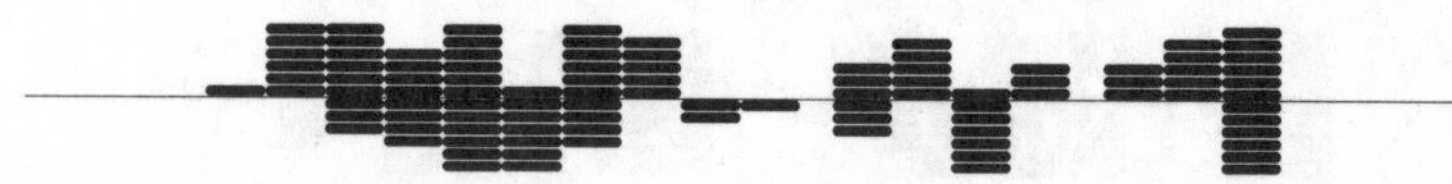

Foaly kommentierte das Ganze für Artemis. »Das Ding ist ein Sleeper Deeper, falls es Sie interessiert.«

»Arbeitet er mit Gas?«

»Nein, mit Gehirnströmen.«

Artemis' Neugier war geweckt. »Erzählen Sie.«

»Im Prinzip liest er Gehirnströme und reproduziert sie. Jeder, der sich im Wirkungsbereich befindet, bleibt in dem Zustand, in dem er gerade ist, bis die Kapsel sich auflöst.«

»Hinterlässt der Sleeper Deeper irgendwelche Spuren?«

»Nein. Und Nachwirkungen auch nicht. Egal, was die ZUP mir zahlt, es ist nicht genug.«

Holly wartete, bis auf ihrer Helmuhr genau eine Minute vergangen war.

»Okay, er ist ausgeschaltet, sofern er nicht wach war, als ich den Sleeper Deeper aktiviert habe. Dann mal los.«

Spiros Schlafzimmer war genauso weiß wie seine Anzüge, abgesehen von dem verkohlten Loch im Boden. Holly und Artemis landeten in einem begehbaren Kleiderschrank mit weißem Plüschteppich und Schiebetüren aus Weißholz. Dahinter lag ein Raum, der in der Dunkelheit zu leuchten schien. Futuristische Möbel, natürlich ebenfalls in Weiß, weiße Lampen und weiße Vorhänge.

Holly hielt einen Moment inne, um ein großes Bild zu betrachten, das an der Wand hing.

»Das darf doch wohl nicht wahr sein«, stöhnte sie. Das Bild war in Öl gemalt, vollkommen weiß und mit einem Messingschild versehen: *Schneegeist*.

Spiro lag in der Mitte eines riesigen Futons, verloren in den Dünen seines seidenen Bettzeugs. Holly schlug die Decke zurück und drehte Spiro auf den Rücken. Sogar

im Schlaf wirkte das Gesicht des Mannes bösartig, als wären seine Träume genauso schändlich wie seine Gedanken im Wachzustand.

»Reizender Kerl«, sagte Holly und hob mit ihrem Daumen Spiros linkes Augenlid an. Ihre Helmkamera tastete seine Netzhaut ab und speicherte die Informationen auf einem Chip. Es würde ein Kinderspiel sein, die Daten in den Scanner des Tresorraums zu projizieren und den Sicherheitscomputer zu überlisten.

Die Sache mit dem Daumen würde allerdings nicht so einfach sein. Da der Abtaster mit Gel arbeitete, überprüfte er mit winzigen Sensoren jede einzelne Riffel und Windung von Spiros Daumen. Eine zweidimensionale Projektion reichte dafür nicht. Artemis hatte die Idee gehabt, ein Stück Chamäleonlatex zu nehmen, das zu jeder Erste-Hilfe-Ausrüstung der ZUP gehörte – derselbe Latex, mit dem das Mikro an seinem Hals befestigt war. Sie brauchten ihn nur für einen Moment auf Spiros Daumen zu drücken, dann hatten sie einen exakten Abdruck. Holly löste die Rolle von ihrem Gurt und riss ein zehn Zentimeter langes Stück ab.

»Es wird nicht funktionieren«, sagte Artemis.

Holly schwante Böses. Das war es. Das, was Artemis ihr verschwiegen hatte. »Was wird nicht funktionieren?«

»Das mit dem Chamäleonlatex. Der Scanner wird den Abdruck nicht akzeptieren.«

Holly kletterte von dem Futon. »Für Spielchen habe ich jetzt keine Zeit, Artemis. *Wir* haben dafür keine Zeit. Der Chamäleonlatex wird eine perfekte Kopie machen, bis auf das letzte Molekül.«

Artemis sah zu Boden. »Ja, eine perfekte Kopie, aber verkehrt herum. Wie das Negativ eines Fotos. Erhebungen, wo Vertiefungen sein sollten.«

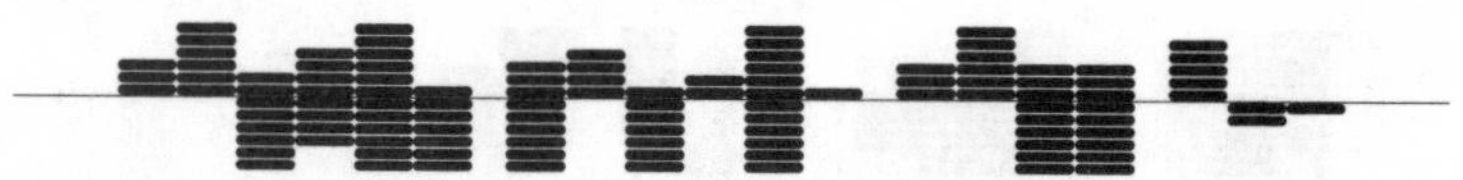

»*D'Arvit!*«, fluchte Holly. Der Menschenjunge hatte Recht. Natürlich. Der Scanner würde den Latexabdruck als einen vollkommen anderen Daumen interpretieren. Ihre Wangen hinter dem Visier begannen zu glühen. »Du wusstest es, Fowl. Du wusstest es die ganze Zeit.«

Artemis machte sich nicht die Mühe, es zu leugnen. »Ich bin überrascht, dass außer mir niemand darüber gestolpert ist.«

»Warum hast es du dann nicht eher gesagt?«

Artemis ging um das Bett herum und ergriff Spiros rechte Hand. »Weil sich der Abtaster nicht überlisten lässt. Er muss den echten Daumen sehen.«

Holly schnaubte. »Und was soll ich deiner Meinung nach tun? Ihn abschneiden und mitnehmen?«

Artemis' Schweigen war Antwort genug.

»Was? Du willst, dass ich ihm den Daumen abschneide? Hast du sie noch alle?«

Artemis wartete geduldig, bis der Ausbruch vorüber war. »Hören Sie zu, Captain. Es wäre ja nur eine vorübergehende Maßnahme. Der Daumen kann doch wieder angesetzt werden, oder?«

Holly rang die Hände. »Halt den Mund, Artemis. Ich will kein Wort mehr hören. Und ich habe geglaubt, du hättest dich geändert. Der Commander hatte Recht. Die menschliche Natur lässt sich nicht verändern.«

»Vier Minuten«, drängte Artemis. »Wir haben vier Minuten, um den Tresorraum zu knacken und zu verschwinden. Spiro wird gar nichts davon mitbekommen.«

Holly hatte das Gefühl, als ob ihr der Kopf im Helm platzte. »Artemis, ich leg dich um. Ich mein's ernst.«

»Denken Sie nach, Holly. Mir blieb gar nichts anderes

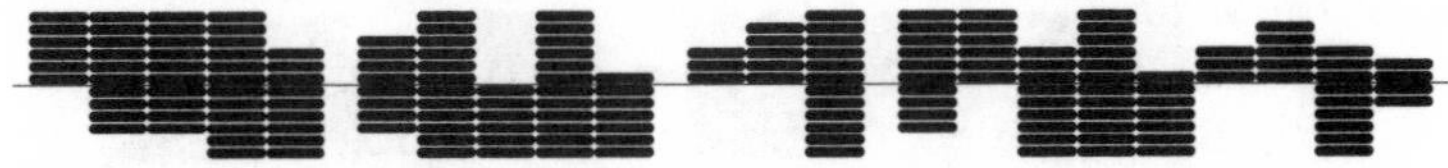

übrig, als zu lügen. Hätten Sie eingewilligt, wenn ich es Ihnen eher gesagt hätte?«

»Nein. Und ich tue es jetzt genauso wenig!«

Artemis' Gesicht schimmerte so bleich wie die Wände. »Sie müssen, Captain. Es gibt keine andere Möglichkeit.«

Holly wedelte Artemis mit der Hand beiseite wie eine lästige Fliege und sprach in ihr Helmmikro. »Foaly, hast du diesen Irrsinn mitgekriegt?«

»Ja. Es klingt irrsinnig, Holly, aber wenn du diesen Würfel nicht zurückholst, könnte es sein, dass wir sehr viel mehr verlieren als nur einen Finger.«

»Ich glaube, ich spinne! Auf wessen Seite stehst du eigentlich, Foaly? Ich darf gar nicht über die juristischen Folgen nachdenken, die das haben kann.«

Der Zentaur kicherte. »Juristische Folgen? Für solche Sorgen ist es ein bisschen spät, Captain. Das hier ist eine geheime Operation. Keine Aufzeichnungen, keine Genehmigungen. Falls das rauskommt, sind wir alle unseren Job los. Ein Daumen mehr oder weniger macht da keinen Unterschied.«

Holly schaltete die Klimaanlage ihres Helms ein und richtete einen kühlen Luftstrom auf ihre Stirn. »Bist du sicher, dass wir das schaffen, Artemis?«

Artemis ging im Kopf noch einmal alles durch. »Ja, bin ich. Außerdem bleibt uns gar nichts anderes übrig, als es zu versuchen.«

Holly ging zur anderen Seite des Futons. »Ich kann nicht glauben, dass ich das überhaupt in Erwägung ziehe.« Sanft nahm sie Spiros Hand. Er rührte sich nicht, murmelte nicht einmal im Traum. Hinter den Lidern zuckten seine Augen im REM-Schlaf.

Holly zog ihre Waffe. Natürlich war es theoretisch möglich, einen Finger abzutrennen und ihn dann problemlos mittels Heilkraft wieder anzusetzen. Es würden keine Schäden zurückbleiben, im Gegenteil, die Ladung Magie würde wahrscheinlich noch einige der Leberflecken auf Spiros Hand entfernen. Aber darum ging es nicht. Dies war nicht die Art und Weise, wie Magie eingesetzt werden sollte. Wieder einmal manipulierte Artemis das Erdvolk, um seine Ziele zu erreichen.

»Fünfzehn Zentimeter Abstand«, riet Foaly. »Höchste Frequenzstufe. Wir brauchen einen sauberen Schnitt. Und gib ihm direkt einen Schuss Magie, vielleicht gewinnen wir damit ein paar Minuten.«

Aus unerfindlichen Gründen blickte Artemis hinter Spiros Ohren. »Hmm«, murmelte er. »Nicht dumm.«

»Was ist denn jetzt schon wieder?«, zischte Holly.

Artemis trat zurück. »Nichts Wichtiges. Machen Sie weiter.«

Vier Minuten war die maximale Spanne für eine Direktheilung. Danach gab es keine Garantie dafür, dass der Daumen wieder anwuchs. Die Haut würde sich verbinden, aber die Muskeln und Nervenendungen möglicherweise nicht.

Ein rotes Glühen spiegelte sich in Hollys Visier, als ein kurzer, konzentrierter Laserstrahl aus der Mündung ihrer Neutrino hervorschoss.

»Ein einziger, sauberer Schnitt«, sagte Artemis.

Holly warf ihm einen wütenden Blick zu. »Ich will von dir kein Wort mehr hören, Menschenjunge. Und vor allem keine klugen Ratschläge.«

Artemis hielt den Mund. Manche Schlachten gewann man durch Rückzug.

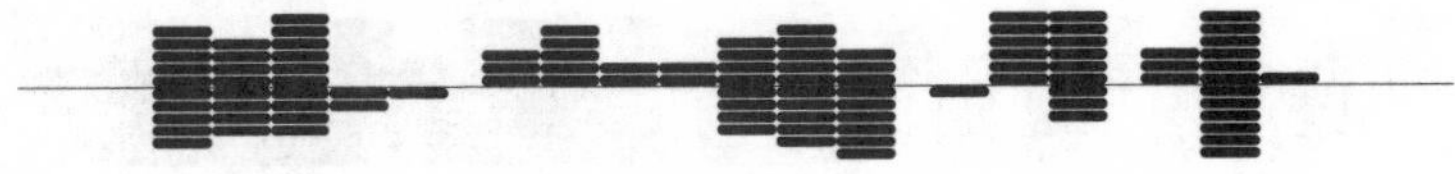

Mit dem linken Daumen und Zeigefinger zog Holly einen Kreis um Spiros Daumen und schickte eine kleine Ladung Magie in seine Hand. Innerhalb von Sekunden straffte sich die Haut, Falten verschwanden, und die Muskeln bekamen ihre Spannung zurück.

»Röntgenfilter«, sagte sie in ihr Mikrofon.

Der Filter glitt herunter, und plötzlich war alles, einschließlich Spiros Hand, vor ihren Augen transparent. Die Knochen und Gelenke unter der Haut waren deutlich zu erkennen. Da sie nur die Kuppe benötigten, würde sie in der Mitte des Fingerknochens schneiden. Es würde schwierig genug sein, ihn unter Zeitdruck wieder anzusetzen, auch ohne das Ganze noch durch die Heilung eines Gelenks zu komplizieren.

Holly holte tief Luft und hielt den Atem an. Die Wirkung des Sleeper Deeper war effektiver als jede Betäubung. Spiro würde weder zucken noch den geringsten Schmerz verspüren. Sie setzte an. Ein glatter Schnitt, der sofort verheilte. Kein Tropfen Blut.

Artemis wickelte den Daumen in ein Taschentuch aus Spiros Schrank. »Saubere Arbeit«, sagte er. »Und jetzt los. Die Uhr tickt.«

Durch das Loch im Schrank kletterten Artemis und Holly wieder hinunter in den 85. Stock. Die Flure auf dieser Etage waren insgesamt fast zwei Kilometer lang, und sie wurden rund um die Uhr von sechs Wachmännern auf Patrouille kontrolliert, jeweils im Zweierteam. Ihre Wege waren so abgestimmt, dass immer ein Team die Tür zum Tresorraum im Blick hatte. Der Korridor, der zum Tresorraum führte, war hundert Meter lang, und es dauerte genau achtzig Sekunden, um ihn einmal

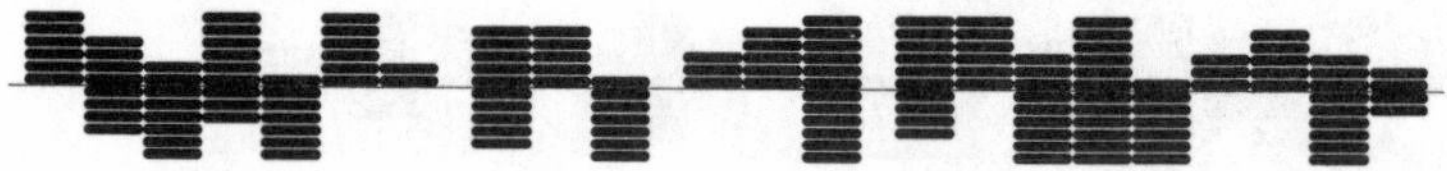

entlangzugehen. Nach Ablauf von achzig Sekunden bog jeweils das nächste Wachteam um die Ecke. Zum Glück sahen an diesem Morgen zwei der Wachmänner alles in einem etwas anderen Licht.

Foaly gab Holly und Artemis das Zeichen. »Okay. Unsere Jungs kommen um die Ecke.«

»Bist du sicher, dass es die Richtigen sind? Diese Gorillas sehen alle gleich aus. Kleiner Kopf und kein Hals.«

»Ja, bin ich. Ihre Markierungen sind klar und deutlich zu erkennen.«

Holly hatte Biz und Chips mit einem Stempelabdruck versehen, der normalerweise von der Zoll- und Einwanderungsbehörde für unsichtbare Visa benutzt wurde. Der Abdruck leuchtete grell orange, sobald man ihn durch einen Infrarotfilter betrachtete.

Holly schob Artemis zur Tür hinaus. »Okay. Los. Und spar dir deine sarkastischen Kommentare.«

Die Warnung war überflüssig. In einem so gefährlichen Stadium der Operation verspürte selbst Artemis Fowl keinen Hang mehr zu sarkastischen Bemerkungen. Er lief den Flur entlang, den beiden massigen Wachmännern direkt entgegen, unter deren Achseln sich etwas Eckiges abzeichnete. Waffen, ohne Zweifel. Riesendinger mit Haufen von Kugeln, verborgen unter dem Jackett.

»Und Sie sind sicher, dass der *Blick* funktioniert hat?«, fragte Artemis japsend Holly, die über ihm schwebte.

»Natürlich. Ihr Gehirn war so leer, dass ich darauf schreiben konnte wie auf einer frisch geputzten Tafel. Aber ich kann sie auch außer Gefecht setzen, wenn dir das lieber ist.«

»Nein«, keuchte Artemis. »Keine Spuren. Wir dürfen keine Spuren hinterlassen.«

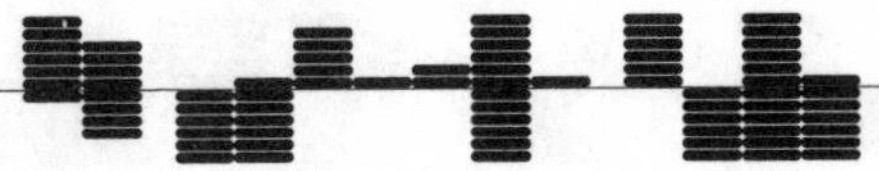

Biz und Chips kamen näher. Sie unterhielten sich über die Vorzüge ihrer Lieblingstrickfilmfiguren.

»Captain Hook ist klasse«, meinte Biz. »Der würde deinen Barney doch locker in seinen lila Dinosaurierhintern treten.«

Chips seufzte. »Du kapierst überhaupt nicht, was bei Barney Sache ist. Da geht's um innere Werte, Mann, nicht darum, jemanden in den Hintern zu treten.«

Sie gingen direkt an Artemis vorbei, ohne Notiz von ihm zu nehmen. Und warum hätten sie auch? Holly hatte ihnen unter dem Einfluss des *Blicks* befohlen, jeden zu ignorieren, der auf dem Stockwerk nichts zu suchen hatte, es sei denn, sie würden dazu aufgefordert.

Vor Holly und Artemis lag nun die erste Sicherheitstür. Ihnen blieben noch etwa vierzig Sekunden, bevor das nächste Wachteam um die Ecke kam. Ein Wachteam, das nicht mit dem *Blick* bearbeitet worden war.

»Noch etwas mehr als eine halbe Minute, Holly. Sie wissen, was Sie zu tun haben.«

Holly heizte die Thermodrähte ihres Overalls auf die exakte Raumtemperatur, um unbemerkt durch das Gitter aus Laserstrahlen zu gelangen, das den Eingang zum Tresorraum versperrte. Dann stellte sie ihre Flügel auf leichten Schwebeflug, da ein stärkerer Luftzug die Sicherheitsmatte am Boden hätte aktivieren können. Vorsichtig zog sie sich an der Wand entlang, indem sie sich genau dort festhielt, wo laut ihres Helmvisiers keine Sensoren installiert waren. Die Sicherheitsmatte erbebte im Luftzug, jedoch nicht stark genug, um einen Alarm auszulösen.

Ungeduldig verfolgte Artemis jede ihrer Bewegungen. »Beeilen Sie sich, Holly. Nur noch zwanzig Sekunden.«

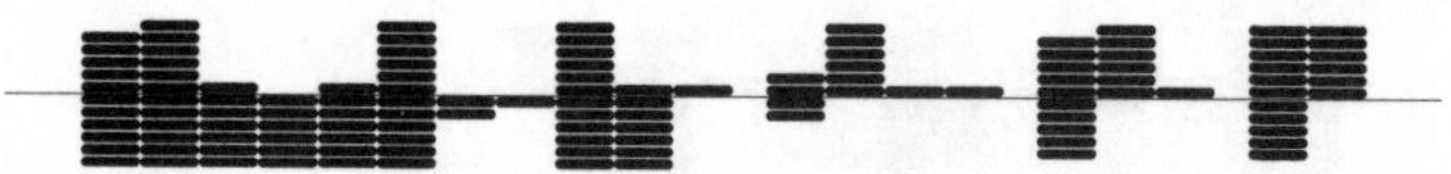

Holly grummelte etwas Unzitierbares und zog sich auf Armeslänge an die Tür heran.

»Videodatei Spiro 3«, befahl sie, und ihr Helmcomputer spielte die Aufnahme von Jon Spiro ab, wie er gerade den Code für die Tür zum Tresorraum eingab. Sie tippte denselben Zahlencode, und im Innern der Stahltür glitten sechs verstärkte Riegel zurück, so dass die mit Gegengewichten versehenen Flügel geräuschlos aufschwangen. Gleichzeitig schalteten sich alle äußeren Alarmsysteme automatisch ab. Nun ragte vor ihnen die fest verschlossene zweite Tür auf. Drei rote Lämpchen leuchteten auf der Kontrolltafel. Es waren nur noch drei Hindernisse zu überwinden: der Abtaster, der Netzhautscanner und die Stimmkontrolle.

Die vor ihnen liegende Operation war zu kompliziert für die Sprachsteuerung. Foalys Computer tendierten dazu Befehle falsch zu verstehen, obwohl der Zentaur hartnäckig behauptete, es handele sich um Bedienungsfehler. Daher riss Holly den Klettverschluss auf, der die Fernbedienung für den Helm an ihrem Handgelenk schützte.

Als Erstes ließ sie eine 3D-Projektion von Spiros Auge in genau einem Meter fünfundsechzig Höhe erscheinen. Der Netzhautscanner tastete das virtuelle Auge mit einem kreiselnden Strahl ab. Er war offensichtlich zufrieden mit dem Ergebnis, denn das erste Schloss öffnete sich. Eines der roten Lämpchen wechselte auf Grün.

Dann rief sie die entsprechende Sounddatei auf, mit der sie die Stimmerkennung überlisten wollte. Das Prüfgerät war zwar so hoch entwickelt, dass es sich nicht mit einer normalen Aufnahme hätte austricksen lassen – jedenfalls nicht mit einer von Menschen erstellten Auf-

nahme. Foalys Digitalmikrofone erstellten Kopien, die vom Original nicht zu unterscheiden waren. Sogar Stinkwürmer, deren gesamter Körper mit Ohren bedeckt ist, ließen sich von einem weiblichen Lockzischen aus Foalys Spezialgerät in die Irre führen. Der Zentaur verhandelte gerade mit einer Käfersammelfirma über die Rechte.

Holly spielte die gespeicherte Datei einfach über ihren Helmlautsprecher ab. »Jon Spiro. Ich bin der Boss, also öffne dich schnell.«

Alarm Nummer zwei war ebenfalls ausgeschaltet. Blieb noch ein rotes Licht.

»Entschuldigen Sie, Captain«, sagte Artemis mit leisem Drängen in der Stimme, »aber die Zeit läuft ab.«

Er trat neben Holly, wickelte den Daumen aus und drückte ihn auf den Abtaster. Ein zähes Gel drang in die Rillen der Kuppe. Auch die dritte Alarmanzeige schaltete auf Grün. Es hatte funktioniert. Natürlich – schließlich war der Daumen echt.

Aber weiter passierte nichts. Die Tür blieb verschlossen.

Holly knuffte Artemis in die Schulter. »Was ist? Können wir rein?«

»Offensichtlich nicht. Übrigens fördert Knuffen nicht gerade meine Konzentration.«

Artemis starrte die Anzeigetafel an. Was hatte er übersehen? Denk nach, Junge, denk nach. Benutz deine berühmten grauen Zellen. Unwillkürlich beugte er sich näher zu der zweiten Tür und verlagerte dabei sein Gewicht vom hinteren Bein auf das vordere. Plötzlich gab die rote Bodenplatte unter ihm ein leises Quietschen von sich.

»Natürlich!«, rief er, packte Holly und zog sie zu sich. »Diese Platte dient nicht nur zur Markierung«, erklärte er hastig, »sondern ist auch ein Gewichtssensor.«

Artemis hatte Recht. Glücklicherweise kam ihr gemeinsames Gewicht dem von Spiro nahe genug, um die Waage zu täuschen – offenbar ein mechanisches Gerät, denn ein Computer hätte sich dadurch niemals überlisten lassen. So aber versank die zweite Tür in einer Öffnung zu ihren Füßen.

Artemis reichte Holly den abgetrennten Daumen. »Gehen Sie lieber«, sagte er. »Spiro bleibt nicht mehr viel Zeit. Ich komme gleich nach.«

Holly nahm den Daumen. »Und wenn nicht?«

»Dann tritt Plan B in Aktion.«

Holly nickte langsam. »Hoffen wir, dass es nicht so weit kommt.«

»Ja, hoffen wir's.«

Mit diesen Worten betrat Artemis den Tresorraum. Er ignorierte das angehäufte Vermögen an Juwelen und Inhaberschuldverschreibungen und steuerte direkt auf das Plexiglasgefängnis des C Cube zu. Zwei bullige Wachmänner versperrten ihm den Weg. Beide trugen Sauerstoffmasken vor dem Gesicht, blieben aber ungewöhnlich reglos.

»Entschuldigen Sie, meine Herren, würde es Ihnen etwas ausmachen, wenn ich mir Mr Spiros Würfel kurz ausleihe?«

Keiner der beiden reagierte. Nicht einmal ein Augenbrauenzucken. Was zweifellos an dem Lähmungsgas in ihren Sauerstoffflaschen lag, das aus dem Gift einer peruanischen Spinnenart hergestellt worden war und von der chemischen Zusammensetzung her einer Salbe ähnelte, die südamerikanische Eingeborene als Betäubungsmittel einsetzten.

Artemis tippte den Zahlencode ein, den Foaly ihm

über den Ohrlautsprecher diktierte, und der Plexiglaskasten öffnete sich. Die Seitenwände verschwanden lautlos in der Säule und gaben den Würfel frei. Artemis streckte die Hand aus ...

Spiros Schlafzimmer

Holly kletterte durch den Schrank in Spiros Schlafzimmer. Der Industriemagnat lag in derselben Haltung da, wie sie ihn verlassen hatten, und atmete ruhig und gleichmäßig. Die Stoppuhr in Hollys Visier zeigte 3 Minuten 57 Sekunden an. Gerade noch rechtzeitig.

Vorsichtig wickelte sie den Daumen aus und hielt ihn an den Stumpf. Spiros Hand fühlte sich kalt und ungesund an. Sie schaltete ihr Visier auf Zoomfunktion, um den abgetrennten Daumen besser sehen zu können. Soweit sie es beurteilen konnte, waren die beiden Hälften exakt aneinander gefügt.

»Heile«, sagte sie. Aus ihren Fingerspitzen sprangen Magiefunken und versanken in den beiden Daumenhälften. Fäden aus blauem Licht nähten die Hautschichten zusammen, und neue Haut brach unter der alten hervor, um den Schnitt zu verbergen. Der Daumen begann zu vibrieren und zu zucken. Dampf schoss aus den Poren und bildete eine Nebelwolke um Spiros Hand. Sein Arm zuckte heftig, als der Schock bis in seine knochige Brust wanderte. Sein Rücken bäumte sich so heftig auf, dass Holly dachte, er würde durchbrechen. Dann fiel Spiro zurück aufs Bett. Während des gesamten Vorgangs aber blieb sein Herzschlag vollkommen regelmäßig.

Ein paar verirrte Funken hüpften über Spiros Körper wie Kieselsteine über einen Teich und sammelten sich hinter seinen Ohren, genau dort, wo Artemis vorhin herumgeschnüffelt hatte. Seltsam. Vorsichtig zog Holly an einem Ohr und entdeckte dahinter eine halbmondförmige Narbe, die rasch von der Magie entfernt wurde. Auf der anderen Seite dasselbe.

Holly zoomte die Narbe heran. »Foaly, was könnte das sein?«

»Operationsnarben«, erwiderte der Zentaur. »Vielleicht hat unser Freund Spiro sich liften lassen. Oder aber ...«

»Oder aber es ist gar nicht Spiro«, ergänzte Holly und schaltete um auf Artemis' Frequenz. »Artemis, der Mann ist gar nicht Spiro, sondern ein Double. Hörst du mich, Artemis? Antworte mir.«

Doch Artemis antwortete nicht. Vielleicht weil er nicht wollte, vielleicht weil er nicht konnte.

Tresorraum

Artemis streckte die Hand aus, und in dem Moment glitt mit leisem Zischen eine Wand zurück. Dahinter standen Jon Spiro und Arno Blunt. Spiros Grinsen war so breit, dass ein Stück Wassermelone hineingepasst hätte.

Er klatschte in die Hände, dass der Schmuck nur so klimperte. »Bravo, Master Fowl. Manche von uns haben nicht geglaubt, dass du so weit kommen würdest.«

Blunt zog einen Hundert-Dollar-Schein aus seiner Brieftasche und gab ihn Spiro.

»Besten Dank, Arno. Ich hoffe, das lehrt Sie, nicht gegen das Haus zu wetten.«

Artemis nickte nachdenklich. »Der Mann im Schlafzimmer. Das war ein Double.«

»Ja. Costa, mein Vetter. Wir haben die gleiche Kopfform. Ein oder zwei Schnitte, und schon ähneln wir uns wie ein Ei dem anderen.«

»Also haben Sie den Abtaster auf seinen Daumen umprogrammiert.«

»Ja, aber nur für eine Nacht. Ich wollte sehen, wie weit du kommst. Du bist wirklich ein erstaunlicher Junge, Arty. Bisher hat es niemand geschafft, in den Tresorraum einzubrechen, obwohl es eine Menge Profis versucht haben. Wie es scheint, hat mein Sicherungssystem ein paar Schwachpunkte, um die sich die Techniker kümmern müssen. Wie bist du überhaupt hier reingekommen? Costa ist ja offenbar nicht bei dir.«

»Berufsgeheimnis.«

Spiro trat von einer kleinen Plattform herunter. »Egal, wir schauen es uns hinterher auf den Videos an. Mit Sicherheit hast du ein paar der Kameras nicht ausschalten können. Eins ist jedenfalls klar, du hast es nicht allein geschafft. Prüfen Sie nach, ob er einen Ohrlautsprecher hat, Arno.«

Blunt brauchte keine fünf Sekunden, um den Lautsprecher zu finden. Triumphierend zog er den kleinen Zylinder heraus und zermalmte ihn mit seinem Stiefelabsatz.

Spiro seufzte. »Ich habe nicht den geringsten Zweifel, Arno, dass dieses kleine elektronische Wunderwerk mehr wert war als Sie in Ihrem ganzen Leben verdienen werden. Ich weiß nicht, warum ich Sie im Dienst behalte. Ich weiß es wirklich nicht.«

»Tut mir Leid, Mr Spiro.«

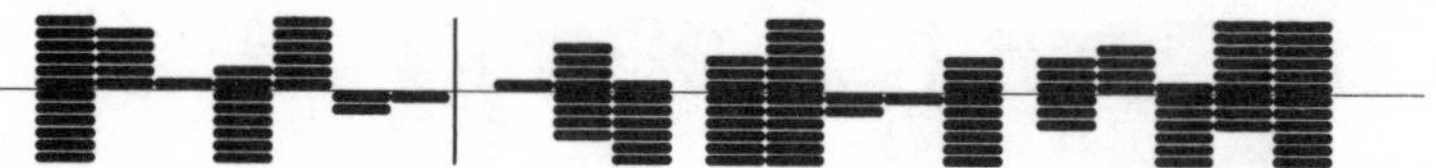

»Das wird Ihnen noch viel mehr Leid tun, mein gebissgeschädigter Freund«, sagte Artemis. »Vergessen Sie nicht, Butler ist Ihnen auf der Spur.«

Unwillkürlich wich Blunt einen Schritt zurück. »Glaub ja nicht, dass du mir mit diesem Mumpitz Angst einjagen kannst. Butler ist tot. Ich habe genau gesehen, wie er zu Boden gegangen ist.«

»Das mag sein. Aber haben Sie auch gesehen, wie er gestorben ist? Wenn ich mich recht entsinne, hat Butler auf Sie geschossen, nachdem Sie auf ihn geschossen hatten.«

Blunt berührte die Naht an seiner Schläfe. »Zufallstreffer.«

»Zufallstreffer? Butler ist ein erstklassiger Schütze. Das würde ich ihm nicht ins Gesicht sagen.«

Spiro lachte amüsiert. »Der Junge spielt mit Ihnen, Arno. Dreizehn Jahre alt, und spielt mit Ihnen wie ein Kater mit einer Maus. Reißen Sie sich zusammen, Mann. Ich denke, Sie sind ein Profi.«

Blunt gab sich sichtlich Mühe, doch der Gedanke an Butlers Geist ließ ihn nicht los.

Spiro nahm den C Cube von seinem Schaumstoffkissen. »Dieses geistreiche Geplänkel ist ja ganz nett, Arty, aber es ändert nichts an der Tatsache, dass ich wieder gewonnen habe und du den Kürzeren ziehst. Das Ganze war ein Spiel für mich, reine Unterhaltung. Deine kleine Operation war höchst lehrreich, wenn auch erfolglos. Aber jetzt ist es genug. Du bist allein, und ich habe keine Zeit mehr für Spielereien.«

Artemis seufzte, der Inbegriff der Niedergeschlagenheit. »Das sollte eine Lektion sein, nicht wahr? Um mir zu zeigen, wer der Boss ist.«

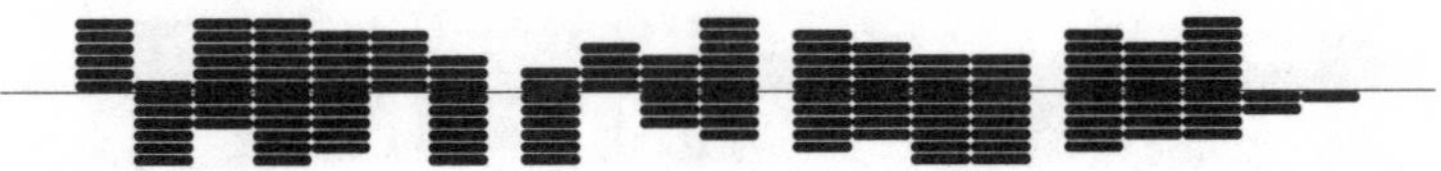

»Genau. Manche Leute brauchen eben eine Weile, um zu lernen. Meine Erfahrung ist: Je intelligenter der Gegner, desto größer sein Ego. Du musstest erst erkennen, dass du gegen mich keine Chance hast, bevor du tun würdest, was ich von dir verlange.« Spiro legte seine knochige Hand auf die Schulter des Jungen. Artemis spürte das Gewicht seines Schmucks. »Jetzt hör mir mal gut zu, Kleiner. Ich will, dass du diesen Würfel freischaltest. Und erzähl mir nicht wieder irgendwelchen Mist. Ich habe noch nie einen Computerfreak getroffen, der sich nicht eine Hintertür eingebaut hatte. Du bringst das Schätzchen jetzt zum Laufen, sonst ist Schluss mit meiner guten Laune. Ich kann ganz schön ungemütlich werden.«

Artemis nahm den roten Würfel in beide Hände und starrte auf den flachen Bildschirm. Dies war einer der schwierigsten Abschnitte seines Plans. Spiro musste sich in dem Glauben wiegen, dass er Artemis Fowl erneut überlistet hatte.

»Los, Arty. Fang an.«

Artemis fuhr sich mit der Hand über die trockenen Lippen. »Also gut. Aber ich brauche eine Minute.«

Spiro klopfte ihm auf die Schulter. »Ich bin ein großzügiger Mensch. Ich gebe dir zwei.« Er nickte Blunt zu. »Bleiben Sie in seiner Nähe, Arno. Ich will nicht, dass unser kleiner Freund wieder Sperenzchen macht.«

Artemis setzte sich an den langen Stahltisch und legte die Innereien des Würfels frei. Rasch sortierte er ein kompliziertes Gewirr von Glasfaserkabeln um, wobei er einen Strang komplett entfernte – den ZUP-Blocker. Nach weniger als einer Minute verschloss er den Würfel wieder.

Spiros Augen leuchteten voller Erwartung, und in seinem Kopf tanzten Bilder von unschätzbarem Reichtum

herum. »Gute Nachrichten, Arty. Ich will nur gute Nachrichten hören.«

Artemis wirkte jetzt zurückhaltender, als hätte die Erkenntnis seiner Niederlage endlich seine Großspurigkeit gedämpft. »Ich habe ihn neu gestartet. Er funktioniert. Allerdings ...«

Spiro fuchtelte mit den Händen, dass seine Armbänder klimperten wie die Glöckchen an einem Katzenhalsband. »Was, allerdings? Ich hoffe, nur ein winzig kleines Allerdings!«

»Im Grunde ist es nichts. Kaum der Rede wert. Ich musste ihn auf Version 1.0 zurückfahren, weil Version 1.2 komplett auf meine Stimme programmiert war. 1.0 ist nicht so sicher und ein wenig temperamentvoller.«

»Temperamentvoller? Die Kiste ist schließlich nicht meine Großmutter.«

»Ich bin keine Kiste!«, protestierte Foaly, der dank des entfernten Blockers die neue Stimme des Würfels war. »Ich bin ein Wunderwerk an künstlicher Intelligenz. Ich lebe, also lerne ich.«

»Sehen Sie, was ich meine?«, fragte Artemis kleinlaut. Der Zentaur trug zu dick auf. Spiro durfte keinen Verdacht schöpfen.

Spiro starrte den Würfel an, als wäre es einer seiner Handlanger. »Willst du mir etwa Widerworte geben, Blechbox?«

Der Würfel antwortete nicht.

»Sie müssen ihn mit seinem Namen ansprechen«, erklärte Artemis. »Sonst würde er auf jede Frage in seiner Hörweite reagieren.«

»Und wie heißt er?«

Juliet benutzte oft den Ausdruck Dumpfbacke. Solche umgangssprachlichen Bezeichnungen verwendete Artemis normalerweise nicht, aber in diesem Moment hätte sie sehr gut gepasst.

»Er heißt *Cube.*«

»Okay, *Cube.* Willst du mir etwa Widerworte geben?«

»Ich gebe Ihnen, was immer mein Prozessor geben kann.«

Spiro rieb sich in kindlicher Freude die Hände, dass seine Juwelen funkelten wie Meereswellen bei Sonnenuntergang.

»Na, dann wollen wir das Schätzchen mal ausprobieren. Cube, kannst du mir sagen, ob derzeit irgendwelche Satelliten dieses Gebäude überwachen?«

Foaly schwieg einen Moment. Artemis sah förmlich vor sich, wie er die Satellitenkoordinaten auf seinen Bildschirm rief.

»Im Augenblick nur einer, obwohl Ihr Kasten nach den Ionenspuren zu schätzen bereits mehr Strahlen abgekriegt hat als Han Solos Millennium Falcon.«

Spiro warf Artemis einen finsteren Blick zu.

»Sein Persönlichkeitschip ist fehlerhaft«, erklärte der Junge. »Deshalb habe ich die Produktion vorläufig eingestellt. Aber das lässt sich beheben.«

Spiro nickte. Schließlich wollte er nicht, dass sein Zauberwürfel die Persönlichkeit eines Gorillas entwickelte. »Was ist mit dieser ZUP, Cube?«, fragte er. »Die Typen haben mich überwacht, als ich in London war. Sind sie jetzt auch auf Empfang?«

»Die ZUP? Das ist eine Gruppe von Fernsehsatelliten aus Zentral-Usbekistan«, sagte Foaly, wie Artemis ihm geraten hatte. »Hauptsächlich Gameshows. Ihre Reichweite erstreckt sich nicht bis hierher.«

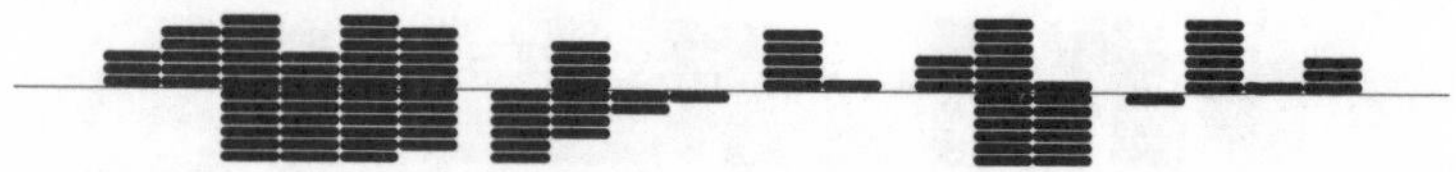

»Okay, ist nicht so wichtig, Cube. Aber ich brauche die Seriennummer von dem anderen Satelliten.«

Foaly überprüfte die Daten. »Hm... mal schauen. Registriert auf die Regierung der Vereinigten Staaten, Codeziffer ST1147P.«

Spiro ballte triumphierend die Fäuste. »Stimmt! Zufällig war ich bereits im Besitz dieser Information. Cube, du hast meinen Test bestanden.« Der Milliardär hüpfte wie Rumpelstilzchen durch den Tresorraum. »Ich sage dir, Arty, das hat mich um Jahre verjüngt! Am liebsten würde ich mich in meinen Smoking werfen und auf einen Collegeball gehen.«

»Was Sie nicht sagen.«

»Ich weiß gar nicht, wo ich anfangen soll. Soll ich selbst Geld verdienen? Oder es jemand anders wegnehmen?«

Artemis zwang sich zu einem Lächeln. »Die Welt liegt in Ihrer Hand.«

Spiro tätschelte zärtlich den Würfel. »Stimmt genau. Und ich werde sie kräftig auspressen.«

Biz und Chips kamen mit gezogener Waffe in den Tresorraum gelaufen.

»Mr Spiro!«, stammelte Biz. »Ist das eine Art Übung?«

Spiro lachte. »Ach, sieh mal an. Da kommt die Kavallerie. Stunden zu spät. Nein, das ist keine Übung. Ich wüsste aber nur zu gerne, wie unser kleiner Artemis an euch beiden vorbeigekommen ist!«

Die beiden Muskelmänner starrten Artemis an, als wäre er soeben aus dem Nichts aufgetaucht – was er für ihre mit dem *Blick* bearbeiteten Gehirne auch war.

»Keine Ahnung, Mr Spiro. Wir haben ihn nicht gesehen. Sollen wir mit ihm nach draußen gehen? Er könnte einen Unfall haben.«

Spiro lachte, ein kurzes, bösartiges Schnauben. »Ich habe ein neues Wort für euch zwei Knallköpfe: *entbehrlich*. Das trifft auf euch zu, aber nicht auf ihn, noch nicht. Kapiert? Also stellt euch ordentlich hin und macht gefälligst Eindruck, sonst ersetze ich euch durch zwei rasierte Gorillas.«

Spiro betrachtete gedankenverloren den Bildschirm des Würfels. »Ich schätze, mir bleiben noch etwa zwanzig Jahre. Danach kann die Welt meinetwegen zum Teufel gehen. Ich habe keine Familie und keine Erben, also brauche ich auch nicht für die Zukunft vorzubauen. Ich werde diesen Planeten bis auf den letzten Tropfen aussaugen, und mit diesem Würfel kann ich alles tun, was ich will.«

»Ich weiß, was ich als Erstes tun würde«, sagte Biz, offenbar selbst überrascht, dass die Worte aus seinem Mund kamen.

Spiro erstarrte. Er war es nicht gewohnt, in seinen Fantasien unterbrochen zu werden. »Und, was genau würden Sie tun, Sie Schwachkopf?«, fragte er. »Sich einen Stammtisch in Merv's Rib 'n Roast kaufen?«

»Nein«, erwiderte Biz. »Ich würde es diesen Typen von Phonetix heimzahlen. Die drehen Spiro Industries doch seit Jahren 'ne lange Nase.«

Es war ein denkwürdiger Augenblick. Nicht nur, weil Biz tatsächlich eine Idee gehabt hatte, sondern weil es obendrein eine gute war.

In Spiros Augen blitzte es nachdenklich auf. »Phonetix. Mein größter Konkurrent. Wie ich diese Kerle hasse. Nichts würde mir mehr Freude bereiten, als diese Horde zweitklassiger Telefonfreaks auszuschalten. Aber wie?«

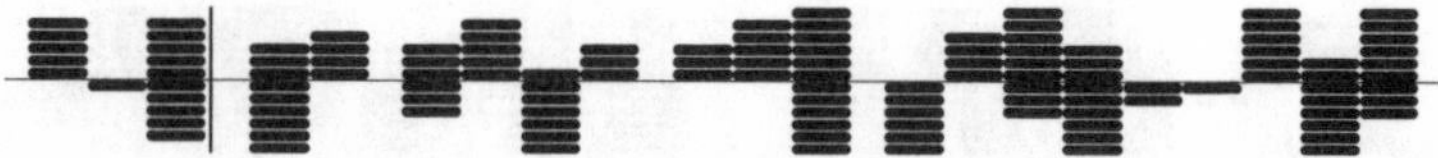

Jetzt war Chip an der Reihe. »Ich hab gehört, die arbeiten an 'nem neuen Handy. Topsecret. Extrastarker Akku, oder so.«

Spiro starrte die beiden verblüfft an. Erst Biz, und jetzt Chips. Demnächst würden sie womöglich noch lesen lernen. Dennoch ...

»Cube«, sagte Spiro, »ich will, dass du dich in den Server von Phonetix einloggst. Kopier mir die Entwürfe sämtlicher Projekte, an denen sie gerade arbeiten.«

»Geht nicht, Boss. Phonetix arbeitet mit einem geschlossenen System. Keinerlei Außenverbindung mit dem Internet in ihrer gesamten Forschungsabteilung. Ich müsste vor Ort sein.«

Schlagartig schwand Spiros Euphorie. Er fuhr zu Artemis herum. »Wovon redet er?«

Artemis räusperte sich. »Der Würfel hat nur dann Zugang zu einem geschlossenen System, wenn der Omnisensor den Computer berührt oder zumindest in seiner Nähe steht. Phonetix hat solche Angst vor Hackern, dass sie ihr Forschungslabor komplett abgeschirmt haben. Vergraben unter einer mehrere Stockwerke dicken Schicht aus solidem Fels. Da unten haben sie nicht einmal E-Mail. Das weiß ich, weil ich selbst ein paarmal versucht habe, mich bei ihnen einzuloggen.«

»Aber der Würfel hat doch den Satelliten aufgespürt.«

»Der Satellit sendet ja auch. Und solange er sendet, kann der Würfel ihn aufspüren.«

Spiro spielte mit den Gliedern seines ID-Armbands. »Das heißt also, ich müsste mich bei Phonetix einschleichen.«

»Das würde ich nicht empfehlen«, sagte Artemis. »Das wäre ein ganz schön großes Risiko für einen persönlichen Rachefeldzug.«

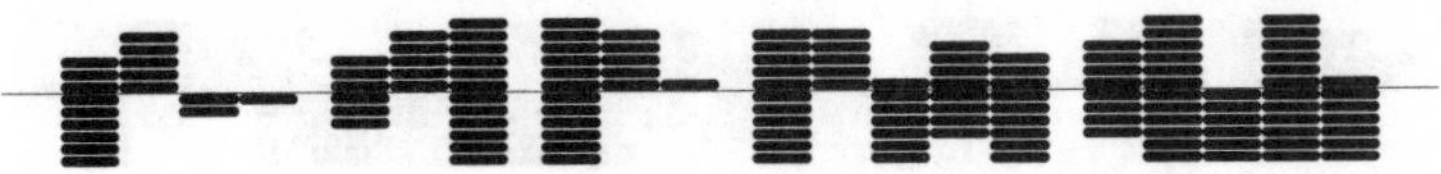

Blunt trat vor. »Lassen Sie mich gehen, Mr Spiro. Ich hole Ihnen die Pläne.«

Spiro nahm ein paar Vitamintabletten aus dem Spender an seinem Gürtel und kaute darauf herum. »Nette Idee, Arno. Aber ich möchte den Würfel nicht gerne aus der Hand geben. Wer weiß, nachher führt er dich noch in Versuchung. Cube, kannst du das Alarmsystem von Phonetix ausschalten?«

»Kann ein Zwerg ein Loch in seine Hose furzen?«

»Wie bitte?«

»Äh … nichts. Ein technischer Ausdruck. Würden Sie ohnehin nicht verstehen. Ich habe das Alarmsystem bereits ausgeschaltet.«

»Und was ist mit den Wachleuten, Cube? Kannst du die auch ausschalten?«

»Null Problemo. Ich könnte per Fernsteuerung die interne Spezialsicherungsvorrichtung auslösen.«

»Und die wäre?«

»Gasbehälter in den Luftschächten. Betäubungsgas. Nach Chicagoer Rechtsordnung übrigens verboten. Aber clever: keine Nachwirkungen, keine Spuren. Der Eindringling kommt zwei Stunden später wieder zu sich – im Gefängnis.«

Spiro lachte dreckig. »Diese paranoiden Jungs. Dann mal los, Cube, schalte sie aus.«

»Ab in die Heia, ihr Lieben«, sagte Foaly mit vernehmlicher Schadenfreude.

»Gut. Jetzt steht nur noch ein verschlüsselter Computer zwischen uns und den Plänen von Phonetix, Cube.«

»Soll das ein Witz sein? Den Server knacke ich so schnell, dass es mit keiner bekannten Zeiteinheit zu messen ist.«

Spiro befestigte den Würfel an seinem Gürtel. »Weißt du was, Arty, der Kerl fängt an, mir zu gefallen.«

Artemis startete einen letzten scheinbar ernst gemeinten Versuch, ihn von seinem Vorhaben abzubringen. »Mr Spiro, ich glaube wirklich nicht, dass das eine gute Idee ist.«

»Natürlich nicht«, erwiderte Jon Spiro lachend. »Deshalb nehme ich dich ja mit.«

Forschungslabor der Firma Phonetix, Industriegebiet Chicago

Spiro wählte einen Lincoln Town Car aus seiner gut bestückten Garage. Es war ein Modell aus den Neunzigern mit gefälschtem Kennzeichen, das er oft als Fluchtfahrzeug benutzte. Es war alt genug, um nicht aufzufallen, und selbst wenn es der Polizei gelang, das Kennzeichen zu notieren, brachte es sie nicht weiter.

Arno Blunt parkte den Wagen gegenüber dem Haupteingang des Phonetix-Labors. Hinter der Glasdrehtür saß ein Wachmann an seinem Tisch. Blunt holte ein Fernglas aus dem Handschuhfach und richtete es auf den Wachmann. »Schläft wie ein Baby«, verkündete er.

Spiro klopfte ihm auf die Schulter. »Gut. Wir haben knapp zwei Stunden. Reicht das?«

»Wenn dieser Würfel so gut ist, wie er behauptet, können wir in einer Viertelstunde wieder draußen sein.«

»Der Würfel ist eine Maschine«, sagte Artemis kühl. »Keiner Ihrer Steroid fressenden Kumpane.«

Blunt drehte sich um. Artemis saß eingeklemmt zwischen Biz und Chips auf dem Rücksitz. »Du bist aber plötzlich ganz schön mutig.«

Artemis zuckte die Achseln. »Was habe ich zu verlieren? Schlimmer kann es ja wohl nicht werden.«

Neben der Drehtür befand sich noch ein normaler Eingang. Per Fernsteuerung betätigte der Würfel den Öffner, und die Eindringlinge betraten das Gebäude. Keine Alarmanlage heulte los, und keine Armee von Wachleuten kam herbeigerannt, um sie festzunehmen.

Spiro stolzierte den Flur entlang, ermutigt durch seinen neuen technischen Freund und beschwingt durch die Vorfreude darauf, Phonetix endlich vom Markt zu fegen. Der Sicherheitsaufzug setzte dem Würfel ebenso wenig Widerstand entgegen wie ein Lattenzaun einem Panzer, und wenig später fuhren Spiro und Konsorten die acht Stockwerke hinunter in das abgeschirmte Labor.

»Wir tauchen ab«, witzelte Biz. »Dahin, wo die Knochen der Dinosaurier liegen. Wusstet ihr, dass aus Dinosaurierscheiße nach Millionenmilliarden Jahren Diamanten werden?«

Normalerweise hätte eine solche Bemerkung die sofortige Erschießung zur Folge gehabt, doch Spiro hatte ausnahmsweise gute Laune. »Nein, das wusste ich nicht, Biz. Vielleicht sollte ich Ihnen Ihre Honorare von jetzt an in Scheiße auszahlen.«

Biz beschloss, von jetzt an den Mund zu halten. Das war bestimmt besser für seine Finanzen.

Der Eingang zum eigentlichen Labor war mit einem ganz normalen Daumenabtaster gesichert, der nicht einmal mit Gel arbeitete. Für den Würfel war es eine Kleinigkeit, den Fingerabdruck auf der Platte einzuscannen und ihn dann wieder auf den Sensor zu projizieren. Es gab keinen Zahlencode.

»Das reinste Kinderspiel«, prahlte Spiro. »Das hätte ich schon vor Jahren tun sollen.«

»Etwas Dankbarkeit wäre nicht übel«, kam es leicht pikiert von Foaly. »Immerhin habe ich uns hier reingelotst und die Wachen ausgeschaltet.«

Spiro hielt sich das Gerät vor das Gesicht. »Du solltest dankbar sein, dass ich dich nicht zu Schrott verarbeite, Cube.«

»Versuchen Sie's doch«, grummelte Foaly.

Arno Blunt überprüfte die Überwachungsmonitore. Überall im Gebäude lagen bewusstlose Wachmänner, einer noch mit einem halben Roggensandwich im Mund. »Hut ab, Mr Spiro. Das ist wirklich erste Klasse. Phonetix wird sogar die Rechnung für das Betäubungsgas selbst bezahlen müssen.«

Spiro blickte zur Decke. Mehrere Kameralämpchen blinkten rot in der Dunkelheit. »Cube, müssen wir auf dem Rückweg den Videoraum plündern?«

»Nicht nötig«, gab Foaly zurück. »Ich habe Sie und Ihre Leute aus den Aufzeichnungen gelöscht.«

Artemis, der, an den Achseln gepackt, zwischen Biz und Chips hing, murmelte: »Verräter. Ich habe dir das Leben geschenkt, Cube. Ich bin dein Schöpfer.«

»Tja, vielleicht haben Sie mir zu viel von sich selbst mitgegeben, Master Fowl. *Aurum potestas est.* Gold ist Macht. Ich tue nur das, was Sie mir beigebracht haben.«

Spiro tätschelte den Würfel zärtlich. »Ich mag den kleinen Kerl. Er ist wie der Bruder, den ich nie gehabt habe.«

»Ich dachte, Sie hätten einen Bruder?«, sagte Chips verwirrt. Ein Zustand, der bei ihm öfter vorkam.

»Meinetwegen«, erwiderte Spiro. »Dann eben wie ein Bruder, den ich auch leiden kann.«

Der Server von Phonetix stand in der Mitte des Labors. Ein Monolith von einem Rechner mit armdicken Kabeln, die sich wie Pythons zu verschiedenen Arbeitsplätzen schlängelten.

Spiro löste seinen neuen Freund vom Gürtel. »Wo musst du hin, Cube?«

»Stellen Sie mich einfach auf den Deckel des Servers, den Rest macht mein Omnisensor.«

Spiro folgte seiner Anweisung, und innerhalb von Sekunden flirrten Pläne über den winzigen Bildschirm des Würfels.

»Jetzt habe ich sie«, jubelte Spiro und reckte triumphierend die Fäuste. »Die Kerle werden mir nie wieder arrogante Mails mit ihren Aktienkursen schicken.«

»Download abgeschlossen«, sagte Foaly selbstgefällig. »Wir haben sämtliche Phonetix-Projekte der nächsten zehn Jahre im Kasten.«

Spiro drückte den Würfel an seine Brust. »Wunderbar. Ich kann unsere Version des Phonetix-Handys vor ihnen auf den Markt bringen und noch ein paar zusätzliche Millionen verdienen, bevor ich den C Cube in die Produktion gebe.«

Einer der Überwachungsmonitore weckte Blunts Aufmerksamkeit. »Äh, Mr Spiro, ich glaube, wir haben eine Feindlage.«

»Feindlage?«, knurrte Spiro. »Was soll das heißen? Sie sind kein Soldat mehr, Mann. Sprechen Sie normal mit mir.«

Der Neuseeländer klopfte auf einen der Bildschirme, als könne das etwas an dem ändern, was er beobachtete. »Ich meine, wir haben ein Problem. Ein großes Problem.«

Spiro packte Artemis am Kragen. »Was hast du angestellt, Fowl? Ist das wieder einer deiner …«

Spiro hielt mitten im Satz inne. Ihm war etwas aufgefallen. »Was ist mit deinen Augen? Warum haben sie eine unterschiedliche Farbe?«

Artemis schenkte ihm sein gefährlichstes Vampirlächeln. »Damit ich Sie besser sehen kann, Spiro.«

Der schlafende Wachmann am Eingang von Phonetix kam plötzlich wieder zu sich. Es war niemand anders als Juliet. Sie spähte unter dem Schirm der Mütze hervor, die sie sich ausgeliehen hatte, um sicherzugehen, dass Spiro keinen seiner Leute in der Lobby zurücklassen würde.

Nachdem Artemis im Tresorraum von Spiro überrascht worden war, hatte Holly Mulch und sie zu Phonetix geflogen, um Plan B in Gang zu setzen.

Natürlich gab es kein Betäubungsgas, und es waren auch nur zwei Wachen im Dienst. Einer war gerade auf der Toilette, und der andere drehte seine Runde durch die oberen Stockwerke. Doch das durfte Spiro nicht wissen. Dank einer Videoklemme, die sie am Kamerasystem von Phonetix befestigt hatten, lieferten die Kameras nur Bilder von Foalys Pseudowachmännern, die schnarchend im Gebäude herumlagen.

Juliet nahm den Telefonhörer ab und drückte nur drei Nummern.

9 … 1 … 1. Ein Notruf.

Vorsichtig griff Spiro mit spitzen Fingern in Artemis' Auge und nahm die Iriskamera heraus. Er betrachtete sie eingehend, wobei er das Mikroschaltsystem an der Innenseite entdeckte.

»Das ist ja elektronisch«, flüsterte er. »Unglaublich. Was ist das?«

Artemis blinzelte sich eine Träne aus dem Auge. »Nichts. Es ist nie hier gewesen. Genau wie ich nie hier gewesen bin.«

Spiros Gesicht verzerrte sich vor nacktem Hass. »Oh doch, Fowl, du warst hier, und du wirst für immer hier bleiben.«

Da tippte Blunt seinem Arbeitgeber auf die Schulter. Ein unverzeihlicher Fauxpas. »Mr Spiro, Boss, das müssen Sie sich ansehen.«

Juliet schlüpfte aus ihrer Wachpersonal-Jacke. Darunter trug sie eine Uniform der Chicagoer Polizei. Die Situation im Forschungslabor konnte brenzlig werden, und es war ihr Job, dafür zu sorgen, dass Artemis nichts zustieß. Sie versteckte sich hinter einer Säule in der Eingangshalle und wartete auf die Sirenen.

Im Labor starrte Spiro auf die Überwachungsmonitore. Die Bilder hatten sich verändert. Keine Wachmänner mehr, die schlafend im Gebäude herumlagen, sondern Aufnahmen davon, wie Spiro und seine Genossen bei Phonetix einbrachen, liefen über die Schirme. Mit einem entscheidenden Unterschied: Von Artemis war keine Spur zu entdecken.

»Was ist hier los, Cube?«, stieß Spiro hervor. »Du hast gesagt, du hättest uns alle aus den Aufzeichnungen gelöscht.«

»Das war gelogen. Muss wohl an der kriminellen Persönlichkeit liegen, die ich entwickle.«

Spiro schleuderte den Würfel auf den Boden. Er blieb unversehrt.

»Verstärktes Polymer«, sagte Artemis. »Nahezu unzerbrechlich.«

»Im Gegensatz zu dir«, schoss Spiro zurück.

Artemis war weiterhin wie eine Puppe zwischen Biz und Chips eingekeilt. »Verstehen Sie denn nicht? Sie sind alle auf den Videos. Der Würfel hat die ganze Zeit für mich gearbeitet.«

»Na und? Dann gehen wir eben im Überwachungsraum vorbei und nehmen die Kassetten mit.«

»Das wird nicht so einfach sein.«

Spiro glaubte noch immer, dass es einen Ausweg gab. »Ach ja? Und warum? Wer sollte mich daran hindern? Du vielleicht?«

Artemis zeigte auf die Monitore. »Nein, die da.«

Die Chicagoer Polizei rückte mit allem an, was ihr zur Verfügung stand – und dazu einigem, das sie sich hatte leihen müssen. Phonetix war der größte Arbeitgeber der Stadt und vor allem einer der fünf wichtigsten Spender für den Wohltätigkeitsfonds der Polizei. Als der Notruf aus dem Firmensitz eintraf, hatte der Dienst habende Beamte sofort im gesamten Stadtbereich Alarm ausgerufen.

Innerhalb von nicht einmal fünf Minuten standen zwanzig Uniformierte und ein komplettes Sondereinsatzkommando vor den Türen von Phonetix. Zwei Hubschrauber kreisten über dem Gebäude, und acht Scharfschützen lagen auf den umliegenden Dächern schussbereit. Niemand konnte das umstellte Gelände unbemerkt verlassen – es sei denn, er machte sich unsichtbar.

In diesem Moment beendete der Wachmann von Phonetix seine Runde und entdeckte die Eindringlinge auf dem Monitor. Kurz darauf bemerkte er den Polizeitrupp,

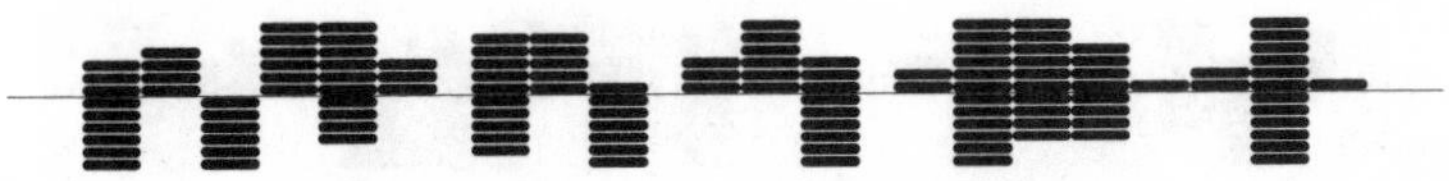

der mit Gewehrläufen gegen die Scheiben trommelte. Er drückte auf den Türöffner. »Euch wollte ich gerade anrufen«, sagte er. »Unten im Labor sind 'n paar Typen, die da nichts zu suchen haben. Müssen sich von unten reingebuddelt haben oder so, hier sind sie jedenfalls nicht vorbeigekommen.«

Der andere Wachmann auf der Toilette war noch um einiges überraschter. Er hatte gerade den Sportteil der *Herald Tribune* durchgelesen, als zwei ungemütlich aussehende Männer in Schutzausrüstung seine Kabine stürmten.

»Ausweis?«, knurrte der eine. Für ganze Sätze war offenbar keine Zeit.

Mit zitternder Hand hielt der Wachmann seinen Dienstausweis hoch.

»Bleiben Sie, wo Sie sind, Sir«, riet ihm der andere Polizist. Was er ihm nicht zweimal zu sagen brauchte.

Juliet schlüpfte hinter ihrer Säule hervor und mischte sich unter das Einsatzkommando. Da sie ebenfalls ihre Waffe zog und genauso laut herumbrüllte wie die anderen, fiel sie überhaupt nicht auf. Allerdings wurde ihr Vorwärtsstürmen bald durch ein kleines Hindernis gebremst: Es gab nur einen Zugang zum Labor, den Aufzugschacht.

Zwei Einsatzbeamte hebelten die Tür mit Brechstangen auf.

»Wir haben ein Problem«, sagte einer. »Wenn wir den Strom abstellen, kriegen wir den Aufzug nicht rauf. Wenn wir erst den Aufzug raufholen, kriegen die da unten mit, dass wir hier sind.«

Juliet schob sich nach vorne durch. »Verzeihung, Sir. Lassen Sie mich am Kabel runterklettern. Ich sprenge die Tür, und Sie schalten den Strom ab.«

Der Einsatzleiter wollte nicht einmal darüber nachdenken. »Nein. Zu gefährlich. Die Einbrecher hätten genug Zeit, um ein ganzes Magazin auf den Aufzug abzufeuern. Wer sind Sie überhaupt?«

Juliet nahm einen kleinen Karabiner von ihrem Gürtel, befestigte ihn an dem Aufzugkabel und sprang in den Schacht. »Ich bin neu«, rief sie noch, bevor sie in der Dunkelheit verschwand.

Unten im Labor starrten Spiro und seine Genossen fassungslos auf die Monitore. Foaly hatte die Bildschirme wieder umprogrammiert, so dass sie anzeigten, was oben tatsächlich vor sich ging.

»Polizei«, stammelte Blunt. »Hubschrauber. Schweres Geschütz. Wie ist das passiert?«

Spiro schlug sich immer wieder mit der flachen Hand gegen die Stirn. »Eine Falle. Die ganze Geschichte war eine Falle. Und ich wette, Mo Digence hat auch für dich gearbeitet.«

»Ja. Biz und Chips ebenfalls, obwohl die beiden sich dessen gar nicht bewusst waren. Sie wären doch nie hergekommen, Spiro, wenn ich den Vorschlag gemacht hätte.«

»Aber wie? Wie hast du das angestellt? Das ist doch unmöglich.«

Artemis blickte auf die Bildschirme. »Wie Sie sehen, nicht. Ich wusste, dass Sie im Tresorraum auf mich warten würden. Danach brauchte ich mir nur noch Ihren Hass auf Phonetix zunutze machen und Sie hierher locken, raus aus Ihrer geschützen Umgebung.«

»Wenn ich untergehe, gehst du auch unter.«

»Stimmt nicht. Ich war nie hier, wie die Videos beweisen werden.«

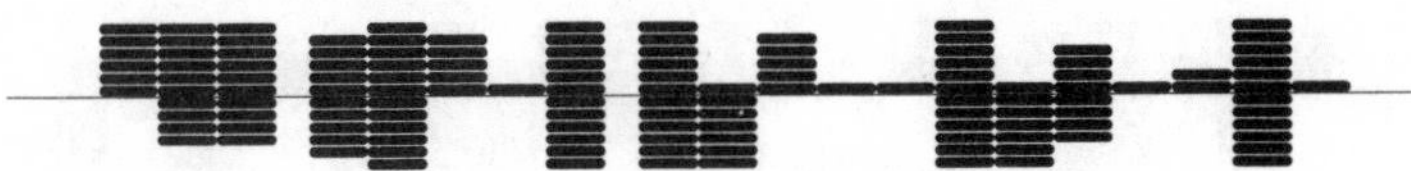

»Aber du *bist* hier!«, brüllte Spiro, mit den Nerven am Ende. Er zitterte am ganzen Körper, und Speicheltropfen flogen ihm beim Sprechen in weitem Bogen aus dem Mund. »Deine Leiche wird es beweisen. Geben Sie mir Ihre Waffe, Arno, ich werde ihn erschießen.«

Obwohl Blunt seine Enttäuschung nicht verbergen konnte, befolgte er den Befehl. Spiro zielte mit bebenden Händen. Biz und Chips sprangen hastig beiseite. Der Boss war nicht gerade für seine Treffsicherheit bekannt.

»Du hast mir alles weggenommen«, brüllte Spiro. »Alles.«

Artemis war seltsam ruhig. »Sie verstehen nicht, Jon. Es ist, wie ich es Ihnen gesagt habe. Ich war nie hier.« Er hielt einen Moment inne. »Ach, und noch etwas. Sie hatten neulich in London Recht, was meinen Namen betrifft. Artemis ist normalerweise ein Frauenname, nach der griechischen Göttin der Jagd. Doch ab und an taucht ein Mann auf, der wegen seines Talents für die Jagd das Recht erlangt, den Namen zu tragen. Ein solcher Mann bin ich. Artemis der Jäger. Ich habe Sie gejagt.«

Und damit verschwand er wie von Zauberhand.

Holly war Spiro & Co. den ganzen Weg von der Spiro Needle zu Phonetix gefolgt. Die Erlaubnis, das Gebäude zu betreten, hatte sie wenige Minuten zuvor bekommen, durch einen Anruf Juliets, die sich nach Besichtigungstouren erkundigte.

Für den Wachmann hatte Juliet ihre niedlichste Mädchenstimme aufgelegt. »Darf ich meine unsichtbare Freundin mitbringen, Mister?«

»Klar, Herzchen«, hatte der Wachmann geantwortet.

»Von mir aus darfst du auch deine Schmusedecke mitbringen, wenn's dich glücklich macht.«

Sie waren drin.

Holly schwebte unter der Decke und verfolgte Artemis' Fortschritte von oben. Der Plan des Menschenjungen wimmelte von Risiken. Sollte Spiro etwa auf die Idee kommen, ihn zu erschießen, wäre alles gelaufen.

Doch wie Artemis es vorhergesehen hatte, wollte Spiro sich so lange wie nur möglich im Glanz seiner wahnsinnigen Genialität sonnen. Aber natürlich war nicht seine Genialität bewundernswert, sondern die von Artemis, der die ganze Operation von A bis Z durchgeplant hatte. Es war sogar seine Idee gewesen, Biz und Chips mit dem *Blick* zu hypnotisieren. Es war von entscheidender Wichtigkeit, dass der Vorschlag, bei Phonetix einzubrechen, von ihnen kam.

Holly war da, als die Aufzugtür sich öffnete, die Waffe schussbereit im Anschlag. Aber sie musste auf das Signal warten.

Artemis zog es hinaus. Melodramatisch bis zur letzten Sekunde. Gerade als Holly drauf und dran war, ihre Befehle zu missachten und loszuschießen, sagte er es.

»Ein solcher Mann bin ich. Artemis der Jäger. Ich habe Sie gejagt.«

Artemis der Jäger – das Signal.

Holly nahm Gas weg und tauchte ab auf neunzig Zentimeter über dem Fußboden. Blitzschnell hakte sie Artemis an ihren Moonbelt und ließ dann Tarnfolie über ihn gleiten. Für alle Umstehenden sah es so aus, als sei der Junge verschwunden.

»Ab nach oben«, sagte sie, obwohl Artemis sie nicht hören konnte, und drehte das Gas voll auf. Innerhalb

einer knappen Sekunde schwebten sie sicher zwischen den Kabeln und Röhren an der Decke.

Unter ihnen verlor Jon Spiro den Verstand.

Er blinzelte. Der Junge war verschwunden. Einfach so. Das konnte doch nicht sein. Er war schließlich Jon Spiro! Niemand überlistete Jon Spiro!

Wild mit der Pistole fuchtelnd, fuhr er zu Biz und Chips herum. »Wo ist er?«

»Hä?«, stotterten die beiden Gorillas unisono, ohne vorher geübt zu haben.

»Wo ist Artemis Fowl? Was habt ihr mit ihm gemacht?«

»Nichts, Mr Spiro. Wir haben bloß hier gestanden und das Schulterspiel gespielt.«

»Fowl hat gesagt, ihr habt für ihn gearbeitet. Also rückt ihn raus.«

Biz' Gehirn lief auf Hochtouren, was in etwa so war, als versuchte man, mit einem Handmixer Beton zu mischen. »Vorsicht, Mr Spiro, Pistolen sind gefährlich. Vor allem das Ende mit dem Loch.«

»Wir sind noch nicht fertig, Artemis Fowl«, brüllte Spiro Richtung Decke. »Ich finde dich. Ich werde niemals aufgeben. Das schwöre ich, so wahr ich Jon Spiro heiße!« Er begann wild durch die Gegend zu schießen, jagte Kugeln in Monitore, Luftschächte und Leitungen. Eine schlug sogar einen knappen Meter neben Artemis ein.

Biz und Chips kapierten zwar nicht, was los war, fanden aber, dass es schade wäre, sich eine so schöne Gelegenheit entgehen zu lassen. Sie zogen ihre Waffen und ballerten im Labor herum.

Nur Blunt machte nicht mit. Er betrachtete seinen Ver-

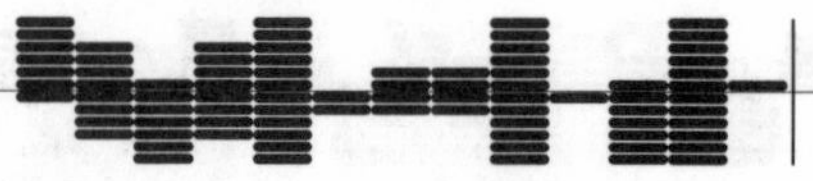

trag als beendet. Es gab keinen Ausweg mehr für Spiro, von jetzt an war jeder auf sich selbst gestellt. Er ging zielstrebig zu der Metallverkleidung an der Wand und begann, sie mit einem Akkuschrauber abzulösen. Eine Platte glitt aus ihrer Halterung. Dahinter waren fünf Zentimeter Raum für Kabel, dann massiver Beton. Sie saßen in der Falle.

Hinter ihm ertönte das Ping des Aufzugs.

Juliet hockte im Aufzugschacht.

»Wir sind in Sicherheit«, sagte Holly in ihren Ohrlautsprecher. »Aber Spiro ballert im Labor herum.«

Juliet runzelte die Stirn. Ihr Prinzipal war in Gefahr. »Schalte sie mit der Neutrino aus.«

»Geht nicht. Falls Spiro bewusstlos ist, wenn die Polizei reinkommt, könnte er behaupten, er wäre in eine Falle gelockt worden.«

»Okay. Ich komme rein.«

»Negativ. Warte auf das Einsatzkommando.«

»Nein. Schnapp du dir die Waffen. Ich kümmere mich um den Rest.«

Mulch hatte Juliet eine Flasche Steinpolitur mitgegeben. Sie goss eine kleine Pfütze davon auf das Dach des Aufzugs, und es schmolz wie Fett in der Pfanne. Juliet sprang hinunter in die Kabine und duckte sich, für den Fall, dass Blunt auf die Idee kam, eine Salve auf den Aufzug abzufeuern. »Bei drei.«

»Juliet.«

»Ich komme bei drei.«

»Also gut.«

Juliet streckte die Hand nach dem Türöffner aus. »Eins.«

Holly zog die Neutrino und brachte Spiro und seine drei Männer in den Zielbereich ihres Visiers.

»Zwei.« Holly schaltete den Sichtschild ab, da die Vibration ihre Zielsicherheit gefährden konnte. Für ein paar Sekunden würde sie sich mit Artemis hinter der Tarnfolie verstecken müssen.

»Drei.« Juliet drückte auf den Knopf. Holly feuerte vier Schüsse ab.

Artemis blieb knapp eine Minute für das, was er vorhatte. Knapp eine Minute, während Holly Spiro und seinen Kumpanen die Waffen abnahm. Die Umstände waren alles andere als ideal: Gebrüll, Querschläger und allgemeines Tohuwabohu. Andererseits gab es kaum einen besseren Moment, um den letzten Schritt seines Plans auszuführen. Einen überaus wichtigen Schritt.

In dem Augenblick, als Holly den Sichtschild abschaltete, um zu schießen, zog Artemis eine winzige Plexiglastastatur aus der Unterseite des C Cube und begann, wie wild zu tippen. Innerhalb von Sekunden hatte er sich in Spiros Bankkonten eingeloggt. Alle siebenunddreißig, von der Isle of Man bis zu dem auf den Caimaninseln. Die verschiedenen Kontonummern erschienen auf dem Bildschirm. Er hatte Zugang zu sämtlichen Geheimkonten.

Der Würfel rechnete im Handumdrehen die Gesamtsumme der Guthaben aus. Zwei Komma acht Milliarden US-Dollar, ohne den Inhalt der verschiedenen Banksafes, an die man über das Netz nicht herankam. In Ziffern: 2,8 Milliarden. Mehr als genug, um die Fowls wieder zu einer der fünf reichsten Familien Irlands zu machen.

Gerade als er ansetzte, die Transaktion durchzuführen, kamen Artemis die Worte seines Vaters in den

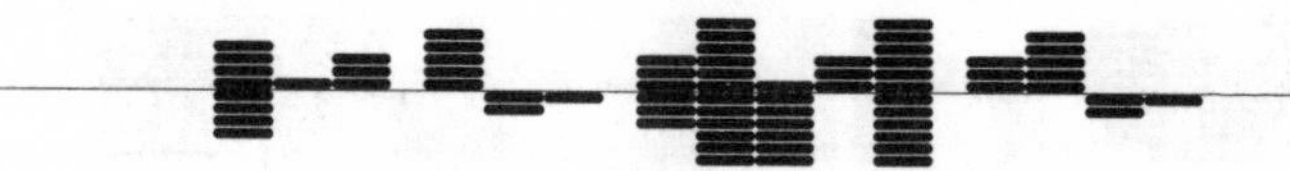

Kopf. Seines Vaters, der nur dank des Erdvolks zu ihm zurückgekehrt war.

»*Und was ist mit dir, Arty? Wirst du mich auf meiner Reise begleiten? Wenn der Augenblick kommt, wirst du deine Gelegenheit ergreifen, ein Held zu sein?*«

Brauchte er wirklich knapp drei Milliarden Dollar?

Natürlich brauche ich sie. *Aurum potestas est.* Gold ist Macht.

Wirklich? Wirst du deine Gelegenheit ergreifen, ein Held zu sein? Etwas anders zu machen?

Da er nicht laut stöhnen durfte, verdrehte Artemis die Augen und knirschte mit den Zähnen. Nun, wenn er schon ein Held sein sollte, dann wenigstens ein gut bezahlter. Rasch zapfte er ein Zehntel Finderlohn von den 2,8 Milliarden ab und überwies den Rest an Amnesty International. Sicherheitshalber machte er die Transaktion irreversibel, für den Fall, dass er es später bereuen sollte.

Doch er war noch nicht fertig. Es war noch eine weitere gute Tat zu tun. Der Erfolg seines Schachzugs hing davon ab, ob Foaly fasziniert genug von der Show hier oben war, um nicht mitzubekommen, dass Artemis sich in sein Computersystem einloggte.

Er stellte eine Verbindung zum ZUP-Server her und setzte den Codebrecher auf das Passwort an. Es kostete ihn zehn wertvolle Sekunden, doch dann konnte er sich ungehindert auf den Mikrosites der ZUP bewegen. Er fand das Gesuchte unter der Rubrik *Verbrecherprofile*: Mulch Diggums' gesamtes Vorstrafenregister. Es war ein Kinderspiel, die Datenspur zu dem ersten Durchsuchungsbefehl für Mulchs Bleibe zurückzuverfolgen. Artemis änderte das Datum auf den Tag *nach* Mulchs Verhaftung. Was bedeutete, dass sämtliche nachfolgenden Ver-

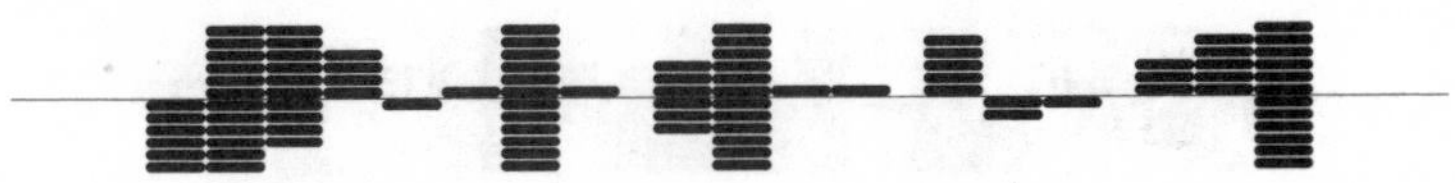

haftungen und Verurteilungen null und nichtig waren. Ein guter Anwalt würde Mulch im Handumdrehen aus dem Gefängnis der Unterirdischen holen.

»Ich bin noch nicht fertig mit Ihnen, Mulch Diggums«, flüsterte er, als er sich ausloggte und den Würfel an Hollys Gürtel befestigte.

Juliet kam so schnell aus dem Aufzug geschossen, dass sie nur ein Flirren in der Luft war. Der Jadering flog hinter ihr her wie der Köder an einer Angelschnur.

Butler wäre niemals ein solches Risiko eingegangen, das wusste sie. Er hätte einen absolut sicheren und praktikablen Plan verfolgt. Deshalb hatte er ja auch seine Tätowierung mit dem blauen Diamanten und sie nicht. Nun, vielleicht wollte sie gar keine Tätowierung. Vielleicht wollte sie lieber ein eigenes Leben.

Mit einem Blick erfasste sie die Lage. Holly hatte gut gezielt. Die beiden Gorillas rieben sich die verbrannten Hände, und Spiro stampfte mit dem Fuß auf wie ein verzogenes Kind. Nur Blunt lag am Boden und tastete nach seiner Waffe.

Obwohl der Leibwächter auf allen vieren kroch, befand er sich fast noch auf Augenhöhe mit Juliet.

»Willst du mir nicht die Chance geben, erst mal aufzustehen?«, fragte er.

»Nein«, erwiderte Juliet und schleuderte den Jadering herum wie David den Stein, der Goliath niederstreckte. Er knallte gegen Blunts Nase, brach sie und nahm ihm die Sicht. Zeit genug für das Polizeikommando, um durch den Schacht zu kommen. Eigentlich hatte Juliet erwartet, Befriedigung darüber zu empfinden, doch sie spürte nur Traurigkeit. Gewalt machte keinen Spaß.

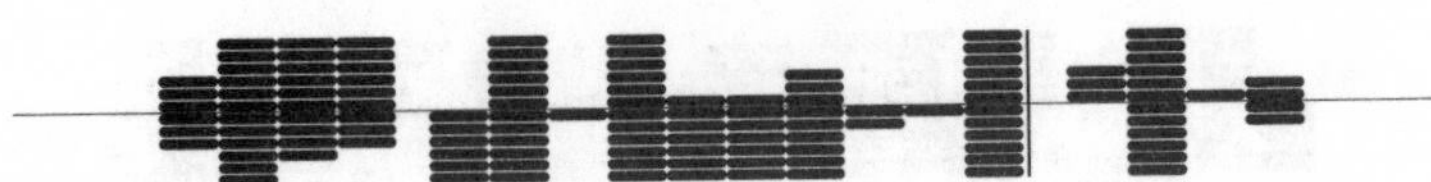

Biz und Chips hatten das Gefühl, sie müssten etwas tun. Vielleicht konnten sie eine Sonderprämie aus Mr Spiro herauslocken, wenn sie das Mädchen außer Gefecht setzten. Mit erhobenen Fäusten umkreisten sie Juliet.

Juliet hob entschuldigend die Hand. »Tut mir Leid, Jungs. Ihr müsst jetzt schlafen gehen.«

Die Leibwächter ignorierten sie und zogen ihre Kreise enger.

»Ich hab gesagt, ihr sollt schlafen gehen.«

Noch immer keine Reaktion.

»Du musst genau die Worte verwenden, auf die ich sie unter dem *Blick* programmiert habe«, sagte Holly in ihrem Ohr.

Juliet seufzte. »Wenn's denn sein muss. Okay, meine Herren, Barney sagt, ihr sollt schlafen gehen.«

Biz und Chips begannen zu schnarchen, noch bevor sie auf dem Boden aufschlugen.

Damit war nur noch Spiro übrig, doch tat er nichts weiter, als wirres Zeug zu faseln. Was er auch dann noch tat, als die Polizei ihm Handschellen anlegte.

»Wir unterhalten uns später«, sagte der Einsatzleiter streng zu Juliet. »Sie sind eine Gefahr für Ihre Kollegen und sich selbst.«

»Jawohl, Sir«, erwiderte Juliet betreten. »Ich weiß nicht, was in mich gefahren ist.«

Sie warf einen Blick nach oben. Ein leichtes Flirren schien sich Richtung Aufzugschacht zu bewegen. Der Prinzipal war in Sicherheit.

Holly schob ihre Waffe zurück ins Halfter und schaltete den Sichtschild wieder ein. »Zeit zu gehen«, sagte sie leise in ihr Mikro.

Sie wickelte Artemis fest in die Tarnfolie, damit nur ja keine Hände oder Füße herausschauten. Sie mussten verschwinden, solange der Aufzug frei war. Sobald die Spurensicherung und die Presse eintrafen, bestand die Gefahr, dass der leichte Schimmer in der Luft auf Video festgehalten wurde.

Gerade als sie ungesehen den Raum durchquerten, wurde Spiro abgeführt. Er schien sich wieder berappelt zu haben.

»Das ist eine Falle«, beteuerte er mit Unschuldsmiene. »Meine Anwälte werden Ihnen Feuer unterm Hintern machen.«

Artemis konnte es sich nicht verkneifen, ihm im Vorbeifliegen etwas zuzuflüstern. »Leben Sie wohl, Jon«, sagte er leise. »Legen Sie sich nie wieder mit einem genialen Jungen an.«

Spiro heulte die Decke an wie ein tollwütiger Wolf.

Mulch wartete gegenüber von Phonetix und ließ den Motor des Transporters aufheulen wie ein Grand-Prix-Fahrer. Er saß auf einer Apfelsinenkiste hinter dem Steuer, und an seinem Fuß war ein kurzes Holzbrett befestigt, dessen anderes Ende mit dem Gaspedal verbunden war.

Juliet betrachtete das System nervös. »Wäre es nicht besser, Sie würden den Fuß losbinden? Falls Sie mal bremsen müssen?«

»Bremsen?«, erwiderte Mulch lachend. »Warum sollte ich bremsen? Ich bin doch hier nicht bei der Führerscheinprüfung.«

Hinten im Transporter griffen Holly und Artemis gleichzeitig nach ihren Sicherheitsgurten.

Kapitel 11

Der Unsichtbare

Ohne größere Zwischenfälle kehrten sie nach Irland zurück – abgesehen davon, dass Mulch fünfzehn Mal versuchte, Hollys Aufsicht zu entkommen. Einmal erwischte sie ihn sogar in der Toilette des Lear-Jet mit einem Fallschirm und einer Flasche Steinpolitur. Danach ließ sie ihn nicht mehr aus den Augen.

Butler erwartete sie an der Eingangstür von Fowl Manor. »Willkommen zu Hause. Gut, dass keinem etwas zugestoßen ist. Jetzt muss ich aber los.«

Artemis legte ihm die Hand auf die Schulter. »Alter Freund, Sie sind noch nicht in der Lage, irgendwohin zu gehen.«

Doch Butler war fest entschlossen. »Ein letzter Einsatz, Artemis. Es muss sein. Außerdem habe ich Pilates-Übungen gemacht. Ich fühle mich schon viel beweglicher.«

»Blunt?«

»Ja.«

»Aber er ist im Gefängnis«, wandte Juliet ein.

Butler schüttelte den Kopf. »Nicht mehr.«

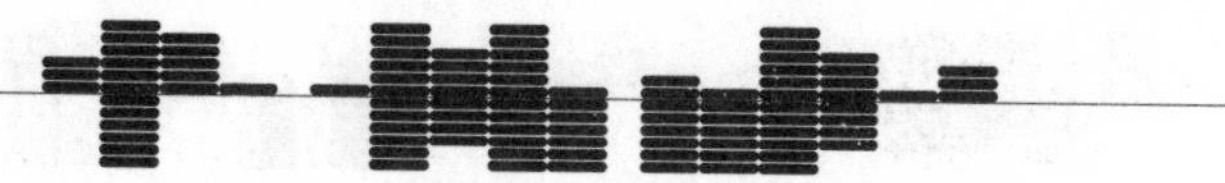

Artemis sah, dass sein Leibwächter nicht von seinem Vorhaben abzubringen war. »Dann nehmen Sie wenigstens Holly mit. Sie kann Ihnen vielleicht helfen.«

Butler zwinkerte der Elfe zu. »Darauf hatte ich, ehrlich gesagt, gehofft.«

Die Chicagoer Polizei hatte Arno Blunt zusammen mit zwei Beamten in einen Einsatzwagen verfrachtet. Sie waren davon ausgegangen, dass zwei Männer ausreichen würden, da der Übeltäter Handschellen trug und zusätzlich an den Wagen gekettet war.

Sie revidierten diese Einschätzung, als der Wagen zehn Kilometer südlich von Chicago gefunden wurde, beide Beamte gefesselt und ohne eine Spur des Verdächtigen. Sergeant Iggy Lebowski drückte es in seinem Bericht so aus: »Der Kerl riss die Handschellen auseinander, als wären sie aus Papier. Dann stürzte er sich wie ein Wahnsinniger auf uns. Wir hatten keine Chance.«

Doch für Arno Blunt lag über der gelungenen Flucht ein Schatten. Sein Stolz hatte in der Spiro Needle schwer gelitten. Er wusste, dass die Nachricht von seiner Demütigung sich bald in Leibwächterkreisen verbreiten würde. Pork Belly LaRue schrieb später auf der Website von *Soldaten zu vermieten*: »Arno Blunt hat sich von 'nem Rotzbengel vorführen lassen.« Blunt quälte die Vorstellung, dass er von nun an jedes Mal, wenn er in einen Raum voller harter Kerle kam, Spötteleien würde über sich ergehen lassen müssen. Es sei denn, er rächte sich für die Beleidigung, die Artemis Fowl ihm zugefügt hatte.

Der Leibwächter wusste, dass ihm nur wenige Minuten blieben, bis Spiro der Polizei seine Adresse verriet,

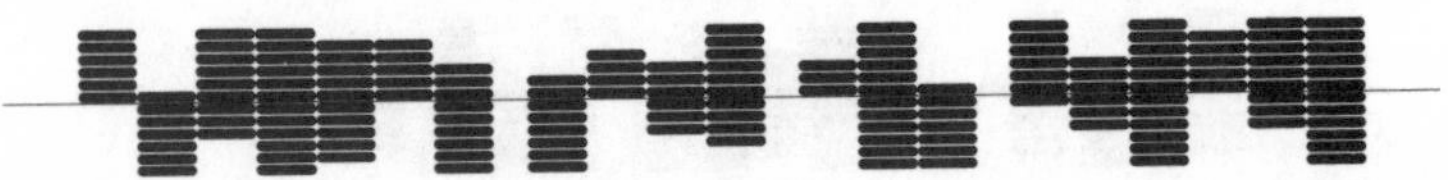

also packte er ein paar Ersatzgebisse ein und nahm den nächsten Shuttlebus zum O'Hare-Flughafen.

Zu seiner großen Freude stellte Blunt fest, dass die Behörden seine Spiro-Firmenkreditkarte noch nicht gesperrt hatten. Er nutzte sie dazu, sich ein Firstclass-Ticket für die Concorde nach London Heathrow zu kaufen. Dann wollte er von der englischen Küste mit der Fähre nach Rosslare in Irland übersetzen – als einer von fünfhundert Touristen, die das Land der Elfen, Zwerge und Trolle besuchen wollten. Es war kein sonderlich komplizierter Plan, und er hätte auch funktioniert, wäre der Mann an der Ausweiskontrolle in Heathrow nicht ausgerechnet Sid Commons gewesen, Butlers ehemaliger Kollege aus der Zeit in Monte Carlo. Sobald Blunt den Mund aufmachte, gingen in Commons' Kopf die Alarmglocken los. Der Kerl vor ihm passte genau auf die Beschreibungen, die Inspector Barre vom Yard und Butler ihm gefaxt hatten, bis hin zu den merkwürdigen Zähnen. Commons drückte auf einen Knopf unter seiner Tischplatte, und innerhalb weniger Sekunden hatte ein Trupp Sicherheitsbeamter Blunt den Pass abgenommen und ihn in eine Untersuchungszelle geführt.

Sobald der Verdächtige hinter Schloss und Riegel war, griff Commons nach seinem Handy. Er wählte eine Auslandsnummer. Es klingelte zweimal.

»Fowl Manor.«

»Butler? Hier ist Sid Commons in Heathrow. Bei uns ist ein Mann aufgetaucht, der dich vielleicht interessiert. Merkwürdige Zähne, Tätowierungen am Hals, neuseeländischer Akzent.«

»Hast du ihn noch bei dir?«, fragte der Diener.

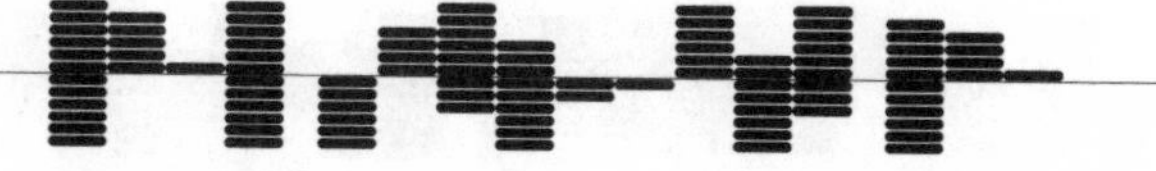

»Ja, er ist sicher in einer unserer Zellen verwahrt. Die Kollegen überprüfen ihn gerade.«

»Wie lange dauert das?«

»Ein paar Stunden, Maximum. Aber wenn er ein Profi ist, wie Barre meint, wird der Computercheck nichts bringen. Wir brauchen ein Geständnis, um ihn an Scotland Yard ausliefern zu können.«

»Wir treffen uns in einer halben Stunde in der Ankunftshalle unter der Landeanzeige«, sagte Butler und legte auf.

Sid Commons starrte sein Handy an. Wie wollte Butler innerhalb einer halben Stunde von Irland herkommen? Egal. Das Einzige, was zählte, war, dass Butler ihm damals in Monte Carlo ein Dutzend Mal das Leben gerettet hatte, und nun konnte er endlich seine Schuld begleichen.

Zweiunddreißig Minuten später tauchte Butler in der Ankunftshalle auf.

Sid Commons betrachtete ihn eingehend, als sie sich begrüßten. »Du siehst verändert aus. Älter.«

»Die Kämpfe machen sich langsam bemerkbar«, keuchte Butler, eine Hand auf die Brust gepresst. »Ich glaube, es ist Zeit, in den Ruhestand zu gehen.«

»Bringt es etwas, dich zu fragen, wie es dir gelungen ist, so schnell hierher zu kommen?«

Butler rückte seine Krawatte zurecht. »Nein. Es ist besser für dich, wenn du es nicht weißt.«

»Verstehe.«

»Wo ist unser Mann?«

Commons führte ihn zum hinteren Teil des Gebäudes, vorbei an Horden von Touristen und Taxifahrern, die

Namensschilder hochhielten. »Hier entlang. Du bist doch nicht bewaffnet, oder? Ich weiß, wir sind Freunde, aber ich kann in diesem Bereich keine Schusswaffen zulassen.«

Butler riss demonstrativ sein Jackett auf. »Keine Sorge. Ich kenne die Regeln.«

Mit einem Sicherheitsaufzug fuhren sie zwei Stockwerke höher und gingen einen scheinbar endlosen, trüb beleuchteten Korridor entlang.

»Da wären wir«, sagte Sid schließlich und deutete auf eine rechteckige Glasscheibe.

Die Scheibe war offenbar von innen verspiegelt. Butler sah Arno Blunt an einem kleinen Tisch sitzen und ungeduldig mit den Fingern auf die Resopalschicht trommeln.

»Ist er das? Ist das der Kerl, der dich in Knightsbridge niedergeschossen hat?«

Butler nickte. Ja, er war es. Dasselbe arrogante Gesicht. Dieselben Finger, die den Abzug gedrückt hatten.

»Eine eindeutige Identifizierung wäre schon nicht schlecht, aber dann steht immer noch dein Wort gegen seins, und um ehrlich zu sein, siehst du nicht besonders erschossen aus.«

Butler legte seinem Freund die Hand auf die Schulter. »Ich nehme an, ich kann nicht …«

Commons ließ ihn nicht einmal ausreden. »Nein. Du kannst nicht zu ihm rein. Auf keinen Fall. Ich wäre sofort meinen Job los, und selbst wenn es dir gelingen würde, ein Geständnis aus ihm herauszupressen, wäre es vor Gericht nicht verwertbar.«

Butler nickte. »Ich verstehe. Hast du etwas dagegen, wenn ich noch bleibe? Ich wüsste gerne, wie das Ganze ausgeht.«

Commons stimmte sofort zu, froh, dass Butler ihn nicht unter Druck gesetzt hatte. »Kein Problem. Bleib so lange, wie du willst. Aber ich muss dir erst noch einen Besucherausweis besorgen.«

Er verschwand über den Flur, wandte sich dann jedoch noch einmal um. »Geh nicht rein, Butler. Wenn du das tust, ist er für uns verloren. Außerdem sind hier überall Kameras angebracht.«

Butler lächelte beruhigend – etwas, das er nicht oft tat. »Keine Sorge, Sid. Du wirst mich nicht da drin sehen.«

Commons seufzte erleichtert. »Gut. Wunderbar. Du hast nur manchmal diesen seltsamen Blick.«

»Ich bin jetzt ein anderer Mensch. Reifer.«

Commons lachte. »Wer's glaubt, wird selig.« Noch immer lachend verschwand er um die Ecke.

Kaum war er fort, tauchte Holly neben Butlers Beinen aus dem Sichtschild auf.

»Was ist mit den Kameras?«, zischte Butler, ohne die Lippen zu bewegen.

»Ich habe die Ionenstrahlen überprüft. Hier bin ich sicher.« Sie nahm eine Tarnfolie aus ihrem Rucksack und breitete sie auf dem Boden aus. Dann befestigte sie eine Videoklemme an einem Kamerakabel an der Außenwand der Zelle.

»Okay«, sagte sie und lauschte auf Foalys Anweisungen in ihrem Helmlautsprecher. »Wir sind drin. Foaly hat unsere Muster aus den Aufzeichnungen entfernt. Wir sind jetzt kamera- und mikrosicher. Wissen Sie, was Sie zu tun haben?«

Butler nickte. Sie hatten alles bereits durchgesprochen, aber Holly hatte den soldatentypischen Drang, auf Nummer Sicher zu gehen.

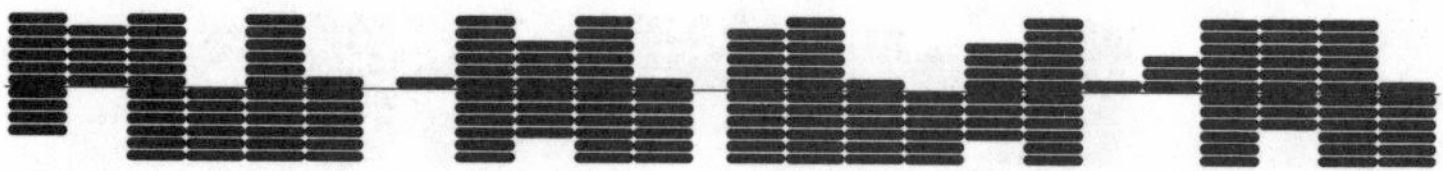

»Ich verschwinde wieder hinter dem Sichtschild. Warten Sie eine Sekunde, damit ich zur Seite gehen kann, dann wickeln Sie sich in die Folie und tun, was Sie vorhaben. Ich denke, Sie haben maximal zwei Minuten, bis Ihr Freund zurück ist. Danach müssen Sie alleine klarkommen.«

»Verstanden.«

»Viel Glück«, sagte Holly und vibrierte aus dem sichtbaren Spektrum.

Butler wartete einen Moment, dann trat er zwei Schritte nach links, hob die Tarnfolie auf und hüllte sich darin ein. Für einen unaufmerksamen Vorübergehenden war er jetzt unsichtbar. Doch falls jemand innehielt, würde er mit Sicherheit einen Teil von Butlers massiger Gestalt entdecken, der herausschaute. Also nichts wie los. Butler schob den Riegel der Zellentür zur Seite und ging hinein.

Arno Blunt war nicht allzu beunruhigt. Sie hatten nichts gegen ihn in der Hand. Wie lange konnten sie jemanden festhalten, nur weil er ein etwas ungewöhnliches Gebiss hatte, Herrgott noch mal? Jedenfalls nicht mehr viel länger. Vielleicht würde er die britische Regierung auf Schmerzensgeld verklagen und sich in Neuseeland zur Ruhe setzen.

Die Tür schwang ein kleines Stück auf und schloss sich wieder. Blunt seufzte. Ein alter Verhörtrick. Lass den Gefangenen ein paar Stunden schmoren, dann öffne die Tür, damit er glaubt, Hilfe sei unterwegs. Wenn niemand hereinkommt, stürzt der Gefangene in noch tiefere Verzweiflung, nähert sich dem Punkt, an dem er zusammenbricht.

»Arno Blunt«, flüsterte eine Stimme aus dem Nichts.

Blunt hörte auf, mit den Fingern zu trommeln und setzte sich auf. »Was soll das?«, fragte er verächtlich. »Habt ihr hier Lautsprecher angebracht? Lahmer Trick, Jungs. Echt lahm.«

»Ich bin gekommen«, sagte die Stimme. »Ich bin hier, um eine Rechnung zu begleichen.«

Arno Blunt kannte die Stimme. Er hatte seit Chicago von ihr geträumt. Seit der irische Junge ihn gewarnt hatte, Butler werde zurückkehren. Okay, das Ganze war lächerlich, es gab keine Gespenster. Aber Artemis Fowls Blick hatte etwas an sich, das einen alles glauben ließ, was er sagte.

»Butler? Sind Sie das?«

»Ah«, sagte die Stimme. »Sie erinnern sich an mich.«

Bebend holte Blunt Luft. »Ich weiß nicht, was hier abgeht, aber ich falle nicht drauf rein. Soll ich jetzt vielleicht anfangen zu heulen, nur weil ihr jemanden gefunden habt, der die gleiche Stimme hat wie einer von meinen ... wie jemand, den ich kenne?«

»Das ist kein Trick, Arno. Ich bin hier.«

»Natürlich. Wenn Sie hier sind, wieso kann ich Sie dann nicht sehen?«

»Sind Sie sicher, dass Sie mich nicht sehen können, Arno? Gucken Sie genau hin.«

Blunts Blick wanderte hektisch im Raum umher. Da war niemand. Absolut niemand. Er war ganz sicher. Aber in der einen Ecke lag ein merkwürdiges Flimmern in der Luft. Als würde das Licht abgelenkt, wie von einem schwebenden Spiegel.

»Ah, Sie haben mich entdeckt.«

»Gar nichts habe ich entdeckt«, entgegnete Blunt zitternd. »Das Einzige, was ich sehe, ist ein Hitzeflimmern. Wahrscheinlich von einer Lüftung oder so.«

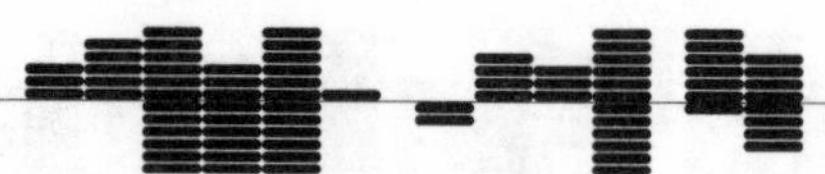

»Ach, tatsächlich?« Butler warf die Tarnfolie ab.

Für Blunt sah es so aus, als wäre Butler aus dem Nichts aufgetaucht. Der Leibwächter sprang auf, dass sein Stuhl gegen die Wand flog. »Oh Gott! Was bist du?«

Butler ging leicht in die Knie. Einsatzbereit. Gut, er war jetzt älter. Und langsamer. Aber die Elfenmagie hatte seine Reaktionszeit verbessert, und er hatte viel mehr Erfahrung als Blunt. Juliet hätte ihm diesen Job nur zu gerne abgenommen, aber es gab Dinge, die musste man persönlich zu Ende bringen. »Ich bin Ihr Führer, Arno. Ich bin gekommen, um Sie nach Hause zu bringen. Da warten eine Menge Leute auf Sie.«

»N-n-nach Hause?«, stammelte Blunt. »Was soll das heißen?«

Butler trat einen Schritt vor. »Sie wissen schon, was ich meine, Arno. Nach Hause. Zu dem Ort, an den Sie gehören. Wohin Sie so viele andere geschickt haben. Zum Beispiel mich.«

Blunt streckte bebend den Zeigefinger aus. »Bleiben Sie, wo Sie sind. Ich habe Sie einmal getötet, und ich kann es wieder tun.«

Butler lachte. Es war kein angenehmes Geräusch. »Irrtum, Arno. Ich kann nicht noch mal getötet werden. Außerdem ist der Tod eine Kleinigkeit im Vergleich zu dem, was danach kommt.«

»Danach?«

»Die Hölle existiert, Arno«, sagte Butler. »Ich habe sie gesehen, und glauben Sie mir, das werden Sie auch.«

Davon war Blunt sofort überzeugt. Schließlich war Butler wie ein Geist aus dem Nichts erschienen. »Das wusste ich nicht«, schluchzte er. »Ich habe nie daran geglaubt. Ich hätte Sie niemals erschossen, Butler. Ich habe

nur Spiros Befehle ausgeführt. Sie haben doch gehört, wie er es mir befohlen hat. Ich war bloß der Eisenmann, was anderes bin ich nie gewesen.«

Butler legte ihm die Hand auf die Schulter. »Ich glaube Ihnen, Arno. Sie haben nur Befehle ausgeführt.«

»Genau.«

»Aber das genügt nicht. Sie müssen Ihr Gewissen erleichtern. Wenn Sie es nicht tun, muss ich Sie mitnehmen.«

Blunts Augen waren vom Weinen gerötet. »Wie geht das?«, flehte er. »Was muss ich tun?«

»Beichten Sie der Polizei Ihre Sünden. Und lassen Sie nichts aus, sonst komme ich wieder.«

Blunt nickte eifrig. Gefängnis war immer noch besser als die Alternative.

»Denken Sie daran, ich beobachte Sie. Dies ist Ihre einzige Chance. Wenn Sie sie nicht ergreifen, komme ich wieder.«

Blunts Mund stand so weit offen, dass das Gebiss herausfiel und über den Boden kollerte.

»Keine Forge. Ich geftehe. Verfprochen.«

Butler hob die Tarnfolie auf und hüllte sich wieder vollständig darin ein. »Das hoffe ich, sonst gibt's eine Gratisfahrt zur Hölle.«

Butler trat in den Flur hinaus und stopfte die Tarnfolie in die Tasche seines Jacketts. Sekunden später kam Sid Commons mit einem Besucherausweis zurück.

Sein Blick fiel auf Arno Blunt, der wie vom Blitz getroffen in der Zelle stand. »Was hast du mit ihm gemacht, Butler?«, fragte er.

»He, ich hab gar nichts gemacht. Du kannst ja die Videoaufzeichnungen überprüfen. Er ist einfach durchge-

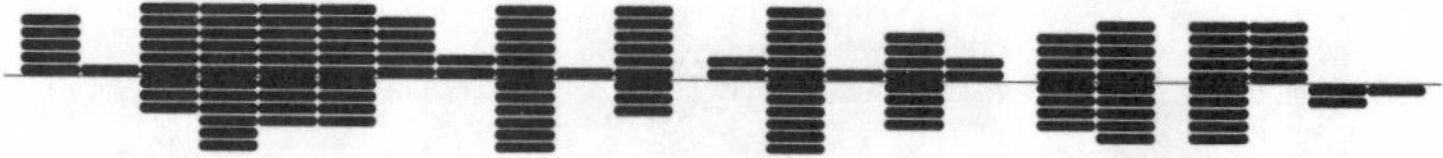

dreht, hat Selbstgespräche geführt und geschrien, dass er ein Geständnis ablegen will.«

»Ein Geständnis? Einfach so?«

»Ich weiß, was du denkst, aber so war es. An deiner Stelle würde ich Justin Barre von Scotland Yard anrufen. Ich habe so eine Ahnung, dass Blunts Aussage eine ganze Menge ungeklärter Fälle lösen könnte.«

Commons beäugte ihn misstrauisch. »Wieso habe ich das Gefühl, dass du mehr weißt, als du sagst?«

»Keine Ahnung«, sagte Butler. »Aber Gefühle sind keine Beweise, und deine eigenen Kameraaufzeichnungen werden zeigen, dass ich nie auch nur einen Fuß in die Zelle gesetzt habe.«

»Bist du sicher, dass sie das zeigen werden?«

Butler blickte zu dem leichten Flimmern hinauf, das über Sid Commons' Schulter schwebte. »Absolut sicher«, sagte er.

Kapitel 12
Erinnerungslöschung

Fowl Manor

Aufgrund besonders heftiger Turbulenzen und des Ostwinds über dem walisischen Hügelland dauerte der Rückflug von Heathrow über eine Stunde. Als Holly und Butler endlich auf dem Grundstück von Fowl Manor landeten, war die ZUP im Schutz der Dunkelheit bereits eifrig dabei, die Ausrüstung für die Erinnerungslöschung aufzubauen.

Butler hakte sich vom Moonbelt ab und lehnte sich gegen den Stamm einer Silberbirke.

»Alles in Ordnung?«, fragte Holly.

»Ja, danke«, erwiderte der Leibwächter und massierte sich die Brust. »Es ist nur dieses Kevlar-Gewebe. Vielleicht praktisch, wenn man einen kleinkalibrigen Schuss abkriegt, aber beim Atmen ganz schön hinderlich.«

Holly schob die Flügel in ihre Schutzhülle. »Von jetzt an werden Sie ein ruhigeres Leben führen müssen.«

Butler bemerkte, wie einer der ZUP-Piloten versuchte, sein Shuttle in der Doppelgarage zu parken, und dabei die Stoßstange des Fowl'schen Bentleys eindrückte.

»Ruhiges Leben?«, grummelte er und marschierte zur Garage. »Schön wär's.«

Nachdem Butler den Wichtel am Steuer des Shuttles zur Schnecke gemacht hatte, begab er sich ins Arbeitszimmer, wo Artemis und Juliet bereits auf ihn warteten. Juliet drückte ihren Bruder so fest an sich, dass ihm die Luft wegblieb.

»Mir geht's gut, Schwesterherz. Die Unterirdischen haben dafür gesorgt, dass ich weit über hundert werde. Lange genug, um ein Auge auf dich zu haben.«

Artemis konzentrierte sich aufs Geschäftliche. »Wie ist es gelaufen, Butler?«

Der Diener öffnete einen Wandsafe, der hinter dem Lüftungsgitter der Klimaanlage verborgen war. »Ziemlich gut. Ich habe alles bekommen, was auf der Liste stand.«

»Was ist mit dem Spezialauftrag?«

Butler legte sechs kleine Glasbehälter auf den mit Wollstoff bezogenen Tisch.

»Mein Mann in Limerick hat Ihre Anweisungen exakt befolgt. So eine Sonderanfertigung hat er in all den Jahren, die er seinen Beruf ausübt, noch nie gemacht. Sie liegen in einer Speziallösung, um die Korrosion zu stoppen. Die Schichten sind so dünn, dass sie beim Kontakt mit der Luft sofort anfangen zu oxidieren, daher würde ich empfehlen, sie erst im allerletzten Moment einzusetzen.«

»Hervorragend. Aller Wahrscheinlichkeit nach werde ich derjenige sein, der sie benötigt, aber zur Sicherheit sollten wir sie alle einsetzen.«

Butler hielt die Goldmünze an dem Lederband hoch. »Ich habe Ihr Tagebuch und die Dateien über die Unter-

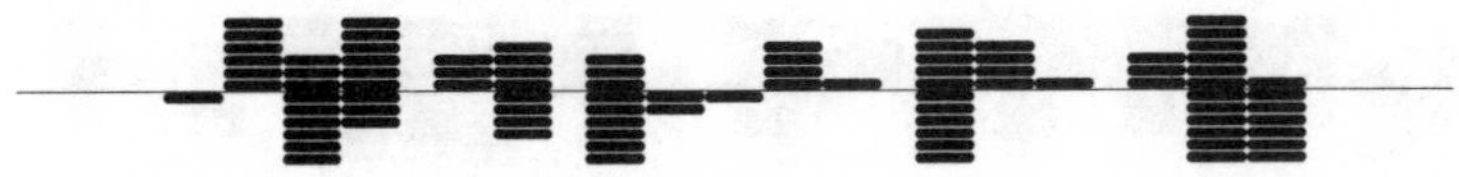

irdischen auf eine Laser-Minidisk kopiert und dann eine Schicht Blattgold darübergelegt. Ich fürchte, dass es einer genaueren Untersuchung nicht standhält, aber geschmolzenes Gold hätte die Dateien auf der Disk zerstört.«

Artemis band sich den Anhänger um den Hals. »Es wird reichen müssen. Haben Sie die falschen Fährten gelegt?«

»Ja. Ich habe eine E-Mail abgeschickt, die noch abgerufen werden muss, und ein paar Megabyte auf einem Internetspeicher gemietet. Außerdem war ich so frei, eine Metallkapsel mit einigen Erinnerungsstücken im Labyrinth zu vergraben.«

Artemis nickte. »Gute Idee. Daran hatte ich gar nicht gedacht.«

Butler akzeptierte das Kompliment, aber er glaubte ihm kein Wort. Artemis dachte an alles.

»Weißt du, Artemis«, sagte Juliet nach längerem Schweigen, »vielleicht wäre es besser, sich von diesen Erinnerungen zu trennen. Gib dem Erdvolk ein bisschen Frieden.«

»Diese Erinnerung sind ein Teil von dem, was ich bin«, erwiderte Artemis. Er betrachtete die Glasbehälter auf dem Tisch und ergriff zwei davon. »So, Leute, es ist Zeit, die hier reinzutun. Ich bin sicher, die Unterirdischen können es kaum erwarten, unsere Erinnerungen zu löschen.«

Foalys Technikercrew ließ sich im Konferenzraum nieder und baute ein kompliziertes System von Elektroden und Glasfaserkabeln auf. Jedes Kabel war mit einem Plasmabildschirm verbunden, der Gehirnströme in binärer Form abbildete. Einfach ausgedrückt: Foaly würde in der Lage sein, im Gedächtnis der Menschenwesen wie in

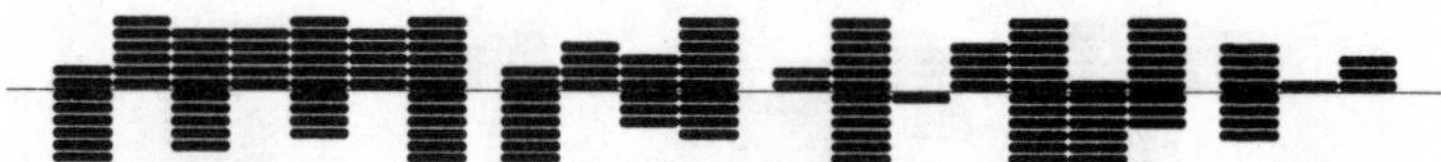

einem Buch zu lesen und alles herauszulöschen, was nicht hineingehörte. Das Erstaunlichste an dem ganzen Vorgang war, dass das menschliche Gehirn selbst alternative Erinnerungen hervorbringen würde, um die Lücken zu füllen.

»Wir könnten die Löschung auch mit einer Feldausrüstung vornehmen«, erklärte Foaly, als die Patienten versammelt waren, »aber die ist nur für Komplettlöschungen gedacht. Dabei würde alles entfernt, was in den letzten anderthalb Jahren passiert ist, und das könnte ernste Auswirkungen auf Ihre emotionale Entwicklung haben, ganz zu schweigen von Ihrem IQ. Also haben wir lieber die vollständige Laborausrüstung aufgebaut und löschen nur die Erinnerungen, die mit dem Erdvolk zusammenhängen. Allerdings müssen wir die Tage, die Sie in Begleitung Unterirdischer verbracht haben, vollständig löschen. Da können wir kein Risiko eingehen.«

Artemis, Butler und Juliet saßen um den Tisch. Technikergnome tupften ihnen die Stirn mit Desinfektionsmittel ab.

»Mir ist da noch etwas eingefallen«, sagte Butler.

»Ich kann's mir schon denken«, unterbrach der Zentaur ihn. »Die Sache mit dem Alter, stimmt's?«

Butler nickte. »Eine Menge Leute kennen mich als Vierzigjährigen. Sie können nicht bei allen Teile der Erinnerung löschen.«

»Daran haben wir natürlich längst gedacht, Butler. Wir werden Ihrem Gesicht ein Laserpeeling verpassen, während Sie bewusstlos sind. Bisschen die tote Haut abschmirgeln. Wir haben sogar einen Schönheitschirurgen mitgebracht, der Ihrer Stirn eine Lipo-Spritze verpassen wird, um die Falten zu glätten.«

»Lipo? Was ist das denn?«

»Fett«, erklärte Foaly. »Wir nehmen es an einer Stelle weg und injizieren es an einer anderen.«

Die Vorstellung behagte Butler ganz und gar nicht. »Dieses Fett kommt doch wohl nicht aus meinem Hintern, oder?«

Foaly trat etwas unbehaglich von einem Huf auf den anderen. »Nun ja, nicht aus *Ihrem* Hintern.«

»Was soll das heißen?«

»Forschungen haben ergeben, dass von allen unterirdischen Rassen die Zwerge am längsten leben. In Poll Dyne gibt es einen Minenzwerg, der angeblich zweitausend Jahre alt sein soll. Haben Sie nie den Ausdruck ›glatt wie ein Zwergenhintern‹ gehört?«

Butler stieß die Hand eines Technikers weg, der ihm ein Elektrodenpflaster auf den Kopf kleben wollte. »Soll das etwa heißen, dass Sie mir Fett aus einem Zwergenhintern in die Stirn spritzen wollen?«

Foaly zuckte die Achseln. »Das ist der Preis der Jugend. Manche Wichtelinnen aus dem Westviertel zahlen ein Vermögen für eine Lipo-Behandlung.«

»Ich bin aber keine Wichtelin«, knurrte Butler wütend.

»Nun, wir haben Ihnen außerdem Gelfarbe mitgebracht, für den Fall, dass Sie Ihr Haar irgendwann einmal wachsen lassen wollen, und Pigmenttönung, um die Zellveränderungen in Ihrer Brust zu kaschieren«, fuhr der Zentaur hastig fort. »Wenn Sie wieder zu sich kommen, dann in alter Frische, auch wenn Ihr Inneres nicht mehr so jung ist.«

»Clever«, sagte Artemis. »Ich hatte mir schon so etwas gedacht.«

Holly kam mit Mulch im Schlepptau herein. Der Zwerg trug Handschellen und sah aus wie das personifizierte Selbstmitleid.

»Muss das wirklich sein?«, jammerte er. »Nach allem, was wir durchgemacht haben?«

»Meine Dienstmarke steht auf dem Spiel«, erwiderte Holly. »Der Commander hat gesagt, wenn ich nicht mit Ihnen zurückkomme, brauche ich überhaupt nicht mehr bei ihm auftauchen.«

»Was wollen Sie denn noch von mir? Ich habe doch schon das Fett gespendet.«

Butler verdrehte die Augen. »Das darf nicht wahr sein!«

Juliet kicherte. »Keine Sorge, Dom. Du wirst dich hinterher an nichts erinnern.«

»Betäuben Sie mich«, sagte Butler. »Schnell.«

»Ihre Dankbarkeit ist wirklich überwältigend«, grummelte Mulch und versuchte, sich am Hintern zu kratzen.

Holly nahm dem Zwerg die Handschellen ab, blieb aber in Reichweite.

»Er wollte sich verabschieden. Also sind wir hier.« Sie stupste Mulch mit der Schulter an. »Nun machen Sie schon.«

Juliet zwinkerte. »Ciao, Stinkerchen.«

»Alles Gute, Gasmann.«

»Verbeißen Sie sich nicht in irgendwelche Betonmauern.«

»Das finde ich überhaupt nicht komisch«, sagte Mulch gequält.

»Wer weiß, vielleicht sehen wir uns mal wieder.«

»Wenn, dann wird es dank dieser Leute hier das erste Mal sein.«

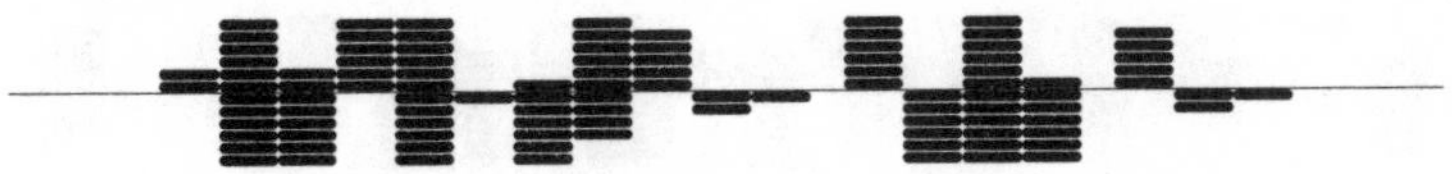

Butler ging in die Hocke, bis er auf einer Höhe mit dem Zwerg war. »Passen Sie auf sich auf, kleiner Freund. Gehen Sie den Kobolden aus dem Weg.«

Mulch erschauerte. »Das brauchen Sie mir nicht extra zu sagen.«

Auf einem Rollbildschirm, den einer der ZUP-Officer aufgebaut hatte, erschien Commander Roots Gesicht. »Wollen Sie beide vielleicht heiraten, oder was?«, bellte er. »Ich weiß gar nicht, was dieser rührselige Quatsch soll, in zehn Minuten wird sich keiner von Ihnen auch nur an den Namen dieses Gefangenen erinnern!«

»Der Commander ist online«, verkündete einer der Techniker überflüssigerweise.

Mulch wandte sich zu der Minikamera, die an dem Bildschirm befestigt war. »Julius, bitte. Ist Ihnen eigentlich klar, dass diese drei Menschenwesen mir ihr Leben verdanken? Da ist ein bisschen Rührung doch wohl angebracht.«

Roots rosige Gesichtsfarbe erschien noch verstärkt durch die schlechte Übertragung. »Ihre Gefühlsduselei interessiert mich nicht, ich bin hier, um dafür zu sorgen, dass diese Erinnerungslöschung glatt über die Bühne geht. Wie ich unseren Freund Fowl kenne, hat er garantiert wieder ein paar Tricks ausgeheckt.«

»Also wirklich, Commander«, sagte Artemis. »Ihr Misstrauen verletzt mich sehr.«

Doch er konnte sich ein Grinsen nicht verkneifen. Allen war klar, dass er Dinge versteckt hatte, um seine Erinnerungen wieder wachzurufen, und es war Aufgabe der ZUP, sie zu finden. Die letzte Herausforderung.

Artemis erhob sich und ging auf Mulch Diggums zu. »Mulch, von all den Unterirdischen werde ich Sie am

meisten vermissen. Wir beide hätten eine wunderbare Zukunft haben können.«

Mulch sah aus, als kämpfe er mit den Tränen. »Stimmt. Mit deinem Grips und meinen speziellen Fähigkeiten ...«

»Ganz zu schweigen von eurer gemeinsamen Skrupellosigkeit«, warf Holly ein.

»Keine Bank auf der Welt wäre vor uns sicher gewesen«, fuhr der Zwerg fort. »Was für eine verpasste Gelegenheit.«

Artemis gab sich größte Mühe, überzeugend zu wirken. Das war entscheidend für den nächsten Teil des Plans. »Mulch, ich weiß, Sie haben Ihr Leben riskiert, als Sie die Antonellis betrogen haben, und deshalb möchte ich Ihnen etwas geben.«

In Mulchs Hirn flackerten sofort Visionen von Treuhandvermögen und Auslandskonten auf. »Das ist aber wirklich nicht nötig. Obwohl ich unglaublich mutig war und mich in große Lebensgefahr begeben habe.«

»Genau«, sagte Artemis und löste die Goldmünze von seinem Hals. »Ich weiß, es ist nur eine Kleinigkeit, aber der Anhänger bedeutet mir sehr viel. Eigentlich wollte ich ihn behalten, aber dann wurde mir klar, dass er in ein paar Minuten völlig bedeutungslos für mich sein wird. Deshalb möchte ich, dass Sie ihn bekommen, und ich denke, Holly wird nichts dagegen haben. Eine kleine Erinnerung an unsere Abenteuer.«

»Donnerwetter«, sagte Mulch und wog die Münze in seiner Hand. »Eine halbe Unze Gold. Wahnsinn. Das ist ja ein wahres Vermögen, Artemis.«

Artemis ergriff die Hand des Zwergs. »Es geht nicht immer nur ums Geld, Mulch.«

Root verrenkte sich den Hals, um besser sehen zu können. »Was war das? Was hat er dem Gefangenen gegeben?«

Holly schnappte sich den Anhänger und hielt ihn vor die Kamera. »Nur eine Goldmünze, Commander. Ich habe sie Artemis selbst geschenkt.«

Foaly betrachtete die kleine Münze. »Wie praktisch, so erlegen wir zwei Stinkwürmer mit einem Schlag. Der Anhänger hätte Erinnerungsreste wachrufen können. Höchst unwahrscheinlich, aber nicht unmöglich.«

»Und was ist der zweite Stinkwurm?«

»Mulch hat etwas, das er sich im Gefängnis ansehen kann, wenn ihm langweilig wird.«

Root überlegte einen Moment.

»Na gut, er kann das Ding behalten. Jetzt bringen Sie den Gefangenen zum Shuttle, und dann sehen Sie zu, dass Sie in die Gänge kommen. In zehn Minuten muss ich zur Ratsversammlung.«

Als Holly Mulch abführte, wurde Artemis bewusst, wie sehr es ihm wirklich Leid tat, den Zwerg gehen zu sehen. Doch vor allem fand er es schade, dass die Erinnerung an ihre Freundschaft für immer gelöscht werden könnte.

Die Techniker fielen über sie her wie Fliegen über einen Kadaver. Innerhalb von Sekunden hatten die drei Menschenwesen Elektroden an Schläfen und Handgelenken. Jeder Elektrodensatz war mit einem Neuraltransformator verbunden, der die Daten an einen Plasmabildschirm weiterleitete. Erinnerungen flackerten über die Monitore.

Foaly studierte die Bilder. »Viel zu früh«, sagte er. »Stellt sie auf die Zeit vor anderthalb Jahren ein. Nein,

wartet, nehmen wir lieber drei Jahre. Ich will nicht, dass Artemis die erste Entführung noch einmal plant.«

»Glückwunsch, Foaly«, sagte Artemis bitter. »Ich hatte gehofft, Sie würden nicht daran denken.«

Der Zentaur zwinkerte. »Das ist nicht das Einzige, an das ich doch gedacht habe.«

Auf dem Rollbildschirm verzog sich Roots grob gerasterter Mund zu einem Grinsen. »Sagen Sie's ihm, Foaly. Ich möchte das Gesicht des Menschenjungen sehen.«

Foaly warf einen Blick auf seinen Palmtop. »Wir haben Ihre E-Mail überprüft, und wissen Sie, was wir da gefunden haben?«

»Nein, keine Ahnung.«

»Eine Datei über die Unterirdischen, die nur darauf wartete, abgerufen zu werden. Außerdem haben wir das Internet durchforstet, und siehe da, jemand mit Ihrer Mailadresse hatte Speicherplatz gemietet. Noch mehr Dateien über uns.«

Artemis zeigte keinerlei Reue. »Ich musste es versuchen. Das werden Sie doch sicher verstehen.«

»Sonst noch etwas, das du uns erzählen möchtest?«

Artemis riss die Augen auf, der Inbegriff der Unschuld. »Nein, nichts. Sie sind zu clever für mich.«

Foaly nahm eine kleine Laserdisk aus einem Kasten und schob sie in das Laufwerk des Netzwerkcomputers auf dem Tisch. »Um sicherzugehen, werde ich in Ihrem Computersystem eine Datenbombe zünden. Der Virus wird nur die Dateien zerstören, die mit dem Erdvolk zu tun haben. Außerdem wird er Ihr System weitere sechs Monate überwachen, für den Fall, dass es Ihnen irgendwie gelingen sollte, uns zu überlisten.«

»Und das alles erzählen Sie mir, weil ich mich sowieso nicht daran erinnern werde.«

Foaly tanzte einen kleinen Vierhufer und klatschte in die Hände. »Genau.«

Holly kam zur Tür hereinmarschiert. Sie zog eine Metallkapsel hinter sich her.

»Seht mal, was unsere Leute draußen im Boden gefunden haben.« Sie klappte den Deckel auf und schüttete den Inhalt der Kapsel auf den tunesischen Läufer. Mehrere Disketten und Papierausdrucke von Artemis' Tagebuch fielen auf den Teppich.

Foaly hob eine der Disketten auf. »Noch etwas, von dem du uns nichts erzählt hast.«

»Muss ich wohl vergessen haben.«

»Mehr haben wir nicht gefunden. War das alles?«

Artemis kehrte zu seinem Stuhl zurück und verschränkte die Arme. »Und wenn ich jetzt ja sage, dann glauben Sie mir?«

Root lachte so laut, dass es schien, als ob der Bildschirm wackelte. »Oh ja, natürlich, Artemis. Wir vertrauen Ihnen voll und ganz – wie könnten wir auch nicht, nach allem, was Sie dem Erdvolk angetan haben? Wenn Sie nichts dagegen haben, würden wir Ihnen unter dem Einfluss des *Blicks* gerne ein paar Fragen stellen, und diesmal werden Sie keine Sonnenbrille tragen.«

Es war sechzehn Monate her, dass Artemis den hypnotischen *Blick* von Holly mittels einer verspiegelten Sonnenbrille erfolgreich abgewehrt hatte. Das war das erste Mal gewesen, dass er die Unterirdischen ausgetrickst hatte. Es sollte nicht das letzte Mal gewesen sein.

»Nun, bringen wir's hinter uns.«

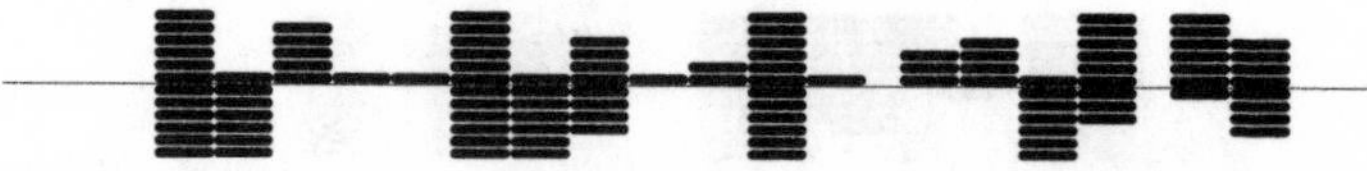

»Captain Short«, bellte Root. »Sie wissen, was Sie zu tun haben.«

Holly nahm den Helm ab und massierte die Spitzen ihrer Ohren, um die Durchblutung wieder in Gang zu bringen. »Ich werde euch mit dem *Blick* hypnotisieren und ein paar Fragen stellen. Da ihr das nicht zum ersten Mal mitmacht, wisst ihr ja, dass es nicht wehtut. Versucht euch zu entspannen. Wenn ihr euch dagegen wehrt, könnte es zu Gedächtnisverlust oder sogar Hirnschädigungen führen.«

Artemis hob die Hand. »Einen Moment noch. Gehe ich recht in der Annahme, dass alles vorbei ist, wenn ich wieder aufwache?«

Holly lächelte. »Ja, Artemis. Diesmal heißt es Lebwohl, für immer.«

Artemis wirkte gefasst, trotz der Gefühle, die sich in ihm regten. »Nun, dann würde ich gerne noch ein paar Worte sagen.«

Das weckte sogar Roots Neugier. »Eine Minute, Fowl. Dann geht's ab ins Schlummerland.«

»Gut. Als Erstes möchte ich mich bedanken. Ich habe meine Familie und meine Freunde wieder um mich, und das verdanke ich dem Erdvolk. Ich wünschte, ich könnte zumindest diese Erinnerung behalten.«

Holly legte ihm die Hand auf die Schulter. »Es ist besser so, Artemis. Glaub mir.«

»Zweitens möchte ich Sie bitten, an unsere erste Begegnung zurückzudenken. Erinnern Sie sich noch an die Nacht?«

Holly überlief ein Schauder. Natürlich erinnerte sie sich an den gefühlskalten Jungen, der sie an der magischen Quelle im Süden Irlands überfallen hatte. Genau

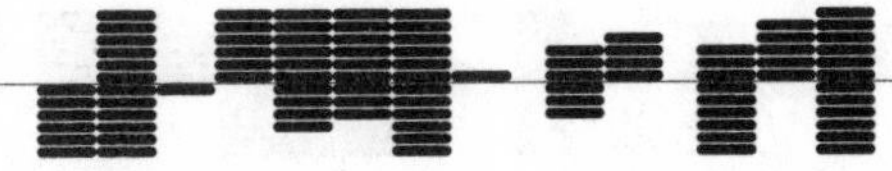

wie Commander Root nie vergessen würde, dass er nur um Haaresbreite einem explodierenden Tanker entkommen war. Und das Erste, was Foaly von Artemis gesehen hatte, war die Aufzeichnung seiner Verhandlungen zu Hollys Freilassung. Was war der Menschenjunge doch für ein verabscheuungswürdiges Geschöpf gewesen.

»Wenn Sie nun die Erinnerungen und den Einfluss meiner Abenteuer mit Ihnen wegnehmen«, fuhr Artemis fort, »könnte es sein, dass ich wieder so werde wie früher. Wollen Sie das wirklich?«

Die Vorstellung ließ Holly frösteln. War das Erdvolk verantwortlich für Artemis' Verwandlung? Und wäre es genauso verantwortlich für die Rückverwandlung?

Holly wandte sich dem Rollbildschirm zu. »Ist das möglich? Artemis ist ein anderer Mensch geworden. Haben wir das Recht, diesen Fortschritt zu zerstören?«

»Ja«, stimmte Foaly ihr zu, »ich hätte nie gedacht, dass ich das mal sagen würde, aber mir gefällt das neue Modell ganz gut.«

Root öffnete ein kleines Fenster auf dem Bildschirm. »Der Psychologenverband hat uns diese Prognose erstellt. Sie sagen, die Gefahr einer Rückverwandlung sei gering. Fowl wird weiterhin unter dem starken positiven Einfluss seiner Familie und dem Butlers stehen.«

»Der Psychologenverband? Argon und seine Spezis? Seit wann vertrauen wir denn diesen Kurpfuschern?«, wandte Holly ein.

Root holte Luft, um loszubrüllen, ließ es dann jedoch bleiben. Etwas, das nicht jeden Tag vorkam. »Holly«, sagte er geradezu freundlich, »hier geht es um die Zukunft unserer Zivilisation. Und in Anbetracht dessen

ist Artemis' zukünftige Entwicklung nun wirklich nicht unser Problem.«

Hollys Mund war nur noch ein wütender Strich. »Wenn das so ist, sind wir genauso schlimm wie die Oberirdischen.«

Der Commander beschloss, wieder zu seiner normalen Kommunikationsweise zurückzukehren. »Hören Sie zu, Captain«, wetterte er. »Die Befehlsgewalt zu haben bedeutet, schwere Entscheidungen zu treffen. Sie nicht zu haben bedeutet, die Klappe zu halten und zu tun, was einem gesagt wird. Und jetzt legen Sie mit dem *Blick* los, bevor die Leitung zusammenbricht.«

»Jawohl, Sir. Wie Sie meinen, Sir.« Holly stellte sich direkt vor Artemis, um Blickkontakt zu haben.

»Leben Sie wohl, Holly. Ich werde Sie nicht wieder sehen, obwohl Sie mich sicher im Auge behalten werden.«

»Entspann dich, Artemis. Tief durchatmen.«

Als Holly erneut sprach, war ihre Stimme mit den Bass- und Altklängen des *Blicks* unterlegt. »Da haben wir Spiro aber ganz schön aufs Kreuz gelegt, was?«

Artemis lächelte schläfrig. »Ja. Mein letzter Coup. Ich will keinem mehr wehtun.«

»Wie kommst du nur auf deine Pläne?«

Artemis fielen die Augen zu. »Angeborenes Talent, nehme ich an. Über Generationen von Fowls vererbt.«

»Bestimmt würdest du alles tun, um deine Erinnerungen an die Unterirdischen zu behalten, oder?«

»Fast alles.«

»Was *hast* du denn getan?«

Artemis lächelte. »Ich habe mir ein paar Tricks ausgedacht.«

»Was für Tricks?«, hakte Holly nach.

»Das ist ein Geheimnis. Darf ich nicht verraten.«

Holly vertiefte ihre Stimme noch um ein paar Lagen. »Erzähl's mir, Artemis. Ich sag's nicht weiter.«

An Artemis Schläfe pochte eine Ader. »Sie verraten es ganz bestimmt nicht? Sie sagen es nicht den Unterirdischen?«

Betreten blickte Holly hinüber zum Bildschirm. Root bedeutete ihr weiterzumachen.

»Ich sag's niemandem. Das bleibt unter uns.«

»Butler hat eine Kapsel im Labyrinth vergraben.«

»Und?«

»Ich habe mir selbst eine E-Mail geschickt. Aber ich gehe davon aus, dass Foaly sie findet. Es ist ein Ablenkungsmanöver.«

»Sehr clever. Und wovon soll er abgelenkt werden?«

Artemis schmunzelte listig. »Ich habe eine Datei auf einem Speicherplatz im Internet abgelegt. Foalys Datenbombe kann ihr nichts anhaben. Der Provider schickt mir in sechs Monaten eine Benachrichtigung. Wenn ich die Datei abrufe, müsste sie Erinnerungsreste wachrufen und möglicherweise sogar die gesamten Erinnerungen wiederherstellen.«

»Sonst noch etwas?«

»Nein. Der Internetspeicher ist unsere letzte Hoffnung. Wenn der Zentaur den findet, ist für mich die Welt der Unterirdischen für immer verloren.«

Roots Gesicht auf dem Bildschirm flimmerte. »Okay, die Leitung wird immer schlechter. Betäuben Sie sie, und führen Sie die Löschung durch. Filmen Sie das Ganze. Ich glaube erst dann, dass Artemis aus dem Spiel ist, wenn ich das Video gesehen habe.«

»Commander, vielleicht sollte ich den anderen auch ein paar Fragen stellen.«

»Nein, Captain. Fowl hat es selbst gesagt: Der Speicher im Internet war ihre letzte Hoffnung. Schließen Sie sie an und geben Sie ihnen dann das volle Programm.«

Unter Rauschen und Flackern verschwand das Bild des Commanders.

»Jawohl, Sir.« Holly drehte sich zu der Technikercrew um. »Ihr habt gehört, was er gesagt hat. Legen wir los. In ein paar Stunden geht die Sonne auf. Ich will, dass wir vorher wieder unter der Erde sind.«

Die Techniker vergewisserten sich, dass die Elektroden guten Kontakt hatten, und packten dann drei Schlafbrillen aus.

»Das übernehme ich«, sagte Holly und griff sich eine davon.

Sie zog das Gummiband über Juliets Pferdeschwanz. »Weißt du«, sagte sie, »Personenschutz ist ein kaltes Geschäft. Du hast zu viel Herz dafür.«

Juliet nickte langsam. »Ich werde versuchen, das im Kopf zu behalten.«

Sanft schob Holly ihr die Brille über die Augen. »Ich passe schon auf dich auf.«

Juliet lächelte. »Bis bald, in meinen Träumen.«

Holly drückte auf einen kleinen Knopf an der Schlafbrille, und die Kombination von Hypnolichtern in den Augenkammern und einem Betäubungsmittel, das über den Dichtungsrand verabreicht wurde, schaltete Juliet in weniger als fünf Sekunden aus.

Butler war der Nächste. Die Techniker hatten das Gummiband der Brille mit einem Einsatz verlängert, damit es um seinen kahlen Schädel passte.

»Passen Sie auf, dass Foaly es mit der Löschung nicht übertreibt«, sagte der Leibwächter. »Ich will nicht mit vierzig Jahren Leere in meinem Kopf aufwachen.«

»Keine Sorge«, beruhigte Holly ihn. »Foaly weiß normalerweise, was er tut.«

»Gut. Und denken Sie daran, falls das Erdvolk irgendwann einmal Hilfe brauchen sollte, stehe ich zur Verfügung.«

Holly drückte auf den Knopf. »Ich werde es nicht vergessen«, flüsterte sie.

Artemis war als Letzter an der Reihe. In seinem hypnotisierten Zustand wirkte er beinahe friedlich. Ausnahmsweise war seine Stirn nicht gerunzelt, und wenn man ihn nicht kannte, hätte man ihn fast für einen ganz normalen dreizehnjährigen Menschenjungen halten können.

Holly wandte sich zu Foaly um. »Bist du sicher, dass das richtig ist?«

Der Zentaur zuckte die Achseln. »Wir haben keine Wahl. Befehl ist Befehl.«

Holly legte Artemis die Schlafbrille über die Augen und drückte auf den Knopf. Sekunden später sank der Junge in seinem Stuhl zusammen. Sofort flackerten Zeilen eines gnomischen Textes über den Bildschirm hinter ihm. Zu Zeiten des Elfenkönigs Frond wurde Gnomisch noch in Spiralen geschrieben, aber davon bekamen die meisten Unterirdischen inzwischen Migräne.

»Beginnt mit der Löschung«, befahl Foaly. »Aber hebt eine Kopie auf. Irgendwann, wenn ich mal ein paar Wochen Zeit habe, werde ich rausfinden, was das Geheimnis dieses Jungen ist.«

Holly sah zu, wie Artemis' Leben in grünen Symbolen über den Bildschirm zog. »Ich weiß nicht«, sagte sie.

»Wenn er uns einmal gefunden hat, kann er uns auch ein zweites Mal finden. Vor allem, wenn er wieder zu dem Ungeheuer wird, das er früher war.«

Foaly tippte Befehle in die ergodynamische Tastatur. »Schon möglich. Aber beim nächsten Mal sind wir vorbereitet.«

Holly seufzte. »Es ist wirklich schade, ausgerechnet jetzt, wo wir fast Freunde waren.«

Der Zentaur schnaubte spöttisch. »Ach, komm. Als ob man mit einer Viper befreundet sein kann.«

Holly klappte das Helmvisier herunter, um ihre Augen zu verbergen. »Bestimmt hast du Recht. Wir hätten niemals Freunde werden können. Die Umstände haben uns zusammengebracht, weiter nichts.«

Foaly klopfte ihr auf die Schulter. »So ist's recht. Immer schön die Ohren steif halten. Wohin willst du?«

»Nach Tara«, erwiderte Holly. »Ich brauche ein bisschen frische Luft.«

»Du hast keine Flugerlaubnis«, wandte Foaly ein. »Root wird dich vom Dienst suspendieren.«

»Weswegen?« Holly warf den Motor ihrer Flügel an. »Eigentlich bin ich doch gar nicht hier, schon vergessen?«

Und damit verschwand sie in einem weiten Bogen durch die Eingangshalle. Sie flog knapp unter der Oberkante der Tür hindurch und stieg schwungvoll in den Nachthimmel hinauf. Für eine Sekunde zeichnete sich ihre zierliche Gestalt vor dem Vollmond ab, dann vibrierte sie aus dem sichtbaren Spektrum.

Foaly sah ihr nach. So emotional, diese Elfen. In dieser Hinsicht waren sie für die Aufklärung nun wirklich nicht geeignet. Alle Entscheidungen wurden mit dem Herzen

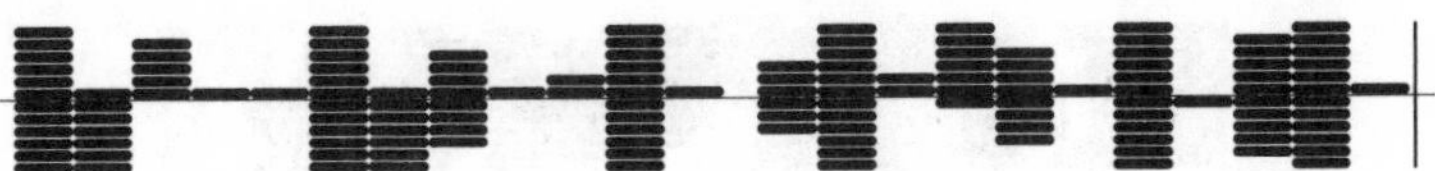

getroffen. Aber Root würde Holly niemals feuern, weil sie nun einmal für diesen Job geboren war. Außerdem – wer sollte das Erdvolk retten, falls Artemis Fowl es noch einmal entdeckte?

Mulch hockte in der Transportzelle des Shuttles und tat sich schrecklich Leid. Er versuchte, auf der Bank zu sitzen, ohne sie mit seinem wunden Hinterteil zu berühren. Keine leichte Aufgabe.

Seine Lage war wahrlich nicht rosig. Trotz allem, was er für die ZUP getan hatte, würden sie ihn für mindestens zehn Jahre hinter Gitter bringen. Bloß weil er ein paar armselige Goldbarren stibitzt hatte. Und es sah nicht so aus, als würde sich ihm diesmal eine Fluchtmöglichkeit bieten. Er war umgeben von Stahl und Laserriegeln, und daran würde sich auch nichts ändern, bis das Shuttle in Haven andockte. Danach ging es direkt rüber ins Polizeipräsidium, eine kurze Vernehmung, und dann ab in den Knast, bis sein Bart grau wurde. Und das würde mit Sicherheit passieren, wenn sie ihn zwangen, länger als fünf Jahre außerhalb der Tunnel zu verbringen.

Doch es gab noch Hoffnung. Einen winzigen Schimmer. Mulch zwang sich zu warten, bis die Techniker ihre Ausrüstung aus dem Shuttle gebracht hatten, dann öffnete er unauffällig die rechte Hand und massierte sich mit Daumen und Zeigefinger die Schläfen. In Wirklichkeit jedoch las er die winzige Nachricht in seiner Handfläche, die Artemis ihm beim Abschied heimlich zugeschoben hatte.

Ich bin noch nicht fertig mit Ihnen, Mulch Diggums, stand da. *Wenn Sie wieder in Erdland sind, sagen Sie Ihrem Anwalt, er soll das Datum auf dem ersten Durch-*

suchungsbefehl für Ihre Wohnhöhle überprüfen. Nach Ihrer Freilassung halten Sie sich ein paar Jahre bedeckt, dann bringen Sie mir die Goldmünze zurück. Zusammen werden wir unschlagbar sein.

Ihr Freund und Wohltäter,

Artemis Fowl der Zweite.

Mulch knüllte die Notiz zusammen, formte seine Hand zu einer Röhre und saugte das Papier in den Mund. Seine Mahlzähne vernichteten umgehend das Beweisstück.

Er atmete tief durch. Noch war es zu früh, den Skaylianischen Felswurmwein aufzumachen. Die Revision seines Prozesses konnte Monate dauern, wenn nicht Jahre. Doch es gab Hoffnung.

Der Zwerg schlang die Finger um Artemis' Anhänger. Zusammen würden sie unschlagbar sein.

Epilog

Tagebuch von Artemis Fowl
Diskette 1, verschlüsselt

Ich habe beschlossen, Tagebuch zu führen. Eigentlich bin ich erstaunt, dass mir der Gedanke nicht schon eher gekommen ist. Ein Intellekt wie meiner sollte dokumentiert werden, damit die nachfolgenden Generationen der Fowls von meinen brillanten Ideen profitieren können.

Natürlich muss ich mit dem Dokument vorsichtig sein. So wertvoll es für meine Nachfahren auch sein mag, es wäre noch viel wertvoller für die Polizei, die unablässig versucht, Beweise gegen mich zu finden.

Vor allem jedoch muss ich das Tagebuch vor meinem Vater geheim halten. Seit der Flucht aus Russland ist er nicht mehr derselbe. Er redet ständig von Ehrlichkeit und Heldentum – als Konzept ganz nett, aber nicht sehr einträglich. Soweit ich weiß, werden Ehrlichkeit und Heldentum von keiner der großen Weltbanken als Zahlungsmittel anerkannt. Das Familienvermögen liegt in meiner Hand, und ich werde es bewahren, wie ich es immer getan habe:

durch geniale Coups. Die meisten dieser Coups sind illegal. Das sind die besten immer. Wirklich reich werden kann man nur in den schattigen Gefilden jenseits des Gesetzes.

Allerdings habe ich aus Respekt vor den Werten meiner Eltern beschlossen, die Kriterien bei der Auswahl meiner Opfer zu verändern. Für die globale Umwelt scheint es besser zu sein, wenn einige weltweit agierende Firmen bankrott gehen, und so habe ich beschlossen, dabei ein wenig nachzuhelfen. Gewiss, auch dies sind keine opferlosen Verbrechen, aber zumindest werden wegen dieser Geschädigten nur wenige Tränen vergossen werden. Das bedeutet nicht, dass ich zu einer weich gespülten Neuauflage von Robin Hood mutiert bin, ganz im Gegenteil. Ich habe die Absicht, ordentlich von meinen Verbrechen zu profitieren.

Mein Vater ist nicht der Einzige, der sich verändert hat. Butler ist fast über Nacht gealtert. Äußerlich sieht er aus wie immer, aber er ist bedeutend langsamer geworden, wie sehr er sich auch bemüht, es zu verbergen. Aber ich werde ihn nicht durch jemand anders ersetzen. Er ist immer ein loyaler Angestellter gewesen, und seine Erfahrungen im Geheimdienst sind unbezahlbar. Vielleicht wird Juliet mich begleiten, wenn ich einmal wirklich Schutz brauche, obwohl sie seit neuestem erklärt, ein Leben als Leibwächterin sei nichts für sie. Nächste Woche fliegt sie in die Staaten, um sich bei einem Ringerteam zu bewerben. Offenbar hat sie sich den Kampfnamen »Jadeprinzessin« zugelegt. Ich kann nur hoffen, dass sie nicht angenommen wird. Obwohl ich da meine Zweifel habe. Schließlich ist sie eine Butler.

Natürlich habe ich einige Projekte, an denen ich auch ohne die Hilfe eines Leibwächters weiterarbeiten kann.

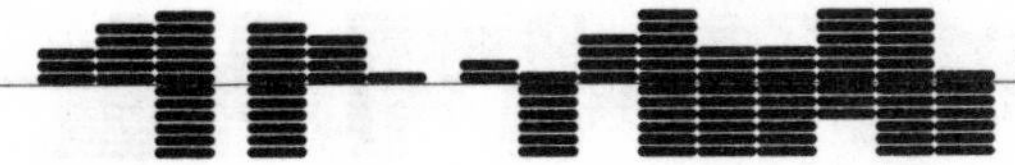

Im Lauf der vergangenen Jahre habe ich ein Programm entwickelt, mit dem ich Beträge von fremden Bankkonten auf mein eigenes überweisen kann. Die Software muss noch ausgereifter werden, damit ich den Computerspezialisten der Polizei um Längen vorausbleibe. Version 2.0 müsste innerhalb der nächsten sechs Monate einsatzbereit sein. Dann ist da noch mein Talent für Kunstfälschungen. Früher habe ich die Impressionisten bevorzugt, aber jetzt fühle ich mich aus irgendeinem Grund mehr zu fantastischen Themen hingezogen, wie zum Beispiel den Elfenwesen, die Pascal Hervé in seiner Bildserie »Magische Welten« gemalt hat. Doch diese Projekte werde ich vorübergehend zurückstellen müssen, da ich heute entdeckt habe, dass ich das Opfer einer Verschwörung bin.

Der Tag begann eigenartig. Als ich aufwachte, verspürte ich einen Anflug von Schwäche. Einen kurzen Moment, bevor ich die Augen öffnete, fühlte ich mich zufrieden. Jeglicher Ansporn, Reichtum anzuhäufen, war vergessen. Das ist mir noch nie passiert. Vielleicht war es der Rest eines verzauberten Traums, oder die neue positive Einstellung meines Vaters ist ansteckend. Was auch immer der Grund war, ich muss aufpassen, dass mir das nicht häufiger passiert. Bei der momentanen Stimmung meines Vaters kann ich es mir nicht erlauben, meine Entschlusskraft zu schwächen. Ich muss so zielstrebig bleiben, wie ich es immer war. Verbrechen ist und bleibt der richtige Weg für die Fowls. Aurum potestas est.

Wenige Minuten später geschah etwas noch Mysteriöseres. Als ich mir über dem Waschbecken das Gesicht wusch, fielen zwei winzige Objekte aus meinen Augen. Die Untersuchung im Labor ergab, dass es sich um zwei

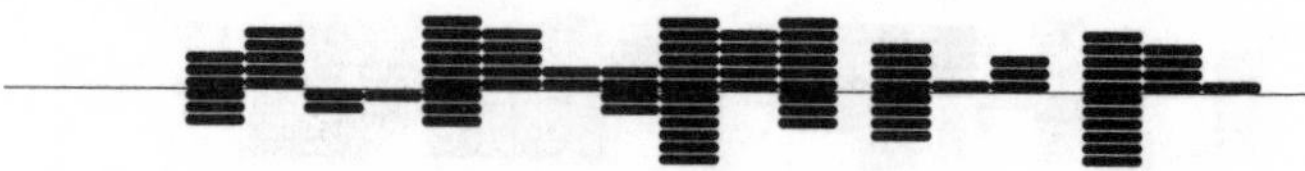

halb verrostete, getönte Kontaktlinsen handelte. Und nicht nur das: Die Innenseite war mit einer Spiegelschicht überzogen. Unglaublich. Zweifellos die Arbeit eines Meisters. Doch wozu mochten sie gut sein? Obwohl ich absolut nichts über diese Linsen weiß, und darüber, wie sie in meine Augen gelangt sind, spüre ich, dass die Antwort darauf in meinem eigenen Gehirn liegt, verborgen in den Tiefen.

Sie können sich meine Überraschung vorstellen, als auch Juliet und Butler solche verspiegelten Linsen in ihren Augen entdeckten. Die Dinger sind so clever gemacht, dass sie von mir sein könnten, was bedeutet, dass ich meinen unbekannten Gegner nicht unterschätzen darf.

Aber keine Sorge, ich werde den Schuldigen finden. Kein Indiz wird unbeachtet bleiben. Butler kennt jemanden in Limerick, einen Experten für Linsen und Ferngläser. Vielleicht erkennt er die Handschrift unseres Eindringlings. Butler ist bereits auf dem Weg dorthin, während ich dies schreibe.

Und so beginnt ein neues Kapitel im Leben von Artemis Fowl dem Zweiten. In ein paar Tagen kehrt mein Vater zurück, mitsamt seinem neuen Gewissen. Dann werde ich in ein Internat geschickt, wo ich mich mit einem armseligen Computerraum und einem noch armseligeren Labor begnügen muss. Mein Leibwächter scheint für körperliche Einsätze zu alt zu sein, und einem unbekannten Gegner gelingt es, merkwürdige Dinge an meinem Körper anzubringen.

Unüberwindbare Schwierigkeiten, werden Sie vielleicht denken. Ein normaler Mensch würde Scheuklappen anlegen und sich vor der Welt verstecken. Aber ich

bin kein normaler Mensch. Ich bin Artemis Fowl, der Jüngste in der Fowl'schen Verbrecherdynastie, und ich werde mich nicht von meinem Weg abbringen lassen. Ich werde herausfinden, wer mir diese Linsen eingesetzt hat, und wer immer es war, wird für seine Anmaßung bezahlen. Und sobald ich diese ärgerliche Sache aus der Welt geschafft habe, werde ich meine Pläne ungehindert verfolgen. Ich werde eine Welle des Verbrechens auslösen, wie es sie noch nie zuvor gegeben hat. Die Welt wird sich an meinen Namen erinnern: Artemis Fowl.

Ende

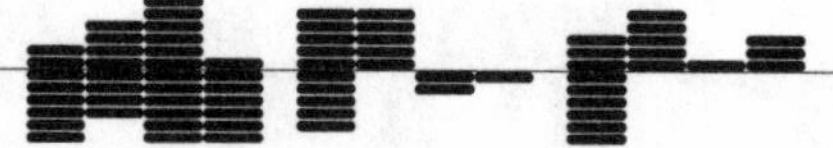

Autor

Eoin Colfer stammt aus Wexford, einer Küstenstadt im Südwesten Irlands. Schon in jungen Jahren begann er, Theaterstücke zu schreiben, und zwang seine bedauernswerten Klassenkameraden, sich als marodierende Wikinger zu verkleiden, obwohl sie viel lieber draußen ihr Unwesen getrieben hätten.

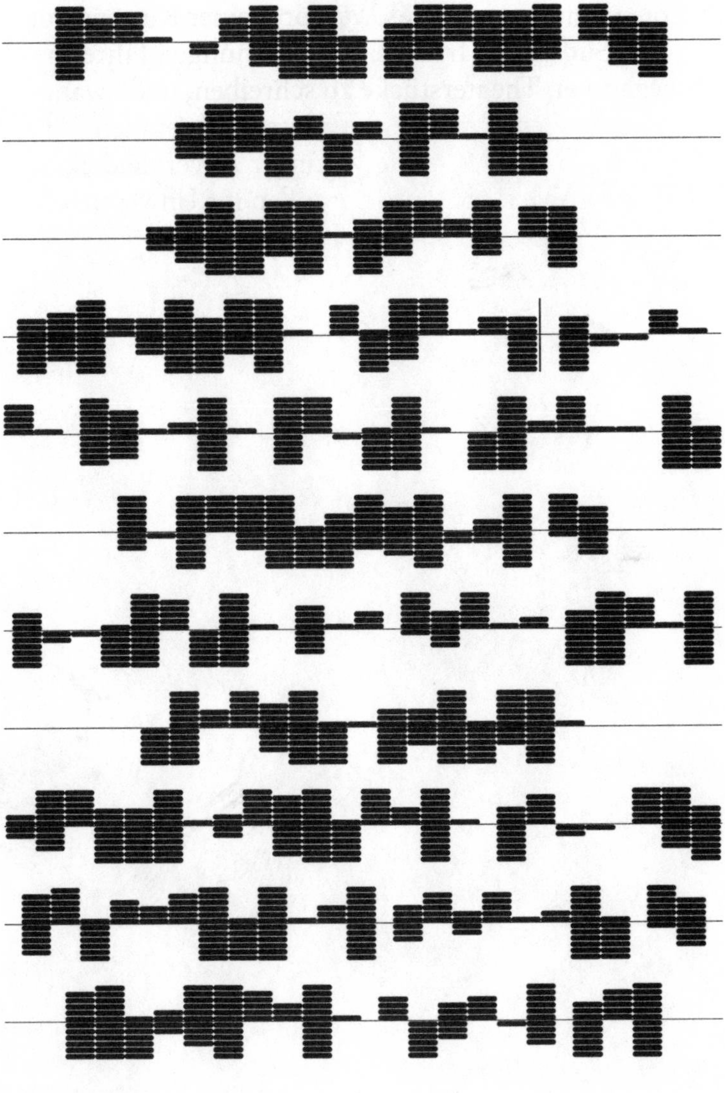